第三册　王光铭　选编

诗词探古

地部下

ZHEJIANG UNIVERSITY PRESS
浙江大学出版社

（十五）浙江

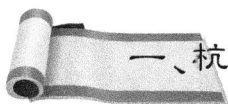

一、杭 州

1. 杭 州

送王少府归杭州　　（唐）韩 翃

归舟一路转青蘋，更欲随潮向富春。吴郡陆机称地主，钱塘苏小是乡亲。葛花满把能消酒，栀子同心好赠人。早晚重过鱼浦宿，遥怜佳句箧中新。此送人归杭州却要其不住杭州；送杭州人归杭州，而自己是赵州人，却也要来住杭州。

（清）毛奇龄、王锡：中唐至君平气调全卑，又降文房数格矣，但刻意纤秀，实启晚唐及宋、元、初明修词饰事之习，此亦开关运会人也。——《唐七律选》

（清）屈复：典雅清新，从容有余地。调虽不高，意甚淡远。——《唐诗成法》

白舍人自杭州寄新诗，有柳色春藏苏小家之句，因而戏酬，兼寄浙东元相公
（唐）刘禹锡

钱塘山水有奇声，暂谪仙官领百城。女妓还闻名小小，使君谁许唤卿卿。鳌惊震海风雷起，蜃斗嘘天楼阁

成。莫道骚人在三楚,文星今向斗牛明。

杭州春望　　（唐）白居易

望海楼明照曙霞,护江堤白蹋晴沙。涛声夜入伍员庙,柳色春藏苏小家。红袖织绫夸柿蒂,<small>杭州出柿蒂花者尤佳也。</small>青旗沽酒趁梨花。<small>其俗,酿酒趁梨花时熟,号为梨花春者尤佳。</small>谁开湖寺西南路,草绿裙腰一道斜。<small>孤山寺路在湖洲中,草绿时望如裙腰。</small>

（元）方回:乐天守杭州,以和适之趣处繁华。子厚守柳州,以愁苦之怀处荒寂。情景异,欢戚殊。以乐天之二诗视子厚之五诗,相去远矣。然子厚亦隘者也,东坡谪黄、谪惠、谪儋耳,无一言及怨尤夷鄙,是亦可以观人焉。——《瀛奎律髓汇评》

（清）纪昀:东坡又有失之太豪处,所谓过犹不及。——同上

（清）冯班:春望结。——同上

（清）纪昀:"涛声夜入"、"红袖织绫",虽俱是杭州事,然皆非春望之景,此亦口颂而不觉其非者。○六句自然,五句终是凑泊。——同上

（清）无名氏(甲):乐天诗自得春气,然根源故不及柳州之深。——同上

（清）黄叔灿:"涛声夜入",何等悲壮!"柳色春藏",何等妩媚!有此妩媚,不可无此悲壮;有此悲壮,不可无此妩媚。若一味悲壮,或一味妩媚,吾不欲观之矣。——《唐诗笺注》

（清）屈复:八句皆写春望,不用承接转应,一直排去,此一法也。——《唐诗成法》

杭　　州　　（唐）白居易

余杭形胜世间无,州傍青山县枕湖。绕郭荷花三十里,拂城松树一千株。梦儿亭古传名谢,教妓楼前道姓

苏。独有使君年老大,风流不称白髭须。

(清)冯舒:如面语。——《瀛奎律髓汇评》
(清)冯班:起句似质,太直。——同上
(清)陆贻典:白诗总之如面语。——同上
(清)纪昀:此所谓长庆体也,学之易入浅滑。○第四句"一千株"凑泊。——同上

守苏答客问杭州 （唐)白居易

为我踟蹰停酒盏,与我约略说杭州。山名天竺惟青黛,湖号钱塘泻绿油。大屋檐多装雁齿,小航船亦画螭头。所嗟水路无三百,官系何因得再游。

(清)陆贻典:五、六目是乐天句法。——《瀛奎律髓汇评》
(清)纪昀:亦浅滑。——同上

忆江南二首 （唐)白居易

江南好,风景旧曾谙。日出江花红胜火,春来江水绿如蓝。能不忆江南。

(明)沈际飞:较宋词自然有身分,不知其故。——《草堂诗余别集》
(明)卓人月:徐士俊云,非生长江南,此景未许梦见。——《古今词统》

江南忆,最忆是杭州。山寺月中寻桂子,郡亭枕上看潮头。何日更重游。

（明）卓人月：徐士俊云，胸中有丘壑。——《古今词统》

送刘郎中牧杭州　　（唐）薛　逢

一州横制浙江湾，台榭参差积翠间。楼下潮回沧海浪，枕边云起剡_{读扇，水名。剡溪在嵊州。}溪山。吴江水色连堤阔，越俗春声隔岸还。圣代牧人无远近，好将能事济清闲。

旅次钱塘　　（唐）方　干

此地似乡国，堪为朝夕吟。云藏吴相庙，树引越山禽。潮落海人散，钟迟秋寺深。我来无旧识，谁见寂寥心。

（元）方回：此吾家桐庐处士方干诗。中四句不书题目，一吟即知其为钱塘也。——《瀛奎律髓汇评》

（清）冯舒：颔联临摹《巫山高》而逊之。〇第七句应起句。——同上

（清）陆贻典：三、四本出《巫山高》"云藏神女庙"来。——同上

（清）何焯：中四句皆说寂寥，第六尤清异。——同上

（清）纪昀：第六句五字好。——同上

春日行次钱塘却寄台州姚中丞
（唐）杜荀鹤

岂为无心求上第？难安帝里为家贫。江南江北闲为

客，潮去潮来老却人。两岸雨收莺语柳，一楼风满角吹春。花前不独垂乡泪，曾是朱门寄食身。

登杭州城　　（唐）郑 谷

故国江天外，登临返照间。潮来无别浦，木落见他山。沙鸟晴飞远，渔人夜唱闲。岁穷归未得，心逐片帆还。

（宋）葛立方　钱塘风物河山之美，自古诗人标榜为多。如谢灵运云："定山缅云雾，赤亭无滞薄。"郑谷云："潮来无别浦，木落见他山。"张祜云："青壁远光凌岛峻，碧湖深影鉴人寒。"钱起云："渔浦浪花摇素壁，西陵树色入秋窗"之类，皆钱塘城外江湖之景；城中之景，惟白乐天所赋最多。——《韵语阳秋》

（宋）范晞文　郑谷有句云："潮来无别浦，木落见他山。"李洞有"楼高惊雨阔，木落觉城空"非不佳，但"惊"、"觉"两字失于有意，不若谷诗之自在，然谷他作，多卑弱无气。——《对床夜话》

钱塘夜宴留别郡守　　（唐）张 蠙

四方骚动一州安，夜列觱篥伴客欢。觱栗觱读毕，入声。觱栗，筝的一种。《旧唐书》："（觱栗）出于胡中，其声悲，胡人吹之以惊马。"调高山阁迥，虾蟆更指击木柝以惊夜，以其声似虾蟆叫，故称虾蟆更。促海城寒。屏间佩响藏歌妓，藏歌妓，事见《开元遗事》："宁王有乐妓宠姐者，美姿色，善讴唱。李白侍酒戏曰：'白久闻王有宠姐者，善歌，王何吝此乎？'王笑谓左右，设七宝花障，召宠姐于障后歌之。白起谢曰：'虽不许见面，闻其声亦幸矣。'"幕外刀光列从官。沉醉不愁归棹远，晚风吹上子陵滩。

酒泉子　　(北宋)潘 阆

　　长忆钱塘，不是人寰是天上。万家掩映翠微间。处处水潺潺。　　异花四季当窗放。出入分明在屏障。别来隋柳几经秋。何日得重游？

望海潮　　(北宋)柳 永

　　东南形胜，三吴都会，钱塘自古繁华。烟柳画桥，风帘翠幕，参差十万人家。云树绕堤沙。怒涛卷霜雪，天堑无涯。市列珠玑，户盈罗绮竞豪奢。　　重湖叠巘清嘉。有三秋桂子，十里荷花。羌管弄晴，菱歌泛夜，嬉嬉钓叟莲娃。千骑拥高牙。乘醉听箫鼓，吟赏烟霞。异日图将好景，归去凤池夸。此为柳永年轻时所作，他从家乡崇安去开封应试，路过杭州，拜会世交前辈两浙转运使孙何，写此词献给他。主要内容是写杭州湖山美丽，都市繁华。

　　(宋)吴自牧：柳永咏钱塘词曰"参差十万人家"，此元丰前语也。高庙车驾自建康幸杭，驻跸几近二百余年，户口番息，近百万余家。杭城之外城，南西东北，各数十里，人烟生聚，民物阜藩，市井坊陌，铺席骈盛，数日经行不尽，各可比外路一州郡，足见杭城繁盛耳。——《梦粱录》

　　(宋)罗大经：孙何帅钱塘，柳耆卿作《望海潮》词赠之云(词略)。此词流播，金主亮闻之，欣然有慕于三秋桂子，十里荷花，遂起投鞭渡江之志。近时谢处厚诗曰"谁把杭州曲子讴，荷花十里桂三秋。那知草木无情物，牵动长江万里愁"。余谓此词虽牵动长江之愁，然卒为金主送死之媒，未足恨也。至于荷艳桂香，妆点湖山之清丽，使士大夫流连于歌舞嬉游之乐，遂忘中原，是则深可恨耳。因和其诗云"杀胡快剑是清讴，牛渚依然一片秋。却恨荷花

留玉辇，竟忘烟柳汴宫愁"。——《鹤林玉露》

　　（清）王闿运：此则宜于红氍上扮演，非文人声口。此时凤池可望江潮。——《湘绮楼评词》

杭州呈胜之　　　（北宋）王安石

　　游观须知此地佳，纷纷人物敌京华。林峦腊雪千家水，城郭春风二月花。彩舫笙箫吹落日，画楼灯烛映残霞。如君援笔宜摹写，寄与尘埃北客夸。

临安三绝　　　（北宋）苏　轼

将军树五代吴越世家临安里中有大树，
钱镠尝与儿戏树下，及贵，覆以锦，号树为衣锦将军。

　　阿坚泽畔菰蒲节，《晋书》载记秦苻洪，始，其家池中，蒲生长五丈，五节，如竹形，时咸谓之蒲家，匜以为氏。其后洪以谶文有"草付，应王"，其孙坚背有"草付"字遂改姓苻氏。**玄德墙头羽葆桑。**《三国志》刘玄德尝与诸小儿戏于桑树下，言："吾必乘此羽葆盖车。"**不会世间闲草木，与人何事管兴亡。**
（唐）**沈彬**《重过金陵》诗："江山不管兴亡事，一任斜阳伴客愁。"

锦　溪石镜溪又名锦溪。

　　楚人休笑沐猴冠，用项羽事。见《史记》。**越俗徒夸翁子贤。**
朱买臣字翁子，上拜为会稽太守，谓曰："富贵不归故乡，如锦衣客行。"**五百年间**

449

异人出，尽将锦绣裹山川。《湘山野录》："开平元年，梁太祖封钱镠为吴越王，改临安县为锦衣军。……凡昔游处，尽蒙从锦绣，为牛酒，大陈乡饮。"

石　镜 临安县东五里有石镜山，山有石镜。

山鸡舞破半岩云，菱叶 菱叶、菱花为镜子之别名。 开残野水春。应笑武都山下土，枉教明月 明月喻镜也。 殉佳人。《成都记》："武都山，丈夫化为女子，颜色美好，蜀王纳之为妃，无几，物故。乃发卒担土，葬于成都，名武担山，以石作镜一枚，表其墓。"

满庭芳·忆钱塘　　（北宋）周邦彦

山崦笼春，江城吹雨，暮天烟淡云昏。酒旗渔市，冷落杏花村。苏小当年秀骨，萦蔓草、空想罗裙。潮声起，高楼喷笛，五两了无闻。　　凄凉，怀故国，朝钟暮鼓，十载红尘。似梦魂迢递，长到吴门。闻道花开陌上，歌旧曲、愁杀王孙。何时见，名娃唤酒，同倒瓮头春。 苏轼《陌上花三首》引云："游九仙山，闻里中儿歌《陌上花》。父老云：'吴越王妃，每岁春必归临安，王以书遗妃云：'陌上花开，可缓缓归矣。'"

题武林　　（南宋）陆　游

皇舆久驻武林宫，汴洛当时未易同。广陌有风尘不起，长河如练水常通。楼台飞舞祥烟外，鼓笛喧呼明月中。六十年间几来往，都人谁解记衰翁。

临安春雨初霁　　(南宋) 陆 游

世味年来薄似纱,谁怜骑马客京华。小楼一夜听春雨,深巷明朝卖杏花。矮纸斜行闲作草,晴窗细乳戏分茶。布衣莫起风尘叹,犹及清明可到家。

(元)方回:据《剑南集》编在严州朝辞时所作,翁年六十二岁。刘后村《诗话》乃谓妙年行都所赋,思陵赏音,恐误,当考。——《瀛奎律髓汇评》

(清)冯舒:光景气韵,必非少年作。——同上

(清)查慎行:五、六凑泊,与前后不称。——同上

(清)纪昀:格调殊卑,人以谐俗而诵之。——同上

沁园春·寄稼轩承旨　　(南宋) 刘 过

斗酒彘肩,风雨渡江,岂不快哉。被香山居士,约林和靖与东坡老,驾勒吾回。坡谓西湖,正如西子,浓抹淡妆临镜台,二公者,皆掉头不顾,只管衔杯。　　白云天竺飞来,图画里,峥嵘楼观开。爱东西双涧,纵横水绕,两峰南北,高下云堆。逋曰不然,暗香浮动,争似孤山先探梅。须晴去,访稼轩未晚,且此俳徊。

(宋)俞文豹:稼轩帅越,招改之,不去,而寄《沁园春》曰"斗酒彘肩"云云。此词虽粗率而局高,与三贤游,固可渺视稼轩,视林、白之清致,则东坡所谓"淡妆浓抹",已不足道。稼轩富贵,焉能浼我哉!——《吹剑录》

(宋)黄昇:刘改之,豪爽之士。辛稼轩帅越,刘寓西湖,稼轩招之,值雨,答以《沁园春》词,甚奇伟。——《中兴词话》

(清)王奕清:刘改之造词,赡逸有思致,《沁园春》二首尤纤刻奇丽可

爱。——《历代词话》

　　(清)李调元:余阅刘过《龙洲词集》有学辛稼轩而粗之评。其寄辛稼轩《沁园春》词,设为白香山、林和靖、苏东坡问答……等句,余初阅即批"白日见鬼"四字。后阅《草堂别集》,岳亦斋云:"出王勃体而又变之。"余时与之饮西园,改之中席自言,掀髯有得色。余率然应之曰"词句固佳,然恨无刀圭,疗君白日见鬼耳",坐中哄然一笑。又升庵谓改之似稼轩之豪,而未免粗。此评真不能为改之讳。词至宋末,多堕恶道,有目人所共知。又窃幸余与升庵论之若合符也。——《雨村词话》

　　(清)刘熙载:刘改之词,狂逸之中自饶俊致,虽沉着不及稼轩,足以自成一家。其有意效稼轩体者,如《沁园春》"斗酒彘肩"等阕,又当别论。——《艺概》

　　(清)吴衡照:"云中鸡犬刘郎过,月下笙歌炀帝归。"罗江东句也,人谓之见鬼诗。然则岳倦翁笑刘改之"白日见鬼",语亦有本。——《莲子居词话》

题临安邸　　(南宋)林 昇

　　山外青山楼外楼,西湖歌舞几时休。暖风熏得游人醉,直把杭州作汴州。

念奴娇　　(南宋)柴 望

　　登高回首,叹山河国破,于今何有! 台上金仙承露盘铜人。空已去,零落逋梅苏柳。双塔指雷锋、保俶二塔。飞云,六桥流水,风景还依旧。凤笙龙管,何人肠断重奏? 　　闻道凝碧池边,宫槐叶落,舞马衔杯酒。旧恨春风吹不断,新恨重重还又。燕子楼高,乐昌镜远,陈驸马与乐昌公主事。人比花枝瘦。伤情万感,暗沾啼血襟袖。

沁园春·丁未春补游西湖　（南宋）陈　著

出禁城西,湖光自别,唤醒两瞳。有画桥几处,通人南北,绿堤十里,分水西东。问柳旗亭,簇山梵所,空翠烟飞半淡浓。偏奇处,看笙歌千舫,泛绮罗宫。　　从容。莫问城中。是则是繁华九市通。奈一番雨过,沾衣泥黑,三竿日上,扑面尘红。那壁喧嚣,这边清丽,咫尺中间复<small>读调,去声。</small>不同。休归去,便舣舟荷外,梦月眠风。

柳梢青·春感　（南宋）刘辰翁

铁马蒙毡,银花洒泪,春入愁城。笛里番腔,街头戏鼓,不是歌声。　　那堪独坐青灯。想故国、高台月明。辇下风光,山中岁月,海上心情。

高阳台·西湖春感　（南宋）张　炎

接叶巢莺,平波卷絮,断桥斜日归船。能几番游?看花又是明年。东风且伴蔷薇住,到蔷薇、春已堪怜。更凄然。万绿西泠,一抹荒烟。　　当年燕子知何处?但苔深韦曲,草暗斜川。见说新愁,如今也到鸥边。无心再续笙歌梦,掩重门、浅醉闲眠。莫开帘。怕见飞花,怕听啼鹃。

（元）陆辅之:乐笑翁专对,"接叶巢莺,平波卷絮"。——《词旨》

453

又云：警句"见说新愁，如今也到鸥边"、"莫开帘。怕见飞花，怕听啼鹃"。——《词旨》

（清）刘熙载：今观张王（王沂孙）两家情韵，极为相近，如玉田《高阳台》之"接叶巢莺"与碧山《高阳台》之"浅莎梅酸"，尤同鼻息。——《艺概》

（清）许昂霄：《高阳台》淡淡写来，泠泠自转，此境大不易到。——《词综偶评》

（清）陈廷焯：《高阳台》（西湖春感）情景兼到，一片身世之感。东风二语，虽是激迫之词，然音节却婉约。惹甚闲愁，不如掩门一醉高卧也。——《云韶集》

又云：玉田《高阳台》"西湖春感"一章，凄凉幽怨，郁之至，厚之至，与碧山自出一手，乐笑翁集中亦不多觏。词云："接叶巢莺……"——《白雨斋词话》

（清）谭献："能几番"句，运掉虚浑。"东风"二句，是措注，惟玉田能之，为他家所无。换头见章法，玉田云："最是过变不可断了曲意"，是也。——《谭评词辨》

（清）沈祥龙：词贵愈转愈深，稼轩云"是他春带愁来，春归何处，却不解带将愁去"。玉田云"东风且伴蔷薇住，到蔷薇，春已堪怜"。下句即从上句转出，而意更深远。——《论词随笔》

水龙吟·西湖怀古　　（南宋）陈德武

东南第一名州，西湖自古多佳丽。临堤台榭，画船楼阁，游人歌吹。十里荷花，三秋桂子，四山晴翠。使百年南渡，一时豪杰，都忘却、平生志。　　可惜天旋时异。藉何人、雪当年耻？登临形胜，感伤今古，发挥英气。力士推山，天吴移水，作农桑地。借钱塘潮汐，为君洗尽，岳将军泪。

钱塘怀古　　　(明)张以宁

荷花桂子不胜悲，江介繁华忆昔时。天目山来孤凤歇，海门潮去六龙移。贾充漫世终无策，庾信哀情尚有词。莫向中原夸绝景，西湖遗恨似西施。

钱塘怀古得吴字　　　(明)刘 基

泽国繁华地，前朝旧此都。青山弥百粤，亦作百越。《汉书·地理志》："自交趾至会稽七八千里，百粤杂处，各有种姓。"白水入三吴。艮岳宋徽宗政和年间，聚集花石在汴京东北隅，作土山，名为艮岳。销王气，坤灵即地祇。古代对山岳河溪之神的总称。肇帝图。指南宋在临安建国。两宫指徽钦二帝。千里恨，九子一身孤。九子指高宗赵构。设险凭天堑，偷安负海隅。云霞行殿起，荆棘寝园芜。币帛敦和议，弓刀抑武夫。但闻当宁读柱，上声。古代宫室门屏之间。亦作宁。奏，不见立庭呼。鬼蜮照华衮，忠良赐属镂。何劳问社稷，且自作欢娱。秔读京，平声。同粳。杜甫《后出塞》："云帆转辽海，粳稻来东吴。"稻来吴会，鱼鼋出具区。具区，即太湖，又名震泽、笠泽。《尔雅·释地》："吴越之间有具区。"至尊巍北阙，多士乐西湖。鹢首驰文舫，龙鳞舞绣襦。暖波摇襞积，裙襟之类，见《汉书·司马相如传》。凉月浸氍毹。毛毯之类，指地毯。紫桂秋风老，红莲晓露濡。巨螯擎拥剑，《酉阳杂俎》：拥剑，两螯一大一小，以大者斗，小者食。香饭漉雕胡。菰米。蜗角乾坤大，鳌头气势殊。秦庭迷指鹿，周室叹瞻乌。《诗·小雅·正月》："哀我人斯，于何从禄。瞻乌爰止，于谁之屋。"玉马违京辇，铜驼掷路衢。含容天地广，养育羽毛俱。橘柚驰包贡，涂

坭赋上腴。断犀埋越棘,照乘走隋珠。吊古江山在,怀今岁月逾。鲸鲵空渤澥,歌咏已唐虞。鸥革愁何极,羊裘钓不迁。征鸿暮南去,回首忆莼鲈。

经故内<small>经过故国之内宫。</small> （明）贝 琼

山中玉殿尽苍苔,天子蒙尘岂复回。地脉不从沧海断,潮声犹上浙东来。百年禁树知谁惜,三月宫花尚自开。此日登临解题赋,白头庾信不胜哀。<small>庾信仕南朝梁,奉命出使西魏,被留不归。后西魏灭梁,庾信不胜乡关之恋,家国之痛,乃作《哀江南赋》。末句,作者自指。按:南宋故宫在今杭州市东南凤凰山上,方圆九里,有殿堂八九十座,亭台阁榭更是不计其数。还有人工仿造的小西湖、六桥、飞来峰等景观。宋亡后为元僧杨连真伽所占据,改为报国、兴元等五座寺院。不久毁于火。作者过此时,已是断垣残壁,一派荒凉了。</small>

西湖竹枝词 （明）张 羽

光尧内禅<small>宋高宗赵构于绍兴二十三年(1162)让位给其养子赵眘(读慎,去声)是为孝宗,赵构被尊为光尧德寿太上皇。</small>罢言兵,一番御舟湖上行。东京邻舍宋大嫂,就船犹得进鱼羹。<small>北宋京城汴京也称东京。据周密《武林旧事》载:宋孝宗淳熙六年(1179)三月十五日,高宗、孝宗游西湖,极穷奢华。"宣唤在湖买卖等人……有卖鱼羹人宋大嫂,自称东京人氏,随驾到此。"</small>

寄杭州友人 （明）史 鉴

西湖湖上水初生,重叠春山接郡城。记得扁舟载春

酒，满身花影听啼莺。

临江仙·钱塘怀古　　　（明）魏大中

　　埋没钱塘歌吹里，当年却是皇都。赵家轻掷与强胡。江山如许大，不用一钱沽。　　只有岳坟泉下血，至今泛作西湖。可怜故事眼中无。但供侬醉后，囊句付奚奴。

西　泠　　　（清）柳如是（女）

　　西泠月照紫兰丛，杨柳丝多待好风。小苑有香皆冉冉，新花无梦不蒙蒙。金鞭油壁朝来见，玉作灵衣夜半逢。一树红梨更惆怅，分明遮向画楼中。按：此诗为咏当时西湖诸名媛而作也。陈寅恪云"西泠月照紫兰丛"者，用李义山《汴上送李郢之苏州》"苏小小坟今在否，紫兰香径与招魂"之语。"丛"者，多数之义，指诸名媛言，与下文"一树"之语言己身者，相对为文。"杨柳丝多待好风"乃合李义山《无题》"斑骓只系垂杨岸，何处西南待好风"两句为一句。"玉作"疑是"玉佩"之误，"金鞭油壁"与"玉佩灵衣"相对为文。"红梨"者，见李义山诗："崇文馆里丹霜后，无限红梨忆校书。"

西湖杂诗四首　　　（清）黄 慎

　　珍重游人入画图，楼台绣错以金银嵌饰称错。语出《国语·晋语》。与茵铺。宋家万里中原土，博得钱塘十顷湖。

　　圣母高宗生母韦氏，被俘多年，1141年和议成，次年韦氏南归临安。湖山孝养多，旃车信誓韦氏南返时，钦宗赵恒攀车轮渴望同返，并表示"得为太乙宫

主足矣。他无望于九哥也。"韦氏赌咒南归后说服高宗,终因高宗不愿而作罢。竟如何! 可怜太乙宫主祝,早已无他望九哥。

风松一阕指俞姓太学生《风入松》词。觐天颜,残酒重携词中语。已半酣。莫笑酸寒俞上舍,酒旗歌板有终南。终南山在长安南,古人隐居终南,是入仕的捷径。俞姓太学生在酒店填词,因而得官,故云"有终南"。

荷花十里桂三秋,柳永《望海潮》词句。南渡衣冠足卧游。争唱柳屯田好句,汴州原不及杭州。

宋望祭殿南宋皇家祭祖的殿堂,在南屏山上。
(清)朱 彭

江山半壁号中兴,殿辟南屏最上层。淮北黄沙存旧垒,洛西衰草没诸陵。北宋皇帝共有八陵,都在河南巩县西南。玉鱼金碗知何处,风马云车指死后阴魂以风为马,以云为车。未可凭。一诵雪消春动句,陆游《感愤》诗有:"京洛雪消春又动,永昌陵上草芊芊。"永昌陵为赵匡胤陵墓。君臣当日忍同登。

己亥杂诗 　　(清)龚自珍

浙东虽秀太清孱,北地雄奇或犷顽。踏破中华窥两戒,两戒为唐代一行和尚语,谓中国河山可分为两戒。无双毕竟是家山。家山指杭州,因作者是杭州人。

2. 西　湖

留别西湖　（唐）白居易

　　征途行色惨风烟，祖帐离声咽管弦。翠黛不须留五马，皇恩只许住三年。绿藤阴下铺歌席，红藕花中泊妓船。处处回头尽堪恋，就中难别是湖边。

　　（清）毛奇龄、王锡：此首刻意作初唐调，不事俶子，观首二句便见。○"未能抛得杭州去"，以迟回见留意；"皇恩只许留三年"，以促速见留恋。才人用意，两面皆见其妙。——《唐七律选》

　　（清）屈复：题是"西湖留别"，却先写行色管弦之惨咽，已含不忍别意。三写翠黛之留，四写不得留，五、六方写西湖。以"回头"结五、六，"难别"结前四。白公雅爱西湖，迁官亦所不愿也。——《唐诗成法》

　　（清）方东树：起二句叙题，字字锤炼而出之，不觉其为对起。三、四跃出，空圆警妙。五、六周旋题面。收句倒转拍题。用笔用意，不肯使一直笔，句句回旋曲折顿挫，皆从意匠经营锤炼而出，不似梦得、子厚但放笔直下也。先敛后收，变化沈约浮声切响，此等足取法矣，然犹是"经营地上"语耳。杜公包有梦得、子厚、乐天，而有精深华美不测之妙。——《昭昧詹言》

春题湖上　（唐）白居易

　　湖上春来似画图，乱峰围绕水平铺。松排山面千重翠，月点波心一颗珠。碧毯线头抽早稻，青罗裙带展新蒲。未能抛得杭州去，一半勾留是此湖。

　　（清）毛奇龄、王锡：物态新出（"碧毯线头"二句下）。○万千赞叹，尽此二句（末二句下）。——《唐七言律》

　　（清）王尧衢：以"湖"字起结，奇极。"一半勾留"，湖未尝留人，而人自不

能抛舍。兴之所适也,然亦只得"一半",那一半当别有瞻恋君国去处,若说全被勾留,岂不是个游春郎君,不是白傅口中语矣(末二句下)。○前解写山月之胜,后解写物色之胜,总写得"湖上春"三字。——《古唐诗合解》

钱塘湖春行　　（唐）白居易

孤山寺北贾亭唐贞元中,贾全任杭州刺史,筑亭于西湖,故名。西,水面初平云脚低。几处早莺争暖树,谁家新燕啄春泥。乱花渐欲迷人眼,浅草才能没马蹄。最爱湖东行不足,绿杨阴里白沙堤。五、六是春,七、八是行。

（清）金人瑞：前解先写湖上。横开则为寺北、亭西；竖展则为低云、平水；浓点则为早莺、新燕,轻烘则为暖树、春泥。写湖上,真如天开图画也。○后解方写春行。花迷、草没,如以戥子称量此日春光之浅深也。"绿杨阴里白沙堤"者,言于如是浅深春光中,幅巾单袷款段闲行,即此杭州太守白居易也。——《贯华堂选批唐才子诗》

（清）杨逢春：首领笔,言自孤山北贾亭西行起,下五句历写绕湖行处春景,七、八以行不到之湖东结,遥望犹有余情。——《唐诗绎》

（清）赵臣瑗：何言乎上半首专写湖上？察他口气所重,只在"寺北"、"亭西"、"几处"、"谁家",见其间佳丽不可胜纪,而初不在"水平"、"云低"、"早莺"、"新燕"、"暖树"、"春泥"之种种布景设色也。何言乎下半首专写春行？察他口气所重,只在"渐欲迷"、"才能没"、"绿杨阴"之一路行来,细细较量春光之浅深,春色之淡浓,而初不在"湖东"、"白沙堤"几个印板上之衬贴字也。要之,轻重既已得宜,风情又复宕漾,最是中唐佳调。谁谓先生之诗近乎俗哉！——《山满楼笺注唐诗七言律》

酒泉子　　（北宋）潘阆

长忆西湖,尽日凭栏楼上望。三三两两钓鱼舟,岛屿

正清秋。 笛声依约芦花里，白鸟成行忽惊起。别来
闲整钓鱼竿，思入水云寒。

（宋）僧文莹：闽有清才，尝作《忆余杭》一阕，曰："长忆西湖……"钱希白
爱之，自写于玉堂后壁。——《湘山野录》

（清）陈廷焯：潇洒出尘，结更清高闲远。——《词则·别调集》

西 湖　　（北宋）林 逋

混元神巧本无形，匠出西湖作画屏。春水净于僧眼
碧，晚山浓似佛头青。奕枰粉堵摇鱼影，兰社烟丛阁鹭
翎。往往鸣榔与横笛，细风斜雨不堪听。一作"风斜雨细不堪
听"。

（元）方回：三、四人所争诵。——《瀛奎律髓汇评》

（清）纪昀：亦非高格，效之易纤俚。——同上

（清）冯班：首句宋气。——同上

（清）纪昀：末句以"风斜雨细"是。○起二句笨拙之至。——同上

秋日湖西晚归，舟中书事　　（北宋）林 逋

水痕秋落蟹螯肥，闲过黄公酒舍归。鱼觉船行沉草
岸，犬闻人语出柴扉。苍山半带寒云重，丹叶疏分夕照
微。却忆青溪谢太傅，当时未解惜蓑衣。

（元）方回：句句有滋味。——《瀛奎律髓汇评》

（清）冯舒：工致。——同上

（清）纪昀：三句"湖西舟中"，四句"归"字醒，五句"晚"字、"秋"字俱到。——同上

西湖绝句　　（北宋）范仲淹

长忆西湖胜鉴湖，春波千顷绿如铺。吾皇不让明皇美，可赐疏狂贺老无？

西湖春日　　（北宋）王安国

争得才如杜牧之，试来湖上辄题诗。春烟寺院敲茶鼓，夕照楼台卓酒旗。浓吐杂芳熏嵊崿，湿飞双翠破涟漪。人间幸有蓑兼笠，且上渔舟作钓师。

（元）方回：三、四峭响，五、六最工。尾句高甚。——《瀛奎律髓汇评》

（清）纪昀："茶鼓"、"酒旗"对亦可喜，但专事此种，便入小家。尾亦习径，未见其高。虚谷不言诗格之高，但以一言隐遁，便是人品之高耳，殊是习气。——同上

（清）查慎行：中二联亦似"昆体"。——同上

（清）纪昀：通体鲜华，起得超妙。○五、六生造而不捏凑，"且上"二字缴起句"争得"二字，一气呼应。——同上

（清）许印芳：两"上"字音义不同。——同上

饮湖上初晴后雨二首　　（北宋）苏 轼

朝曦迎客艳重冈，晚雨留人入醉乡。此意自佳君不会，一杯当属水仙王。

水光潋滟晴方好，山色空蒙雨亦奇。若把西湖比西子，淡妆浓抹总相宜。王文诰按："此是名篇，可谓前无古人，后无来者。公凡西湖诗，皆加意出色，变尽方法，然皆在《钱塘集》中。其后帅杭，劳心灾赈，已无复此种杰构，但云'不见跳珠十五年'而已。"

去杭州十五年，复游西湖，用欧阳察判韵

（北宋）苏　轼

我识南屏金鲫鱼，重来拊槛散斋余。王文诰注曰："西湖南屏山兴教寺池有鲫鱼一余尾，皆金色。道人斋余，争倚槛投饵为戏。"还从旧社得心印，《高僧传》：'惠可立雪断臂，求法于达摩。"达摩曰："我法一心不立文字。"法师以心契。故曰心印。似省前生觅手书。《高僧传》："邢和璞与房琯游废佛堂，以杖击地，令掘之，得一瓦瓶，中有娄师德《与永禅师书》，和璞谓房琯曰：'省此乎？'琯仿佛记前生尝为僧，名智永。"葑合平湖久芜漫，人经丰岁尚凋疏。谁怜寂寞高常侍，老去狂歌忆孟诸。高适为封丘尉日，有诗云："我本渔樵孟诸野，一生自是悠悠者……"《元和郡县志》："孟诸，泽名。在宋州虞城县西北。"

行香子·丹阳寄述古　　（北宋）苏　轼

携手江村，梅雪飘裙。情何限、处处销魂。故人不见，旧曲重闻。向望湖楼、孤山寺、涌金门。　　寻常行处，题诗千首，绣罗衫、与拂红尘。别来相忆，知是何人？有湖中月、江边柳、陇头云。

（明）卓人月：前后三句结语自然。——《古今词统》

秋日西湖　　（北宋）僧道潜

飞来双鹭落寒汀，秋水无痕玉镜清。疏蓼黄芦宜掩映，沙边危立太分明。

清晓湖上二首　　（南宋）杨万里

菰月蘋风逗葛裳，出城趁得一身凉。荷花笑沐胭脂露，将谓无人见晓妆。

六月西湖锦绣多，千层翠盖万红妆。都将月露清凉气，并作清晨一喷香。

晓出净慈寺送林子方　　（南宋）杨万里

毕竟西湖六月中，风光不与四时同。接天莲叶无穷碧，映日荷花别样红。

正月二十七日雨中过苏堤　　（南宋）葛天民

一堤杨柳占春风，柳外群山细雨中。人苦未晴浑不到，只宜老眼看空蒙。

风入松　　（南宋）俞国宝

　　一春长费买花钱，日日醉湖边。玉骢惯识西湖路，骄嘶过、沽酒垆前。红杏香中箫鼓，绿杨影里秋千。　　　暖风十里丽人天，花压鬓云偏。画船载取春归去，余情寄、湖水湖烟。明日重扶残醉，来寻陌上花钿。

　　（宋）周密：淳熙间，寿皇以天下养，每奉德寿三殿游幸湖山，御大龙舟。……湖上御园，南有"聚景"、"真珠"、"南屏"，北有"集芳"、"延祥"、"玉壶"；然亦多幸"聚景"焉。一日，御舟经断桥，桥旁有小酒肆，颇雅洁，中饰素屏，书《风入松》一词于上。光尧驻目，称赏久之，宣问何人所作，乃太学生俞国宝醉笔也。其词云云（略）。上笑曰："此词甚好，但末句未免儒酸。"因为改定云"明日重扶残醉"（原作为"重扶残酒"），则迥不同矣。即日命解褐云。——《武林旧事》

　　（元）方回：《风入松》词万口传，翻成余恨寄湖烟。难寻旧梦花阴地，剩放新愁雪意天。战罢闲堤眠老马，宴余荒港泊空船。此心拟欲为僧去，正恐袈裟未惯穿。——《涌金门城望》

　　（明）沈际飞：起处自然逸响。——《草堂诗余正集》

　　又云：国宝可称天子门生矣。毕竟"重携残酒"，门生不如主司。——《古今词统》

　　（清）陈廷焯："金勒马嘶芳草地，玉楼人醉杏花天"，有此香艳，无此情致。结二句余波绮丽，可谓"回头一笑百媚生"。——《白雨斋词话》

丑奴儿慢·双清楼在钱塘门外。　　　　（南宋）吴文英

　　空蒙乍敛，波影帘花晴乱。正西子、梳妆楼上。镜舞青鸾。润逼风襟，满湖山色入阑干。天虚鸣籁，云多易雨，长带秋寒。　　　遥望翠凹，隔江时见，越女低鬟。算

堪羡、烟沙白鹭，暮往朝还。歌管重城，醉花春梦半香残。乘风邀月，持杯对影，云海人间。

（现代）刘永济：起二句写晴明景色。"波影"句将湖光写得光彩绚烂。"正西子"句用苏轼"若把西湖比西子"句意。此谓直以西湖作西子看，故以双清楼为西子妆楼。"镜舞"四字即从梳妆设想，鸾镜乃美人梳妆之镜。宋范泰《鸾鸟诗序》称"昔罽宾王有一鸾，三年不鸣。其夫人曰：'鸟见其类而后鸣，何不悬镜以映之。'王从其言，鸾睹影悲鸣，哀响冲霄，一奋而绝。"后人以鸾饰妆镜，盖起于此。"润逼"二句为登楼所见。"天虚"用庄子："天籁，风也。""云多"二句则天气由晴转雨也，故曰"带秋寒"。换头写远景。"翠凹"指平原低处如凹地。"凹"音"坳"。"隔江"句写遥望中之山。"时见"者，因云多也。"低鬟"，平远山色如女鬟也。"算堪羡"二句见白鹭往来自在而生羡，以见此身为事所羁，不如白鹭也。"歌管"二句写杭城繁华。歇拍用李白"举杯邀明月，对影成三人"诗意，见独游、独酌也。"云海"四字收得气象空阔。——《微睇室说词》

曲游春　　（南宋）周 密

禁烟湖上薄游。施中山即施岳，字仲山，吴人。精于吕律，赋词甚佳，余因次其韵。盖平时游舫，至午后则尽入里湖，抵暮始出。断桥小驻而归，非习于游者不知也。故中山极击节余"闲却半湖春色"之句，谓能道人之所未云。

禁苑东风外，扬暖丝晴絮，春思如织。燕约莺期，恼芳情偏在，翠深红隙。漠漠香尘隔。沸十里、乱弦丛笛。看画船，尽入西泠，闲却半湖春色。"看画船，尽入西泠"两句，纪实也。据《武林旧事》："至午则尽入西泠桥里湖，则外无一舸矣。"起三句说春风由宫苑吹到西湖，飘起了游丝和柳絮——丝和思，絮和绪，是谐音双关语，同时，丝和絮又是可纺织之物，因而说"春思如织"。"恼"，撩拨也，是承春思讲。莺燕软语，撩起自己惜春之情，爱春之意，游春之愿也。韦庄《河传》："香尘隐映，遥望翠槛红楼。"张先《谢池春慢》："香尘拂马，逢谢女城南道。"诗词中惯以香尘状仕女出游景象。"隔"者，言香尘之盛似成隔障也。接着"沸十里……"弦笛入耳之沸——盛极、热闹极也。但词人笔锋一转，"画船入西泠，闲却半湖春色"，出极冷极清之句。"闲却半湖春色"乃词人得意之句。

柳陌。新烟凝碧。映帘底宫眉，堤上游勒。轻暝笼寒，怕梨云梦冷，杏香愁幂。歌管酬寒食。奈蝶怨、良宵岑寂。正满湖、碎月摇花，怎生去得！下片"轻暝笼寒，怕梨云梦冷，杏香愁幂"，盖游人渐散，月上凉生，西湖寂寞，春亦寂寞，只恐梨花之美，如梦消逝，杏花之香，被愁所笼罩。《高斋诗话》认为梨花云一语，出于王昌龄"梦中唤作梨花云"诗句。词人多用梨云代表梨花，梨云梦指香美的梦。苏轼《西江月》"高情已逐晓云空，不与梨花同梦"、刘学箕《贺新郎》"回首春空梨花梦"指梨花由盛而衰。"梨云梦冷"即这个意思。作者又有《浣溪沙》"梨云如雪冷清明"，也反映这种景象。○结句，满湖风动涟漪，形成几层碎月，似花簇摇风——怎能在这样最美的时刻离去呢？词人的审美趣味不在热闹，而在珍惜春天的过去。周密写西湖之春，写实在处、热闹处美，而写虚静、空灵处更美。闲却的半湖春色和"碎月摇花"的宁静夜景，更使人神往，这是只有在日暮游人散尽时才有的境界。但极热闹才生出极幽静，是此词的写法特点。欧阳修《采桑子》写颍州西湖"笙歌散尽游人去，始觉春空，垂下帘栊，双燕归来细雨中"，写春空比较明显，此词却含蓄细致，此也是南北宋词之不同之处。

探芳讯·西泠春感　　（南宋）周 密

步晴昼。向水院维舟，津亭唤酒。叹刘郎重到，依依漫怀旧。东风空结丁香怨，花与人俱瘦。甚凄凉，暗草沿池，冷苔侵甃。　　桥外晚风骤。正香雪随波，浅烟迷岫。废苑尘梁，如今燕来否？翠云零落空堤冷，往事休回首。最消魂·一片斜阳恋柳。

（清）陈廷焯：点缀"空梁落燕泥"句，更饶姿态。——《词则·大雅集》

（近代）俞陛云：西泷当南宋时，翠华临幸，士女嬉游，花月楼台，为西湖千百年来极盛之际。自白雁渡江以后，朝市都非，草窗以凄清词笔写之。

"人花俱瘦"句言花事之阑珊,"暗草沿池"句言池馆之凋残,"废苑尘梁"句言离宫之冷落,触处生悲,不尽周原之感,湖山举目,谁动余哀,剩有白发遗黎,扶筇凭吊,如残阳之恋柳耳。——《唐五代两宋词选释》

贺新郎·游西湖有感　　（南宋）文及翁

一勺西湖水。渡江来、百年歌舞,百年醋醉。回首洛阳花世界,烟渺黍离之地。更不复、新亭堕泪。簇乐红妆摇画舫,问中流、击楫何人是? 千古恨,几时洗?　　余生自负澄清志。更有谁、磻溪未遇,傅岩未起。国事如今谁倚仗? 衣带一江而已。便都道、江神堪恃。借问孤山林处士,但掉头、笑指梅花蕊。天下事,可知矣。

（清）陈廷焯:南宋君臣宴安,不亡何待,不敢明言,托词和靖,非讥和靖也。——《词则·放歌集》

（清）沈雄:绵州文及翁,登第后游西湖。或戏之曰:"西蜀有此景否?"及翁即席赋《贺新郎》以解之,又云:"借问孤山林处士,但掉头、笑指梅花蕊。天下事,可知矣。"时贾相行推田之令,及翁作《百字令》咏雪以讥之。——《古今词话》

（清）许昂霄:前段所谓"直把杭州作汴州"也。——《词综偶评》

西湖绝句　　（元）赵孟頫

春阴柳絮不能飞,雨足蒲芽绿更肥。正恐前呵惊白鹭,独骑款段绕湖归。

问西湖　　（元）方 回

谁将西子比西湖,旧日繁华渐欲无。始信坡仙诗题谶,捧心国色解亡吴。

摸鱼儿·春日西湖泛舟　　（元）张 翥

涨西湖、半篙新雨,曲尘波外风软。兰舟同上鸳鸯浦,天气嫩寒轻暖。帘半卷。度一缕、歌云不碍桃花扇。莺娇燕婉。任狂客无肠,王孙有恨,莫放酒杯浅。　　垂杨岸。何处红亭翠馆。如今游兴全懒。山容水态依然好,惟有绮罗云散。君不见。歌舞地、青芜满目成秋苑。斜阳又晚。正落絮飞花,将春欲去,目送水天远。

湖上值雨　　（元）仇 远

波痕新绿草新青,有约寻芳苦不晴。莎径泥深双燕湿,柳桥烟淡一莺鸣。山围故苑春常锁,泉落低畦暖未耕。十载旧踪时入梦,画船多处看倾城。

同段吉甫泛湖　　（元）仇 远

西湖春碧净无泥,画舫朱帘傍岸移。寒食清明初过后,杏花杨柳乍晴时。从教西日催歌鼓,莫放东风转酒

旗。只恐明朝成雨去,暗惊浓绿上高枝。

同陈彦国泛湖　　（元）仇 远

斜堤高柳绿连天,且系闲人书画船。花事已空三月后,湖光还似百年前。洛阳园囿惟诗在,江左英雄托酒传。亦欲扣舷歌小海,小海为古代吴人悼念伍子胥的歌曲。《晋书·隐逸传》:"伍子胥谏吴王,言不纳用,见戮投浙。国人痛其忠烈为作《小海唱》。"亦省称《小海》。○苏轼《复次放鱼前韵答赵承仪、陈教授》:"为君更唤木肠儿(谓木石心肠,后人如高启、金农等皆有用),脚扣两舷歌小海。"恐惊沙上白鸥眠。

陪戴祖禹泛湖分韵得天字　　（元）仇 远

冉冉夕阳红隔雨,悠悠野水碧连天。山分秋色归红叶,风约蘋香入画船。钟鼓园林已如此,衣冠人物故依然。当歌对酒肠堪断,倒着乌巾且醉眠。

和韵胡希圣湖上二首　　（元）仇 远

曾识清明上巳时,懒随蜂蝶步芳菲。梨花半落雨初歇,杜宇不鸣春自归。双冢年深人祭少,孤山日晚客来稀。江南尚有余寒在,莫倚东风退絮衣。

连作湖山五日游,沙鸥惯识木兰舟。清明寒食荒城晚,燕子梨花细雨愁。赐火恩荣皆旧梦,禁烟风景似初秋。凤丝龙竹繁华意,犹为西林落日留。

西湖六首　　(元)张 昱

百镒黄金一笑轻,少年买得是狂名。樽中酒酿湖波绿,席上人传凤语清。蛱蝶画罗宫扇样,珊瑚小柱教坊筝。南朝旧俗怜轻薄,每到花时别有情。

湖上新泥雪渐融,门前沟水暗相通。裙欺萱草轻盈绿,粉学樱桃清浅红。暮雨欲来银烛上,春寒犹在酒尊空。青绫被薄难成梦,可是一番花信风。

楼前芳树碧盈盈,付与幽禽自在鸣。堤上马驮红粉过,湖中人载酒船行。日长燕子语偏好,风暖杨花体更轻。何限才情被花恼,独教书记得狂名。

此日谁人肯在家,倾城满意事繁华。时非上巳不为节,春到牡丹才是花。雾鬓云鬟湖上女,画轮绣毂道傍车。儿童尽唱铜鞮曲,未觉人间日易斜。

外湖里湖花正开,风情满意看花来。白银大瓮贮春酒,翠羽小姬歌落梅。身外功名真土苴,古来贤圣尽尘埃。韶光如此不一醉,百岁好怀能几回。

玉局当年为写真,西施宜笑复宜颦。朝云暮雨空前梦,桃叶柳枝如故人。露电光阴千劫外,鱼龙波浪一番

新。伤心最是逋仙宅,半亩残梅共晚春。

涌金门见柳　　(元)贡性之

涌金门外柳如金,三日不来成绿荫。折取一枝城里去,教人知道已春深。

西　湖　　(明)朱梦炎

万户烟销一镜空,水光山色画图中。琼楼燕子家家雨,锦浪桃花岸岸风。画舫舞衣凝暮紫,绣帘歌扇露春红。苏公堤上垂杨柳,尚想重来试玉骢。

满庭芳·西湖怀旧　　(明)瞿　佑

露苇催黄,烟蒲驻绿,水光山色相连。红衣落尽,辜负采莲船。检点六桥杨柳,但几个、抱叶残蝉。秋容晚,云寒雁背,风冷鹭鸶肩。　　　　华筵。容易散,愁添酒量,病减诗颠。况情怀冲淡,渐入中年。扫退舞裙歌扇,尽付与、一枕高眠。清闲好,脱巾露发,仰面看青天。

湖　上　　(明)袁宏道

流莺舌倦语初歇,画峦微点梨花雪。茶枪白抽四五旗,竹孙斑裹两三节。芳草如绵陷归辙,花气熏人醒不得。落红雨过更愁人,六桥十里猩猩血。

西湖杂感二十首　(清)钱谦益

板荡凄凉忍再闻,烟峦如赭水如焚。白沙堤下唐时草,鄂国坟边宋代云。树上黄鹂今作友,枝头杜宇昔为君。昆明劫后钟声在,依恋湖山报夕曛。

潋滟西湖水一方,吴根越角两茫茫。孤山鹤去花如雪,葛岭鹃啼月似霜。油壁轻车来北里,梨园小部奏西厢。而今纵会空王法,知是前尘也断肠。

杨柳桃花应劫灰,残鸥剩鸭触舷回。鹰毛占断听莺树,马矢平填放鹤台。北岸奔腾潮又到,南枝零落鬼空哀。争怜柳市高楼上,银烛金盘博局开。

先王祠庙枕湖渍,堕泪争看忠孝文。垂乳尚传天目谶,射潮无望水犀军。千年肸蠁肸读悉,入声。蠁读响,上声。肸蠁谓声响的散布、弥漫。语出司马相如《上林赋》。传阴火,尽日灵旗卷暮云。双泪何辞湿阶墄,罗平怪鸟正纷纭。

宰树丰碑一水湄,金牌终古事参差。于谦被祸,亦有金牌迎立事。殡宫麦饭无寒食,赐墓椒浆有岁时。歌舞梦华前代恨,英雄复楚后人思。兴亡今古如偿博,可惜冬青绿满枝。

　　昔叩于公拜绿章，拟征楛矢静诸方。鸱夷灵爽真如在，铜狄灾氛实告祥。地戛龙吟翻水窟，天回电笑闪湖光。残灯仿佛朱衣语，梦断潮声夜殷床。万历己未岁，余肃谒于庙，有《祭庙文》。

　　佛灯官烛古珠宫，二十年前两寓公。谓程孟阳、李长蘅。画笔空蒙山过雨，诗情淡荡水微风。断桥春早波吹绿，灵隐秋深叶染红。白鹤即看城郭是，归来华表莫匆匆。

　　西泠云树六桥东，月姊曾闻下碧空。杨柳长条人绰约，桃花得气句玲珑。"桃花得气美人中"，西泠佳句，为孟阳所吟赏。笔床研匣芳华里，翠袖香车丽日中。今日一灯方丈室，散花长侍净名翁。

　　堤走沙崩小劫移，桃花劈面柳攒眉。青山无复呼猿洞，绿水都为饮马池。鹦鹉改言从靺鞨，猕猴换舞学高丽。只应鹫岭峰头石，却悔飞来竺国时。

　　方袍潇洒角巾偏，才上红楼又画船。修竹便娟调鹤地，春风蕴藉养花天。蝶过柳苑迎丹粉，莺坐桃堤候管弦。不是承平好时节，湖山容易着神仙。

　　匜匜湖山锦绣窠，腥风杀气入偏多。梦儿亭里屯蛇豕，教妓楼前掣骆驼。粉蝶作灰犹似舞，黄莺避弹不成歌。嘶风渡马中流饮，顾影相蹄怕绿波。

岂独湖山笑突如，珠林宝网亦丘墟。消沉泡幻看金鲫，六和塔池金鲫鱼，沧浪、东坡诗所寄也。池久涸不复存。警策浮生听木鱼。藕孔刀兵三劫炽，今说禅者皆波旬，说刀兵劫所种也。莲花刻漏六时疏。于今顶礼云栖老，拥卫人天五百余。宗镜开堂，余以《弥陀疏抄》一部为施。此诗申明之。

天地为笼信可哀，南屏旧隐谪仙才。遗庐尚有孤花在，吊客徒闻独鹤回。渍酒青韈寒宿莽，题诗红袖拂荒苔。草衣道人有诗吊太初，为人所传。太平宰相曾招隐，矫首云霞海上来。记费铅山南屏访太初事。

东海桑田事岂诬，藏舟夜壑本良图。摸金山欲移三竺，蒸土陂应决两湖。两湖谓里外湖。地媪荒凉忧竭泽，波神刺促怨投珠。不知系缆江头石，曾见秦人筑塞无？

冷泉净寺可怜生，雨血飞毛作队行。罗刹江边人饲虎，女儿山下鬼啼莺。漏穿夕塔烟峰影，飘瞥晨钟鼓角声。夜雨滴残舟淅沥，不须噩梦也心惊。

建业余杭古帝丘，六朝南渡尽风流。白公妓可如安石，苏小湖应并莫愁。戎马南来皆故国，江山北望总神州。行都宫阙荒烟里，禾黍丛残似石头。有人问建业云："吴宫晋殿，亦是宋行都矣。"

珠衣宝髻燕湖滨，翟茀貂蝉一样新。南国元戎皆使相，上厅行首作夫人。红灯玉殿催旄节，画鼓金山压战尘。粉黛至今惊毳帐，可知豪杰不谋身。见周公谨、罗大经诸书，

亦南渡西湖盛事。

冬青树老六陵秋,恸哭遗民总白头。南渡衣冠非故国,西湖烟水是清流。早时朔漠翎弹怨,它日居庸宇唤休。白翎、杜宇,事见《元史》及《草木子》诸书。苦恨嬉春铁崖叟,锦兜诗报百年愁。铁崖嬉春诗用锦兜押韵。

茫茫禹迹有风尘,最喜杭州土俗淳。闭户儒生推玉历,开堂禅子祝金轮。青衣苦效侏离语,红粉欣看回鹘人。底事两朝崇少保,高坟棹楔尚嶙峋。

罨画西湖面目非,峰峦侧堕水争飞。云庄历乱荷花尽,月地倾颓桂子稀。莺断曲裳思旧树,鹤髡丹顶悔初衣。今愁古恨谁消得,只合腾腾放棹归。

西湖绝句　　（清）柳如是（女）

垂杨小院绣帘东,莺阁残枝蝶趁风。大抵西泠寒食路,桃花得气美人中。

赠厉子还西泠　　（清）屈大均

长忆西湖歌采菱,六桥秋水涨鱼罾。逢君急剪松江绢,乞写双峰烟雨凝。

苏堤口号　　（清）沈受弘

六桥遥带两峰孤，烟水茫茫旧宋都。一向鄂王坟上拜，回头不忍见西湖。

西湖杂诗四首　　（清）黄 慎

画罗纨扇总如云，细草新泥簇蝶裙。孤愤何关儿女事，踏青争上岳王坟。

鱼羹宋嫂六桥无，原是樊楼旧酒垆。宣索可怜停玉食，官家无泪话东都。

梅花亦作黍离看，野水荒坟绕一湾。断肠黄金台下客，更传天语到孤山。陶宗仪《辍耕录》载：宋恭帝被元人俘至北京，汪元量南归，带回恭帝诗："寄语林和靖，梅花几度开。黄金台下客，应是不归来。"

珠襦玉匣出昭陵，杜宇斜阳不可听。千树桃花万条柳，六桥无地种冬青。

谒金门·七月既望，湖上雨后作　　（清）厉 鹗

凭画槛，雨洗秋浓人淡。指心境淡泊。隔水残霞明冉冉。读染，上声。冉冉，光亮闪动貌。温庭筠《偶题》："昼明金冉冉，筝语玉纤纤。"小山三四点。　　艇子几时同泛？待折荷花临鉴。镜子。日日绿

477

盘疏粉艳。西风无处减。

湖上杂诗　　(清)袁　枚

凤岭高登演武台，排衙石_{凤凰山上有石笋排列，钱镠名为排衙石。}上大风来。钱王英武康王弱，一样江山两样才。

游西湖　　(清)骆绮兰

渺渺平湖漠漠烟，酒楼斜倚绿杨前。南屏五百西方佛，散尽天花总是莲。

西湖杂诗　　(清)陈　衍

湖心亭是广寒宫，月涌楼台入太空。比似洞庭波万顷，君山也占水当中。_{尹墨卿《西湖寓楼看雨》云："湖心亭子微茫里，聊作君山一点看。"}

游西溪归湖上，晚景绝佳同散原作
(清)陈曾寿

行尽西溪三百曲，忽开天镜晚晴中。仙山楼阁无限好，碧海银河何处通。落日千峰横紫翠，中流一叶在虚空。时无小李将军手，奇景当前付散翁。

478

3. 山

西湖晚归，回望孤山寺，赠诸客　　(唐)白居易

柳湖_{西湖多柳故称}。松岛_{指孤山，以其上多松树故称}。莲花寺，_{即孤山寺}。晚动归桡出道场。_{指孤山寺}。卢橘子低山雨重，_{卢橘，《本草》指金橘。陶宗仪《辍耕录》："世人多用卢橘以指琵琶。"苏轼《与刘景文同赏枇杷》："魏花非老伴，卢橘是乡人。"}栟榈_{即棕榈。榈读驴，平声}。叶战水风凉。烟波澹荡摇空碧，楼殿参差倚夕阳。到岸请君回首望，蓬莱宫在海中央。

（清）金人瑞：唐人每每有诗是因前顺生后，有诗是因后倒生前。如此晚出道场诗，看他前解，细写湖上是岛，岛上是寺，又加"柳"、"松"、"莲花"字，装成异样清华好景。意犹未惬，即又尽借其日之暮雨凉风、卢橘栟榈，以加倍渲染之者，分明先生满心满眼具有海山楼阁，一段观想先在胸中，因而到撰此一解四句，悄地填补在前。若只是出道场时，信笔闲写，一顺写到后去，如有到岸回首之一结，便当措笔措墨都不是如此二十八字也。朗吟而后言之（前四句下）。○此"到岸请君回首"，乃是未到岸，先请君必回首也；若既"到岸"，已"回首"，则是夏不必"请君"之二字也。○前解如写美人，后解如写美人之影。——《贯华堂选批唐才子诗》

（清）黄叔灿：此篇章法又妙。上半是写"西湖晚归"，下半是写"回望孤山"；只"请君"二字是"赠诸客"也。其妙处在第八句与第一句相应，化实为虚；第七句与第二句相应·化板为活。○五、六"烟波"即"柳湖"也，"楼台"即"松岛莲花寺"也。以"澹荡摇空碧"之烟波，映"参差倚夕阳"之楼殿，即所谓"蓬莱宫在水中央"也。然此二句，乃是到岸以后回首望中之景，却先举在前，用"请君"字面轻轻倒结，不费半点笔墨，便觉空蒙无际。呜呼！诗律至此，微矣，妙矣，岂复老妪之所能解哉！——《唐诗笺注》

题杭州孤山寺　　（唐）张　祜

楼台耸碧岑，一径入湖心。不雨山长润，无云水自阴。断桥_{亦称宝祐桥、段家桥}荒薛涩，空院落花深。犹忆西窗月，钟声在北林。

（元）方回：此诗可谓细润，然太工，大偶。"合"一本作"涩"。——《瀛奎律髓汇评》

（清）纪昀：太工大偶，自是病。然选中此类极多，不应独斥此一首。而此一首亦尚未至太工、太偶。——同上

（清）何焯：三、四清切。——同上

（清）黄生：尾联宽宕格。○三、四确是湖中山寺之景，移用他处不得。七、八乃追忆未到以前语。未到闻钟，已自神往，今幽胜果如前云云，其赏心可胜道哉？无限说话，俱在言外。——《唐诗摘钞》

酒泉子　　（北宋）潘　阆

长忆西山，_{西山，在杭州西山麓有灵隐寺。}灵隐寺前三竺后。冷泉亭上旧曾游，三伏似清秋。　　白猿时见攀高树，长啸一声何处去。别来几向画图看，终是欠峰峦。

孤山寺端上人房写望　　（北宋）林　逋

底处凭阑思渺然，孤山塔后阁西偏。阴沉画轴林间寺，零落棋枰葑上田。秋景有时飞独鸟，夕阳无事起寒烟。迟留更爱吾庐近，只待重来看雪天。

登飞来峰_{飞来峰又名灵鹫峰，在灵隐寺前。}

（北宋）王安石

飞来山上千寻塔，闻说鸡鸣见日升。不畏浮云遮望眼，自缘身在最高层。

孤山二咏并引　　（北宋）苏 轼

孤山有陈时柏二株。其一为人所薪，山下老人自为儿时，已见其枯矣，然坚悍如金石，愈于未枯者。僧志诠作堂于其侧，名之曰：柏堂。堂与白公居易竹阁相连属。余作二诗以纪之。

柏 堂

道人手种几生前，鹤骨龙筋尚宛然。双干一先神物化，九朝三见太平年。_{九朝谓：陈、隋、唐、梁、后唐、晋、汉、周、宋。三见太平指隋、唐、宋。}忽惊华构依岩出，乞与佳名到处传。此柏未枯君记取，灰心聊伴小乘禅。

竹 阁

海山兜率两茫然，古寺无人竹满轩。白鹤不留归后语，苍龙犹是种时孙。两丛恰似萧郎笔，_{萧悦善画竹。白居易有《萧悦画竹歌》。}十亩空怀渭上村。_{《史记·货殖列传》："渭川千亩竹，其人与千户侯等。"}欲把新诗问遗像，_{阁中有白居易遗像。}病维摩诘更无言。

西湖寿星院此君轩 《西湖游览志》：葛岭寿星院有此君轩。
（北宋）苏 轼

卧听谡谡碎龙鳞，俯看苍苍立玉身。一舸鸱夷江海去，尚余君子六千人。《史记·越王勾践世家》："用范蠡计，发习流二千，教士四万人，君子六千人，诸御千人伐吴。勾践竟灭吴。范蠡乃与其私徒属乘舟，浮海出齐，变姓名自谓鸱夷子皮。"

陌上花三首 并引　　（北宋）苏 轼

游九仙山，闻里中儿歌《陌上花》。父老云：吴越王妃，每岁春必归临安，王以书遗妃曰："陌上花开，可缓缓归矣。"吴人用其语为歌，含思宛转，听之凄然，而其词鄙野，为易之云。

陌上花开蝴蝶飞，江山犹是惜人非。遗民几度垂垂老，贯休诗："一瓶一钵垂垂老，万水千山得得来。"游女长歌缓缓归。

陌上山花无数开，路人争看翠钤读平，平声。有帷盖的车。来。若为留得堂堂去，薛能诗："青青背我堂堂去，白发催人故故来。"且更从教缓缓回。

生前富贵草头露，身后风流陌上花。已作迟迟君去鲁，犹教缓缓妾还家。

虎跑泉 在西湖西南的大慈山下。传说唐时性空和尚在此学道，苦无水。梦见神人告之明日派二虎运来南岳童子泉。明日果见二虎跑地作穴，泉水涌出，因有"虎跑梦泉"之称。　　　　（北宋）苏　轼

亭亭石塔东峰上，此老 指唐时性空和尚。初来百神仰。虎移泉眼趁行脚，龙作浪花供抚掌。至今游人盥濯罢，卧听空阶环玦响。故知此老如此泉，莫作人间去来想。

诉衷情·宝月山作　　　（北宋）僧仲殊

清波门外拥轻衣。杨花相送飞。西湖又还春晚，水树乱莺啼。　　　闲院宇，小帘帏。晚初归。钟声已过，篆香才点，月到门时。 仲殊此词作于杭州宝月寺。寺在城南吴山西偏宝月山麓，与西湖清波门相近。

花心动·偶居杭州七宝山国清寺冬夜作 七宝山系吴山之南支。　　（南宋）赵　鼎

江月初升，听悲风、萧瑟满山零叶。夜久酒阑，火冷灯青，奈此愁怀千结。绿琴三叹朱弦绝，与谁唱、阳春白雪？但遐想、穷年坐对，断编遗册。　　　西北欃枪未灭。千万乡关，梦遥吴越。慨念少年，横槊风流，醉胆海涵天阔。老来身世疏篷底，忍憔悴、看人颜色。更何似、归欤漱流枕石。

自真珠园泛舟至孤山 真珠园在断桥西。

（南宋）陆 游

呼船径截鸭头波，岸帻闲登玛瑙坡。玛瑙坡在孤山东。弦管未嫌惊鹭起，尘埃无奈污花何。宦情不到渔蓑底，诗兴偏于野寺多。明日一藤龙井去，谁知伴我醉行歌。

孤山寒食　　（南宋）赵师秀

二月芳菲在水边，旅人消困亦随缘。晴舒蝶翅初匀粉，雨压杨花未放绵。有句自题闲处壁，无钱难买贵时船。最怜隐者高眠地，日日春风是管弦。

径山夜坐闻钟 径山在余杭县西北，是天目山的东北峰。

（元）僧白云

凉气生毛骨，天高露满空。二三十年事，一百八声钟。绝顶人不到，此心谁与同？凭阑发孤啸，宿鸟起长松。

献仙音·吊雪香亭梅 亭在葛岭集芳园中。

（南宋）周 密

松雪飘寒，岭云吹冻，红破数椒春浅。衬舞台荒，浣妆池冷，凄凉市朝轻换。叹花与人凋谢，依依岁华晚。

共凄黯。问东风、几番吹梦，李白《江上寄巴东故人》："东风吹客梦。"
应惯识当年，翠屏金辇。一片古今愁，但废绿温庭筠《莲浦谣》：
"废绿平烟吴苑东。"平烟空远。无语消魂，对斜阳、衰草泪满。
又西泠残笛、低送数声春怨。

（清）陈廷焯：草窗词刻意学清真句法字法，居然逼似，惟气体终觉不逮，
其高者可步武梅溪，次亦平视竹屋。即杜诗"回首可怜歌舞地"意，以词发
之，理觉凄婉。——《词则·大雅集》

（近代）俞陛云：雪香亭在西湖葛岭张婉仪之集芳园中，由太后收归，理
宗又赐贾平章。殿前古梅、老松甚多，有清胜堂、望江亭等处，而雪香亭梅花
尤盛。玉辇临游、朱门歌舞，斯亭阅尽兴亡，老梅犹在，宜弁阳翁百感交集
也。起笔写梅亭寒景，便带凄音，由荒亭说到朝市，由朝市说到看花之人，如
峡猿之次第三声。后阕言"翠屏金辇"，何等繁华，而贞元朝士无多，惟历劫
寒梅，犹亲见当年之盛，与汉苑铜仙、隋堤杨柳，同恋前朝。结句"西泠残
笛"，寓余感于无穷矣。——《唐五代两宋词简析》

贾魏公府在葛岭。 （南宋）汪元量

湖边不见碾香车，碾通辗，车辆流行。断珥遗钿满路涂。
门径风轻飞野马，野马，尘埃也，见《庄子》。亭台火尽及池鱼。海
棠花下生青杞，石竹丛边出紫苏。却忆相公游赏日，三千
卫士立阶除。

满江红·吴山 （南宋）汪元量

一霎浮云，都掩尽、日无光色。遥望处、浮图对峙，梵
王新阙。燕子自飞关北外，杨花闲度楼西侧。慨金鞍、玉

勒早朝人,经年歇。　　　昭君去,空愁绝。文姬去,难言说。想琵琶哀怨,泪流成血。蝴蝶梦中千种恨,杜鹃声里三更月。最无情、鸿雁自南飞,音书缺。此词乃和王昭仪韵也。

暮春游西湖北山葛岭、宝石山等统称北山。
(元)杨 载

愁耳偏工着雨声,好怀常恐负山行。未辞花事骎骎盛,正喜湖光淡淡晴。倦憩客犹勤访寺,幽栖吾欲厌归城。绿畴桑麦盘樱笋,因忆离家恰岁更。

凤凰山　　　(元)黄 潜

沧海桑田事渺茫,行逢遗老色凄凉。为言故国游麋鹿,漫指空山号凤凰。春尽绿莎迷辇道,雨多苍莽上宫墙。《诗经·鄘风》有《墙有茨》。遥知汴水东流畔,更有平芜与夕阳。

题飞来峰　　　(明)张 宁

翠拥螺攒玉作堆,一峰孤绝似飞来。龙翔北海苍鳞重,凤落西湖锦翼开。鬼斧凿穿生混沌,神鞭驱出小蓬莱。石门阴洞知多少,欲借丹梯上紫台。

葛 岭　　　　（明）沈 周

闲堂宝阁画图中，天气湖山养相公。正是襄樊多事日，却将征战试秋虫。

饮龙井在西湖之西。　　　　（明）孙一元

眼底闲云乱不开，偶随麋鹿入云来。平生于物原无取，消受山中水一杯。

游南高峰　　　　（明）王世贞

从游指点南高胜，蹑读聂。屩读爵，入声。草鞋也。攀萝兴不赊。画里余杭人卖酒，镜中湖曲棹穿花。千岩半出分秋雨，一径微明逗晚霞。最是夜归幽绝处，疏林灯火傍渔家。

天竺中秋　　　　（明）汤显祖

江楼无烛露凄清，风动琅玕笑语明。一夜桂花何处落，月中空有轴帘声。

南山杂咏　　(清)朱彝尊

九　溪

寻遍十五寺,九溪鸣淙淙。下无一寸鱼,上有百尺松。缘流思濯足,奈此菖蒲茸。

十八涧

暮经南山南,曲涧一十八。山桥往而复,山路坱兮圠。夕曛渐催人,延首望香刹。

吴山怀古　　(清)沈德潜

夫差曾报阖闾仇,宋室南迁事竟休。和议有人增岁币,偏安无诏复神州。中原已洒苌弘血,塞北空闻杜宇愁。莫上凤凰山顶望,冬青谁认旧陵丘。凤凰山在西湖南边,为南宋宫廷所在。

秋宿葛岭涵青精舍　　(清)厉鹗

书灯佛火影清凉,夜半层楼看海光。蕉飐读展,上声。风吹物使颤动摇曳。暗廊虫吊月,无人知是半闲堂。南宋权相贾似道所建堂名。

西湖葛岭有嘲　　（清）王鸣盛

忙里能闲号半闲，相公胸次本来宽。襄樊失守成何事，不抵秋虫胜负看。葛岭原是葛洪炼丹之所。南宋贾似道为相，蒙赐第葛岭，筑半闲堂。似道置国事不顾，爱斗蟋蟀，著有《蟋蟀经》。〇尝有佞人上《唐多令》曰："天上谪星班，青牛度谷关。幻出蓬莱新院宇，花外竹，竹边山。 轩冕傥来闲，人生闲最难。算真闲不到人间。一半神仙先占取，留一半，与公闲。"

喜从天上来·初阳台观日出初阳台在葛岭顶上。
　　（清）吴锡麒

台古山空，莺唱起天鸡，烟散蒙蒙。光生远岫，影入长松。扶桑万里霞红。早一轮端正，和海色飞出天东。隔前林，听鸦声才动，樵语旋通。　　　苍茫俯看尘世，正梦绕行云，晓睡都涨。露洗凉衣，风欲欹帽，何人画我支筇。尽染成秋意，休更数冷淡江枫。荡心胸，现群峰璀璨，金碧芙蓉。谓山峰像芙蓉。

孤山独坐雪意甚足　　（清）何振岱

山孤有客与徘徊，悄向幽亭藉绿苔。钟定声依无际水，诗成意在欲开梅。暮寒潜自湖心起，雪点疑随雨脚来。一饮恣情宜早睡，两峰待看玉成堆。

4.寺 塔 楼 亭 宫

灵隐寺寺建于东晋咸和元年（326）。晏殊《舆地志》："晋咸和中，西僧慧理登兹山，叹曰：'此是中天竺国灵鹫山之小岭，不知何年飞来？佛在世日多为仙灵所隐，今此亦复尔耶？'因挂锡造灵隐寺，号其峰曰：飞来。"

（唐）宋之问

鹫岭郁岧峣，龙宫锁寂寥。楼观沧海日，门对浙江潮。桂子月中落，天香云外飘。扪萝登塔远，刳木取泉遥。霜薄花更发，冰轻叶互凋。夙龄尚遐异，搜对涤烦嚣。待入天台路，看余渡石桥。

（唐）孟棨：宋考功以事累贬黜，后放还。至江南，游灵隐寺。夜月极明，长廊吟行，且为诗曰："鹫岭郁岧峣，龙宫锁寂寥。"第二联搜奇思，终不如意。有老僧点长明灯，坐大禅床，问曰："少年夜夕久不寐，而吟讽甚苦，何耶？"之问答曰："弟子业诗，适偶欲题此诗，而兴思不属。"僧曰："试吟上联。"即吟与之。再三吟讽，因曰："何不云'楼观沧海日，门对浙江潮？'"之问愕然，讶其遒丽，又续终篇：桂子月中落，……"僧所赠句，乃为一篇之警策。迟明更访之，则不复见矣。寺僧有知之者曰："此骆宾王也。"——《本事诗》

（明）钟惺："霜薄"字妙。○"夙龄"二语似古诗，入律觉妙。——《唐诗归》

（明）邢昉：宏丽巍峨，初唐之杰，不必辨为骆、为宋。——《唐风定》

与从侄杭州刺史良游天竺寺指下天竺寺。东晋咸和年

间建。原为翻经院。隋文帝开皇年间加以扩充，改称天竺寺。○上天竺和中天竺至五代后晋和北宋年间建成。 （唐）李 白

挂席凌蓬丘，即蓬莱。观涛憩读气，去声。樟楼。又名樟亭，在杭

州南。三山动逸兴，三山即蓬莱、方丈、瀛洲。五马同遨游。天竺森在眼，松风飒读萨，入声。风声也。惊秋。览云测变化，弄水穷清幽。叠嶂隔遥响，当轩写归流。诗成傲云月，佳趣满吴洲。

留别天竺、灵隐两寺　　（唐）白居易

在郡六百日，入山十二回。宿因月桂落，醉为海榴开。黄纸除书到，青宫诏命催。僧徒多怅望，宾从亦徘徊。寺暗烟埋竹，林香雨落梅。别桥怜白石，辞洞恋青苔。渐出松间路，犹飞马上杯。谁教冷泉水，送我下山来。

题杭州天竺寺　　（唐）张 祜

西南山最胜，一界是诸天。上路穿岩竹，分流入寺泉。蹑云丹井畔，望月石桥边。洞壑江声远，楼台海气连。塔明春岭雪，钟散暮松烟。何处去犹恨，更看峰顶莲。

胜果寺或作圣果寺，寺在杭州凤凰山。　　（唐）僧处默

路自中峰上，盘回出薜萝。到江吴地尽，隔岸越山多。古木丛青霭，遥天浸白波。下方城郭近，钟磬杂笙歌。

（元）方回：寺在钱塘，故有"吴地"、"越山"之联。或以田主牙人讥之，似不害写物之妙。后山缩为一句"吴越到江分"，高矣。譬之"共君一夜话，胜读十年书"，山谷缩为一句，曰"话胜十年书"是也。因书诸此·以见诗法之无穷。——《瀛奎律髓汇评》

（清）冯舒：诗意在"一夕"字及"读"字。若仅存一"话"字，安知不话"十年"？山谷再生，我决不服。○"十年书"意不足为工也。二句力在"一夕"与"读"字。然山谷亦直是古语耳，若方公之论，则是偷句拙贼耳。——同上

（清）冯班：二句意在"一夜"、"十年"作对，不可缩也。次句去"读"字，意亦不完。后山句却妙。——同上

（清）冯班：落句与承吉《金山》同格，语意转胜。——同上

（清）陆贻典：题只"胜果寺"，无"登"、"望"、"临"、"眺"等字，故但写景亲切，便是合作。——同上

（清）纪昀：三、四自佳，后四句无味。——同上

（清）许印芳：诗家原有偷意之例。偷而变化字句，不袭其语者，上品。如古诗"人生不满百，常怀千岁忧"，陶公化为"世短意常多"五字，此化多为少者也。常旰眙诗"曲径通幽处，禅房花木深"，东坡化为"微雨止还作，小窗幽更妍；盆山不见日，草木自苍然"四句，此化少为多者也。若偷意而用其语，能缩多为少者为中品；虚谷前评所引二句是也。衍少为多者为下品，如王右丞诗"孤客亲童仆"，崔礼山用之而衍为"渐与骨肉远，转为童仆亲"是也。上中二品可学，下品则不可效尤矣。又按：此诗后四句虽不出色，而前后相称，晓岚斥为无味，亦是苛论。——同上

（清）无名氏（乙）：接出第四句，自然缥缈。——同上

（清）王夫之：只写寺景，不入粗禅语，一结纯净生色。僧诗第一首，足与李季兰《寄兄》作为格外双清。——《唐诗选评》

（清）何焯：先着"出薜萝"三字，从幽蔚中忽现出一片奇旷也，顿挫得妙。……中四句层次回环，第七恰落到城廓作结。——《唐三体诗评》

（清）屈复：一、二圣果寺。中四皆所见景。结尘市喧闹，是言寺之所嫌者在此，而语气浑然不露。较"吴越到江分"各有好处，又无一语及禅。结语俗人亦不肯道。——《唐诗成法》

望湖楼 楼在西湖昭庆寺前，五代时吴越国建。

（北宋）潘 阆

望湖楼上立，竟日懒思还。听水分他界，看云过别山。孤舟依岸静，独鸟向人闲。回首重门闭，蛙声夕照间。

宿洞霄宫 宫在余杭县南大涤山下。　　（北宋）林 逋

秋山不可尽，秋思亦无垠。碧涧流红叶，青林点白云。凉阴一鸟下，落日乱蝉分。此夜芭蕉雨，何人枕上闻。

游湖上昭庆寺　　（北宋）陈尧佐

湖边山影里，静景与僧分。一榻坐临水，片心闲对云。树寒时落叶，鸥散忽成群。莫问红尘事，林间肯暂闻。

（元）方回：此钱塘门外昭庆寺。今犹无恙，而南渡事业又已渐尽，读此宁无感乎！第五句最幽美。——《瀛奎律髓汇评》

（清）纪昀：观此则书成于宋亡之后，卷端题"宋"字殊误。——同上

（清）冯舒：句句雅正。——同上

（清）查慎行：北宋号"菩提院"，南渡始改昭庆。《西湖志》及《咸淳临安志》皆云。然今观此题，可见北宋已名昭庆寺，两志俱伪。——同上

（清）纪昀：三、四自然，五、六亦萧散有致，惟结恨浅直。——同上

（清）许印芳："湖"、"山"总起，中间分承，结句拓开，章法极老成。纪批云"结恨浅直"，愚谓病在"莫问"、"肯暂"四字，"林间"太泛，亦未能收到"寺"字，因为易作"几许红尘事，安禅耳不闻"。——同上

游杭州圣果寺　　（北宋）王安石

登高见山水，身在水中央。下视楼台处，空多树木苍。浮云连海气，落日动湖光。偶坐吹横笛，残声入富阳。

望海楼晚景五绝句望海楼在凤凰山上。
（北宋）苏 轼

海上涛头一线来，楼前指顾雪成堆。从今潮上君须上，更看银山二十回。

横风吹雨入楼斜，壮观应须好句夸。雨过潮平江海碧，电光时掣紫金蛇。

青山断处塔层层，隔岸人家唤欲应。江上秋风晚来急，为传钟鼓到西兴。

楼下谁家烧夜香，玉笙哀怨弄初凉。临风有客吟秋扇，拜月无人见晚妆。

沙河灯火照山红，歌鼓喧呼笑语中。为问少年心在

否？角巾欹侧鬓如蓬。

立秋日祷雨，宿灵隐寺，同周、徐二令
（北宋）苏　轼

百重堆案掣身闲，一叶秋声对榻眠。床下雪霜侵户月，枕中琴筑落阶泉。崎岖世味尝应遍，寂寞山栖老渐便。惟有悯农心尚在，起占云汉更茫然。

病中游祖塔寺即虎跑寺。在杭州南山。唐开成元年称法云寺。宋太平间因南泉、临济、赵州、雪峰等高僧常到此，故又称祖塔寺。
（北宋）苏　轼

紫李黄瓜村路香，乌纱白葛道衣凉。闭门野寺松阴转，欹枕风轩客梦长。因病得闲殊不恶，安心是药更无方。道人不惜阶前水，借与匏樽自在尝。

会客有美堂，周邠长官与数僧同泛湖往北山，湖中闻堂上歌笑声，以诗见寄，因和二首，时周有服周邠《簪屐》诗云："堂上歌声想遏云，玉人休整碧纱裙。妆残粉落胭脂晕，饮剧杯深琥珀纹。簪屐定知高楚客，笑谈应好却秦军。莫辞马上玉山倒，已是迟留至夜分。"（北宋）苏　轼

霭霭君诗似岭云，韩愈《赠张秘书》："君诗多态度，霭霭春空云。"从

来不许醉红裙。不知野屐穿山翠,惟见轻桡破浪纹。颇见呼卢袁彦道,用袁耽事,见《晋书》。难邀骂座灌将军。自注:皆取其有服也。用灌夫事,见《汉书》。晚风落日元无主,不惜清凉与子分。

载酒无人过子云,扬雄事见《汉书·扬雄传》。掩关昼卧客书裙。羊欣书裙事见《南史》。歌喉不共听珠贯,醉面何因作缬纹。僧侣且陪香火社,诗坛欲敛鹳鹅军。鹳鹅,战阵名。见《左传》。凭君遍绕湖边寺,涨绿晴来已十分。

虞美人·有美堂赠述古　　(北宋)苏 轼

湖山信是东南美,一望弥千里。使君能得几回来?便使尊前醉倒、且徘徊。 沙河塘里灯初上,水调谁家唱。夜阑风静欲归时。惟有一江明月、碧琉璃。

(宋)陈岩肖:仁宗朝,梅挚出守杭,上赐之诗,有"地有吴山美,东南第一州"。梅以上诗名堂。(按:仁宗赐之诗云"地有湖山美,东南第一州。剖符宣政化,持橐辍才流。暂出论诗列,遥分旰仄忧。循良勤抚俗,来暮听欢讴"。挚既履任,名其堂曰"有美"。欧阳永叔为之记,蔡君谟为之书,士夫题咏者甚多。○梅挚守杭,欧阳修赠之诗曰:"万室东南富且繁,羡君风力有余闲。渔樵人乐江湖外,谈笑诗成尊俎间。日暖梨花催送酒,天寒桂子落空山。邮筒不绝如飞翼,莫惜新篇屡往还。")——《庚溪诗话》

南柯子·六和塔
六和塔在月轮峰傍。宋太祖开宝三年（970）建。《翻译名义》云：'僧伽，此云'和合众'。和有六义'戒和同修，见和同解，身和同住，利和同均，口和无争，意和同悦'。" （北宋）僧仲殊

金甃蟠龙尾，莲开舞凤头。凉生宫殿不因秋。门外莫寻尘世，卷地江流。 雾色澄千里，潮声带两洲。两洲：吴与越。月华清泛浪花浮。今夜蓬莱归梦，十二琼楼。

入灵隐寺　　（北宋）刘一止

石泉苔径午阴凉，手撷山花辨色香。度岭穿松心未厌，好闲翻为爱山忙。

冷泉亭放水　　（南宋）范成大

古苔危磴著枯藜，脚底翻涛汹欲飞。九陌倦游那有此，从教惊雪溅尘衣。

人日出游湖上十首（录一首）　　（南宋）杨万里

放闸冷泉亭，抽动一天碧。平地跳雪山，晴空下霹雳。

满江红·题冷泉亭　　（南宋）辛弃疾

直节谓竹。堂堂，看夹道、冠缨谓松。拱立。渐翠谷、群仙东下，佩环声急。谓水声。闻道天峰飞堕地，傍湖千丈开青壁。是当年、玉斧削方壶，无人识。　　山木润，琅玕湿。秋露下，琼珠滴。向危亭横跨，玉渊澄碧。醉舞且摇鸾凤影，浩歌莫遣鱼龙泣。恨此中、风月本吾家，今为客。

（明）卓人月：前作富贵缠绵，后作萧散俊逸。——《古今词统》

（现代）邓广铭："吾家"指济南。（稼轩老家济南）按济南有大明湖、趵突泉诸名胜，景色佳丽，略似西湖，故稼轩有此联想。——《稼车词编年笺注》

保俶塔　　（元）钱惟善

金刹天开画，铁檐风语铃。野云秋共白，江树晚逾青。凿屋岩藏雨，粘崖石坠星。下看湖上客，歌吹正沉冥。

灵隐寺　　（明）朱朴

合涧桥桥名，在寺前。头水，飞来洞口山。鸟盘苍壁影，僧掩翠微关。松露昼还滴，岩花秋更斑。一年尝一到，一到一忘还。

玉泉寺观鱼 _{寺在栖霞岭和灵隐山之间。寺建于六朝南齐，}

当时称净空禅院。　　　　（明）王世贞

寺古碑残不记年，池清媚景且留连。金鳞惯爱初斜日，玉乳长涵太古天。投饵聚时霞作片，避人深处月初弦。还将吾乐同鱼乐，三复庄生濠上篇。

游虎跑泉　　　（明）袁宏道

竹床松涧净无尘，僧老当知寺亦贫。饥鸟共分香积米，落花常足道人薪。碑头字识开山偈，炉里灰寒护法神。汲取清泉三四盏，芽茶烹得与尝新。

冷泉亭　　　　（清）王　慧（女）

泉声檐槛外，林壑杳然深。人世热何处，我来清到心。松林藏日色，潭底卧峰阴。一自乐天记，山光寒至今。

题西湖第一楼　　　（清）阮　元

高楼何处卧元龙，独倚孤山百尺松。人与峰峦争气象，窗收湖海入心胸。经神谁擅无双誉，_{法式善《梧门诗话》：西湖第一楼在诂经精舍之左。阮云台侍郎所建。}阛影当凭第一重。却笑扶

499

风空好土,登梯始见郑司农。

水调歌头·望湖楼　　（清）郭　麐

其上天如水,其下水如天。天容水色渌净,楼阁镜中悬。面面玲珑窗户,更着疏疏帘子,湖影淡于烟。白雨忽吹散,凉到白鸥边。　　酌寒泉,荐秋菊,问坡仙。问君何事,一去七百有余年?又问琼楼玉宇,能否羽衣吹篴,篴,笛的古字。乘醉赋长篇?一笑我狂矣,且放总宜船。西湖游船中的一种,此泛指。

六和塔　　（清）林则徐

浮屠矗立俯江流,暮色苍茫四望收。落日背人沉野树,晚潮催月上沙洲。千家灯火城南寺,数点帆归海外舟。莫讶山僧苦留客,有情江水也回头。

5. 景

木兰花慢·西湖十景　　（南宋）周　密

苏堤春晓

恰芳菲梦醒,漾残月、转湘帘。正翠崦收钟,彤墀放仗,台榭轻烟。东园。夜游乍散,听金壶、逗晓歇花签。宫柳微开露眼,小莺寂妒春眠。　　冰奁。黛浅红鲜。

临晓鉴、竞晨妍。怕误却佳期,宿妆旋整,忙上雕辀。都
缘探芳起早,看堤边、早有已开船。薇帐残香泪蜡,有人
病酒恹恹。

（近代）俞陛云:首三句在将晓之前,"芳菲"二字更关合春意。"翠崦"三
句已破晓矣。"东园"句回忆夜游,布局便有顿挫。"宫柳"二句赋"春晓",而
垂柳啼莺,兼有苏堤之景。以上阕写景,故下阕换言人事。"冰奁"三句言春
城处处晨妆,有阿房宫绿云扰扰、争梳晓鬟之状。"怕误却佳期"三句,因游
湖而早起,苏堤晓色自在丽人盼望之中。"早开船"句推进一层写法,见更有
早者,以写足春晓之意。"薇帐"结句乃反映之笔,亦有中酒高眠,辜负晓风
春色者,意更周匝。——《唐五代两宋词选释》

平湖秋月

碧霄澄暮霭,引琼驾、碾秋光。看翠阙风高,珠楼夜
午,谁捣玄霜。沧茫。玉田万顷,趁仙查、咫尺接天潢。
仿佛凌波步影,露浓佩冷衣凉。　　　明珰。净洗新妆。
随皓彩、过西厢。正雾衣香润,云鬟绀湿,私语相将。鸳
鸯。误惊梦晓,掠芙蓉、度影入银塘。十二阑干伫立,凤
箫怨彻清商。

（近代）俞陛云:首三句言月之初出,用"碾"字殊精。"翠阙"三句已月到
中天,湖光一白,故接以"玉田"四句,写平湖月色。"凌波"二句咏湖月而兼
有人在。下阕即咏游湖玩月之人,鸳鸯惊梦,写湖之幽景入妙。结句阑畔吹
箫,乃赏月之余波也。——《唐五代两宋词选释》

断桥残雪

觅梅花信息,拥吟袖、暮鞭寒。自放鹤人归,月香水
影,诗冷孤山。等闲。泮寒睨暖,看融城、御水到人间。

瓦陇竹根更好,柳边小驻游鞍。　　　琅玕。半倚云湾。孤棹晚、载诗还。是醉魂醒处,画桥第二,奁月初三。东阑。有人步玉,怪冰泥、沁湿锦鸳斑。还见晴波涨绿,谢池梦草相关。"月香水影,诗冷孤山"八字清幽绝俗。上用林和靖"疏影横斜水清浅",下句有"昔人已乘黄鹤去,此地空余黄鹤楼"的感慨。○"等闲"有不留意的意思,时间过得快,转眼间,冰融化为泮(读判,去声,冰融化),阳气浮动曰晛(读藓,上声。日气也)。也许不要多久,寒冰消化,春回大地,那满城冰雪融为御沟的流水,来到人间。这是诗人踏雪寻梅时的美丽想象。"瓦陇竹根"一在上,一在下,都覆盖着皑皑白雪,这样好的盘桓一会。○"琅玕"指竹。"画桥第二"指断桥。奁月,指妇女用的镜似月,这里说的新月像掀起一角镜袱,露出一缕幽光。这正是戈载《七家词选》所说的"尽洗靡曼,独标清丽,有韶倩之色,有绵渺之思"的妙句。○在东边的花园里,有人轻移莲步,她嗔怪雪消雪滑,溅湿了她的绣有鸳凤图案的鞋。在诗词里,词人在自我抒情时插入耳闻目见的图景,并不鲜见。如尹廷高《花港观鱼》,本写看鱼儿,却突然宕开一笔:"红妆静立阑干外,吞尽残香总未知。"这种插图,更使词情摇漾,为词人的断桥之游生姿添色,带有生活气息。○此词题曰:断桥残雪。通首没有一个"雪"字,却无处不在写雪。比如"梅花消息"而需要"觅",有雪;"诗冷",暗中有雪;"等闲"三句写融;"瓦陇竹根"之所以"更好",是因为有雪;佳人"步玉",有雪;就是到最后,"晴波涨绿",在这新绿溅溅的水中,也有着雪的魂影。一首好词总是有虚有实,有藏有露,而这是词的主要特色,就是残雪,皆于虚处见之,于藏处得之。

　　(近代)俞陛云:咏"苏堤春晓",则言晓妆之人;咏"平湖秋月",则言倚阑之人;此咏"残雪",则言寻梅及踏雪之人。景中有人,便增姿态,词家之思路也。凡自城中至孤山寻雪后梅花者,必道出断桥,故在题前着笔,而用"寒"、"冷"等字,以状雪后。因沿堤尚有锦带桥,故云"画桥第二",非苏堤之第二桥也"。此词咏"残雪",不及《春晓》、《秋月》二词境界宽展,着想较难。而"瓦陇竹根"及冰鞋踏湿等句,颇见思致。结句"晴波涨绿",则言雪消而春水渐生矣。——《唐五代两宋词选释》

雷峰夕照雷峰塔故址在南屏山。五代时吴越王钱俶为其妃黄氏所建,故名"黄塔";但杭州人因南屏山旧为雷姓聚居地,故称之曰"雷峰塔",黄塔之名遂湮。塔高七层,矗立于南屏山,与南屏寺(净慈寺)相掩映,颇为美观,故"雷峰夕照"被列为西湖十景之一。1924年倾圮。

塔轮分断雨,倒霞影、漾新晴。看满鉴春红,轻桡占岸,叠鼓收凸。帘旌。半钩待燕,料香浓、径远趱蜂程。芳陌人扶醉玉,路旁懒拾遗簪。　　郊坰。未厌游情。云暮合、谩消凝。想罢歌停舞,烟花露柳,都付栖莺。重闉。已催凤钥,正钿车、绣勒入争门。银烛擎花夜暖,禁街淡月黄昏。

（近代）俞陛云:雷峰塔为吴越王为黄妃所建,亦称黄妃塔。后经劫火,阑槛悉毁,仅余塔身,红砖巍然,峙于雷峰高阜上,夕阳照之,古红与山翠相映,其状颓然一翁。昔人诗云:"雷峰颓塔暮烟中,潦倒斜阳似醉翁。"又云:"雷峰如老衲。"民国初年,塔圮。塔砖有吴王、吴妃等字,最精者,砖有孔穴,中藏佛经一卷,锦装玉签具在。余于塔圮时,得一砖,中有藏经,虽字稍损,在宋刻善本之前也。此词起笔即咏塔,以后言游人之多,风景之美,想见苍之壮丽,层层皆可登临。词中咏雷峰塔之处少,咏夕阳光景者多,其地接近清波门,游湖者自北而南,经塔畔入城,故有"钿车争门"之句也。——《唐五代两宋词选释》

曲院风荷

软尘飞不到,过微雨、锦机张。正荫绿池幽,交枝径窄,临水追凉。宫妆。盖罗障暑,泛青萍、乱舞五云裳。迷眼红绡绛彩,翠深偷见鸳鸯。　　湖光。两岸潇湘。风荐爽、扇摇香。算恼人偏是,萦丝露藕,连理秋房。涉江。采芳旧恨,怕红衣、夜冷落横塘。折得荷花忘却,棹歌唱入斜阳。

（近代）俞陛云:曲苑在湖之西,前后濒湖,地极幽静,故起笔云"尘飞不到"。上阕荷,而"乱舞云裳"句更切合"风荷"。"鸳鸯"句翠深红绚处,有微步凌波人在,故下阕接以"摇扇"、"采芳"等句。因有涉江旧恨,故"露藕"、"秋房",由咏荷而涉退想。歇拍处折花归去,所谓"忘却荷花记得愁"也。——《唐五代两宋词选释》

花港观鱼

六桥春浪暖，涨桃雨、鳜初肥。正短棹轻蓑，牵筒荇带，萦网莼丝。依稀。岸红溯远，漾仙舟、误入武陵溪。何处金刀脍玉，画船傍柳频催。　　芳堤。渐满斜晖。舟叶乱、浪花飞。听暮榔声合，鸥沉暗渚，鹭起烟矶。忘机。夜深浪静，任烟寒、自载月明归。三十六鳞过却，素笺不寄相思。

（近代）俞陛云：起三句实赋本题。以下“短棹”六句用“荇带”、“莼丝”作陪衬。“金刀”二句，由得鱼而作脍，宋嫂鱼羹风味，得出网湖鱼而益美。下阕舟过浪飞，鸥沉鹭起，皆状移舟暮归之景。鸣榔及“三十六鳞”句，仍由鱼字生情。通篇写水乡风物，如身作烟波钓徒矣。——《唐五代两宋词选释》

南屏晚钟

疏钟敲暝色，正远树、绿憎憎。看渡水僧归，投林鸟聚，烟冷秋屏。孤云。渐沉雁影，尚残箫、倦鼓别游人。宫柳栖鸦未稳，露梢已挂疏星。　　重城。禁鼓催更。罗袖怯、暮寒轻。想绮疏空掩，鸾绡翳锦，鱼钥收银。兰灯。伴人夜语，怕香消、漏永着温存。犹忆回廊待月，画阑倚遍桐阴。

（近代）俞陛云：钟声本在虚处，须着眼“晚”字，前六句从本题写起，宛然暮色苍茫。“残箫倦鼓”句言薄晚人归，见欢娱之易尽，若山寺钟声，为之唤醒，咏晚钟有深湛之思。“宫柳”二句，言已将入夜，故下阕言罢游归去，灯畔香消，阑前月上，为闺中静夜，写芳恻之怀。下阕论题面，于南屏钟声，未免疏廓；论词句，固清丽为邻，亦志雅堂之佳制。——《唐五代两宋词选释》

柳浪闻莺

　　晴空摇翠浪，昼禽静、霁烟收。听暗柳啼莺，新簧弄巧，如度秦讴。谁绁。翠丝万缕，扬金梭、宛转织芳愁。风袅余音甚处，絮花三月宫沟。　　扁舟。缆系轻柔。沙路远、倦追游。望断桥斜日，蛮腰竞舞，苏小墙头。偏忧。杜鹃唤去，镇绵蛮、竟日挽春留。啼觉琼疏午梦，翠丸惊度西楼。

　　（近代）俞陛云：起首六句言凡鸟收声，娇莺独啭，得题前翔集之势。"翠缕金梭"句柳与莺合写。"风袅"二句，余音远度，仍不脱柳字。转头处"系缆"四句言柳边听莺之人，借西泠苏小，用蛮腰舞态以关合"柳浪"。鹃催春去，而莺挽春留，写"闻莺"别有思致。收笔莺曳残声，犹惊午梦，词亦余音不尽也。——《唐五代两宋词选释》

三潭印月

　　游船人散后，正蟾影、印寒湫。看冷沁鲛眠，清宜兔浴，皓彩轻浮。扁舟。泛天镜里，溯流光、澄碧浸明眸。栖鹭空惊碧草，素鳞远避金钩。　　临流。万象涵秋。怀渺渺、水悠悠。念汉皋遗佩，湘波步袜，空想仙游。风收。翠奁乍启，度飞星、倒影入芳洲。瑶瑟谁弹古怨，渚宫夜舞潜虬。

　　（近代）俞陛云：此题乇西湖十景中最为出色，因三潭高不盈丈，分峙湖面，无可形况。"印月"二字亦不易描写。此词从月浸波心着想，便得"印月"之神理。眠鲛、浴鹭、惊鱼等字皆言水底见月之深印。下阕因临流玩月而涉想仙佩凌波，寄情迢递，而"飞星倒影"及"夜舞潜虬"，仍从波心"印月"推想及之。升阳翁赋此解时，顾费匠心矣。——《唐五代两宋词选释》

双峰插云

碧尖相对处，向烟外、挹遥岑。记舞鹜嘹猿，天香桂子，曾去幽寻。轻阴。易晴易雨，看南峰、淡日北峰云。双塔秋擎露冷，乱钟晓送霜清。 登临。望眼增明。沙路白、海门青。正地幽天迥，水鸣山籁，风奏松琴。虚楹。半空聚远，倚阑干、暮色与云平。明月千岩夜午，溯风跨鹤吹笙。

（近代）俞陛云：咏西湖十景之首句，皆振裘挈领，无一轻率之笔。此词"碧尖相对"四字足为双峰写照。以阴晴云日写双峰，"南峰"七字可称名句。旧有双塔，高耸峰颠，草窗犹及见之，故有"秋擎"之句，今仅余怀塔之基矣。下阕登高望远，固题中应有之义，妙在"沙白海青"，确是此处登临所见。倚阑而"秋与云平"，则双峰高插云中，不言而喻。结句置身在千仞之冈，宜飘飘有凌云气也。凡名胜之地，每以四字标其风景，如燕台八景、潇湘十景，金陵四十八景之类。而西湖十景尤为擅名。草窗十解，靡不工丽熨贴，如小李画之金碧楼台，故备录之。——《唐五代两宋词选释》

西湖十景　　（南宋）王 洧

苏堤春晓

孤山落月趁疏钟，画舫参差柳岸风。莺梦初醒人未起，金鸦飞上五云东。

平湖秋月

万顷寒光一夕铺，冰轮行处片云无。鹭峰遥度西风冷，桂子纷纷点玉壶。

断桥残雪

望湖亭外半青山，跨水修梁影亦寒。待伴痕边分草绿，鹤惊碎玉啄阑干。

雷峰夕照

塔影初收日色昏，隔墙人语近甘园。南山游遍分归路，半入钱塘半暗门。

曲院风荷

避暑人归自冷泉，埠头云锦晚凉天。爱渠香阵随人远，行过高桥方买船。

花港观鱼

断汉读岔·去声。崔余旧姓传，花港在花家山下，故云。倚阑投饵说当年。沙鸥曾见园兴废，近日游人又玉泉。

南屏晚钟

涑水崖碑半绿苔，春游谁向此山来？晚烟深处蒲牢响，僧自城中应供回。

柳浪闻莺

如簧巧啭最高枝，苑柳春归万缕丝。玉辇不来春又老，声声诉与落花知。

三潭印月

塔边分占宿湖船，宝鉴开奁水接天。横笛叫云何处起，波心惊觉老龙眠。

双峰插云

浮图对立晓崔嵬，积翠浮云霁霭迷。试向凤凰山上望，南高天近北烟低。

平湖秋月　　（元）尹廷高

烂银盘挂六桥东，色贯玻璃彻底空。千顷清光无着处，夜深分付与渔翁。

雷峰夕照　　（元）尹廷高

烟光山色淡溟蒙，千尺浮图兀倚空。湖上画船归欲尽，孤峰犹带夕阳红。

摸鱼儿　　（明）瞿佑

望西湖，柳烟花雾，楼台非远非近。苏堤十里笼春晓，山色空蒙难认。风渐顺。忽听得、鸣榔惊起海鸥阵。瑶阶露润。把绣幕微搴，纱窗半启，未审甚时分。　　凭阑处，水影初浮日晕。游船未许开尽。卖花声里香尘起，罗帐玉人犹困。君莫问。君不见，繁华易觉光阴迅。先寻芳信。怕绿叶成阴，红英结子，留作异时恨。

钱塘十景　　（明）高得旸

西湖夜月

共说西湖天下景，秋来有月更奇哉。寒波拍岸金千顷，灏气涵空玉一杯。桂子远从云外落，藕花多在露中开。酒船清夜乘清兴，绝胜笙歌日往来。

浙江秋涛

秋满吴天八月中，潮头万丈驾西风。电驱蛟蜃雷霆斗，水击鲲鹏渤澥空。自古江山夸壮观，至今父老说英雄。诸溪近海徒相应，气势那能与此同。

孤山霁雪

山头白白六花铺，水面青青一髻孤。翠凤拚云朝贝阙，玉楼擎日出冰壶。梅花正好冲寒探，竹叶何妨踏冻沽。千载林逋留胜迹，总因佳境在西湖。

两峰白云

西湖之上两奇峰，高入太虚云气中。华盖渐迷青缥缈，浮图时见碧玲珑。阴连海眼龙归洞，影散天心鹤绕空。几度登临舒远眺，英英佳气荡吟胸。

东海朝暾

一道长江接海门，扶桑影动浴朝暾。铜盘迥立仙人掌，金桂中撑玉女盆。出水赤乌衔火跃，随潮白马挟雷奔。负暄亦有矶头老，欲效微芹献至尊。

北关夜市

北城晚集市如林，上国流传直至今。青苎受风摇月影，绛纱笼火照春阴。楼前饮伴联游袂，湖上归人散醉襟。阛阓读还桧，平去声。《文选·魏都赋》："班列肆以兼罗，设阛阓以襟带。"吕向注："阛阓，市中巷绕市，如衣之襟带然。"喧阗如昼日，禁钟未动夜将深。

九里云松 自玉泉到灵隐一路松树，称九里松涛。

乔松高树总良材，九里青云一径开。云气直从天竺去，涛声长傍海门来。人行道上依浓樾，子落僧前点嫩苔。山水清晖增伟观，托根元不愧徂徕。徂读租，平声。徂徕，山名，在山东省。《诗·鲁颂·閟宫》："徂徕之松，新甫之柏，是断是度，是寻是尺。"后以指生长栋梁之材的大山。

六桥烟柳

画桥六曲绕湖头，最爱晴烟柳上浮。浅水笼寒横晻霭，微风薰暖弄轻柔。金梭隐见闻黄鸟，锦缆萦纤出彩舟。遍倚赤阑频注目，为怜张绪旧风流。

灵石樵歌

灵石坞头樵径连，群樵唱和石头前。猿啼鹤唳清相似，野调山腔近自然。木杪缘崖通窈窕，竹根濯涧杂潺潺湲。白云遏处清风发,吹入长松胜管弦。

冷泉猿啸

冷泉亭外松千树,时有老猿啼树间。逐侣出云风动壑,呼儿归洞月横山。晓云蕙帐人初去,秋入荷衣客未还。清响不同巴峡怨,时时袅袅和潺潺。

西湖十景　　（明）聂大年

苏堤春晓

树烟花雾绕堤沙,楼阁朦胧一半遮。三竺钟声催落月,六桥柳色带栖鸦。苏堤六桥自南至此计有:映波桥,锁澜桥、望山桥、压堤桥、东浦桥、跨虹桥。绿窗睡觉闻啼鸟,绮阁妆残唤卖花。遥望酒旗何处是,炊烟起处有人家。

平湖秋月

曾向湖堤夜扣舷,爱看波影弄婵娟。一尘不动天连水,万籁无声客在船。赤壁未醒玄鹤梦,骊宫偏恼老龙眠。朗吟玉塔微澜句,长笑凌空气浩然。

断桥残雪

醉里曾登白玉梯,东风吹暖又成泥。细腰蛱蝶垂天阔,金脊楼台夹岸迷。九井晴添新水活,两峰浓压宿云低。冲寒为访梅花信,十里银沙印马蹄。

雷峰夕照

宜雨宜晴晚更宜，西湖端可比西施。霞穿楼阁红光晓，云卷笙歌逸韵随。山紫翠中樵唱远，树苍黄外马归迟。何人能解潇湘景，并与渔村作二奇。

曲院风荷

翠围红绕战纵横，看似吴宫习女兵。飞雪翻空云影乱，游鱼吹浪水纹生。锦裳落尽香犹在，铜柱欹斜露半倾。两腋新凉惊酒醒，画船吹送按歌声。

花港观鱼

湖上春来水拍空，桃花浪暖柳阴浓。微翻荇带彩千尺，乱跃萍星翠几重。洲渚此时多避鹭，风云何日去为龙。个中纵有濠梁乐，阔网深罾不汝容。

南屏晚钟

柳昏花暝暮云生，隐隐初传一两声。禅榻屡惊僧入定，旅窗偏恼客含情。月随逸韵升鳌岭，风递遗音过凤城。催散游人罢歌舞，玉壶银箭夜初更。

柳浪闻莺

雨后翻空一派青，苏公堤畔系渔舲。只藏莺鸟春声滑，不起鱼龙夜气腥。游子爱闻停玉勒，佳人倦听倚银屏。侍看三月歌喉老，又见浮波絮作萍。

三潭印月

纤云扫迹浪花妆，塔影亭亭引碧流。半夜冰轮初出海，一湖金水欲溶秋。龙宫献璧神光吐，鲛室遗珠瑞气浮。浪说影娥池上景，不知此地有仙舟。

双峰插云

屹立亭亭人杳冥，势雄南北气凭凌。玉簪拔地三千仞，宝盖撑空一七层。天远不闻风外铎，夜深遥礼月边灯。何当一扫浮云净，俯见东溟看日升。

苏堤春晓　　（明）张　宁

杨柳满长堤，花明路不迷。画船人未起，侧枕听莺啼。

三潭印月　　（明）张　宁

片月生沧海，三潭处处明。夜船歌舞处，人在镜中行。

曲院风荷　　（明）张　宁

凉气度方洲，香来水正流。时闻采莲曲，不见采莲人。

九里松　　（明）夏　言

百盘云磴八千峰，飞盖行穿夹道松。长昼风雷惊虎豹，半空鳞甲舞蛟龙。江涛夜合秋声壮，湖雨春添黛色浓。欲藉丹青图直干，恨无韦偃得相从。杜甫《戏韦偃为双松图歌》："我有一匹好东绢，重之不减锦绣段。已令拂拭光凌乱，请君放笔为直干。"

九里松图为马侍御作　　（明）李攀龙

武林佳气日萧萧，夹道长松入望遥。黛色总疑天目雨，寒声不辨浙江潮。含凄风自枯鳞起，倒影云随偃盖飘。非值有心同竹箭，悬萝争敢附高标！

满江红·西湖荷花　　（清）朱彝尊

郭外垂杨，直映到、水仙祠屋湖上原有水仙王庙。爱十里、花明镜面，岸沉沙腹。几阵凉飚翻叶白，连盘骤雨跳珠绿。是谁依、一道拨青萍，波纹蹙。　　红衣褪，开还续。碧筒卷，擎相促。绕菱根荇带，冷香飞逐。偏是风前蝴蝶住，但无人处鸳鸯浴。擘生绢、悔不学丹青，描横幅。

谒金门·七月既望，湖上雨后作　　（清）厉　鹗

凭画槛，雨洗秋浓人淡。隔水残霞明冉冉，小山三四

点。　　　艇子几时同泛？待折荷花临鉴。日日绿盘疏粉艳，"绿盘"指荷叶，粉艳，指花。谓由于荷花的凋零，使叶与花渐渐疏远。西风何处减。

齐天乐·西湖雪霁，泛舟湖心亭，绕孤山麓而返　　（清）黄燮清

脱裘聊买西湖醉，村醪乍添新价。远寺藏红，红墙。荒汀冻碧，绿水。一二闲鸥潇洒。芦黏絮惹。问鹤氅寻梅，蹇驴谁跨。点缀苍寒，隔烟剩有钓鱼者。　　　清游更谁领略，浩然凝望眼，幽景难写。秃树琼装，层楼玉耸，除是云林云林居士倪瓒。能画。青山睡也。笑傅粉残妆，夕阳催卸。可惜南屏，晚钟容易打。

念奴娇·雨中西湖　　（清）薛时雨

画图流览，爱龙眠、龙眠山人李公麟，北宋画家。描写楼台重叠。纸上湖山亲领略，转惜画工笔拙。柔橹轻摇，浓阴密酿，有地都佳绝。烟岚如水，六桥波影遥接。　　　笑我卅载乡园，拳山勺水，到此胸襟阔。绝代果然西子貌，任尔淡妆浓抹。暝色催人，山灵送客，过眼犹嫌暂。城闉读因，平声。城门。回首，眉痕添画新月。

浣溪沙　　（清）陈曾寿

修到南屏数晚钟，目成朝暮一雷峰。缥黄深浅画难

工。　　　千古苍凉天水碧，一生缱绻夕阳红。为谁粉碎到虚空。

八声甘州 并引　　　（清）陈曾寿

甲子八月二十七日 1924 年 9 月 25 日。雷峰塔圮。据塔中所藏《陀罗尼宝箧印经》梵语"陀罗尼"为"诸法总持"之义。正宋艺祖开宝八年，距今九百五十余年矣。千载神归，一条练去。祭神时之奉祀者称练主"练去"与"神归"为互文，均喻塔毁神杳。末劫魔深，莫护金刚之杵；暂时眼对，如游犍闼之城。"犍闼婆"亦梵语，即海市蜃楼。半湖秋水，空遗蜕之龙身，龙身喻雷峰塔。无际斜阳，杳残痕于鸦影。爱同惜仲，胡嗣瑗字惜仲，作者之友。共赋此阕，聊写愁哀。

镇残山、风雨耐千年，何心倦津梁。津梁为桥梁，此作为引渡，谓无心为众生引渡。早霸图衰歇，龙沉凤杳，如此钱塘。一尔大千震动，弹指失金装。金装谓塔身。无限恒沙数，难抵悲凉。慰我湖居望眼，尽朝朝暮暮，咫尺神光。忍残年心事，寂寞礼空王。漫等闲、擎天梦了，任长空、鸦阵占茫茫。从今后、凭谁管领，万古斜阳？

6. 历史人物

杨柳枝词二首　　　（唐）白居易

苏州杨柳任君夸，更有钱塘胜馆娃。若解多情寻小小，绿杨深处是苏家。

苏家小女旧知名，杨柳风前别有情。剥条盘作银环样，卷叶吹为玉笛声。

题苏小小墓　　　（唐）张　祜

漠漠穷尘地，萧萧古树林。脸浓_{艳丽也。}花自发，眉恨柳长深。夜月人何待，春风鸟为吟，不知谁同穴，徒愿结同心。南齐苏小小歌。

献钱尚父　　　（五代）僧贯休

贵逼身来不自由，几年勤苦踏林丘。满堂花醉三千客，一剑霜寒十四州。莱子衣冠宫锦窄，谢公篇咏绮霞羞。他年名上凌烟阁，岂羡当时万户侯。

（宋）李欣：唐昭宗以钱武肃平董昌功，拜镇东节度使。自称吴越国王。贯休投诗曰"贵逼身来不自由……"武肃爱其诗，遣谕令改为"四十州"乃可相见。贯休性褊，答曰："州亦难添，诗亦难改，闲云野鹤，何天不可飞？"遂入蜀，以诗投孟知祥（按：系三建之误）；诗云："一瓶一钵垂垂老，万水千山得得来。"——《古今诗话》

（清）贺裳：贯休诗气幽骨劲，所不待言。余更奇其投钱镠诗云："满堂花醉三千客，一剑霜寒十四州。"钱谕改为"四十州"乃相见。休云："州亦难添，诗亦难改。"遂去。贯休于唐亡后，有《湘江怀古》诗，极感愤不平之恨。——《载酒园诗话》

胥山伍相庙伍子胥庙在吴山,吴山又名胥山。

（五代）僧常雅

苍苍古庙映林峦,漠漠烟霞覆古坛。精魄不知何处在,威风犹入浙江寒。作者系五代时闽僧。

自作寿堂即寿坟。因书一绝以志之　　（北宋）林 逋

湖上青山对结庐,坟前修竹亦萧疏。茂陵他日求遗稿,犹喜曾无封禅书。

岳武穆王墓　　（南宋）叶绍翁

万古知心只老天,英雄堪恨复堪怜。如公少绥须臾死,此虏安能八十年。漠漠凝尘空偃月,堂堂遗像在凌烟。早知埋骨西湖路,悔不鸱夷理钓船。

观梅有感　　（元）刘 因

东风吹落战尘沙,梦想西湖处士家。只恐江南春意减,此心原不为梅花。

拜岳鄂王墓宋宁宗时,追封为鄂王。　　（元）胡炳文

有公无此日,再拜泪交颐。大义君臣重,孤忠天地

知。鸩毛何太毒，龙渡《晋书·元帝纪》太安之际童谣云：五马飞渡江，一马化为龙。只如斯。坟畔休留桧，行人欲斧之！

岳鄂王墓　　（元）赵孟頫

鄂王坟上草离离，秋日荒凉石兽危。南渡君臣较社稷，中原父老望旌旗。英雄已死嗟何及，天下中分遂不支。莫向西湖歌此曲，山光水色不胜悲。

岳武穆王　　（元）宋　无

克复神州指掌间，永昌陵宋太祖赵匡胤的陵墓。侧诏师还。丹心一片栖霞月，岳坟在栖霞岭下。犹照中原万里山。

题岳武穆王坟　　（元）潘　纯

海门寒日淡无晖，偃月堂唐李林甫在偃月堂设计陷害忠良。此指秦桧。深玉漏稀。万灶貔貅江上老，两宫环佩梦中归。内园羯鼓催花发，小殿珠帘看雪飞。不道帐前胡旋舞，有人行酒着青衣。

谒伍相祠　　（明）高 启

地老天荒霸业空，曾于青史见遗功。鞭尸楚墓生前

孝,抉目吴门死后忠。魂压怒涛翻白浪,剑埋冤血起腥风。我来无限伤心事,尽在越山烟雨中。

题伍胥庙　　（明）瞿　佑

一过丛祠泪满襟,英雄自古少知音。江边敌国方尝胆,台上佳人正捧心。入郢共知仇已雪,沼吴谁识恨尤深。素车白马终何益,不及陶朱像铸金。

岳忠武王祠　　（明）于　谦

匹马南来渡浙河,汴城宫阙郁嵯峨。中兴诸将思平敌,负国奸臣主议和。黄叶古祠寒雨积,青山荒冢白云多。如何一别朱仙镇,不见将军奏凯歌。

满江红·题思陵与岳武穆手敕墨本
（明）文徵明

拂拭残碑,敕飞字依稀堪读。慨当年倚飞何重,后来何酷！果是功成身合死,可怜事去言难赎。最无辜,堪恨更堪怜,风波狱。　　岂不念,中原蹙。岂不惜,徽钦辱。但徽钦既返,此身何属？千古休夸南渡错,当时自怕中原复。笑区区、一桧亦何能,逢其欲！

宋康王乘龙渡河　　（明）归有光

大漠风悲青盖遥_{谓二帝。}七陵_{北宋七陵：太祖永昌陵，太宗永熙陵，真宗永定陵，仁宗永昭陵，英宗永厚陵，神宗永裕陵，哲宗永泰陵。}烟雨暮萧条。康王若得真龙驭，肯向钱塘问海潮？

伍公祠　　（明）徐　渭

吴山东畔伍公祠，野史评多无定时。举族何辜同刈_{读意，去声。}草，后人却苦论鞭尸。退耕始觉投吴早，雪恨终嫌入郢迟。事到此公真不幸，镯镂依旧遇夫差。

忆西湖　　（明）张煌言

梦里相逢西子湖，谁知梦醒却模糊。高坟武穆连忠肃，添得新祠一座无？

入武林　　（明）张煌言

国亡家破欲何之？西子湖边有我师。日月双悬于氏墓，河山半壁岳家祠。愧将素手分三席，敢向丹心借一枝。他日素车东浙路，怒涛岂必属鸱夷！

哀张司马苍水　　　（清）黄宗羲

廿年苦节何人似，张煌言《入武林》诗："义帜纵横二十年。"于康熙三年（1664）被害于杭州官巷口。得此全归谓保身以得善名而终。《礼记·祭义》："父母全而生之，子全而归之，可谓孝矣。不亏其体，不辱其身，可谓全矣。"亦称情。废寺醵钱醵钱，凑钱。醵读据，去声。凑钱聚饮称醵。收弃骨，老生秃笔记琴声。老生，作者自指。琴声用伯乐、子期故事。遥空摩影狂相得，群水穿礁浩未平。两世雪交私不得，黄父辈皆张之门人。黄家并有"雪交亭"。只随众口一闲评。

寻张司马墓墓在杭州南屏山太子湾荔子峰下。　　　（清）黄宗羲

草荒树密路三叉，下马来寻日色斜。顽石呜呼都作字，冬青憔悴未开花。夜台不敢留真姓，萍梗还来醉晚鸦。牡蛎滩头当日客，作者当日也曾在海上进行抗清活动。茫然隔世数年华。

西湖竹枝　　　（清）黄周星

山川不改仗英雄，浩气能排推也。岱岱宗泰山。麓松。岳少保同于少保，南高峰对北高峰。

于忠肃墓墓在西湖西面三台山麓。　　　（清）屈大均

一代勋猷在，千秋涕泪多。玉门归日月，金券赐山

河。暮雨灵旗卷，阴风突骑过。墓前频拜手，愿借鲁阳戈。

谒岳王墓作十五绝句（录四首）　　（清）袁 枚

岁岁君臣拜诏书，南宋对金称臣称侄。南朝可谓有人无？看烧石勒求和弊，司马家儿是丈夫。《晋书·成帝纪》载："（公元333年）春，……石勒遣使致赂，诏焚之。"

要盟胁迫对方结盟称要盟。结赞尚结赞，吐蕃大相。曾屡次与唐王朝结盟，而又屡次背盟。屡弯弓，屡次动武打战。翻录和戎魏绛功。魏绛，春秋时晋国大臣，曾因和戎而立功，此指投降派。老住迷楼人不醒，迷楼为隋炀帝所建。赵家天子可怜虫。

允升一疏奏枫宸，《宋史·岳飞传》中岳飞被冤下狱，平民刘允升上奏呼冤，也被判处死刑。枫宸指朝廷。汉代宫殿多植枫树，故名。与汝何干竟杀身。拟把东厢添配享，黄金铸个布衣人。

江山也要伟人扶，神化丹青即画图。神化丹青天然设色。赖有岳于双少保，人间始觉重西湖。

岳忠武墓　　（清）钱大昕

唾手燕云愿力坚，长城何忍一朝捐。小朝誓表和亲日，指送上和议，发誓效忠的表章。大将圜扉牢狱。绝命年。雪窖生

还雪窖指二帝生活。**虚壮志，金陀论定剩遗编。**秦桧当国，国史中有关岳飞的功绩记载多被删削，到岳珂手里，才把岳飞的诗文、奏章、战报、高宗的御札、政府的文件等搜集编成一书。因岳珂住宅在嘉兴金陀坊，故名其书曰《金陀粹编》。**君王自恋余杭乐，不独文臣解爱钱。**

满江红·朱仙镇谒岳鄂王祠敬赋朱仙镇在河南开封。岳飞遇害后，南宋孝宗时追谥"武穆"，宁宗追封鄂王。

（清）王鹏运

风帽尘衫，重拜倒、作者自注云："道光季年，河决开封，举镇唯岳祠无恙。壬午扶护南归，曾梦游祠下。"**朱仙祠下。尚仿佛、英灵接处，神游如乍。**刚才。**往事低徊风雨疾，新愁黯淡江河下。更何堪、雪涕**揩拭涕泪。**读题诗，残碑打。**打，拓也。用纸摹拓破损的石碑。

黄龙指，黄龙，地名。在今吉林农安。是金人早年的都城。**金牌亚。**亚，谓前后依次承接。白朴《梧桐雨》："齐臻臻雁行班排，密匝匝鱼鳞似亚。"**旌旆影，沧桑话。对苍烟落日，似闻叱咤。**读赤炸，入去声。怒喝声。**气奢**读折，入声。使对方畏惧。**蛟鼍**读跎，平声。**澜欲挽，悲生筘鼓民犹社。**社，祭祀。**抚长松、郁律**枝繁叶茂。**认南枝，寒涛泻。**

鄂王坟 （清）王昙

天意不祚宋，王心独忏秦。王指鄂王，秦指秦桧。**忠完一父子，国误两君臣。**谓赵构与秦桧。**生死狱三字，**谓"莫须有"三字。**兴亡人百身。黄龙浑未到，遗恨此山垠。**

张烈文侯墓 宋理宗景定二年(1261)追封岳飞爱将张宪为烈文侯(张宪与岳飞同时被害)。墓在岳坟西。 (清)钱 载

当年谁爱将,骨亦岳家西。战鼓中原急,秋山落照低。曾无枢府鞫,枢府,枢密院。鞫读菊,入声。审问也。竟有手书赍。赍读基,平声。携带。诬诡携带岳飞岳云的亲笔信。庙记碑堪读,沾裳草露凄!

剑门关宋辅文侯牛皋墓下作 剑门关,在杭州栖霞岭上。 (清)舒 位

两山忽作剑器舞,中有将军一抔土。强将手下无弱兵,奈何不死疆场死樽俎! 三日粮,气好虎。《宋史·牛皋传》:"伪齐使李成合金人入寇,破襄阳六郡;敌将王嵩在随州,岳飞遣皋行,襄三日粮,粮未尽,城已拔。" 三月酒,毒于蛊。 蛊读古,上声。绍兴十七年(1147)三月三日日师中承秦桧旨意,用毒酒毒死牛皋。可怜此酒持此粮,何不直抵黄龙府!

7. 钱塘江

宿范浦 范浦在钱塘西北岸,原为杭州东南市镇。见《咸淳临安志》。 (唐)崔国辅

月暗潮又落,西陵 《水经注》:"浙江东经固陵城北,昔范蠡筑城于浙江之滨,言可以固守,谓之固陵,今之西陵也。"至五代吴越国,因陵非吉语,遂改称西兴。地在今萧山县西,钱塘江东南岸。 渡暂停。村烟和海雾,舟火乱江星。路转定山 定山又名狮子山,在杭州市东南,钱塘江西北岸。 绕,塘连

范浦横。鸥夷鸥读痴，平声。鸥夷即春秋时越国大夫范蠡，自号鸥夷子皮。近何处？空山临沧溟。大海。

与颜钱塘登樟亭望潮作 　　（唐）孟浩然

百里闻雷震，鸣弦暂辍弹。府中连骑出，江上待潮观。照日秋云迥，浮天渤澥宽。惊涛来似雪，一坐凛生寒。

忆钱塘 　　（唐）李 廓

往岁东游鬓未凋，渡江曾驻木兰桡。一千里色中秋月，十万军声半夜潮。

钱塘江潮 　　（唐）罗 隐

怒声汹汹势悠悠，罗刹江钱塘江边，旧有罗刹石，故亦称罗刹江。边地欲浮。漫道往来存大信，也知反覆向平流。狂抛巨浸疑无底，猛过西陵西陵即西兴属萧山。似有头。至竟朝昏谁主掌，好骑赪读称，平声。红色。鲤问阳侯。古代传说中的波涛之神。

酒泉子 　　（北宋）潘 阆

长忆观潮，满郭人争江上望。来疑沧海尽成空。万面鼓声中。　　弄涛儿向涛头立。手把红旗旗不湿。别来几向梦中看。梦觉尚心寒。

（宋）吴处厚：昔王维爱孟浩然吟哦风度，则绘为图以玩之。李洞慕贾岛诗名，则铸为像以师之。近世有好事者，以潘阆遨游浙江，咏潮著名，则亦以轻绡写其形容，谓之《潘阆咏潮图》。——《青箱杂记》

八月十五日看潮五绝句　　（北宋）苏 轼

定知玉兔十分圆，已作霜风九月寒。寄语重门休上钥，夜潮留向月中看。

万人鼓噪慑吴侬，犹是浮江老阿童。欲识潮头高几许？越山浑在浪花中。王璿小字阿童。吴有童谣云："阿童复阿童，衔刀浮渡江。不畏岸上虎，但畏水中龙。"后王璿楼船灭吴。见《晋书·羊祜传》。

江边身世两悠悠，久与沧波共白头。造物亦知人亦老，故教江水向西流。

吴儿生长狎涛渊，冒利轻生不自怜。东海若知明主意，应教斥卤变桑田。

江神河伯两醯鸡，海若东来气吐霓。安得夫差水犀手，三千强弩射潮低。《国语》：夫差衣水犀之甲者三千。

八声甘州·寄参寥子，僧道潜。时在巽亭

亭在杭州东南，能观钱塘江潮。 （北宋）苏 轼

有情风、万里卷潮来，无情送潮归。问钱塘江上，西兴浦口，在杭州市对岸属萧山县治。几度斜晖？不用思量今古，俯仰昔人非。非，变异也。谁似东坡老，白首忘机。 记取西湖西畔，正暮山好处，空翠烟霏。算诗人相得，如我与君稀。约他年、东还海道，愿谢公雅志莫相违。《晋书·谢安传》："安虽受朝寄，然东山之志，始末不渝，每形于色。及镇新城（镇守广陵），尽室而行，造泛海之装，欲须经略粗定，自江道还车。雅志未就，遂遇疾笃，上疏请量宜施痂（指病危返京）。……遂还都。"东坡以谢公归隐志与参寥子相约。西州路，不应回首，为我沾衣。谢安的外甥羊昙曾醉中过西州路，回忆谢安往事，恸哭不已。

（宋）胡仔：《后山诗话》谓："退之以文为诗，子瞻以诗为词，如教坊雷大使之舞，虽极天下之工，要非本色。"余谓后山之言过矣，子瞻佳词最多，其间杰出者，如"有晴风万里卷潮来"，别参寥词。凡此十余词，皆绝去笔墨畦径间，直造古人不到处，真可使人一唱而三叹。——《苕溪渔隐丛话》

（清）黄苏：此词不过叹其久于杭州，未蒙内召耳。次阕见人地相得，便欲订终焉之意。未免有激之言，然意自尔豪宕。——《蓼园词选》

（清）陈廷焯：东坡《八声甘州》结数语云："算诗人相得，如我与君稀。约他年、东还海道，愿谢公雅志莫相违。西州路，不应回首，为我沾衣。"寄伊郁于豪宕，坡老所以为高。——《白雨斋词话》

（清）郑文焯：突兀雪山，卷地而来，真似钱塘江上看潮时，添得此老胸中数万甲兵，是何气象雄且杰。妙在无一字豪宕，无一语险怪，又出以闲逸感喟之情，所谓"骨重神寒，不食人间烟火者"，词境至此观止矣。（略）云锦成章，天衣无缝。是作从至情流出，不假熨贴之工。——《手批东坡乐府》

瑞鹧鸪·观潮　　（北宋）苏　轼

碧山影里小红旗。侬是江南踏浪儿。拍手欲嘲山简醉，齐声争唱浪婆<small>浪婆·波涛之神。孟郊《送淡公十二首之三》："侬是拍浪儿，饮则拜浪婆。"</small>词。　　西兴<small>渡口名。在杭州萧山西。</small>渡口帆初落，渔浦山头日未欹。侬欲送潮歌底曲，尊前还唱使君诗。

绍圣二年八月十八日观潮于浙江亭
（北宋）米　芾

怒气号声逆海门，州人传是子胥魂。天排云阵千家吼，地拥银山万马奔。势与月轮齐朔望，信如壶漏报朝昏。吴亡越霸成何事，一唱渔歌过远村。

观江涨　　（南宋）陈与义

涨江临眺足销忧，倚杖江边地欲浮。叠浪并翻孤日去，两津横卷半天流。鼋鼍杂怒争新穴，鸥鹭惊飞失故洲。可为一官妨快意，眼中唯觉欠扁舟。

（清）纪昀：雄阔称题。——《瀛奎律髓汇评》

（清）许印芳：中四句全寓宋家南渡之感，六句谓清流失所，结语紧跟比句说。凡结联固要收拾通篇，尤宜紧跟五、六句来，或单跟第六句来。如此则气脉联贯，神不外散。此是律诗定法，初学宜知之。——同上

浙江小矶春日　　(南宋)范成大

客里无人共一杯,故园桃李为谁开?春潮不管天涯恨,更卷西兴暮雨来。小矶当是钱塘边旧时的浙江渡、鱼山渡附近的一个矶。西兴即萧山。

谒金门·吴山观涛　　(南宋)周　密

天水碧,染就一江秋色。鳌戴雪山龙起蛰,快风吹海立。　　数点烟鬟青滴,一杼读柱,上声。梭也。霞绡红湿。白鸟明边帆影直,隔江闻夜笛。吴山在杭州,是吴越的分界山。《宋史·南唐李氏世家》:"煜之妓妾尝染碧,经夜未收,会露下,其色愈鲜明,煜爱之。自是宫中竞收露水染碧以衣之,谓之天水碧。"○上片词人接连用了几个形象的比喻,绘声绘色地将钱江大潮惊心动魄的场面,艺术地再现出来。○下片,远处的几点青山、天边的一抹红霞、白鸥光点旁的帆影,词人选择了一些典型的景物,织成一幅画图。结处以听觉描写,来收拾全篇的视觉描写。○全词要写的景物,至此才点出景中有人,景中有我。○全词从白昼写到黄昏,又从黄昏写到夜间。○从艺术境界说,从极其喧闹写到极其静寂。《中国艺术意境之诞生》云:"能以空虚衬托实景,墨气所射,四表无穷。"

海潮图　　(南宋)楼　钥

钱塘佳月照青霄,青天。壮观仍看半夜潮。每恨形容无健笔,谁知收拾在生绡。荡摇直恐三山没,咫尺真成万里遥。金阙岧峣天尺五,海王龙王。自合日来朝。

摸鱼儿·观潮上叶丞相　　(南宋)辛弃疾

望飞来、半空鸥鹭。须臾动地鼙鼓。截江组练驱山去，鏖战未收貔虎。朝又暮。谙惯得、吴儿不怕蛟龙怒。风波平步。看红旆惊飞，跳鱼直上，蹙踏浪花舞。　　凭谁问，万里长鲸吞吐。人间儿戏千弩。滔天力倦知何事，白马素车东去。堪恨处。人道是、子胥冤愤终千古。功名自误。谩教得陶朱，五湖西子，一舸弄烟雨。

　　（近代）俞陛云：前半叙述观潮，未风警动。下阕笔势纵横，借江潮往事为喻。钱王射弩，固属雄夸，即前胥后种，泄怒银涛，亦功名自误，不若范大夫知机，掉头烟雾也。词为上叶丞相而作，其蒿目时艰，意有所讽耶？——《唐五代两宋词选释》

念奴娇·观潮应制　　（南宋）吴　琚

　　玉虹遥挂，望青山隐隐，一眉如抹。忽觉天风吹海立，好似春霆初发。白马凌空，琼鳌驾水，日夜朝天阙。飞龙舞凤，郁葱环拱吴越。　　此景天下应无，东南形胜，伟观真奇绝。好是吴儿飞彩帜，蹴起一江秋雪。黄屋天临，水犀云拥，看击中流楫。晚来波静，海门飞上明月。

"天风吹海立"本东坡《有美堂暴雨》"天外黑风吹海立"。"春霆"即春雷。"白马凌空，琼鳌驾水"形容潮头之波涛，枚乘《七发》"其少进也，浩浩皑皑，如素车白马帷盖之张"。《列子·汤问》"天帝使巨鳌举首承载海上神山"，后世以"鳌载"、"鳌忭"为感恩戴德、欢欣踊跃之词。周密《武林旧事》："方其远出海门，仅如银线，既而渐近，则玉城雪岭，际天而来，大声如雷霆，震撼激射，吞天沃日，势极雄豪。上片收句，笔势一转，不再描写江潮，用意更深一层，可见章法之妙。""飞龙"二语，承上启下，引出后段感想，笔洪气势，连成一贯。○《武林旧事》："吴儿善泅者数百，皆披发文身，手持十幅大彩旗，争先鼓勇，溯迎而上，出没于鲸波万仞中，腾身百变，而旗尾略不沾湿，以此夸能。"○辛弃疾《摸鱼儿·观潮上叶丞相"蹴踏浪花舞"意同而语更胜。"秋雪"喻浪花。"黄屋"，帝王车盖。"水犀"，水军也。《国语》载吴王有"衣水犀之甲"的水军，故称。○《晋书·祖逖传》载祖逖率部渡江，中流击楫而誓曰："不能清中原而复济者，有如大江。"

夜泊钱塘 （明）茅 坤

江行日已暮，何处可维舟？树里孤灯雨，风前一雁秋。离心迸落叶，乡梦入寒流。酒市那从问，微吟寄短愁。

钱塘潮 （清）邢 昉

晓色千樯发，危涛万马奔。岂知此澎湃，中有子胥魂。

满江红·钱塘观潮 （清）曹 溶

浪涌蓬莱，高飞撼宋家宫阙。谁激荡灵胥一怒，惹冠冲发。点点征帆都卸了，海门急鼓声初发。似万群、风马骤银鞍，争超越。 江妃笑，堆成雪。鲛人舞，圆如月。正危楼湍转，晚来愁绝。城上吴山遮不住，乱涛穿到严滩歇。是英雄、未死报仇心，秋时节。

钱塘观潮 （清）施闰章

海色雨中开，涛飞江上台。声驱千骑疾，气卷万山来。绝岸愁倾覆，轻舟故溯洄。鸱夷有遗恨，终古使人哀。

观夜潮　　(清)吴锡麒

高楼极目大江宽,为待潮生夜倚阑。隔岸忽沉灯数点,如山涌到雪千盘。鱼龙卷地秋风壮,星斗摇天海气寒。明月渐低声已歇,一枝塔影卧微澜。

蝶恋花　　(近代)王国维

辛苦钱塘江上水,日日西流,日日东趋海。终古越山顸洞里。顸读红,上声。顸洞,水势汹涌。可能销得英雄气。说与江潮应不至。潮落潮生,几换人间世。千载荒台麋鹿死,灵胥抱恨终何是。

虞美人　　(近代)王国维

杜鹃千里啼春晚,故国春心断。海门空阔月皑皑,依旧素车白马夜潮来。　　山川城郭都非故,恩怨须臾误。人间孤愤最难平,消得几回潮落又潮生。

8.富春江　新安江

宿建德江　　(唐)孟浩然

移舟泊烟渚,日暮客愁新。野旷天低树,江清月近人。

（宋）罗大经：孟浩然诗云"江清月近人"，杜陵云"江月去人只数尺"。子美视浩然为前辈，岂祖述而敷衍之耶？浩然之句浑涵，子美之句精工。——《鹤林玉露》

（清）黄叔灿："野旷"一联，人但赏其写景之妙，不知其即景而言旅情，有诗外味。——《唐诗笺注》

（清）刘宏煦、李德举："低"字从"旷"字生出，"近"字从"清"字生出。野惟旷，故见天低于树；江惟清，故觉月近于人。清旷极矣。烟际泊宿，恍置身海角天涯、寂寥无人之境，凄然回顾，弥觉家乡之远，故云"客愁新"也。下二句不是写景，有"愁"字在内。——《唐诗真趣编》

睦州四韵　　　（唐）杜 牧

州在钓台边，溪山实可怜。有家皆掩映，无处不潺湲。好树鸣幽鸟，晴楼入野烟。残春杜陵客，中酒落花前。

（元）方回：轻快俊逸。——《瀛奎律髓汇评》

（清）冯舒：平平八句，不使才气。中二联俱是春暮，故落句好。——同上

（清）何焯：溪山岂不佳？只韦、杜才地不堪常置闲处耳。"残春"、"中酒"比年事蹉跎，作用既微，笔力尤横。——同上

（清）纪昀：风致宜人。○三、四今已成套，然初出自佳。六句不自然。结得浅淡有情。——同上

送徐山人归睦州归隐　　　（唐）雍 陶

君在桐庐何处住，草堂应与戴家邻。初归山犬翻惊主，久别江鸥却避人。终日欲为相逐计，临歧空羡独行

舟。秋风钓艇遥相忆，七里滩西片月新。

题睦州郡中千峰榭　　（唐）方 干

岂知平地似天台，朱户深沉别径开。曳响露蝉穿树去，斜行沙鸟向池来。窗中早月当琴榻，墙上秋山入酒杯。何事此中如世外，应缘羊祜是仙才。

（元）方回：存此诗以见严陵郡之千峰榭，其来旧矣。——《瀛奎律髓汇评》

（清）纪昀：此是诗选，非严陵地志，何得不论工拙因古迹而存诗？——同上

（清）纪昀：六句好，七句复起句"平地似天台"。——同上

严陵滩　　（唐）罗 隐

中都九鼎动英豪，渔钓牛蓑且遁逃。世祖指汉光武帝刘秀。升遐夫子指严光。死，原陵刘秀陵墓。不及钓台高。

富 春　　（唐）吴 融

水送山迎入富春，一川如画晚晴新。云低远渡帆来重，潮落寒沙鸟下颓。未必柳间无谢客，也应花里有秦人。严光万古清风在，不敢停桡去问津。

（元）方回：三、四言景，五、六怀人，至尾句乃归之严光，高矣。——《瀛

奎律髓汇评》

（清）纪昀：一涉隐士即谓之高，殊是习气。况富春诗归到子陵，尤是习径，无所谓高。——同上

（清）冯班：尾句有感托。——同上

（清）金人瑞："入富春"上先写"水送山迎"，此非为连日纪程，正是衬出他"一川如画"，言前此水无此水，山无此山，况值晚晴，真为畅怀悦目也。三、四，承写"一川如画"，又用"云低"字再写晴，"潮落"字再写晓也。妙绝。（前四句下）○此写富春人物，特伸仰止。看他向柳间、花里安个谢客、秦人，已是胜怀莫敌；却又用"未必无"、"也应有"字，别更推尊子陵，乃至不敢停桡问津。呜呼！其胸中岂以利禄为事者哉！（后四句下）——《贯华堂选批唐才子诗》

（清）杨逢春：此咏古体也。其得手处妙用托。起劈空以山水托，中展笔以人托，至入正位，仍用宕开之笔，作意可想。——《唐诗绎》

（清）赵臣瑗：其笔墨十分蕴藉，全在"未必死"、"也应有"六字，真是秀媚天成，着不得一些脂粉。清风万古，至今不敢问津，即其推重子陵如此，先生殆有超然物外之思乎？——《山满楼笺注唐诗七言律》

桐庐县作　　（五代）韦　庄

钱塘江尽到桐庐，水碧山青画不如。白羽鸟飞严子濑，绿蓑人钓季鹰鱼。季鹰鱼指鲈鱼。见《晋书·张翰传》。潭心倒影时开合，谷口闲云自卷舒。此境只应词客爱，投文空吊木玄虚。（晋）木华字玄虚。（梁）萧统《文选》引傅亮《文章志》曰："广川木玄虚为《海赋》，文甚隽丽，足继前良。"

（清）胡以梅：《舆图》云，桐江源出天目山，其山明水秀犹之富春江，所以如画。而白鸟飞于严濑，绿蓑垂钓鲈鱼，句甚清丽。倒影山也。水有动摇，则影有开合。而谷口之云自卷舒，另有静致。睹此山川清逸之境，只应词客相怜，因念木玄虚作《海赋》之才，仕不能通显，今空欲投文吊之，亦伤己之怀才不遇耳。——《唐诗贯珠》

满江红　　（北宋）柳 永

　　暮雨初收，长川静、征帆夜落。临岛屿、蓼烟疏淡，苇风萧索。几许渔人飞短艇，尽载灯火归村落。遣行客、当此念回程，伤漂泊。　　桐江好，烟漠漠。波似染，山如削。绕严陵滩畔，鹭飞鱼跃。游宦区区成底事，平生况有云泉约。归去来、一曲仲宣吟，从军乐。

独游富春普照寺　　（北宋）苏 轼

　　富春真古邑，此寺亦唐余。鹤有依乔木，龙归护赐书。连筒春水远，出谷晚钟疏。欲继江潮韵，用宋之问《游灵隐寺》"楼观沧海日，门对浙江潮"事。何人为起予。

新城道中 三国吴置新城县，五代时吴越改曰新登，宋复名新城，民国改为新登，属浙江钱塘道。二首（录一首）
（北宋）苏 轼

　　东风知我欲山行，吹断檐间积雨声。岭上晴云披絮帽，杜牧诗："晴云似絮惹低空。" 树头初日挂铜钲。今所谓锣也。野桃含笑竹篱短，溪柳自摇沙水清。西崦 原读盐，平声。此作上声，读淹，山曲也。人家应最乐，煮芹烧笋饷春耕。

　　（元）方回：东坡为杭倅时诗。熙宁六年癸丑二月，循行属县，由富阳至

537

新城有此作。三、四乃是早行诗也。起句十四字妙,五、六亦佳,但三、四颇拙耳。所谓武库森然,不无利钝,学者当自细参而默会。虽山谷少年诗,亦有不甚佳者,不可为前辈隐讳也。坡是年三十八岁。晁无咎之父端友令新城,故和篇有云"小雨足时茶户喜,乱山深处长官清",此乃佳句。——《瀛奎律髓汇评》

    (清)冯舒:山谷晚年诗愈不佳,方君既知三、四之拙,则何苦强谀山谷?——同上

    (清)冯班:三、四非拙也。方君不解此等笔法。——同上

    (清)查慎行:世俗刻本皆以后一首混入苏集,据此可证其非。——同上

    (清)纪昀:此乃平心之论,无依附门墙之俗态。——同上

    (清)何焯:起二句新。——同上

    (清)纪昀:"絮帽"、"铜钲"究非雅字。——同上

行香子·过七里濑   (北宋)苏 轼

    一叶舟轻,双桨鸿惊。水天清、影湛波平。鱼翻藻鉴,鹭点烟汀。过沙溪急,霜溪冷,月溪明。   重重似画,曲曲如屏。算当年、虚老严陵。君臣一梦,今古虚名。但远山长,云山乱,晓山青。

过桐庐   (北宋)胡 宿

    两岸山花中有溪,山花红白遍高低。灵源忽若乘槎到,仙洞还同采药迷。二月辛夷犹未落,五更鸦臼最先啼。茶烟渔火遥堪画,一片人家在水西。

    (元)方回:武平此诗妙甚,八句五十六字无一字不佳,形容桐庐尽矣。起句十四字并句尾,可作竹枝歌讴也。——《瀛奎律髓汇评》

(清)查慎行：睦州青江景致逼真。——同上

(清)纪昀：风韵绝人，只三、四格调稍复耳。——同上

(清)许印芳：格调之复，必合前后联论。此评专论一联，盖谓"忽若"、"还同"词意犯复也。凡律诗对句用虚字，不知变化，多犯此病。如一句用犹、一句用尚，一句用如、一句用似，古人有之，不可学也。此诗"还同"若改用"应无"则不复矣。——同上

阆仙洞十绝（录一首）　　（北宋）黄　裳

题石桥

跨起虚空亦自然，几千年度地行仙。桃花流水春风好，由此东西是洞天。阆仙洞在桐庐县城北十五公里山上。有东西二洞，中间有大石横跨连接，名石桥。

题伯时画严子陵钓滩　　　（北宋）黄庭坚

平生久要《论语》："久要不忘平生之言，亦可以为成人矣。"注：久要，旧约也。刘文叔，不肯为渠作三公。能令汉家重九鼎，桐江波上一丝风。

过七里滩　　（北宋）杨　时

拂云高雁倚风抟，下视平湖万里宽。搔首扁舟又东去，钱塘江上看波澜。

泛富春江　　（南宋）陆 游

双橹摇江叠鼓催，伯符故国_{孙策字伯符，富春人。}喜重来。秋山断处望渔浦，晓日升时离钓台。官路已悲捐岁月，客衣仍悔犯风埃。还家正及鸡豚社，剩伴邻翁笑口开。

守严述怀　　（南宋）陆 游

桐君故隐两经秋，小院孤灯夜夜愁。名酒过于求赵璧，异书浑似借荆州。溪山胜处身难到，风月佳时事不休。安得连云车载酿，金鞭重作浣花游。

（元）方回：放翁淳熙丙午、丁未、戊申在严州，二考满，其年六十四矣。"求酒"、"借书"之联，可发一笑。大抵太守自不当借书于寓公，赵守汝愚借滕元秀诗集三千首，竟掩有不还，遂致其家不传，以一入太守宅难取故也。予为此郡初，自造"至清堂酒"，却绝妙，但亦未尝借人书看。七年宿留，八年而归，为一婆人云。——《瀛奎律髓汇评》

（清）纪昀：自述清标，其辞殊陋。——同上

（清）查慎行：用事必如此超脱，方称作家。——同上

（清）纪昀：闲语从豪宕出之，尚不落套，通体则未免平熟。——同上

（清）无名氏（甲）：此等亦非放翁至处。——同上

钓 台　　（南宋）范成大

山林城市两尘埃，邂逅人生有往来。各向此心安处住，钓台无意压云台。

严陵钓台　　（明）张以宁

　　故人已乘赤龙去，君独羊裘钓月明。鲁国高明悬宇宙，汉家小吏待公卿。天回御榻星辰动，人去台空山水清。我欲长竿数千尺，坐来东海看潮生。

　　（清）沈德潜：明人咏严陵者以此章为最。如"羞见先生面，黄昏过钓台"、"不有云台诸将力，钓台亦在战争中"，皆风雅之魔道也。——《明诗别裁集》

严先生祠　　（明）徐　渭

　　大泽高踪不可寻，古碑祠木自阴阴。长江万里元无尽，白日千年此一临。我已醉中巾屡岸，谁能梦里足长禁？一加帝腹浑闲事，何用旁人说到今。

钓　台　　（清）洪　昇

　　逃却高名远俗尘，披裘泽畔独垂纶。千秋一个刘文叔，东汉光武皇帝名刘秀，字文叔。记得微时有故人。

念奴娇·月夜过七里滩，光景奇绝。歌此调，几令众山皆响　　（清）厉　鹗

秋光今夜，向桐汇、为写当年高躅。躅读浊，入声。高躅，高人

足迹。风露皆非人世有，自坐船头吹竹。万籁生山，一星在水，鹤梦陆游《秋夜》："露浓惊鹤梦，月冷伴蛩愁。"疑重续。弩音弩，此读奴。弩音，桨声也。《庄子·渔父》："颜渊还车，子路授绥，孔子不顾，待水波定，不闻弩音而后敢乘。"成玄英疏："不闻桡响，方敢乘车。"遥去，西岩渔父初宿。柳宗元《渔翁》："渔翁初傍西岩宿。"　　心忆汐社南宋遗民谢翱与朋友诗酒聚会之所。七里滩严子陵钓台有谢翱哭祭文天祥处。沉埋，清狂不见，使我形容独。寂寂冷萤三四点，穿过前湾茅屋。林净藏烟，峰危限月，帆影摇空绿。《西洲曲》："卷帘天自高，海水摇空绿。"随流飘荡，白云还卧深谷。

富春至严陵山水甚佳三首　　（清）纪　昀

沿江无数好山迎，才出杭州眼便明。两岸蒙蒙空翠合，琉璃镜里一帆行。

浓似春云淡似烟，参差绿到大江边。斜阳流水推篷坐，翠色随人欲上船。王维《书事》："坐看苍苔色，欲上人衣来。"

烟水萧疏总画图，若非米老定倪迂。米老指米芾，倪迂指倪瓒，二人系宋、元代书画家。何须更说江山好，破屋荒林亦自殊。

念奴娇并引　　（清）陈　澧

夏日过七里泷，飞雨忽来，凉沁肌骨。推篷看山，新黛新月。如沐，岚影入水，扁舟如行绿颇黎玻璃。中。临流洗笔，赋成此阕。倘与樊榭老仙厉鹗号樊榭，曾过七里滩作《念奴娇》词，自称："歌此调，几令众山皆响。"

倚笛歌之，当令众山皆响也。

江流千里，是山痕寸寸，染成浓碧。两岸画眉声不断，催送蒲帆风急。叠石皴 读村，平声。是中国画的一种技法。 烟，明波蘸树，小李将军 唐代山水画家李昭道、李思训父子，人称大、小李将军。 笔。飞来山雨，满船凉翠吹入。　　便欲舣 读蚁，上声。将船靠岸。 棹 读罩，去声。船桨，这指船。 芦花，渔翁借我、一领闲蓑笠。不为鲈香兼酒美，只爱岚光呼吸。野水投竿，高台啸月，何代无狂客？ 贺知章自号四明狂客。见《唐才子传》。 晚来新霁，一星云外犹湿。

二、湖　州

西塞山下回舟作 西塞山在湖州市西南，山下有溪，是打鱼和隐居的好地方。　　（唐）陶　岘

匡庐旧业是谁主，吴越新居安此生。白发数茎归未得，青山一望计还成。鸦翻枫叶夕阳动，鹭立芦花秋水明。从此舍舟何所诣，酒旗歌扇正相迎。 作者陶岘，渊明裔孙。唐开元中家昆山（在江苏松江）与孟云卿、孟彦深、焦遂等名流游。尝制三舟，一舟自载，一舟供宾客，一舟置饮馔。有女乐一部奏清商之曲，逢山泉则穷其景物。吴越之士谓之水仙。

追和柳恽　　（唐）李　贺

汀洲白蘋草,柳恽乘马归。<small>吴兴守柳恽诗云:"汀洲采白蘋。"</small>江头楂树香,岸上蝴蝶飞。酒杯箬叶露,玉轸蜀桐虚。朱楼通水陌,沙暖一双鱼。

题白蘋洲　　（唐）杜　牧

山鸟飞红带,亭薇拆紫花。溪光初透彻,秋色正清华。静处知生乐,喧中见死夸。无多珪组累,终不负烟霞。

茶山下作　　（唐）杜　牧

春风最窈窕,日晚柳村西。娇云光占岫,健水鸣分溪。燎岩野花远,戛<small>读夹,入声。敲击也。</small>瑟幽鸟啼。把酒坐芳草,亦有佳人携。

新转南曹,未叙朝散,初秋暑退,出守吴兴,书此篇以自见志　　（唐）杜　牧

捧诏汀洲去,全家羽翼飞。喜抛新锦帐,荣借旧朱衣。且免材为累,何妨拙有机。宋株聊自守,鲁酒怕旁围。<small>《庄子》:"鲁酒薄而邯郸围。"</small>清尚宁无素,光阴亦未晞。一杯

宽幕席，五字弄珠玑。越浦黄甘嫩，吴溪紫蟹肥。平生江海志，佩得左鱼归。

入茶山下题水口草市绝句顾渚山在长兴西北，即水口镇，以产茶著名，唐代在此置茶院。　（唐）杜 牧

倚溪侵岭多高树，夸酒书旗有小楼。惊起鸳鸯岂无恨，一双飞去却回头。

董岭水　　（唐）周 朴

湖州安吉县，门与白云齐。禹力不到处，河声流向西。去衙山色远，近水月光低。中有高人在，沙中曳杖藜。

（清）黄生：本欲写董岭水，却先从"湖州安吉县"写起，以见因地高之故。此水西流，是当时禹迹偶尔不到，未经疏凿，以与众水俱东耳。此一小水，因其西流之异，不肯使之埋没，特地写得冠冕大样，遂与此诗俱传。——《唐诗摘钞》

（清）顾安：首句似记体。三、四佳句，亦接得下。五、六二句，其意以"去衙"句顶首联，"近水"句顶次联，而"山色远"、"月光低"六字添得枯率。结句甚佳，可惜无关合。——《唐律消夏录》

（清）冒春荣：诗有就题便为起句者，如李白"牛渚西江夜"，周朴"湖州安吉县"……是也。三、四句法贵匀称，承上陡峭而来，宜缓脉赴之。五、六必耸然挺拔，别开一境；上既和平，至此必须振起也。……周朴赋《董岭水》于"禹力不到处，河声流向西"，下接云"过衙山色远，近水月光低"，便直塌下去，少振拔之势。——《葚原说诗》

白蘋洲 在湖州市雪溪东南,因梁吴兴太守柳恽《江南曲》中有
"汀洲采白蘋"句而得名。　　　　　　　（北宋）寇　准

　杳杳烟波隔千里,白蘋香散东风起。日落汀洲一望
时,愁情不断如流水。

送任适尉乌程　　（北宋）梅尧臣

　俯作程乡尉,折腰还自甘。卞峰晴照黛,雪 读札,入声。
水名。水晓澄蓝。葑上春田辟,芦中走吏参。到时蘋叶
长,柳恽在江南。

　（元）方回:圣俞诗一扫"昆体",与盛唐杜审言、王维、岑参合。——《瀛
奎律髓汇评》
　（清）冯班:大不然。——同上
　（元）方回:今学者学"四灵"诗,曷不学圣俞乎? 能言风土者,圣俞所尤
长也。柳恽诗:"汀洲采白蘋,日落江南春。"——同上
　（清）纪昀:曷不竟学杜、王、岑诸公? ——同上
　（清）冯舒:此章好。——同上
　（清）查慎行:开口便与人作身分。——同上
　（清）纪昀:此首较有致,然"芦中走吏参"句,终不若唐人"更踏落花迎"
句。——同上
　（清）无名氏（甲）:吴兴自是水晶宫,此诗极能写照,而结句尤韵。——
同上

送周都官通判湖州　　（北宋）王安石

渌水乌程地,青山顾渚宫。酒醽犹美好,茶荈_{读喘,上}
_{声。老茶,亦泛称茶。}正芳新。聚泛樽前月,分班焙上春。仁风
已及俗,乐事始关身。橘柚供南贡,槐枫望北宸。知君白
羽扇,归日未生尘。

（元）方回：乌程酒、顾渚茶,湖州风景也。酒与古不殊,茶于今适春,
"犹"字、"正"字已佳,可以聚而泛,可以分而班,亦乐事也。然必仁风先及
物,而后身可乐,故"已"字、"始"字尤妙。南贡、北辰,又勉之以心在王室,归
而致吾君可也。诗律精密如此,他人太工则近弱,惟荆公独能工而不萎
云。——《瀛奎律髓汇评》

（清）纪昀：荆公五律胜七律。——同上

（元）方回：风土诗与送饯诗当互看。——同上

（清）纪昀：此处突出此例,其语无着。——同上

（清）冯舒：句句好,章法更好,此岂黄、陈所敢望？○第一句茶酒起。第
五句接上联紧甚。第七、八两句好,有斤两。第十一句又妙。——同上

（清）冯班：有深味,不拘不板。——同上

（清）陆贻典：通篇章法最细,"仁风"二字有斤两。——同上

（清）纪昀："仁风"二句用意好,于理亦足,惟读之稍觉其硬,病在"已"字
似现成语,不似期勉语。此故甚微,细吟乃见。——同上

（清）许印芳　此评细。——同上

（清）李光垣 "酒醽"二字叠用,本扁鹊语。"班"即颁。——同上

送王介学士赴湖州　　（北宋）王安石

吴兴太守美如何,柳恽诗才未足多。遥想郡人迎下
担,_{王溥《唐会要》："大中五年,中书门下奏：'诸州刺史初到任,准例皆有一担杂物。}

离任时,亦例有资送。'成例已久。自今以后,诸州刺史下担什物及除替送钱物,各守州郡旧规。"《建康志》:"迎担湖在城西北石头城后五里。今为田。"**白蘋洲渚正沧波**。《东轩笔录》:"王介(石甫)性轻率,语言无伦。荆公作此诗送之,其意以水值风即起波也。介谕其意,遂和十章,盛气而诵于荆公。其一云:'吴兴太守美如何? 太守从来恶祝鮀。(《论语·雍也》:'不有祝鮀之佞,而有宋朝之美。难乎免于今之世者。"注:祝鮀,春秋卫人。善以巧言媚人,后以为佞人典型。)生若不为上柱国,死时犹合代阎罗!'荆公笑曰:'阎罗见缺,请速赴任。'"

南歌子·湖州作　　　(北宋)苏 轼

　　山雨潇潇过,溪桥浏浏清。小园幽榭枕蘋汀。门外月华如水,彩舟横。　　**茗岸霜花尽,江湖雪阵平。两山遥指海门青**。此词当是作者在湖州送刘行甫赴余姚。钱塘江两岸山峰对起,称海门,此指余姚。**回首水云何处,觅孤城**。全词几乎是清一色的写景文字,上片据实描摹,下片凭虚构象,而暗寓情,不动声色。或措意深婉,或从对面着笔,都有回甘余味,令人一唱三叹。这种写法,在东坡词中亦不多见。

送青州签判俞退翁致仕还湖州
(北宋)苏 辙

　　不作清时言事官,海邦那复久盘桓。早依莲社尘缘少,新就草堂归计安。富贵暂时朝露过,江山故国水精寒。宦游从此知多事,收取楞伽静处看。

　　(元)方回:吴兴俞汝尚以御史召,力辞不允,竟归。子由为齐州记室,作此送之。第五句乃虚说,第六乃实事,自然高妙。汝尚四世孙澄,淳熙丁未守筠阳,并其高祖和诗刊置《栾城集》中,盖亦不附荆公者也。——《瀛奎律髓汇评》

（清）纪昀：六句自好。——同上
（清）无名氏（甲）：湖州称水晶宫。——同上

浣溪沙　　（南宋）张元幹

山绕平湖波撼城，湖光倒影浸山青。水晶苏州、湖州一带的美称。《吴兴集》载：刺史杨倓《九月十五日夜绝句》有："溪上玉楼楼上月，清光合在水晶宫"句。湖州遂称水晶宫。楼下欲三更。　　雾柳暗时云度月，露荷翻处水流萤。萧萧散发到天明。

湖　州　　（元）戴表元

山从天目成群出，水傍太湖分港流。行遍江南清丽地，人生只合住湖州。

苕　溪　　（元）戴表元

六月苕溪路，人言似若耶。若耶溪在绍兴，相传为西施浣纱处。渔罾挂棕树，画舫出荷花。碧水千塍共，青山一道斜。人间无限事，不厌是桑麻。

登飞英塔 湖州市区有飞英寺，塔在飞英寺内。
（元）赵孟頫

梯飙直上几百尺，俯视层空鸟背过。千里湖山秋色

净,万家烟火夕阳多。鱼龙衮衮危舟楫,鸿雁冥冥避网罗。谁种山中千树橘,侧身东望洞庭波。

湖州道中　　（明）韩 奕

百里溪流见底清,苕花蘋叶雨新晴。南浔贾客舟中市,西塞人家水上耕。岸转青山红树近,湖摇碧浪白鸥明。棹歌谁唱弯弯月,仿佛吴侬子夜声。

由画溪经三箬入合溪　　（清）余 怀

画舫随风入画溪,即罨画溪。秋高天阔五峰低。绿萝僧院孤烟外,红树人家小阁西。箬水长清鱼可数,篁山将尽鸟空啼。桃源仿佛无寻处,枫叶纷纷路欲迷。按:画溪、三箬和合溪都在今浙江长兴县境。画溪即罨画溪,据《弘治湖州府志》载:溪在长兴县西八里,"古木夹岸、丛篠翳其下,朱藤放其上,故名"。三箬在画溪下游,因箭箬夹岸,其南曰上箬,北曰下箬,合称三箬。合溪则由台山见诸山之水和梓方洞二水会合而成,经画溪入长兴西南门,东出入太湖。

吴兴杂诗　　（清）阮 元

交流四水抱城斜,散作千溪编万家。深处种菱浅种稻,不深不浅种荷花。

三、 秀州（嘉兴）

天香引·游嘉禾南湖　　（北宋）文 同

三月三、花雾吹晴。见麟凤沧洲，鸳鹭沙汀。华鼓清
箫，红云兰桡，青纻旗亭。　　细看来、春风世情。都分
在、流水歌声。剪燕娇莺，冷笑诗仙，击楫扬舲。

烟雨楼　　（南宋）杨万里

轻烟漠漠雨疏疏，碧瓦朱甍照水隅。幸有园林依燕
第，不妨蓑笠钓鸳湖。渔歌欸乃声高下，远树溟蒙色有
无。徒倚阑干衫袖冷，令人归兴忆莼鲈。

水调歌头·题烟雨楼　　（南宋）吴 潜

有客抱幽独，高立万人头。东湖千顷烟雨，占断几春
秋。自有茂林修竹，不用买花沽酒，此乐若为酬。秋到天
空阔，浩气与云浮。　　叹吾曹，缘五斗，尚迟留。练江
亭下，长忆闲了钓鱼舟。矧更飘摇身世，又更奔腾岁月，

辛苦复何求。咫尺桃源隔,他日拟重游。

嘉兴道中　　　（明）袁宏道

弥野桑成市,排溪柳作衙。菜香齐吐甲,树暖欲蒸花。天色淡如卵,江容滑似纱。酒帘青带上,三五聚村家。

乱后过嘉兴三首　　　（清）吕留良

兹地三年别,浑如未识时。路穿台榭础,井汲髑髅泥。生面频惊看,乡音易受欺。烽烟一怅望,洒泪独题诗。

雪片降书下,嘉禾独出师。儒生方略短,市子弄兵痴。炮裂砖摧屋,门争路压尸。绝城遗老入,此地死方宜。城临陷,徐虞求先生独绝城入,死之。

间有生还者,无从问故宫。残魂明夜火,老泪湿西风。粉黛青苔里,亲朋白骨中。新来邻里别,只说破城功。《嘉兴府志》:"前吏部尚书徐石麟时出城召募……城将破,呼于城下曰:'吾大臣不可野死,当与城俱。'绝之上。老仆徐成,少仆徐锦……俱绝入。城陷,石麟朝服自经死,成与锦从死。"○徐鼒《小腆纪年》:"……城外二仆祖敏、季升闻之,亦死。先是,石麟致仕,归筑堂,榜曰'可经',人莫解,及石麟之死是堂也,始知其素志云。同时死者,前蓟、辽守备项嘉谟与二子。一妾投天星河死。诸生张翮整衣巾,南向坐骂不绝死。钱应金以不薙发死。"

晓过鸳湖 嘉兴南湖又称鸳鸯湖。　　（清）查慎行

晓风催戎挂帆行，绿涨春芜岸欲平。长水塘 长水，塘名，在嘉兴城南。 南三日雨，菜花香过秀州城。 嘉兴在五代与宋时称秀州。

禾中杂兴二首　　（清）杭世骏

近水家家小筑塘，暝烟初起接湖光。香茅缚作尖头屋，赁与吴淞上水船。

密叶丛根贴水高，菱湖十里不容篙。小娃时荡瓜皮艇，划破横塘赛剪刀。

响铃坟 梁绍壬《两般秋雨盦随笔》："嘉禾梅里，俗传南宋王妃时云卿墓，人上其冢即有铃声，名响铃坟。"　　（清）赵怀玉

纨扇珠襦一夕捐，松楸今属野人田。可怜委骨埋香日，已是残山剩水年。

玉钩一样怨秋萤，此地犹传有响铃。绝胜寒琼拾幽草，西陵夜夜哭冬青。

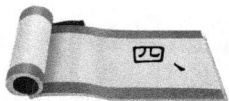

四、明州（宁波）

游雪窦寺 在奉化溪口镇西北、雪窦山上。
（唐）方 干

绝顶空王宅，香风满薜萝。地高春色晚，天近日光多。流水随寒玉，遥峰拥翠波。前山有丹凤，云外一声过。

观明州图　　（北宋）王安石

明州城郭画中传，尚记西亭一舣船。投老心情非复昔，当时风月故依然。

龙泉寺石井 龙泉山又名绪山、屿山。在余姚城西。山腰有
泉名龙泉、终年不涸。　　（北宋）王安石

山腰石有千年润，海眼泉无一日干。天下苍生待霖雨，不知龙向此中蟠。

天童山溪上　　　（北宋）王安石

溪水清涟树老苍,行穿溪树踏春阳。溪深树密无人处,唯有幽花渡水香。

天童寺　　　（南宋）薛嵎

佛界似仙居,楼台出翠微。浙中山水最,海内衲僧归。草树有真意,禽鱼尽息机。禅房无别事,唯见白云飞。

雪窦纪游二首　　　（元）范梈

高上欣相迎,山门带流水。风生珠树间,月窥镜池里。触景遂成迷,应接殊未已。

兴移初出山,系缆长汀树。夜来雪已深,溪风水难度。犹疑钟磬音,遥遥白雪处。

招宝山 原名候涛山,又名鳌柱山,在宁波市镇海东北的甬江江口。
（明）屠隆

扶桑日出晓苍茫,渺渺行空一苇航。谁劈龙涛开宝界,直扶鳌柱架金梁。僧归水府袈裟湿,女散天花佛座

香。悟得无边先及岸，应知东土是西方。

五、越州（绍兴）

采莲曲　　（唐）贺知章

稽山云雾郁嵯峨，镜水指鉴湖。无风也自波。莫言春度芳菲尽，别有中流采芰荷。

（元）杨士弘：季真弃官学道，诏赐镜湖一曲，故其说如此。言富贵外别有可乐者。——《批点唐音》

宿云门寺阁云门山亦名东山，在浙江绍兴。寺在山中。昔王子敬居此，

有五色祥云，诏建寺，号云门。　　　　（唐）孙　逖

香阁东山下，烟花象外幽。悬灯千嶂夕，卷幔五湖秋。画壁余鸿雁，纱窗宿斗牛。更疑天路近，梦与白云游。

（明）李攀龙：谢茂秦曰"悬灯"二句与"窗中三楚尽，林外九江平"立意造句皆同，总描写高意。——《唐诗广选》

（明）唐汝询：次联语壮，结语超。〇幽花，物之嘉也。千嶂五湖，眺之迥也。壁余鸿雁，寺之古也。窗宿斗牛，阁之高也。因阁之高，故思梦与云

游。——《唐诗解》

(清)黄生:写景欲阔大,初唐景语无出三、四二句之上。○通篇形容寺阁之高,却不露"高"字,笔意可想。——《唐诗摘钞》

(清)佚名:此尾联进步格。中二联分承"象外幽"说。结更进一步,便有呼吸通帝座之意。中二联写景分远近。前六句是见寺阁之高,乃梦也,直与白云为侣,更疑天路从此可升至,高更何如。——《唐诗丛绳》

送友人寻越中山水　　(唐)李 白

闻道稽山去,偏宜谢客才。千岩泉洒落,万壑树萦回。东海横秦望,西陵绕越台。湖清霜镜晓,涛白雪山来。八月枚乘笔,三吴张翰杯。此中多逸兴,早晚向天台。

(明)杨慎:桂曰,太白天才飘逸,长律虽法度严整,而清骨不泯。——《李杜诗选》

(明)李攀龙:蒋仲舒曰:"李诗常清旷,而此独刻画。"——《唐诗广选》

(明)周敬等:得"湖清"一联,通篇生色。——《唐诗选脉会通评林》

送贺宾客贺知章。归越　　(唐)李 白

镜湖流水漾清波,狂客归舟逸兴多。山阴道士如相见,应写黄庭换白鹅。

越中览古　　(唐)李 白

越王勾践破吴归,义士还家尽锦衣。宫女如花满春

殿,只今惟有鹧鸪飞。

　　(宋)吴开:窦巩有《南游感兴》诗"伤心欲问当年事,惟见江流去不回。日暮东风春草绿,鹧鸪飞上越王台",盖用李白《览古》诗意也。——《优古堂诗话》

　　(明)袁宏道:敖子发曰:此与韩退之《游曲江寄白舍人》、元微之《刘阮天台》三诗,皆以落句转合,有抑扬,有开合。此格唐诗中亦不多见。——《唐诗训解》

　　(清)钱良择:三句直下,一句转出,此格奇甚。——《唐音审体》

送人游越—作郎士元诗。　　(唐)刘长卿

　　未习风波事,初为吴越游。露沾湖色晓,月照海山秋。梅市门何在? 兰亭水尚流。西陵待潮处,落日满扁舟。

酬浙东李侍郎,越州春晚即事长句
(唐)刘禹锡

　　越中蔼蔼繁华地,秦望峰前禹穴西。湖草初生边雁去,山花半谢杜鹃啼。青油昼卷临高阁,红旆晴翻绕古堤。明日汉皇征旧德,老人争出若耶溪。用刘庞事,见《后汉书·刘庞传》。

以州宅夸于乐天　　(唐)元 稹

　　州城回绕拂云堆,镜水稽山满眼来。四面常时对屏

障,一家终日在楼台。星河似向檐前落,鼓角惊从地底回。我是玉皇香案吏,谪居以故相为观察使故云。犹得住蓬莱。

(清)杨逢春:其写"夸"字,俱以诙谐之笔出之,须知句句自夸,实句句自嘲也。却妙在含蓄不露。——《唐诗绎》

(清)沈德潜:州宅即越三台,在卧龙山上,人民城郭皆在其下。——《唐诗别裁集》

(清)黄叔灿:星河在檐、鼓角在地,俱言其高。结语虽系夸,亦风流极矣。——《唐诗笺注》

(清)冯班:以结句至今有蓬莱驿。——《瀛奎律髓汇评》

(清)陆贻典:微之比乐天较能修饰,然本质近,又不如也。——同上

(清)无名氏(甲):宅在绍兴。○与左句"身多疾病"二句并看,便见身分。——同上

送朱可久归越中 　　(唐)贾 岛

石头城下泊,北固暝钟初。汀鹭潮冲起,船窗月过虚。吴山侵越众,隋柳入唐疏。日欲供调膳,辟来何府出。

(元)方回:汀上之鹭,潮冲之而见其起。舟中之窗,月过之而见其虚。可谓善言吴中泊舟之趣。"吴山"、"隋柳"一联近乎妆砌太过。赵紫芝全用此联,为"潇水添湘涧,唐碑入宋稀",殊为可笑。所选《二妙集》于浪仙取八十一首,其非僧道而送行者,凡取十首,独不取此一首。盖欲以蒙蔽蹈袭之罪非耶!——《瀛奎律髓汇评》

(清)冯舒:赵昌父选贾岛、姚合为《二妙集》,贾八十一首,姚一百二十一首。——同上

(清)纪昀:尚不甚碍,然此论有理。——同上

(清)查慎行:第六句自不可弃。——同上

（清）纪昀：结句未健。——同上

过耶溪　　（唐）朱庆余

春溪缭绕出无穷，两岸桃花正好风。恰是扁舟堪入处，鸳鸯飞起碧流中。

南　湖《地理志》：南湖，一名鉴湖，在会稽。东汉太守马臻开凿。

　　　　　（唐）温庭筠

湖上微风入槛凉，翻翻菱荇满回塘。野船着岸偎春草，水鸟带波飞夕阳。芦叶有声疑雾雨，浪花无际似潇湘。飘然篷艇东归客，尽日相看忆楚乡。

（清）金人瑞：坐槛中，看湖上，初并无触，而微凉忽生，于是黯然心悲，此是湖上风入也。一时闲闲肆目，见他翻翻满塘，嗟乎，秋信遂至如此，我今身坐何处？便不自觉转出后一解之四句也。前解只写得"风"字、"凉"字，言因凉悟风，因风悟凉。"翻翻菱荇"，则极写风色也。三、四"着岸偎"、"带波飞"，亦是再写风，然"春草"写为时曾几？"夕阳"写目今又促。世传温、李齐名，如此纤浓之笔，真为不忝义山也（前四句下）。金雍补注：笔墨之事，真是奇绝。都来不过一解四句，二解八句，而其中间千转万变，并无一点相同。正如路人面孔，都来不过耳、眼、鼻、口四件，而并无一点相同也。即如飞卿齐名义山，乃至于无义山一字，惟义山亦更无飞卿一字，只是大家不袭一字，不让一字，是始得齐名。然所以不袭、不让之故，乃只在一解四句，二解八句中间！我真不晓法性海中大漩洑轮，其底果在何处也。——《贯华堂选批唐才子书》

（清）屈复：前六俱写景，七、八方写情。句虽典雅，但少意味耳。——《唐诗成法》

(清)毛张健:通篇暗写微风,不露色相,使读者了然会心。——《唐体肤诠》

江城子　　　(五代)牛　峤

鹧鸪飞起郡城东,碧江空,半滩风。越王宫殿、蘋叶藕花中。帘卷水楼渔浪起,千片雪,雨蒙蒙。谢楚发云:此词仅三十五字,却把一个江城的风物写得如此形神兼备,笔力实在不凡。究其奥妙,大约有此三端:一是注意多侧面、多角度的描写。它先从远视角度写江郊景色,次以历史眼光看塘河风光,再用特写镜头写水楼观涛。如此,不仅层次清晰,而且颇富立体感。二是注意色彩的多样与调配。斑斓的鹧鸪,碧绿的江水和白色的沙滩构成一种清新淡远的色调;翠绿的蘋叶与鲜红的荷花相配,又以秾丽的色泽耀人眼目;浪花如雪和水雨之蒙蒙又构成一种朦胧混茫的气象。三是注意景物的动态描写,如鹧鸪的起飞,碧水的东流,半滩风吹浪花飞舞等等,这种动态景物,无疑赋予江城以勃勃生机和飞动的气韵。

(清)陈廷焯:"越王"九字,风流悲壮。——《云韶集》

又云:感慨苍凉。——《词则·大雅集》

(近代)俞陛云:越王台在越溪畔。四、五句谓霸图消歇,遗殿无存,但见红藕翠蘋,凄迷野水,与李白咏勾践诗"宫女如花满春殿,只今惟有鹧鸪飞",皆怀古苍凉之作。此词兼咏越溪风物、风吹雪浪,在空蒙烟雨中,诗情与画景兼之。——《唐五代两宋词选释》

余姚陈寺丞　　　(北宋)梅尧臣

试邑来勾越,风烟复上游。江潮自迎客,山月亦随舟。海货通闉市,渔歌入县楼。弦琴无外事,坐见浦帆收。

（元）方回：圣俞此诗全不似宋人诗，张籍、刘长卿不能及也。——《瀛奎律髓汇评》

（清）纪昀：此真不似宋人，此评最是。——同上

（清）无名氏（甲）：圣俞在宋，因为高手，然究不脱宋人者，只是以文为诗，内少含蓄，乃谓唐人不及，岂不诬乎？——同上

（清）查慎行：以上二首（另一首指《送任适尉乌程》）刘后村采入诗话，最所叹赏。——同上

（清）纪昀：通体俱饶高韵，六句尤佳。——同上

（清）许印芳：虚谷谓张籍不能及犹可，谓随州不及，则妄矣。宛陵五律之高者，可望随州后尘耳。——同上

若耶溪归兴 若耶溪又名五云溪、浣纱溪，在绍兴南若耶山下。

（北宋）王安石

若耶溪上踏莓苔，兴罢张帆载酒回。汀草岸花浑不见，青山无数逐人来。

望海潮·越州怀古 （北宋）秦 观

秦峰 即望秦山。《舆地纪胜》："望秦山在会稽东南四十里。"孔灵符《会稽山》："昔秦始皇登此，使李斯刻石，其碑见在。"苍翠，若耶潇洒，千岩万壑争流。鸳瓦雉城，谯门画戟，蓬莱燕阁三休。三休谓台高也。见贾谊《新书·退让》。天际识归舟。泛五湖烟月，西子同游。茂草台荒，苎萝村冷起闲愁。 何人览古凝眸？怅朱颜易失，翠被难留。梅市《地理志》："梅市在绍兴府城西，以梅福为名。"旧书，兰亭古墨，依稀风韵生秋。狂客 贺知章。鉴湖头。有百年台沼，终日夷犹。夷犹，犹豫、迟疑也。《楚辞·九歌·湘君》："君不见兮，

562

夷犹。"最好金龟换酒，相与醉沧洲。

（明）沈际飞：入律。词为故实拖叠所累。——《草堂诗余·续集》

沈园二首 （南宋）陆 游

落日城头画角哀，沈园非复旧池台。伤心桥下春波绿，曾见惊鸿照影来。

梦断香消四十年，沈园柳老不吹绵。此身行作稽山土，犹吊遗踪一泫然。

兰 亭 在绍兴市城南兰渚山下。 （南宋）陆 游

兰亭绝境擅吾州，病起身闲得纵游。曲水流觞千古胜，小山丛桂一年秋。酒酣起舞风前袖，兴尽回桡月下舟。江左诸贤嗟未远，感今怀昔使人愁。

汉宫春·会稽蓬莱阁怀古 （南宋）辛弃疾

秦望山头，看乱云急雨，倒立江湖。不知云者为雨，雨者云乎。长空万里，被西风、变灭须臾。回首听、月明天籁，人间万窍号呼。 谁向若耶溪上，倩美人西去，麋鹿姑苏？至今故国人望，一舸归欤。岁云暮矣，问何不、鼓瑟吹竽。君不见、王亭谢馆，冷烟寒树啼乌。

（明）卓人月：当其落笔风雨疾。——《古今词统》

（近代）俞陛云：前半写景，后半书感，皆极飞动之致。写风雨数语，有云垂海立气概。下阕慨叹西子，徒召吴官而美人不返，悲吴官兼惜美人，此意颇新警。后更言"王亭谢馆"同付消沉，宁独五湖人远！感叹尤深。蓬莱阁为越中胜地，秦少游、周草窗皆赋诗词。此作高唱入云，当以铜琵铁板和之。——《唐五代两宋词选释》

汉宫春·次韵稼轩蓬莱阁　　（南宋）姜　夔

一顾倾吴。苎萝人不见，烟杳重湖。当时事如对弈，此亦天乎。大夫仙去，笑人间、千古须臾。有倦客、扁舟夜泛，犹疑水鸟相呼。　　秦山对楼自绿，怕越王故垒，时下樵苏。只今倚阑一笑，然则非欤。小丛解唱，倩松风、为我吹竽。更坐待、千岩月落，城头眇眇啼乌。

（近代）俞陛云：白石学清真，心摹手追，犹觉勉强命中而未能穿札。和稼轩二首，则功力相等。宜杜少陵评诗，谓材力未能跨越，有"鲸鱼"、"翡翠"之喻也。——《唐五代两宋词选释》

齐天乐·与冯深居登禹陵　　（南宋）吴文英

三千年事残鸦外，无言倦凭秋树。逝水移川，高陵变谷，那识当时神禹。幽云怪雨。翠萍湿空梁，夜深飞去。雁起青天，数行书似旧藏处。　　寂寥西窗久坐，故人悭会遇，同剪灯语。积藓残碑，零圭断璧，重拂人间尘土。霜红罢舞。漫山色青青，雾朝烟暮。岸锁春船，画旗喧赛鼓。

（清）陈廷焯：凭吊苍茫，感慨无限。〇又云：结点禹陵。——《词则·大雅集》

越王勾践墓　　（南宋）柴　望

秦望山头自夕阳，秦望山在绍兴东南，相传秦始皇登山以望南海而得名。伤心谁复赋凄凉？今人不见亡吴事，故墓犹传霸越乡。雨打乱花迷复道，鸟翻黄叶下宫墙。登临莫向高台望，烟树中原正渺茫。

金人捧露盘·越州越王台　　（南宋）汪元量

越山云，越江水，越王台。个中景、尽可徘徊。凌高放目，使人胸次共崔嵬。黄鹂紫燕报春晚，劝我衔杯。

古时事，今时泪；前人喜，后人哀。正醉里、歌管成灰。新愁旧恨，一时分付与潮回。鹧鸪啼歇夕阳去，满地风埃。

人月圆　　（元）倪　瓒

伤心莫问前朝事，重上越王台。窦巩《南游感兴》诗："伤心欲问前朝事，唯见江流去不回。"李白《越中览古》："越王勾践破吴归，义士还家尽锦衣。宫女如花满春殿，至今惟有鹧鸪飞。"鹧鸪啼处，东风草绿，残照花开。

怅然孤啸,青山故国,乔木苍苔。当时明月,依依素影,何处飞来?

镜湖竹枝词 （明）徐 渭

杏子红衫一女郎,郁金衣带一苇航。堤长水阔家何处? 十里荷花分外香。

兰 亭 （明）袁宏道

定武石空在,兰亭迹已讹。清流大概是,峻岭果然多。古屋穿新溜,苍松瘦老柯。墨池闲贮水,犹得放村鹅。

过青藤宅 徐渭故居青藤书屋又名榴花书屋。在绍兴市内观巷大乘弄。 （明）王思任

青藤道士既辞世,雅道而今谁与担? 锦水一湾池一曲,遗居惆怅大乘庵。

越 女 （清）吴 雯

憔悴浦中莲,低声问远天。裁衣抛白纻,渍泪掩红绵。蜥蜴盘深字,真珠寄短篇。年年花事近,空立苎萝烟。

经天姥寺 寺在新昌县境。 （清）王又曾

天姥峰阴天姥寺，竹房涧户窈然通。老僧敲磬雨声外，危坐诵经云气中。禅榻茶烟成夙世，天鸡海日又春风。回头却忆十年梦，梦与山东李白同。

生查子·泛鉴湖 （清）陶元藻

平湖八百开，面面青山聚。山影落清流，流下三江去。 黄冠人已遥，黄冠，道士帽，指贺知章。一曲亭何处，行尽柳丝乡，只有黄鹂语。

六、婺州（金华）

题沈隐侯八咏楼 沈约帮助梁武帝萧衍取得帝位，故入梁后官尚书令，卒谥隐，称隐侯。八咏楼在今金华市，三国时属东阳郡。后始改曰金华。

（唐）崔 颢

梁日 沈约为东阳守时应在南齐。此处恐有误。东阳守，为楼望越中。绿窗明月在，青史古人空。江静闻山狖，狖读又，去声。长尾猿。川长数塞鸿。登临白云晚，流恨此遗风。

（元）方回：起句自在，第六句"数"字是诗眼好处。——《瀛奎律髓汇评》

（清）纪昀：横生支节。——同上

（清）纪昀：八咏事佳、隐侯人鄙。"青史"句浑含甚妙。——同上

送人入金华 （唐）严 维

明月双溪水，清风八咏楼。昔年为客处，今日送君游。

（清）黄生：气局完密，绝无一字虚致，几欲与"白日依山尽"作争衡；所逊者，兴象微不逮耳。——《唐诗摘钞》

（清）王士禛：绝句妙境多在转句生意，此诗转句入妙，觉上二句都有情。——《唐人万首绝句选评》

兰溪棹歌 （唐）戴叔伦

凉月如眉挂柳湾，越中山色镜中看。兰溪三日桃花雨，半夜鲤鱼来上滩。

送易从师还金华 （北宋）林 逋

吟卷田衣岁向残，孤舟夜泊大江寒。前岩数本长松色，及早归来带雪看。

题八咏楼 　　（北宋）赵 抃

隐侯诗价满东吴，八咏诗章意思殊。世说当年清瘦甚，不知全为苦吟臞。

东阳道中 　　（北宋）王安石

山蔽吴天密，江蟠楚地深。浮云堆白玉，落日泻黄金。渺渺随行旅，纷纷换岁阴。强张诗咏物，收拾济时心。

金华山 　　（北宋）王安石

空林乔木老参天，横贯东南一道泉。六月杖藜扶石路，午阴多处弄潺湲。

题八咏楼 　　（北宋）李清照(女)

千古风流八咏楼，江山留与后人愁。水通南国三千里，气压江城十四州。

鹧鸪天·兰溪舟中 　　（南宋）韩 淲

雨湿西风水面烟，一巾华发上溪船。帆迎山色来还

去,橹破滩痕散复圆。　　　寻浊酒,试吟篇。避人鸥鹭更翩翩。五更犹作钱塘梦,睡觉方知过眼前。

东阳八咏楼　　(元)赵孟頫

山城秋色净朝晖,极目登临未拟归。羽士曾闻辽鹤语,征人又见塞鸿飞。西流二水玻璃合,南去千峰紫翠围。如此山川良不忍,休文何事不胜衣。

念奴娇·八咏楼　　(元)鲜于枢

长溪西注,似延平双剑,千年初合。溪上千峰明紫翠,放出群龙头角。潇洒云林,微茫烟草,极目春洲阔。城高楼迥,恍然身在寥廓。　　我来阴雨兼旬,滩声怒起,日日东风恶。须待青天明月夜,一试严维佳作。风景不殊,溪山信美,处处堪行乐。休文何事,年年多病如削?

东阳道中　　(元)黄镇成

山谷苍烟薄,穿林白日斜。岸崩迂客路,木落见人家。野碓喧春水,山桥枕浅沙。前村乌柏熟,疑似早梅花。

舟次兰溪　　(清)裘 琏

傍晓过兰溪,莺声历乱啼。目穷于越外,梦断豫章西。雾重天疑尽,烟衔树渐齐。王孙归未得,芳草又凄凄。

七、衢　州

三衢道中　　(南宋)曾 几

梅子黄时日日晴,小溪泛尽却山行。绿阴不减来时路,添得黄鹂四五声。

过灵石三峰二首 灵石山在江山县东南,又名江郎山。山上有三峰。相传为江氏兄弟三人登山而化石故名。　　(南宋)陆 游

奇峰迎马骇衰翁,蜀岭吴山一洗空。拔地青苍五千仞,劳渠蟠屈小诗口。

晓日瞳昽云未残,三峰杰立插云间。老夫合是征西将,胸次先收灵石山。

衢州书事　　(清)沈受弘

尚书昔日驻旌旄,烽火危疆保障劳。已是降王归斧钺,徒闻战鬼逐弓刀。山围四野寒云没,水拍孤城夜雨高。回首可怜离乱处,至今间井半蓬蒿。沈德潜云:此咏李文襄事,神气充足,绝似梅村。

度仙霞关题天雨庵壁仙霞岭又名古泉山,在江山县南。仙霞关号称"东南锁钥",地势十分险要。　　(清)查慎行

虎啸猿啼万壑哀,北风吹雨过山来。人从井底盘旋上,天向关门豁达开。地险昔曾当剧贼,清康熙年间,耿精忠叛清,仙霞关一带,曾经作为战场。时平谁敢说雄才?煎茶好领闲僧意,知是芒鞋到几回!

度仙霞岭口占　　(清)朱珪

千峰迎我碧崚嶒,回首琼楼意不胜。莫谓头衔新换却,此身依旧一条冰。

八、处州（丽水）

缙云山鼎池二首　　（唐）徐　凝

黄帝旌旗去不回,空余片石碧崔嵬。有时风卷鼎湖浪,散作晴天雨点来。

天地茫茫成古今,仙都凡有几人寻。到来唯见山高下,只是不知湖浅深。

仙都即景　　（唐）曹　唐

黄帝登真处,青青不记年。孤峰应碍日,一柱自擎天。石怪长栖鹤,云闲若有仙。鼎湖看不见,零落数枝莲。

括苍石门瀑布　　（南宋）戴复古

少泊石门观瀑布,明知是水却疑非。乱抛雪玉从天下,散作云烟到地飞。夜听萧萧洗尘梦,风吹细细湿人

衣。谢公蜡屐经行处,闻有留题在翠微。

青田石门泉　　（明）汤显祖

春虚寒雨石门泉,远似虹蜺近若烟。独洗苍苔注云
壑,悬飞白鹤绕青田。

九、台　州

寻天台山　　（唐）孟浩然

吾友太乙子,餐霞卧赤城。欲寻华顶去,不惮恶溪
名。歇马凭云宿,扬帆截海行。高高翠微里,遥见石
梁横。

（宋）刘辰翁:李子云,"华顶"、"恶溪"极有照应,"扬帆截海行"更
雄。——《王孟诗评》

（明）周珽:浩然志趣,好寻游方外,故见诸篇章,多脱出风尘语。如寻天
台山、游景光寺、精思观与题惠上人、义、立、融山房诸诗,寄情赋景,俱有造
微入妙处。——《唐诗选脉会通评林》

（清）叶蓁:通篇是比体,言求道者能无所不尽其力,必有可至之理,亦
《小雅·鹤鸣》意也。——《唐诗意》

天台晓望　　（唐）李　白

天台邻四明，华顶高百越。门标赤城霞，楼栖沧岛月。凭高远登览，直下见溟渤。云垂大鹏翻，波动巨鳌没。风潮争汹涌，神怪何翕忽？观奇迹无倪，好道心不歇。攀条摘朱实，服药炼金骨。安得生羽毛？千春卧蓬阙。

天姥岑望天台山　　（唐）僧灵彻

天台众峰外，华顶当寒空。有时半不见，崔嵬在云中。

（明）杨慎：僧灵彻有诗名于中唐。《古墓》诗云"松树有死枝，冢墓惟莓苔。石门无人入，古木花不开"，《天台山》云"天台众山外，岁晚当寒空。有时半不见，崔嵬在云中"，《九日》云"山僧不记重阳节，因见茱萸忆去年"，者篇为刘长卿、皇甫冉所称，予独取《天台山》一绝，真绝唱也。——《升庵诗话》

早发天台中岩寺，度关岭，次天姥岑
（唐）许　浑

来往天台天姥间，欲求真诀驻衰颜。星河半落岩前寺，云雾初开岭上关。丹壑树高风浩浩，碧溪苔浅水潺潺。可知刘阮逢人处，行尽深山又是山。

（元）方回：爱而知其恶，憎而知其善。君子于待人宜然，予之评诗亦皆然也。予遍读唐人诗，早行、晨起之作绝少，如早朝、夜直已入"朝省类"矣，于此外求平淡萧闲之趣咸无焉。此诗三、四于早行自工，但苦对偶太甚。所谓才得一句，便掣捉一句为联，而无自然真味。又且涉乎浅近，则老笔耻之。五、六尤为平平，惟尾句却佳。"可知"者，不可知也。甚处可觅刘、阮？行尽山，又是山也。——《瀛奎律髓汇评》

（清）冯舒：似与用晦有私憾者。——同上

（清）冯班：此论却好。然《丁卯集》诗句句清新，方君抑之太甚，岂曰"憎而知其善"乎！——同上

（清）纪昀：前以"星河"二句为不成诗，未免已甚，此论平允。〇"可知"是故作问词，此解误。——同上

（清）何焯：中间都带"早"字。〇首句总破，第三句发寺，第四句"度关"，第五句反呼"逢人"。——同上

琼台 在天台山桐柏水库西北。台上有石椅，相传铁拐李每年来此赏月所坐，故名仙人座。台前有两小山相对，称"琼台"。 送罗道士

（唐）方 干

积翠千层一径开，遥盘山腹到琼台。藕花飘落前岩去，桂子流从别洞来。石上丛林碍星斗，窗边瀑布走风雷。纵云孤鹤无留滞，定恐烟萝不放回。

寄题天台国清寺 （唐）皮日休

十里松门国清路，饭猿台上菩提树。怪来烟雨落晴天，元是海风吹瀑布。

登天台寺　　（唐）杜荀鹤

一到天台寺，高低景旋生。共僧岩上坐，见客海边行。野色人耕破，山根浪打鸣。忙时向闲处，不觉有闲情。

送董卿赴台州　　（唐）张蠙

九陌除书出，寻僧问海城。家从中路挈，挈此读切，入声。连接也。吏隔数州迎。夜蚌侵灯影，春禽杂橹声。开图见异迹，思上石桥行。

送王简卿归天台二首　　（南宋）刘 过

欲数人才难倒指，有如公者又东归。班行失士国轻重，道路不言心是非。载酒青山随处饮，谈诗玉麈为谁挥？归期趁得春风早，莫放梅花一片飞。

千岩万壑天台路，一日分为两日程。事可语人酬酢易，面无惭色去留难。放开笔下闲风月，收敛胸中旧甲兵。世事看来忙不得，百年到手是功名。

（元）方回：王居安字资道，一字简卿。台州人。淳熙十四年丁未探花。韩侂胄之死，骤入言路，寻即去国。此送诗殆其时也。后起家帅江西，与湖南漕帅曹彦伯同平峒寇，后至侍从。改之，吉州人，所谓龙州道人刘过也。

以诗游谒江湖,大欠针线。侂胄尝欲官之,使金国而漏言,卒以穷死。惟此二诗可观。前诗三、四用欧阳公送王平甫句意,"归期趁得东风早"与"世事看来忙不得"两句太俗,"忙不得"者,何等议论?衰飒甚矣。——《瀛奎瀛奎律髓汇评》

(清)冯班:方君云"两句太俗"。不俗。俗不妨,只要下得好。——同上

(清)纪昀:此评确。——同上

(清)冯舒:"江湖"诗全不雅驯。——同上

(清)冯班:浅露。——同上

(清)纪昀:二诗皆粗犷。——同上

琼台夜月　　（元）曹文晦

万仞台端接绛霄,秋风吹梦度金桥。素娥独倚白银阙,羽客双吹紫玉箫。清气逼人凡骨换,孤光入酒醉魂消。绣襦甲帐今何在,谁为文生一见招。

桃源春晓 相传东汉时刘晨、阮肇入天台山采药,于桃源洞遇仙。洞畔有石峰两座,名双女峰。　　（元）曹文晦

数点残星挂绿萝,看桃行入旧山河。洞门花雾红成阵,沙麓岩前翠作涡。天外曙光惊鹤梦,水边啼鸟和渔歌。刘郎去后无人到,吟倚东风草色多。

石梁飞瀑　　（元）曹文晦

山北山南尽白云,云中有水接天津。天津,天河也。两龙

争鏊那知夜，一石横空不度人。潭底怒雷生两雹，松头飞雾湿衣巾。昙华亭上茶初试，一滴曹溪禅宗之祖慧能曾在韶州（今广东韶关）曹溪宝林寺弘扬禅法。恐未真。

游盖竹山　　（元）张天英

　　幽幽亭馆碧山中，老木寒泉一径通。华盖影高千古月，竹林香远半天风。佩鸣晓洞逢仙子，酒洒芳樽忆醉翁。明日游人各南北，琼楼清宴几时同。

天　台　　（清）黄周星

　　胜迹天台路，移情入杳冥。乱泉秋后寺，绝壁古时亭。槲叶岸多湿，莲花峰更清。白云吾语汝，且向石梁停。

赤　城<small>山名，以山上赤石屏立如城，故名。</small>　　（清）潘 耒

　　不共千山叠翠看，独将秀骨戛云寒。琼楼削出三层峤，霞彩装成一色丹。影动天风孤塔迥，门迎海日两岩宽。玉京只在人间世，未洗中肠欲到难。

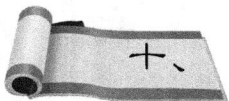

十、舟 山

游洛迦山　　（北宋）王安石

　　山势欲压海，禅宫向此开。鱼龙腥不到，日月影先来。树色秋擎出，钟声浪答回。何期乘吏役，暂此拂尘埃。

游普陀　　（元）赵孟頫

　　缥缈云飞海上山，挂帆三日上潺湲。两宫福德齐千佛，一道恩光照白蛮。涧草岩花多瑞气，石林水府隔尘寰。鲰生小技真荣遇，何幸凡身到此间。

宝陀禅寺漫兴 寺在普陀白华顶南，灵鹫峰下。
（明）陈献章

　　宝塔凌空十丈高，倚栏南望际鲸涛。天花散处皆金地，海月生时见玉毫。夜气澄清龙在窟，秋风萧爽鹤鸣皋。丹梯咫尺诸天近，香雾霏霏湿苎袍。

游普陀　　　（明）屠　隆

兰若孤悬大海中，山根四面插蛟宫。浪推旭日排天出，风静凉蟾照影空。异鸟声和仙乐细，灵鳌背闪佛灯红。神州别有三摩地，况与蓬莱咫尺通。

澄灵洞 普陀山胜景之一。在圆应峰下。洞水绕舍利塔北流。
（清）姚　燮

玉局 苏轼曾为玉局祠宫。此作者自指。三生梦，人间石铫泉。泉在澄灵洞。炼心初夜月，洗耳再来禅。大海无真岸，空山有逝川。远公 东晋高僧慧远。余旧屐，谁结听琴缘。

十一、温　州

永嘉即事寄赣县袁少府瑾　　　（唐）张子容

山绕楼台出，溪通里闬斜。曾为谢客郡，多有逐臣家。海气朝成雨，江天晚作霞。题书报贾谊，此湿似长沙。

永嘉浦逢张子容 （唐）孟浩然

逆旅相逢处，江村日暮时。众山遥对酒，孤屿共题诗。廨宇邻蛟室，人烟接岛夷。乡园万余里，失路一相悲。

（元）方回：永嘉得孤屿中川之名，自谢康乐始。此诗五、六俊美。——《瀛奎律髓汇评》

（清）纪昀：雍容闲雅，清而不薄。此是盛唐人身分。虚谷但赏五、六，是仍以摘句之法求古人。○永嘉、襄阳，不至“万余里”。——同上

（清）查慎行：三、四自然有远致，五、六有远景。然质实，少意致。——同上

除夜乐城逢张少府 （唐）孟浩然

云海访瓯闽，风涛泊岛滨。何知岁除夜，得见故乡亲。余是乘槎客，君为失路人。平生复能几，一别十余春。

初年乐城馆中卧病怀归 （唐）孟浩然

异县天隅僻，孤帆海畔过。往来乡信断，留滞客情多。腊月闻雷震，东风感岁和。蛰虫惊户穴，巢鹊眄庭柯。徒对芳樽酒，其如伏枕何？归来理舟楫，江海正无波。

送裴二虬尉永嘉　　（唐）杜　甫

孤屿亭何处？天涯水气多。《太平寰宇记》："孤屿在永嘉江中,屿有二峰,谢灵运所涉,后人建亭其上。"故人官就此,绝境与谁同。隐吏逢梅福,《汉书》:梅福补南昌尉,弃妻子去隐于会稽,至今传为仙。看山忆谢公。扁舟吾已具,把钓待秋风。梅切尉,谢切永嘉。东道主有知交,游踪有前哲,故起扁舟之兴也。

（清）杨伦:前四格高,倒起有凭虚御风之致。——《杜诗镜铨》

送张又新除温州　　（唐）赵　嘏

东晋江山称永嘉,莫辞红旆向天涯。凝弦夜醉松亭月,歇马晓寻溪寺花。地与剡川分水石,境将蓬岛共烟霞。却愁明诏征非晚,不得秋来见海槎。

寄永嘉崔道融　　（唐）司空图

旅寓虽难定,乘闲是胜游。碧云萧寺霁,红树谢村秋。戍鼓和潮暗,谓潮声至而更鼓不明也。船灯照岛幽。诗家多滞此,风景似相留。

雁荡宝冠寺　　（南宋）赵师秀

行向石栏立,清寒不可云。流来桥下水,颖是洞中

云。欲住逢年尽,因吟过夜分。荡阴当绝顶,一雁未曾闻。

(元)方回:杜荀鹤"只应松上鹤,便是洞中人"。此三、四亦相犯,五、六有味。——《瀛奎律髓汇评》

(清)冯班:捉得脏者。——同上

(清)纪昀:疑人化鹤有理,疑水为云却无理。此落套而又不善套,其病不止相犯也。——同上

(清)冯舒:结欠紧健。——同上

江心寺 　　(南宋)柴　望

寺北金焦彻夜开,一山却似小蓬莱。塔分两岸波中影,潮长三门石上苔。遗老为言前日事,上皇曾渡此江来。中流滚滚英雄泪,输与高僧入定回。

入雁荡山 　　(元)李孝光

兴国年间路始开,前朝碑墨半苍苔。雁横宕月知秋到,僧踏湫云看瀑来。一岭未教灵运识,万松谁道了翁栽。指南宋诗人魏了翁。此山曾共秋风约,说与山猿不用猜。

同徐方虑、张光青、赵湛卿登永嘉江心寺浮图
(清)叶　燮

鹫宫突兀傍银河,界破青冥一雁过。名士登高双泪

下,故人回首万峰多。新传蜃海销兵甲,若个鱼矶卧薜萝。尺五去天知不远,凭君才调问如何。

温州坐筵词六首　　（清）袁　枚

一家女儿迎新郎,千家女儿对镜光。明朝坐筵谁去得,大家采伴同商量。

坐中珠翠两行排,扶出新人冉冉来。好似百花齐吐艳,护他一朵牡丹开。

笙歌迢递出云端,洞启重门到夜阑。不是月宫无界限,嫦娥原许万人看。

钗光灯影两相交,就里瑶台孰最高。径上前歌《将进酒》,不嫌生客太粗豪。

侍儿分付纪离容,斟与佳宾琥珀红。纤手自擎三侠拜,礼成都在不言中。

三星光小漏声迟,会罢龙华有所思。笑学孝侯风土记,为编东越坐筵词。《随园诗话》:"温州风俗,新婚有坐筵之礼。余久闻其说。壬寅四月,到永嘉。次日,有王氏娶妇,余往观焉。新妇南面坐,旁设四席,珠翠照耀,分已嫁、未嫁为东西班。重门洞开,虽素不识面者,听人平视,了无嫌猜。心羡其美,则直前劝酒。女亦答礼。饮毕,回敬来客。其时向西坐第三位者,貌最佳。余不能饮不敢前。霞裳欣然捱而醻(郑玄注《礼记》:"饮尽曰醻。")焉。女起立侠拜,饮毕,斟酒回敬霞裳,一时忘却,将酒自饮。摈相呼曰:此敬客酒也! 女大惭,嫣然而笑,即手授霞裳。

霞裳得沾美人余沥以为荣。大抵所延,皆乡城粲者,不美不请,请亦不肯来也。太守郑公以为非礼,将出示禁之。余曰:'礼从宜,事从俗;此亦亡于礼者之礼也。'乃赋竹枝词六章,有句云:'不是月宫无界限,嫦娥原许万人看。'太守笑曰:'且留此陋俗,作先生诗料可也。'"

蒲 壮 （清）徐 荣

马塞山南宿雾晴,高洋初日拥潮声。山连木野团军隘,云敞蒲门壮士城。阨塞有心谙戍卒,官司无处觅弓兵。流江两省鱼盐地,据险须移大将营。杨钟羲《雪桥诗话余集》:"浙江平阳南百四十里曰蒲壮,其人苫草而居,多以煎盐钓带鱼为事。遇客舟,辄剽掠。徐铁孙履勘海口至蒲门,以为此辈贵财贱命,轻风涛如平地,招而用之,皆勇士也。作歌使里长示之,云云。"

（十六）安徽

一、宣　城

独坐敬亭山 古名昭亭山，又名查山，在安徽宣城北五公里。

（唐）李　白

众鸟高飞尽，孤云独去闲。相看两不厌，只有敬
亭山。

（清）徐增：只此五个字（指"众鸟高飞尽"），使我目开心朗，身在虚空，一
丝不挂，不必更读其诗也。○白七言绝，佳；而五言绝，尤佳。此作于五言绝
中，尤其佳者也。——《而庵说唐诗》

（清）黄叔灿："尽"字，"闲"字是"不厌"之魂，"相看"下着"两"字，与敬亭
山对若宾主，共为领略，妙！——《唐诗笺注》

（清）李瑛：首二句已绘出"独坐"神理，三、四句偏不从独坐写，偏曰"相
看两不厌"，从不独处写出"独"，倍觉警妙异常。——《诗法易简录》

（清）刘宏煦、李德举：鸟尽天空，孤云独去，青峰历历，兀坐怡然。写得
敬亭山竟如好友当前，把臂谈心，安有厌倦？且敬亭而外，又安有投契若此
者？然此情写之不尽，妙以"两不厌"三字了之。○为"独坐"二字传神，性灵
结撰，无复笔墨痕迹。——《唐诗真趣编》

秋登宣城谢朓北楼　　（唐）李　白

江城如画里，山晚望晴空。两水夹明镜，双桥落彩

虹。人烟寒橘柚，秋色老梧桐。谁念北楼上，临风怀谢公？

（宋）曾季狸：李白云："人烟寒橘柚，秋色老梧桐。"老杜云："荒庭垂橘柚，古屋画龙蛇。"气焰盖相敌。陈无己云："寒心生蟋蟀，秋色上梧桐。"盖出于李白也。——《艇斋诗话》

（元）方回：太白亦有《登岳阳》八句，未及孟、杜。此诗起句似晚唐，中二联言景而豪壮，则晚唐所无也。宣州有双溪，叠嶂，乃此州胜景也。所以云"两水"，惟有"两水"所以有"双桥"。王荆公《虎图行》"目光夹镜当座隅"，虎两目如夹两镜，得非仿谪仙"两水夹明镜"之意乎？此联妙绝。起句所谓"江城如画里"者，即指此三、四一联之景，与五、六皆是也。谢朓为宣城贤太守、人呼为谢宣城，得太白表章之，其名逾千古不朽焉。——《瀛奎律髓汇评》

（清）冯舒：宣城大名，恐不因太白始著。——同上

（清）冯班：倒见太白规模玄晖，大名岂假太白表章耶？〇方君云荆公《虎图行》仿太白"两水夹明镜"之意，不是。——同上

（清）纪昀：小谢不籍太白而始彰，此语殊为愦愦。——同上

（清）冯舒：看第二联何尝分景与情？〇直作宣城语，几不可辨。——同上

（清）冯班：谢句也，太白酷爱谢。——同上

（清）何焯：中二联是秋霁新霁绝景。〇落句以谢朓惊人语自负耳。——同上

（清）纪昀：五、六佳句，人所共知。结在当时不妨，在后来则为窠臼语，为浅率语，为太现成语。故论诗者，当论其世。——同上

（清）无名氏（乙）：襄阳"微云"、"疏雨"一联澹逸，此苍深，并千古名句。——同上

谢公亭 亭在宣城北郭外，太守谢朓曾在此送别诗人范云。

（唐）李 白

谢亭离别处，风景每生愁。客散青天月，山空碧水

流。池花春映日，窗竹夜鸣秋。今古一相接，长歌怀旧游。

（清）王夫之：五、六不似怀古，乃以怀古，觉杜陵"宝靥"、"罗裙"之句犹为貌取。"今古一相接"五字，尽古今人道不得，神理、意致、手腕，三绝也。——《唐诗评选》

宣州崔大夫阁老忽以近诗数十首见示，吟讽之下，窃有所喜，因成长句寄赠郡斋
（唐）白居易

谢玄晖殁吟声寝，郡阁寥寥笔砚闲。无复新诗题壁上，虚教远岫列窗间。谢朓《郡内》诗云："窗中列远岫。"忽惊歌雪今朝至，必恐文星昨夜还。再喜宣城章句动，飞觞遥贺敬亭山。谢又有《题敬亭山》诗。

题宣州开元寺水阁，阁下宛溪，夹溪居人
（唐）杜　牧

六朝文物草连空，天淡云闲今古同。鸟去鸟来山色里，人歌人哭水声中。深秋帘幕千家雨，落日楼台一笛风。惆怅无因见范蠡，参差烟树五湖东。

（元）方回：唐以升州属浙西，而节度使在润州。江东则宣歙观察府在宣州，是为大镇，故其诗特繁盛。宋析置太平州，移本路监司于江宁建康，而宣州寂如矣。——《瀛奎律髓汇评》

（清）查慎行：第二联不独写眼前景，含蓄无穷。——同上

（清）何焯：寄托高远，不在逐句写景，若为题所牵，便无味矣。——同上

（清）何焯：六朝不过瞬息，人生那可不乘壮盛立不朽之功？然而此怀谁可与语？"风"、"雨"二句，思同心而莫之致也。我思古人功成身退如范子者，虽为执鞭，所欣慕焉。五、六正为结句。——同上

（清）纪昀：赵伫山极赏此诗，然亦只风调可观耳，推之天免太过。——同上

（清）无名氏（甲）：此诗妙在出新，绝不沾溉玄晖，太白剩语。——同上

（清）许印芳：此诗全在景中写情，极洒脱，极含蓄，读之再三，神味益出，与空讲风调者不同。学者须从运实于虚处求之，乃能句中藏句，笔外有笔。若徒揣摩风调，流弊不可胜言矣。——同上

（清）薛雪：杜牧之晚唐翘楚，名作颇多，而恃才纵笔处亦不少。如《题宣州开元寺水阁》，直造老杜门墙，岂特人称小杜而已哉！——《一瓢诗话》

（清）杨逢春：此诗言人事多变易，而情景则古今不变易。"今古同"三字诗旨点眼，全身提笔。——《唐诗绎》

（清）屈复：一二从宣州今古慨叹而起，有飞动之势。——《唐诗成法》

宣州送裴坦判官往舒州，时牧欲赴官归京

（唐）杜 牧

日暖泥融雪半消，行人芳草马声骄。九华山九华山旧名九子山，李白以有九峰如莲花削成，改为九华山。路云遮寺，清弋江清弋江在安徽宣城。村柳拂桥。君意如鸿高的的，《淮南子》"的的者获"，高注曰："的的明也。"我心悬旆正摇摇。《战国策》："楚王曰：'寡人心摇摇如悬旌而无所终薄。'"同来不得同归去，故国逢春一寂寥！

（清）金人瑞：杜与裴俱为宣州判官，是时杜拜殿中侍御史、内供奉，将归京，裴却弃官游舒州，故杜送之以是诗。一、写时；二、写别；三、写舒州路；四、写归京路。甚明。（前四句下）○问：杜、裴既称一色，然则诗何不用弹冠

事邪？因此一问，忽然悟其五、六之妙。言裴去志高如冥鸿，既是杜所甚明；杜又初归，心如悬旆，未必遽容论荐，所以欲同归而且不得也。末句反明宣州官中连岁欢握可知。（后四句下）——《贯华堂选批唐才子诗》

自宣城赴官上京　　（唐）杜　牧

潇洒江湖十过秋，酒杯无日不迟留。谢公城畔《方舆胜览》："谢公亭在宣城县北二旦，即谢朓送范云处。"溪惊梦，苏小门前柳拂头。此系泛指。千里云山何处好，几人襟韵一生休。尘冠挂却知闲事，终把蹉跎访归游。

（清）金人瑞：传称牧之豪迈有奇节，不为觥觥小谨，此诗见之。盖十年为宣州团练判官，而自言无日不酒杯，则是三千六百酒杯也。"谢公城外溪"、"苏小门前柳"，俱五字成文，"留坐"、"拂头"，写尽"淹留"，写尽"潇洒"矣！（前四句下）○"何处好"，言独宣城好也；"一生休"，言除宣城人更无有人也。"知闲事"，言欲挂冠即挂冠，又有何官之必赴，何京之必上也？看他一片徘徊恋慕，心头、眼头、口头，真乃啧啧不已！（后四句下）——《贯华堂选批唐才子诗》

寄前宣州窦常侍　　（唐）罗　隐

往年西谒谢玄晖，尊酒留欢醉始归。曲槛柳浓莺未老，小园花暖蝶初飞。喷香瑞兽金三尺，舞雪佳人玉一围。今日乱离寻不得，满蓑风雨钓鱼矶。

（清）钱朝鼒、王俊臣：通篇只"往年"、"今日"四字尽矣。"尊酒"句写当年主宾情谊之笃，曰"留连"殆非一朝一夕也。三四承之。"未"字、"初"字

妙,妙。曰"莺未老",则前此之留连可想;曰"蝶初飞",则后此之留连可知。唐人即景写情,笔墨俱化,不当以写景草草读过也。诗中"金"、"玉"等字最难安排,唐初人往往有之。此独再加"三尺"、"一围"二字,偶对极其闲雅,此诚唐人之绝唱也。——《唐诗鼓吹笺注》

怀宛陵旧游汉初置宛陵,隋始改为宣城。
(唐)陆龟蒙

陵阳佳地陵阳即陵阳山,在宣城北。昔年游,谢朓青山李白楼。惟有日斜溪上思,酒旗风影落春流。

(清)李瑛:通首以"佳地"二字贯下,第三句点入"怀"字,末句写景,可作画本。——《诗法易简录》

(现代)朱宝莹:题有"怀"字,处处须从"怀"字着想。首句"昔年游"三字,便从"怀"字含咀而起。次句但写宛陵名胜,而"怀"字之神自在。以下言有一种风景最系人思,如溪上日斜之际酒旗风动、影照春流。三句变换,四句发之,十四字作一句读,神韵最胜。——《诗式》

宛 溪宛溪发源于峄山,东北流为九曲河,折而西,下流绕宣城东为宛溪。
(北宋)梅尧臣

三洲滩即三汊滩,在宣城北,为宛溪、句溪合流处。口急,两水渡头来。下过桓彝宅,桓彝,晋人。桓温之父,曾任宣城内史。上通严子台。潺湲泻寒月,滉漾照春梅。白鹭惊起处,鱼多见底回。

桃花潭 <small>在今安徽泾县西南陈村水库附近，潭在悬崖陡壁下。</small>

（北宋）叶清臣

绿山汇澄流，芳林间幽石。红蕤纷似绮，香草滋逾碧。风静菱鉴朝，鹭乱朱霞夕。仿佛游秦人，临波迟归客。

送舅氏野夫之宣城二首 　　（北宋）黄庭坚

藉甚宣城郡，风流数贡毛。霜林收鸭脚，春网荐琴高。共理须良守，今年辍省曹。平生割鸡手，聊试发硎刀。

（元）方回：三、四言二俗未见其奇，却是五、六有斡旋，尾句稍健。彼学晚唐者有前联工夫，无后四句力量。——《瀛奎律髓汇评》

（清）冯舒：都不出"舅氏"，便不是。○落韩诗于胸中，摆脱不得。○五、六两句只可作起句。○若"琴高"可作鲤鱼字用，则苏武可替羊，许由可替牛，孟浩然可替驴，又不止右军、曹公之为鹅与梅子矣。山谷再生，我亦面诮。○第六贴在之郡后方好。○七、八两句，割鸡非大手。《论语》义不如此。——同上

（清）何焯：琴高鱼事详赵与时《宾退录》，二冯似未见此书，以为琴高代鲤鱼用者，反误于任渊注也。宣城有琴高鱼，纤细如柳叶，碧色无骨，土人甚珍之。大冯此谓，未谙风土也。——同上

（清）无名氏（甲）：宣州三月有琴高鱼，批殊谬。——同上

（清）冯班：第四句"琴高"不妥。五、六两句亦可作起句。第七句"割鸡手"不通。——同上

（清）陆贻典："割鸡手"不应如此用，岂山谷别有所据耶？——同上

（清）查慎行：琴高有骑鱼事，然不可即以琴高为鱼。○五、六似

杜。——同上

(清)纪昀:"割鸡手"三字误用。——同上

试说宣城郡,停杯且细听。晚楼明宛水,春骑簇昭亭。秅稏丰圩户,桁杨卧讼庭。谢公歌舞处,时对换鹅经。

(元)方回:此诗中四句佳,言风土之美,而"明"、"簇"、"丰"、"卧",诗眼也。后山谓"句中有眼黄别驾"是也。尾句尤有味,年丰矣,讼少矣,彼谢公歌舞之地,以亲笔墨为事可乎?起句乃昌黎前诗体也。——《瀛奎律髓汇评》

(清)冯舒:不应是第二首起句,亦不应只两句而要人"停杯"。——同上

(清)纪昀:冯氏驳此二诗甚稳,惟谓共理二句只可作起句,则是以《才调集》法律一切,不知盛唐人别有法在。○前诗指《送郑尚书》,起二句直是蹈袭,不得去用昌黎前诗体。然昌黎亦套古诗"四座且莫喧,愿听歌一言"句,非自创也。——同上。

(清)冯班:五、六句未是宣城郡。——同上。

晓过花桥入宣州界　　(南宋)杨万里

路入宣城山便奇,苍虬活走绿鸾飞。诗人眼毒已先见,却旋褰云作翠帷。

题梅宛溪草堂 梅宛溪即北宋诗人梅尧臣。此为凭吊诗。
(明)文徵明

宛陵东下碧溪长,正绕梅公归草堂。日落敬亭相映

带，云开叠嶂浸沧浪。苔矶自是供垂钓，春水还看着野航。谁识照心清百尺，占来惟有谪仙章。指摘仙李白《题宛溪馆》诗云："吾怜宛溪好，百尺照心玥。何谢新安水，千寻见底清。白沙留月色，绿竹助秋声。却笑严湍上，于今独擅名。

水西寺 又名陵岩寺，崇庆寺在安徽泾县城西一公里。

（明）李先芳

　　隔江春色半阴晴，二月桃花潭水生。绝壁千盘蹲古刹，寒流一曲抱孤城。林开爽气清人骨，花弹读朵，上声。下垂也。春云带雨声。如此风光轻掷去，当年空负赏溪名。

登敬亭山怀李太白　　　　（明）屠　隆

　　青岩合沓见垂藤，两腋天风快一登。牛背似分平野阔，马蹄都入乱云层。朱花的的寒迎客，黄叶萧萧晚映僧。千载谪仙呼不起，至今练笔尚凭陵。

书山门石壁 山门古称石门，又名灵岩，在宁国县城北十五公里文脊山中。

（清）施闰章

　　石扇开横岫，春阴入杳冥。地寒云树古，峰狭寺门青。移杖分林洞，流泉出户庭。前山看不极，招手接瞿硎。

二、芜 湖

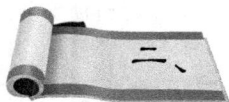

望九华山赠青阳韦仲堪 九华山在青阳县西南。
（唐）李 白

　　昔在九江上，遥望九华峰。天河挂绿水，秀出九芙蓉。我欲一挥手，谁人可相从？君为东道主，于此卧云松。

寄九华山费拾遗 　（唐）顾非熊

　　先生九华隐，鸟道隔尘埃。石室和云住，山田引烧开。久闲仙客降，高卧诏书来。一入深林去，人间更不回。

过芜留咏 　（北宋）林逋

　　诗中长爱杜池州，指杜牧，曾任池州刺史。说着芜湖是胜游。山掩县城当北起，渡冲官道向西流。风消樯碇网初下，雨罢鱼薪市未收。更好两三僧院舍，松衣石发斗清幽。

赭山滴翠轩
赭山在芜湖市镜湖北岸,因山色丹赤,故名。

（北宋）郭祥正

青幢碧盖俨天成,湿翠蒙蒙滴画楹。禅客自陪千岁老,游人时把一樽倾。耻随桃李春风艳,夺尽松篁夜气清。安得鬼仙提巨笔,不容左细独传名。唐代著名画家左全,长于工笔画。

赭　山　　（北宋）黄庭坚

读书在赤铸,赤铸山名。据《芜湖县志》载:"在县城东北。"风雪迷青萝。汲绠愁冰断,村醪怯路蹉。玉峰凝万象,绿萼绕群螺。古剑摩空宇,寒光启太阿。

过铜陵南望,一山高出云上,奇秀可骇,余未尝至江南。遽曰:此九华也。问之,言是
（北宋）晁补之

云端忽露碧孱颜,如髻如簪缥缈间。惊骇舟中齐举首,不言知是九华山。

九华山天台峰新晴晓望　　（南宋）吴　潜

一莲峰簇万花红,百里春阴涤晓风。九十莲华一齐

笑,天台人立宝光中。

金地藏塔　　　(南宋)陈 岩

八十四级山头石,五百余年地藏文。金地藏卒于唐开元十六年,及作者写此诗时已五百余年。风撼塔铃天半语,众人都向梦中闻。

过芜湖　　　(元)贡师泰

昨日何处别,今朝此地留。青山逼岸起,白水满江流。雨隐巡盐鼓,风腥挂网舟。何时歌欸乃,欸乃,读哀矮,平上声。摇橹声。元结有《欸乃曲》。柳宗元诗:"欸乃一声山水绿。"同买绿蓑游。

池口望九华　　　(明)解 缙

日日南风送客舟,舒州才过又池州。九华云卷芙蓉帐,挂在青天白玉钩。

观九华龙潭　　　(明)王守仁

飞流三百丈,颒洞秘灵湫。峡坼开雷斧,天虚下月钩。化形时试钵,吐气或成楼。吾欲鞭龙起,为霖遍九州。

崖头闲坐漫成_{崖头指九华山东峰，又名晏坐岩，舍生崖。}

（明）王守仁

尽日岩头坐落花，不知何处是吾家。静听谷鸟迁乔木，闲看林蜂散午衙。翠壁泉声穿乱石，碧潭云影透晴沙。痴儿公事真难了，须信吾生自有涯。

次芜湖　　（清）徐石麟

倚櫂_{读罩，船桨也，同桡。}鸠兹_{春秋时芜湖名鸠兹。}邑，山光杂水氛。估樯蟠廓远，市语隔江闻。烟气凝为雾，歌风散入云。古来佳丽地，无日不纷纷。

芜　湖　　（清）徐乾学

骋日亭皋草色萋，鳞鳞云气碧天低。江楼红树人烟暮，水驿秋风估舶齐。万壑分流郭郡口，重关设险秣陵西。故人驺骑逢何逊，秉烛裁诗醉后题。

江行望识舟亭_{亭在芜湖北鹤儿山，亦名八角亭。}

（清）王士禛

鸠兹北面识兵亭，_{芜湖古名鸠兹。}天际归帆望杳冥。松竹阴中孤塔白，楼台缺处数峰青。赭山人去生春草，江水

潮回没旧汀。更忆于湖玩鞭迹，玩鞭亭的遗迹。指晋明帝与王敦的故事。见《芜湖县志》。吴波不动客扬舲。

芜　湖　　（清）王又曾

白雁黄云落照横，江山无恙慰经行。潮头暗啮王敦墓，王敦墓在芜湖东北。岚气晴飞谢尚城。谢尚在芜湖东部筑城，人称谢尚城。画鹢宫袍虚古月，用李白事，李白死于当涂，在芜湖北部。宝鞭骏马只残营。用晋明帝窥王敦营事。当时王敦屯兵芜湖。用袁宏谢尚事。酒酣不尽兴亡感，忍听当年咏史声。

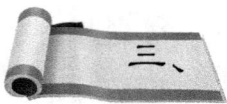

三、滁　州

滁州西涧西涧又名上马河，在滁州西。
（唐）韦应物

独怜幽草涧边生，上有黄鹂深树鸣。春潮带雨晚来急，野渡无人舟自横。

（宋）魏庆之："春潮"二句为入画句法。——《诗人玉屑》
（明）郭浚：冷处着眼，妙。——《增订评注唐诗正声》
（明）周敬等：一段天趣，分明写出画意。——《唐诗选脉会通评林》

（清）王士禛：昔人或谓西涧潮所不至，指为今六合县之芳草涧，谓此涧亦以韦公诗而得名，滁人争之。余谓诗人但论兴象，岂必以潮之至与不至为据？真痴人前不得说梦耳。——《带经堂诗话》

（清）黄叔灿：闲淡心捣，方能领略此野趣。所难尤在此种笔墨，分明是一幅画图。——《唐诗笺注》

寄全椒山中道士　　（唐）韦应物

今朝郡斋冷，忽念山中客。涧底束荆薪，归来煮白石。遥持一瓢酒，远慰风雨夕。落叶满空山，何处寻行迹。

（宋）许顗："落叶满空山，何处寻行迹。"东坡用其韵曰："寄语庵中人，飞空车无迹。"此非才不逮，盖绝唱不当和也。——《彦周诗话》

（宋）洪迈：韦应物在滁州，以酒寄全椒山中道士，作诗云云。其为高妙超诣，固不容夸说，而结尾两句，非复语句思索可到。——《容斋随笔》

（明）桂天祥　全首无一字不佳，语似冲泊，而意兴独至，此所谓"良工心独苦"也。——《批点唐诗正声》

（明）周敬等　通篇点染，情趣恬古。一结出自天然，若有神助。——《唐诗选脉会通评林》

（清）沈德潜　化工笔，与渊明"采菊东篱下，悠然见南山"，妙处不关语言意思。——《唐诗别裁集》

（清）张谦宜　无烟火气，亦无云雾光，一片空明，中涵万象。——《茧斋诗谈》

（清）张文荪　东坡所谓"发纤秾于简古，寄至味于淡泊"，正指此种。——《唐贤清雅集》

（清）王闿运　超妙极矣，不必有深意。然不能数见，以其通首空灵，不可多得也。——《手批唐诗选》

秋日题琅琊山寺 琅琊山古称摩陀岭,在滁州市城西南五公里。

（北宋）潘阆

岩下多幽景,且无尘事喧。钟声晴彻廓,山色晓当门。深洞藏泉脉,悬崖露树根。更期来此宿,绝顶听寒猿。

（元）方回:此为滁州参军时所作。有贾岛余韵,五、六尾句尤高。——《瀛奎律髓汇评》

（清）冯舒:宋初人有逼唐者。——同上

琅琊山 （北宋）王禹偁

连衺复岩峣,峰峦架沉寥。流名自东晋,东晋琅琊王司马睿避乱于此,因之称琅琊山。积翠满南谯。南谯郡名,故城在今滁县。洞碧通仙界,溪明润药苗。古台临海日,绝顶见江潮。杉影搴云暗,泉声出竹遥。庙碑传汉祖,据梁载言《十道志》:丰山山上有汉高祖祠及饮马池。寺额认唐朝。琅琊山开化寺建于唐大历年间。旱岁时沾稼,灵踪合禁樵。诗章因我盛,屏障遣谁描？近住人多秀,频登酒易销。图经标八绝,潜霍合相饶。

归云洞 洞在琅琊山清风亭西。 （北宋）曾巩

洞远人言接沧海,洞幽晴始见莓苔。天下颙颙望霖

雨，岂知云入此中来。

声声慢·滁州旅次登奠枕楼作 楼为作者于乾道八年守滁州时所建。　　（南宋）辛弃疾

征埃成阵，行客相逢，都道幻出层楼。指点檐牙高处，浪涌云浮。今年太平万里，罢长淮，千骑临秋。凭栏望，有东南佳气，西北神州。　　千古怀嵩 怀嵩楼名。李德裕贬滁州时建，取怀归嵩洛意。人去，应笑我、身在楚尾吴头 滁州地处吴楚交界之地故云。看取弓刀，陌上车马如流。从今赏心乐事，剩安排、酒令诗筹。华胥楚，愿年年、人似旧游。

暮发滁阳　　（明）徐中行

荒城一骑出，落日万峰西。涧水流人影，松阴散马蹄。县崖青欲滴，芳草绿堪迷。洵美 实在美好。语出《诗经·静女》。非吾土，翻然忆故溪。

清流关 关在滁州西北二十二公里的清流山。（清）钱 载

广宁门外二千程，齐鲁河淮坦迤行。突据冈峦高垒险，全收吴楚大江横。南唐入宋沿州堞，西日回风度使旌。老我重题秣陵柳，不知犹似昔年情！

乌衣镇 镇在滁州东南三十五公里。 （清）翁方纲

六朝文藻旧楼台，多少残碑待剔苔。晓雾长亭先一笑，秋光似识谢公来。

四、马鞍山

夜泊牛渚趁薛八船不及 （唐）孟浩然

星罗牛渚夕，风退鹢舟迟。浦溆尝同宿，烟波忽间之。榜歌空里失，船火望中疑。明发泛湖海，茫茫何处期。

夜泊牛渚怀古 原注：此地即谢尚闻袁宏咏史处。
（唐）李 白

牛渚西江夜，青天无片云。登舟望秋月，空忆谢将军。余亦能高咏，斯人不可闻。明朝挂帆去，枫叶落纷纷。《晋书·文苑传》："袁宏少孤贫，以运租自业。谢尚时镇牛渚，率尔与左右微服泛江。会宏在舫中讽咏，遂驻听久之，遣问焉。答曰：'袁临汝郎诵诗。'即其咏史之作也。尚即升舟，与之谈论，申旦不寐。"

（宋）严羽：律诗有彻首尾不对者，盛唐诸公有此体。如孟浩然"挂席东南望，青山水国遥。舳舻争利涉，来往接风潮。问我今何适，天台访石桥。坐看霞色晚，疑是赤城标"，又"水国无边际"之篇，又太白"中渚西江夜"之篇，皆文从字顺，音韵铿锵，八句皆无对偶。——《沧浪诗话》

（清）王士禛：或问"不着一字，尽得风流"之说，答曰：太白诗"牛渚西江夜……"，诗至此，色相俱空，正如羚羊挂角无迹可求，画家所谓逸品是也。——《带经堂诗话》

姑熟十咏　　（唐）李 白

姑孰溪 在安徽当涂县南、上承丹阳湖，注于大江。

爱此溪水闲，乘流兴无极。漾楫怕鸥惊，垂竿待鱼食。波翻晓霞影，岸叠春山色。何处浣纱人？红颜未相识。

丹阳湖

湖与元气连，风波浩难止。天外贾客归，云间片帆起。龟游莲叶上，鸟宿芦花里。少女棹轻舟，歌声逐流水。

谢公宅 谢朓住所。

青山日将暝，寂寞谢公宅。竹里无人声，池中虚月白。荒庭衰草遍，废井苍苔积。唯有清风闲，时时起泉石。

凌歊台 歊读嚣，平声。

旷望登古台，台高极人目。叠嶂列远空，杂花间平

607

陆。闲云入窗牖，野翠生松竹。欲览碑上文，苔侵岂
堪读。

桓公井_{桓温所凿。}

桓公名已古，废井曾未竭。石甃冷苍苔，寒泉湛孤
月。秋来桐暂落，春至桃还发。路远人罕窥，谁能见
清澈？

慈姥竹_{姥，读母，上声。慈姥，山名。其竹堪为箫笛，有妙声。}

野竹攒石生，含烟映江岛。翠色落波深，虚声带寒
早。龙吟曾未听，凤曲吹应好。不学蒲柳凋，贞心常
自保。

望夫山

颙望临碧空，怨情感离别。江草不知愁，岩花但争
发。云山万重隔，音信千里绝。春去秋复来，相思几
时歇？

牛渚矶

绝壁临巨川，连峰势相向。乱石流洑间，回波自成
浪。但惊群木秀，莫测精灵状。更听猿夜啼，忧心醉
江上。

灵墟山

丁令辞世人，拂衣向仙路。伏炼九丹成，方随五云
去。松萝蔽幽洞，桃杏深隐处。不知曾化鹤，辽海归
几度。

天门山

迴出江上山，双峰自相对。岸映松色寒，石分浪花碎。参差远天际，缥缈晴霞外。落日舟去遥，回首沉青霭。

望天门山 当涂县的东梁山与和县的西梁山夹江对峙，如天然之门，故称。

（唐）李　白

天门中断楚江开，碧水东流至此回。两岸青山相对出，孤帆一片日边来。

（明）郭浚：说尽目前山水。将孤帆一片影出"望"字，诗中有画。——《增定评注唐诗正声》

（明）周敬等：以山相对，照应"中断"；以水流回，承应"江开"，意调出自天然。——《唐诗选脉会通评林》

晚泊牛渚　　（唐）刘禹锡

芦苇晚风起，秋江鳞甲生。残霞忽变色，游雁有余声。戍鼓音响绝，渔家灯火明。无人能咏史，独自月中行。

（元）方回：意尽晚景，尾句用袁宏咏史事，尤切于牛渚也。按杨诚斋晚景一联亦曰："暮天无定色，过雁有归声。"——《瀛奎律髓汇评》

（清）何焯：落句正自叹所处不如谢尚耳，又恰收足"晚"字。——同上

（清）纪昀：三、四写晚景有神。○结处同一用事，而不及太白"余亦能高

609

咏,斯人不可闻"句之玲珑生动矣。——同上

李白墓 马鞍山市翠螺山腰有"李白衣冠冢"。
(唐)白居易

　　采石江边李白坟,绕田无限草连云。可怜荒垄穷泉骨,曾有惊天动地文。但是诗人多薄命,就中沦落不过君。渚萍溪藻犹堪荐,大雅遗风已不闻。

途经李翰林墓　　(唐)许 浑

　　气逸何人识,才高举世疑。祢生狂善赋,陶令醉能诗。碧水鲈鱼思,青山鹏鸟悲。至今孤冢在,荆棘楚江湄。

凌歊台 台在当涂县北,宋高祖所筑。　　(唐)许 浑

　　宋祖凌歊乐未回,三千歌舞宿层台。湘潭云尽暮山出,巴蜀雪消春水来。行殿有基荒荠合,寝园无主野棠开。百年便作万年计,岩畔古碑空绿苔。

　　(元)方回:刘裕起于布衣,节俭之主,"三千歌舞"之句,不近诬否?第四句最玄,上一句似牵强。至如"有基"、"无主"一联,近乎熟套而格卑。许丁卯诗俗所甚喜,予辄抑之以救俗。其集《怀古》数诗为最。——《瀛奎律髓汇评》

610

（清）冯舒：第三不可谓之牵强。五、六熟矣，亦未必不合。——同上

（清）冯班：方君极诋丁卯为格卑，为俗套，不知用晦诗极工细，与"江西"格正相反，宜方君之不喜也。○《宋书》："太宗置三千歌舞。"此诗误用宋祖，非诬也。——同上

（清）纪昀：平丁卯苴允。○怀古诗尤恶滥，所谓马首之络，处处可用者也。乃曰集中为最，乖谬之极。——同上

（清）陆贻典：第三句并非牵强，五、六近于熟矣。——同上

（明）杨慎：评浑《凌歊台》诗曰"宋祖凌歊乐未回，三千歌舞宿层台"，此宋祖乃刘裕也。《南史》称宋祖清简寡欲，俭于布素，嫔御至少……浑非有意于诬前代，但胸中无学，目不观书，徒弄声律以侥幸一第。机关用之既熟，不觉于怀古之作亦发之。而后之浅学如杨仲弘、高棅、郝天挺之徒，选以为警策，而村学究又诵以教蒙童，是以流传至此不废耳。○又：许浑诗、刘巨济泾曾得其手书"湘潭云尽暮烟出"，"烟"字极妙，兼是许之手笔无疑也。后人改"烟"作"山"，无味。大抵湘中烟色与他方异。张泌诗"中流欲暮见湘烟"……颇中湘中晚景。——《升庵诗话》

（明）王世贞："湘潭云尽暮烟出，巴蜀雪消春水来"，大是妙境。然读之，便知非长庆以前语。——《艺苑卮言》

（清）查慎行：除却"宋祖凌歊"四字，以后无一语切题者，且三、四于起句神气不浃。——《瀛奎律髓汇评》

（清）何焯：三千歌舞，不觉器烦，惟其旷绝，如次联所云也。第二变化曲折，有此句方顶摠得首句气脉足，五、六亦有照应。"高高"含"层"字，"乐未回"反呼后四句。○杜牧诗云："势比凌歊宋武台。"知为孝武所作。——同上

谒李白墓　　（北宋）曾　巩

世间遗草三千首，林下荒坟二百年。信矣辉光争日月，依然精爽动山川。曾无近属持门户，空有乡人拂几筵。顾我自惭才力薄，欲将何物吊前贤。据范传正《唐左拾遗翰林学士李公新墓碑》，李白的儿子伯禽死后，只留下两个女儿都嫁在农村，故云无人持门户。

蛾眉亭 亭在采石矶上。在此望天门山,宛如蛾眉横黛故名。

(北宋)沈 括

双峰秀出两眉弯,翠黛依然鉴影间。终日含颦缘底事? 只因长对望夫山。

临江仙·登凌歊台感怀 (北宋)李之仪

偶向凌歊台上望,春光已过三分。江山重叠倍销魂。风花飞有态,烟絮坠无痕。 已是年来伤感甚,那堪旧恨仍存。清愁满眼共谁论,却应台下草,不解忆王孙。

霜天晓角·题采石蛾眉亭 (南宋)韩元吉

倚天绝壁。直下江千尺。天际两蛾凝黛,愁与恨、几时极。 怒潮风正急。酒阑闻塞笛。试问谪仙何处? 青山外,远烟碧。

(宋)吴师道:韩南涧题采石蛾眉亭词云(略)。此《霜天晓角》调也,未有能继之者。——《吴礼部诗话》

吊李翰林墓 (南宋)陆 游

饮似长鲸快吸川,思如渴骥勇奔泉。客从县令初何有，指当涂县令李阳冰。醉忤将军亦偶然。将军指高力士。骏马名姬如昨日，断碑乔木不知年。浮生今古同归此，回首桓公亦故阡。桓温之冢亦在当涂。

西江月·江行采石岸，戏作渔父词

（南宋）辛弃疾

千丈悬崖削翠，一川落日镕金。白鸥来往本无心，选甚风波一任。　　别浦鱼肥堪脍，前村酒美重斟。千年往事已沉沉，闲管兴亡则甚！

长相思·蛾眉亭　　（南宋）黄　机

东梁山，西梁山。占断长江相对闲。古今双鬓斑。天漫漫，水漫漫。人事如潮多往还。浅颦深恨间。

蛾眉亭　　（明）张以宁

白酒双银瓶，独酌蛾眉亭。不见谪仙人，但见三山青。秋色淮上来，苍然满云汀。欲将五十弦，弹与蛟龙听。

（清）沈德潜："秋色淮上来"二十字何减太白。——《明诗别裁集》

太白楼 建于采石矶上。　　　（明）吴承恩

青莲居士登临地，有客来游兴不孤。山水每缘人得胜，贤豪多共酒为徒。云飞醉墨留朱拱，花拥宫袍想玉壶。独倚阑干倾一斗，知君应复识狂夫。

月夜渡采石　　　（明）梅鼎祚

天豁大江流，乘霄系楫游。涛声喧万马，石影动双虬。迭鼓疏星晓，长歌片月秋。余将问海若，指点一浮沤。

贺新郎·太白墓和稚存韵　　　（清）黄景仁

何事催人老？是几处、残山剩水，闲凭闲吊。此是青莲埋骨地，宅近谢家之朓。总一样、文人宿草。只为先生名在上，问青天、有句何能好？打一幅，思君稿。　　梦中昨夜逢君笑。把千年蓬莱清浅，旧游相告。更问后来谁似我，我道才如君少。有或是、寒郊瘦岛。语罢看君长揖去，顿身轻、一叶如飞鸟。残梦醒，鸡鸣了。

登采石矶　　　（清）张之洞

艰难温峤东征地，温峤水军东进，曾迟滞于采石，备历挫折，终于平定苏峻之乱。慷慨虞公北拒时。虞允文在采石与金兵大战，使南宋转危为安。

衣带一江今涸尽，<small>长江不足恃。</small>祠堂诸将竟何之！<small>后继无人。</small>众宾同洒神州泪，<small>众宾。</small>尊酒重哦夜泊诗。<small>作者。</small>霜鬓萧疏忘却冷，危栏烟柳夕阳迟。<small>光绪二十年（1894）中日甲午战争，清廷调派两江总督刘坤一率兵至山海关布防，遗缺命湖广总督张之洞兼署。二十一年，甲午战败，刘坤一回任，张之洞遂由南京回到武汉，专任湖广总督。此诗是他归舟经采石矶时所作。</small>

五、徽　州

游歙州兴唐寺<small>隋初置歙州，宋改为徽州。</small>
（唐）张　乔

　　山桥通绝境，到此忆天台。竹里寻幽径，云边上古台。鸟归残照出，钟断细泉来。<small>按：此句乃无钟声然后才闻细泉之声也。</small>为爱澄溪月，固成隔宿回。

　　（元）方回：此吾州水西太平寺也，在唐时谓之兴唐寺。五、六佳。末句谓溪清而月可爱，因留至隔宿，亦善于立论，以歙溪极天下之清者。——《瀛奎律髓汇评》
　　（清）冯舒：第六句牵强。——同上
　　（清）纪昀："残照"在鸟归之时，"泉来"却不在"钟断"之后。此句欠妥。——同上

送僧赴黄山沐汤泉兼参禅宗长老汤泉又名

汤池，古名朱沙泉，在黄山紫云峰下。　　　　（唐）杜荀鹤

闻有汤泉独去寻，一瓶一钵一无金。不愁乱世兵相害，却喜寒山路入深。野老祷神鸦噪庙，猎人冲雪鹿惊林。患身是幻逢禅主，水洗皮肤语洗心。

寄歙州吕判官　　　（北宋）徐　铉

任公郡占好山川，溪水萦回路屈盘。南国自来推胜景，故人此地作郎官。风光适意须留恋，禄秩资贫且喜欢。莫忆班行重回首，是非多处是长安。

黄山访友　　　（南宋）张九成

万仞巍然叠嶂中，泻来峻落几千重。森森桧柏松花老，又见黄山六六峰。作者反对议和，被秦桧贬至邵州，后又谪居南安军。同榜进士汪勃亦忤秦桧退归乡里黟县。黟县境内有黄山胜景，作者前去造访。

沁园春·忆黄山黄山原名黟山，传为黄帝飞升之地，

故唐代改名为黄山。　　　（南宋）汪　莘

三十六峰，三十六溪，长锁清秋。对孤峰绝顶，云烟竞秀；悬崖峭壁，瀑布争流。洞里桃花，仙家芝草，雪后春正取次游。亲曾见，是龙潭白昼，海涌潮头。　　　当年黄

帝浮丘。有玉枕玉床还在不？向天都月夜，遥闻凤管；翠
微霜晓，仰盼龙楼。砂穴长红，丹炉已冷，安得灵方闻早
_{闻早，趁早也。见张相《诗词曲语辞汇释》。}修。谁知此，问源头白鹿，
水畔青牛。

九龙潭_{在黄山苦竹溪，又名九龙瀑。}　　　　（明）汪道昆

摩天积石递灵湫，客子寻源到上头。吴楚江分双白
发，轩辕宫近九垂疏。昆仑西北星连海，瀑布高低汉<sub>指河
汉</sub>倒流。忽漫盘空云气合，群龙应奉帝车游。

醉　石<sub>在黄山圣泉峰下，黄山四十四石之一。相传李白在此
饮酒圲泉，醉于石上。</sub>　　（明）谢肇淛

危石拱天都，临溪卧绿芜。醒须微雨解，欹藉古藤
扶。苔壅时深浅，云生乍有无。夜来人散尽，萝月一
峰孤。

一线天_{在黄山南部玉屏峰。}　　　　（清）李　雯

云里石头开锦缝，从来不许嵌斜阳。何人仰见通霄
路，一尺青天万尺长。

题文殊院 <small>在黄山玉屏峰前。</small>　　　　（清）黄景仁

悟来千嶂失嶙峋，是象俱含太古春。每见孤花山意露，偶听幽梵夜心真。云霞境幻全宜佛，魑魅形容不喜人。招手诸天容借问，此间曾转几回轮。

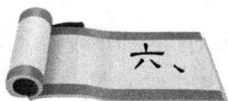

六、颍州（阜阳）

颍州从事西湖亭宴饯　　　　（唐）许　浑

西湖清宴不知回，一曲离歌酒一杯。城带夕阳闻鼓角，寺临秋水见楼台。兰堂客散蝉犹噪，桂楫人稀鸟自来。独想征车过巩洛，此中霜菊正花开。

采桑子·颍州西湖十首　　　　（北宋）欧阳修

轻舟短棹西湖好，绿水逶迤。芳草长堤。隐隐笙歌处处随。　　无风水面琉璃滑，不觉船移。微动涟漪。惊起沙禽掠岸飞。

春深雨过西湖好，百卉争妍。蝶乱蜂喧。晴日催花暖欲燃。　　　兰桡画舸悠悠去，疑是神仙。返照波间。
水阔风高扬管弦。

　　画船载酒西湖好，急管繁弦。玉盏催传。稳泛平波
任醉眠。　　　行云却在行舟下，空水澄鲜。俯仰流连。
疑是湖中别有天。

　　群芳过后西湖好，狼藉残红。飞絮蒙蒙。垂柳阑干
尽日风。　　　笙歌散尽游人去，始觉春空。垂下帘栊。
双燕归来细雨中。

　　何人解赏西湖好，佳景无时。飞盖相追。贪向花间
醉玉卮。　　　谁知闲凭阑干处，芳草斜晖。水远烟微。
一点沧洲白鹭飞。

　　清明上巳西湖好，满目繁华。争道谁家。绿柳朱轮
走钿车。　　　游人日暮相将去，醒醉喧哗。路转堤斜。
直到城头总是花。

　　荷花开后西湖好，载酒来时。不用旌旗。前后红幢
绿盖随。　　　画船撑入花深处，香泛金卮。烟雨微微。
一片笙歌醉里归。

　　天容水色西湖好，云物俱鲜。鸥鹭闲眠。应惯寻常
听管弦。　　　风清月白偏宜夜，一片琼田。谁羡骖鸾。
人在舟中便是仙。

　　残霞夕照西湖好，花坞蘋汀。十顷波平。野岸无人舟自横。　　西南月上浮云散，轩槛凉生。莲芰香清。水面风来酒面醒。

　　平生为爱西湖好，来拥朱轮。富贵浮云。俯仰流年二十春。　　归来恰似辽东鹤，城郭人民，触目皆新。谁识当年旧主人？

木兰花令　　（北宋）欧阳修

　　西湖南北烟波阔，风里丝簧声韵咽。舞余裙带绿双垂，酒入香腮红一抹。　　杯深不觉琉璃滑，琉璃为一种釉料，其色似酒。此谓酒。贪看六幺花十八。舞曲名。见王灼《碧鸡漫志》。明朝车马各西东，惆怅画桥风与月。

濠州七绝隋置钟离郡，寻废。唐置濠州，又改为钟离郡，寻复曰濠州。宋曰濠州钟离郡，元改临濠府，寻复曰濠州。故治在今安徽凤阳县东。
（北宋）苏　轼

涂　山此濠州钟离县之涂山也。涂山有禹会村。

川锁支祁水尚浑，《古岳渎经》："禹理淮水，锁支祁于淮之阴，龟山之足，淮水始安流，注于海。"地埋汪罔禹会诸侯于涂山，防风后至，禹杀之，其骨节专车。防风，汪罔氏之君也。骨应存。樵苏已入黄能禹殛鲧于羽山，其神化为黄能。《左传》称鲧化为黄熊。《国语》称黄能。黄能即黄熊也。庙，乌鹊犹朝禹会村。禹村又称禹会村。

彭祖庙

跨历商周看盛衰，《神仙传》：彭祖姓篯名铿，帝颛顼之玄孙也。至殷末已七百六十七岁。故云。欲将齿发斗蛇龟。蛇龟亦皆长寿。空餐云母连山尽，《神仙传》言彭祖善导补导之术，服术桂云母粉。《方舆胜览》："云母山在临淮县南，西有庆寿坛，以彭篯尝寓此。"不见蟠桃着子时。

逍遥台

常怪刘伶死便埋，事见《东坡志林》。岂伊忘死未忘骸。乌鸢夺得与蝼蚁，《庄子·列御寇》："将死，弟子欲厚葬之，曰：'吾恐乌鸢之食夫子也。'庄子曰：'在上为乌鸢食，在下为蝼蚁食，夺彼予此，何其偏也。'"谁信先生无此怀。

观鱼台

欲将同异较锱铢，郑玄《礼记注》："八两曰锱。"《汉书·律历志》："二十四铢而成两。"肝胆犹能楚越如。《庄子·德充符》："自其异者观之，肝胆楚越也；自其同者视之，万物皆一也。"若信万殊归一理，子今知我我知鱼。语出《庄子·秋水篇》。

虞姬墓

帐下佳人拭泪痕，门前壮士气如云。仓皇不负君三意，只有虞姬与郑君。项籍亡，高祖令诸故项籍臣名籍，郑君独不受诏，汉尽拜名籍者为大夫，而逐郑君。事见《汉书》。

四望亭

颓垣破础没柴荆，故老犹言短李短李见《唐书》李绅传。亭。

敢请使君重起废，_{起废谓修旧起废。}落霞孤鹜换新铭。

> 浮山洞_{作者自注：洞在淮上，夏潦不能及，而冬不加高，故人疑其浮也。}

人言洞府是鳌宫，_{《列子·汤问篇》云："渤海之东，有大壑焉，实惟无底之谷，中有五山。曰：方壶、瀛州、蓬莱、岱舆、负峤。五山之根无所连着，常随潮上下。……帝恐流于西极，失群圣之居，乃命禺强使巨鳌十五，举首戴之，五山始峙。"}升降随波与海通。共坐船中那得见，乾坤浮水水浮空。_{《晋书·天文志》黄帝书曰："天在地外，水在天外，水浮天而载地者也。"}

木兰花令·次欧公西湖韵　　（北宋）苏 轼

霜余已失长淮阔，_{谓霜降以后淮水水位降低，河床变得狭窄了。}空听潺潺清颍咽。佳人犹唱醉翁词，四十三年如电抹。

草头秋露流珠滑，三五盈盈还二八。_{此谓十五、十六的月亮。鲍照《玩月城西解中》诗："三五二八时，千里与君同。"}与余同是识翁人，惟有西湖波底月！

入亳州界　　（北宋）孔武仲

赢粮袱被望都门，路出符离日未曛。清汴横飞天上浪，方塘稳锁镜中云。淮南风物多相似，江上音书久不闻。寄语此山姑待我，莫因西去勒移文。

东坡守颍　　（北宋）秦 观

十里荷花菡萏初，我公所至有西湖。欲将公事湖中了，见说官闲事亦无。

后湖晚坐　　（北宋）陈师道

水净偏眼明，城荒可当山。青林无限意，白鸟有余闲。身致江湖上，名成伯仲间。目随归雁尽，坐待暮鸦还。

亳都行　　（明）王廷相

桐宫桑林古帝都，_{桐宫相传为商汤墓地。七年大旱，商汤以五事自责，祷于桑林之际。}千年迹灭石空在。龙山连陵如朵云，无涯涡水东流海。

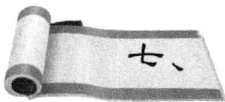

七、淮南　淮北

寄淮南郑宝书记　　（唐）陆龟蒙

记室千年翰墨孤，唯君才学似应徐。五丁驱得神功尽，二酉搜来秘检疏。炀帝帆樯留泽国，淮王笺奏入班书。清词醉草无因见，但钓寒江半尺鲈。

出颍口初见淮山,是日至寿州　　（北宋）苏　轼

　　我行日夜向江海,枫叶芦花秋兴长。长淮忽迷天远近,青山久与船低昂。寿州已见白石塔,短棹未转黄茅冈。波平风软望不到,故人久立烟苍茫。

八声甘州·寿阳楼八公山作 八公山在寿阳城北。相传汉代淮南王刘安时有八仙登此山。一说八公乃刘安八位门客。

（北宋）叶梦得

　　故都 战国时楚考烈王和汉淮南王均以此地为都。迷岸草,望长淮、依然绕孤城。想乌衣年少, 指淝水之战中,大破前秦苻坚的前锋都督谢玄。其时谢玄四十岁,年少是相对他叔叔谢安等人而言。乌衣,巷名,在今南京市,是当时谢氏家族聚居之地。芝兰秀发,《世说新语》:"譬如芝兰玉树,欲使其生于阶庭耳。"戈戟云横。坐看骄兵南渡, 太元八年(383),苻坚大举南侵。沸浪骇 读亥,上声。惊也。奔鲸。转盼 读勉,上声。斜视。东流水,一顾功成。　　千载八公山下, 苻坚大败后,望见八公山草木,以为皆是东晋兵。"草木皆兵"典出此。尚断崖草木,遥拥峥嵘。漫云涛吞吐,无处问豪英。 豪英指谢玄等。信劳生、《庄子·大宗师》:"夫大块载我以形,佚我以老,劳我以生,息我以死。"空成今古,笑我来、何事怆? 怆读创,上声,失意貌。遗情 思念往事。曹植《洛神赋》:"遗情想象。"李善注:"思归故而想像。"东山老、 东山在浙江上虞西南,谢安曾在此隐居。可堪岁晚,独听桓筝。 桓伊之筝。桓伊亦是淝水之战的将领之一。善音乐。作者在南宋初年,曾任江东安抚使兼建康知府,为抗金前线提供军需粮饷。宋金和议后,朝中抗金名将及主战大臣或被杀,或被贬。绍兴十四年(1144)作者在福州知州任上告老归隐。据王兆鹏《叶梦得年谱》云:"此词作于绍兴十年(1140),作者在建康任上,六月,至寿春(今安徽寿县)视师时

所作。"故对国家大事，有许多感慨。

过寿州望八公山有感　　（明）汪广洋

八公草木晚离离，仿佛成人似设奇。老气逼云含雾雨，空青拔地镇淮夷。谢玄归奏平戎日，王猛徒劳料敌时。王猛事前秦苻坚为丞相，临终曾嘱苻坚勿图晋，苻坚不听，故败。淝水不关兴废事，夕阳西下浪声迟。

八、安　庆

北归次秋浦界清溪馆《元丰九域志》："池州贵池县有清溪镇。"
（唐）刘长卿

万里猿啼断，孤村客暂依。雁过彭蠡暮，人向宛陵稀。旧路青山在，余生白首归。渐知行近北，不见鹧鸪飞。

（元）方回：末句最新。此公诗淡而有味，但时不偶，或有一苦句。——《瀛奎律髓汇评》

（清）纪昀：随州以格韵胜，不以淡胜。自古诗集岂能联联工致，宁独随州？苦语亦诗家之常，又岂能篇篇矫语高尚？——同上

（清）冯班：八句俱有味。——同上

（清）纪昀：三、四自然清远。○首二句一作："万古啼猿后，孤城落日依。"此本不可从。——同上

春末题池州弄水亭　　（唐）杜 牧

使君四十四，两佩左铜鱼。为吏非循吏，论书读底书？晚花红艳静，高树绿阴初。亭宇清无比，溪山画不如。嘉宾能啸咏，宫妓巧妆梳。逐日愁皆碎，随时醉有余。偃《汉书·主父偃传》：大丈夫生不五鼎食，死则五鼎烹耳。须求五鼎，陶只爱吾庐。趣向人皆异，贤豪莫笑渠。

秋浦途中 在池州秋浦县乌石山。　　（唐）杜 牧

萧萧山路穷秋雨，淅淅溪风一岸蒲。为向寒汀新到雁，来时还下杜陵无？

登池州九峰楼寄张祜　　（唐）杜 牧

百感中来不自由，角声孤起夕阳楼。碧山终日思无尽，芳草何年恨即休？睫在眼前长不见，道非身外更何求。谁人得似张公子，千首诗轻万户侯。

（宋）王直方：小杜守秋浦，与张祜为诗友，酷爱祜《宫词》，赠诗曰："如何故国三千里，虚唱宫词满六宫。"又寄祜诗云："睫在眼前看不见，道非身外更何求？谁人得似张公子，千首诗轻万户侯。"——《王直方诗话》

（明）朱三锡：入手劈将有感于中"不自由"作起，真有一段登高望远，触

景兴怀，情不自已之况。爰曰"夕阳"，声曰"孤起"，则所感愈不堪言矣。三四皆写"不自由"也……后四句皆写寄张祜也。——《东岩草堂评订唐诗鼓吹》

和韦潘前辈七月十二日夜泊池州城下，先寄上李使君 池州在今贵池，古属宣城郡地。　　（唐）李商隐

桂含爽气三秋首，蕣吐中旬二叶新。正是澄江如练处，玄晖应喜见诗人。 谢玄晖尝为宣城内史。其《晚登三山》诗云："余霞散成绮，澄江净如练。"

山谷寺 又名乾元禅寺、三祖寺，在天柱山野包寨。
（北宋）林逋

才入禅林便懒还，众峰深蛩共屏颜。楼台冷簇云萝外，钟磬晴敲水石间。茶版手擎童子净，锡环肩倚老僧闲。独孤房相 谓独孤及与房琯。 碑文在，久认题名拂藓斑。

池州翠微亭 在南齐山之巅，杜牧任池州太守时建，为临眺之所。
（南宋）岳　飞

经年尘土满征衣，特特寻芳上翠微。好水好山看不足，马蹄催趁月明归。

宿齐州齐山寺，即杜牧之九日登高处

（南宋）杨万里

我来秋浦正逢秋，梦里重来似旧游。风月不供诗酒债，江山长管古今愁。谪仙狂饮颠吟寺，小杜倡情冶思楼。问着州民浑不识，齐山依旧俯寒流。

天柱峰 （南宋）朱 熹

屹然天一柱，雄镇斡维东。只说乾坤大，谁知立极功。

过安庆江上 （南宋）文天祥

风雨宜城路，重来白发新。长江还有险，中国自无人。枭獍蕃遗育，鳢鲸蛰怒鳞。泊船休上岸，不忍见遗民。此作者被俘后，押赴元都燕京途中所作。

题安庆城楼 （明）高 启

层构初成百战终，凭高应喜楚氛空。山随粉堞连云起，江引清淮与海通。远客帆樯秋水外，残兵鼓角夕阳中。时清莫问英雄事，回首长烟灭去鸿。

出池州　　（清）姚　鼐

桃花雾绕碧溪头，春水才通杨叶洲。<small>在贵池县西北二十里大江中，阔三里状如杨叶。孟浩然诗："火炽梅根冶，烟迷杨叶洲。"</small>四面青山花万点，缓风摇橹出池州。

九、巢　湖

和州绝句<small>古和州治所在今和县。</small>　　（唐）杜　牧

江湖醉度十年春，牛渚山边六问津。<small>牛渚山与和州横江相对。</small>历阳前事知何实，高位纷纷见陷人。

题横江馆<small>横江浦属和州，为孙策兄弟发迹之处。</small>
（唐）杜　牧

孙家兄弟晋龙骧，驰骋功名业帝王。至竟江山谁是主？苔矶空属钓鱼郎。

题乌江亭　　（唐）杜 牧

　　胜败兵家事不期，包羞忍耻是男儿。江东子弟多才俊，卷土重来未可知！

　　（宋）胡仔：牧之于题咏好异于人，如《赤壁》云"东风不与周郎便，铜雀春深锁二乔"，《题商山四皓》云"南军不袒左边袒，四皓安刘是灭刘"，皆反说其事。至《题乌江亭》则好异而叛于理。诗云"胜负兵家不可期……"，项氏以八千人渡江，败亡之余，无一还者，其失人心为甚，谁肯复附之？其不能卷土重来，决矣。——《苕溪渔隐丛话》

　　（清）吴乔：诗贵有含蓄不尽之意，尤以不着意见、声色、故事、议论者为上。义山"夜半宴归宫漏永，薛王沉醉寿王醒"是也。……露圭角者，杜牧之《题乌江亭》"胜败兵家未可期……"是也。然已开宋人门径矣。——《围炉诗话》

　　（清）吴景旭：牧之数诗（指本诗及《赤壁》、《四皓庙》），俱用翻案法，跌入一层，正意益醒，谢叠山所谓"死中求活"也。——《历代诗话》

初春雨中舟次和州横江，裴使君见迎，李赵二秀才同来，因书四韵，兼寄江南许浑先辈
（唐）杜 牧

　　芳草渡头微雨时，万株杨柳拂波垂。蒲根水暖雁初浴，梅径香寒蜂未知。辞客倚风吟暗淡，自指。使君回马湿旌旗。裴使君。江南仲蔚《高士传》："张仲蔚者，平陵人，明《天官》博物，善属文，好诗词，不治荣名。"多情调，怅望春阴几首诗。许浑。

姥　山 一名圣女山，在巢湖中，是巢湖的湖心小岛。

（唐）罗　隐

临塘古庙一神仙，绣幌花容色俨然。为逐朝云来此地，因随暮雨不归天。眉分初月湖中鉴，香散余风竹上烟。借问邑人沉水事，已经秦汉几千年。

乌江亭　　（北宋）王安石

百战疲劳壮士哀，中原一败势难回。江东子弟今虽在，肯为君王卷土来！

满江红　　（南宋）姜　夔

仙姥来时，正一望、千顷翠澜。旌旗共、乱云俱下，依约前山。命驾群龙金作轭，相从诸娣玉为冠。庙中列坐如夫人者十三人。向夜深、风定悄无人，闻佩环。　　神奇处，君试看。奠淮右，阻江南。遣六丁雷电，别守东关。却笑英雄无好手，一篙春水走曹瞒。又怎知、人在小红楼，帘影间。

（宋）刘克庄：此阕佳肃处，惜无能歌之者。——《诗话续集》

（清）吴衡照：次仲《湘月》词序、宜兴万氏专以四声论词。泸州先著以为宋词宫调失传，决非四声所可尽。按白石集《满江红》云"末句'无心扑'歌者以'心'字融入去声方谐"。《征招》云"正宫《齐天乐》前两拍是征调"。今考《征招》起二句与《齐天乐》平仄符合。然则宋词原未尝不以四声定宫调，而万氏之说，初不与古戾也。先著《词洁》，意在诋剥万氏通融取便。其论在

《湘月》之后，故次仲赋《湘月》词及之。——《莲子居词话》

　　（近代）俞陛云：旧调《满江红》多用仄韵，白石谓于律不协。尝舟过巢湖，赋平韵《满江红》，为迎神、送神之曲，刻于神姥祠柱间。上阕"玉冠诸娣"句谓神姥旁列十三女神。下阕之意谓其地即濡须口，当江湖之冲，孙权与曹操书所谓"春水方生，公宜速去"，即此地也。此调用平韵，为白石所创，格调高亮，后来词家每效之。而汲古阁所刻《白石词》及皋文《词选》、《续词选》均未选录，杨诚斋评白石诗，谓有"敲金戈玉之奇声"此词音节，颇类其评语。——《唐五代两宋词选释》

居巢县　　（元）李孝光

　　旅食荆吴改岁年，春风行路思绵绵。青山故绕周郎墓，周瑜死后葬于和州城东。明月犹窥亚父泉。亚父范增。楚县城荒余画角，巢湖日落有归船。天涯芳草萋萋绿，想见登楼忆仲宣。王粲字仲宣，曾作《登楼赋》。

乌江项王庙　　（清）严遂成

　　云旗庙貌拜行人，功罪千秋问鬼神。剑舞鸿门能赦汉，船沉巨鹿竟亡秦。范增一去无谋主，韩信原来是逐臣。江上楚歌最哀怨，招魂不独为灵均。

乌江项王庙　　（清）黄景仁

　　美人骏马甫沾襟，遽使江东阻壮心。子弟重来无一骑，头颅将去值千金。谁言刘季真君敌，毕竟诸公负汝深。莫向寒潮作悲怒，歌风台址久销沉。

十、合　肥

四顶山 又名四鼎山，在肥东县城南二十五里，巢湖北岸，因山有四峰故名。

（唐）罗　隐

胜景天然别，精神入画图。一山分四顶，三面瞰平湖。过夏僧无热，凌冬草不枯。游人来至此，愿剃发和须。

郡城眺望　　（北宋）郭祥正

蜀山蜀山在合肥西。迥出千螺秀，肥水长萦一带回。犹有金陵藏后浦，南京玄武湖，古称后湖、后浦。不惟铜雀起高台。末二句暗指曹操与孙权多次战于合肥，相持不下。

淡黄柳　　（南宋）姜　夔

客居合肥南城赤阑桥之西，巷陌凄凉与江左异，惟柳色夹道，依依可怜。因度此阕，以纾客怀。

空城晓角，吹入垂杨陌。马上单衣寒恻恻。看尽鹅黄嫩绿，都是江南旧相识。　　正岑寂，明朝又寒食。强携酒，小桥宅。怕梨花落尽成秋色。燕燕飞来，问春何在，惟有池塘自碧。

（清）谭献：白石、稼轩，同音笙磬，但清脆与镗鞳异响，此事自关性分。——《谭评词辨》

（清）王闿运：亦以眼前语妙。——《湘绮楼选绝妙好词》

（现代）唐圭璋：此首写客居合肥情况。"空城"两句，写凄凉景色。"马上"一句，倒卷之笔，盖晓起骏马过垂杨巷陌，既感角声凄咽，又感衣单寒重也。"看尽"两句，写柳色如旧识最有味。换头，又转悲凉。"强携酒"三句，勉自解宽。"梨花落尽成秋苑"长吉诗，白石只易一"色"字叶韵。"燕燕"两句是提唱，"惟有"一句，以景拍合，但言池塘自碧，则花落春尽，不言自明。——《唐宋词简释》

九日游蜀山蜀山在合肥西部，分大蜀山，小蜀山，二山虽紧邻却各独立。

（清）李天馥

重峦极望树千章，款段风柔趁夕阳。丛竹修藤无定境，黄榆乌桕有微霜。云间梵宇疏钟远，山下人家晚稻香。却悔当年游宦拙，等闲留滞负秋光。

游香花墩谒包孝肃祠包拯祠在合肥市包河公园香

花墩，相传原为包拯读书之处。　　　（清）宋　恕

孝肃祠边古树森，小桥一曲倚城阴。清溪流出荷花水，犹是龙图不染心。

（十七）湖北

一、武　汉

溯江至武昌　　（唐）孟浩然

家本洞庭上，岁时归思催。客心徒欲速，江路苦邅
回。残冻因风解，新梅度腊开。行看武昌柳，仿佛映楼
台。结句暗用陶侃故事。《晋阳秋》陶侃尝课营种柳，都尉夏施盗拔武昌郡西门所种。
侃后自出驻车施门，问："此是武昌西门柳，何以盗之？"施惶怖首服，三军称其明察。

陪宋中丞武昌夜饮怀古　　（唐）李　白

清景南楼夜，风流在武昌。庾公爱秋月，乘兴坐胡
床。龙笛吟寒水，天河落晓霜。我心还不浅，怀古醉余
觞。南楼又名庾公楼。在黄鹄山（蛇山顶）下临东湖和长江。《晋书·庾亮传》："亮在
武昌诸佐吏殷浩之徒乘秋夜往登南楼，不觉亮至，诸人将起避之，亮曰：'诸君少住，老子
于此，兴复不浅。'"

鹦鹉洲　　（唐）李　白

鹦鹉来过吴江水，江上洲传鹦鹉名。鹦鹉西飞陇山
去，芳洲之树何青青。烟开兰叶香风暖，岸夹桃花锦浪

637

生。迁客此时徒极目,长洲孤月向谁明。

（元）方回：鹦鹉洲在今鄂州城南,对南楼;黄鹤楼在城西,向汉阳。太白此诗,乃是效崔颢体,皆于五、六加工,尾句寓感叹,是时律诗犹未甚拘偶也。——《瀛奎律髓汇评》

（清）纪昀：崔是偶然得之,自然流出。此是有意为之,语多衬贴,虽效之而实不及。——同上

（清）陆贻典：此语谬。——同上

（清）无名氏（乙）：效之并不似。五、六亦平。——同上

（清）冯舒：极拟崔,几同印板。——同上

（清）冯班：此首较弱。○与崔语一例,而词势不及,似稍逊《凤凰台》。○不及崔。——同上

（清）陆贻典：起四句虽与崔作一意,而体格自殊,崔作乃金针体,此作乃扇对格也。——同上

（清）何焯：画笔不到。义山安敢望此。——同上

（清）纪昀：白白悠悠,不觉添出芳洲之树,却明露凑泊,此故可思。○五六二句,亦未免走俗。——同上

黄鹤楼　　（唐）崔　颢

昔人已乘黄鹤去,《南齐书·州郡志》:"黄鹤矶,世传仙人子安乘黄鹤过此。此地空余黄鹤楼。黄鹤一去不复返,白云千载空悠悠。晴川历历汉阳树,芳草萋萋鹦鹉洲。日暮乡关何处是,烟波江上使人愁。

（元）方回：此诗前四句不拘对偶,气势雄大。李白读之,不敢再题此楼,乃去而赋《登金陵凤凰台》也。——《瀛奎律髓汇评》

（清）纪昀：此诗不可及者,在意境宽然有余,此评最是。——同上

（清）冯舒：但有声病,即是律诗,且不拘平仄,何况对偶? ——同上

（清）冯班：真奇。上半有千里之势。〇起四句宕开，有万钧之势。——同上

（清）查慎行：此诗为后来七律之祖，取其气局开展。——同上

（清）纪昀：偶尔得之，自成绝调。然不可无一，不可有二。再一临摹，便成窠臼。〇改首句"黄鹤"为"白云"则三句"黄鹤"无根，怡山老人批《唐诗鼓吹》论之详矣。——同上

（清）许印芳：怡山老人，赵秋谷也。《唐诗鼓吹》，皆唐人七言律诗，系元人选本嫁名元遗山者。——同上

（清）无名氏（甲）：此诗超迈奇崛，所谓时文中之古文。至太白《凤凰台》，近时而格不及，《鹦鹉洲》近古而气不及，所以皆出其下。——同上

（清）许印芳：前六句叠字皆不为复，惟末句"人"字与首句复。〇此篇乃变体律诗，前半是古诗体，以古笔为律诗，盛唐人有此格。中唐以后，格调渐卑，用此格者鲜矣。间有用者，气魄笔力又远不及盛唐。此风会使然，作者不能自主也。此诗前半虽属古体，却是古律参半。律诗无拗字者为平调，有拗字者为拗调。五律拗第一字第三字，七律拗第三字第五字，总名拗律。崔诗首联、次联上句皆用古调，下句皆配以拗调。古律相配，方合拗律体裁。前半古律参半，格调甚高。后半若遽接以平调，不能相称，是以三联仍配以拗调。律诗多用拗调，又参以古调，是为变体。作变体诗，须束归正格，变而不失其正，方合体裁，故尾联以平调作收。唐人变体律诗，古法如是，读者讲解未通，心目迷眩。有志师古，从何下手？兹特详细剖析，以示初学。若欲效法此诗，但当学其笔意之奇纵，不可摹其词调之复叠。太白争胜，赋《凤凰台》《鹦鹉洲》二诗，未能自出机杼，反袭崔诗格调，东施效颦，贻笑大方，后学当以为戒矣。〇二冯批《才调集》，评此诗云"气势阔宕"。纪批云："二字确评，'宕'字尤妙。"愚谓虚谷求之形貌，评为雄大。雄者貌也，大者形也。以此学古人即成伪体。冯氏求之神意，评为阔宕。阔者意也，宕者神也。晓岚谓"宕"字尤妙，又归重神理一边。以此学古人，方是真诗。同一评诗教人，而有浅深真伪之分，学者能明辨之，庶不为浅说所误耳。——同上

（清）无名氏（乙）：叠字三黄鹤，接出白云始奇，予读之数十年，乃有定本。〇前六句神兴溢涌，结二语蕴含无穷，千秋第一绝唱。——同上

（清）赵熙：特参古谐。〇此诗万难嗣响，其妙则殷璠所谓"神来，气来，情来"者也。——同上

鹦鹉洲即事 　　（唐）崔 涂

怅望春襟郁未开，重吟鹦鹉益堪哀。曹瞒尚不能容物，黄祖何曾解爱才。幽岛暖闻燕雁去，晓江晴觉蜀波来。何人正得风涛便，一点轻帆万里回。

（明）周珽：乾坤大矣，岂少祢生之才？如黄祖者固多，为曹瞒者亦不少。思及于此，负才者得不触景而兴衰也！○崔涂在当时屡被谗毁，故因过鹦鹉洲，托祢生以自况；见上无有容之君子，下多忌刻之小人。前四句即洲上堪哀之事，后四句即洲上春眺之景；因叹有才莫得，即转应前不能容物，无解爱才意。——《唐诗选脉会通评林》

（清）洪亮吉：崔涂诗"曹瞒尚不能容物，黄祖何曾解爱才"，前人每以此二语为祢正平一生定论矣。——《北江诗话》

晚次鄂州 　　（唐）卢 纶

云开远见汉阳城，犹是孤帆一日程。估客昼眠知浪静，舟人夜语觉潮生。三湘愁鬓逢秋色，万里归心对月明。旧业已随征战尽，更堪江上鼓鼙声。武昌，即鄂州，在江南，而汉口却在江北，隔江对峙，非顺风不能飞渡，明明望见汉阳城而不能即至。浪静、潮生之句非泛泛也。

（清）胡以梅："浪静"映"云开"，"夜语"由于"晚次"。三四构句，曲尽水程情景，气度大方精妙。——《唐诗贯珠》

（清）屈复：一、归心急，二、有咫尺千里意。中四"衰鬓"、"归心"，人眼中耳中无限悲凉，故客眠人语，秋色月明，种种堪愁。用意深妙，全以神行，若与题无涉者。结言归亦无益，将来不知作何景象，愁无已时也。——《唐诗成法》

（清）赵臣瑗：第六句中"归心"二字，是一篇之眼。前五句写归心之急，后二句写归心所以如此急之故。〇"万里逢秋色"则愁鬓不胜憔悴，"对月明"则归以愈觉浸惶，字字真情，字字实理。——《山满楼笺注唐诗七言律》

（清）方东树：起句点题。次句缩转，用笔转折有势。三、四兴在象外，卓然名句。五、六亦兼情景，而平平无奇，收切鄂州，有远想。——《昭昧詹言》

汉阳春晚　　（唐）李群玉

汉阳抱青山，飞楼映湘渚。白云蔽黄鹤，绿树藏鹦鹉。凭高送春目，流恨伤千古。遐想祢衡才，令人怨黄祖。

武昌怀古　　（五代）僧栖一

一代君臣尽悄然，空遗闲话遍山川。笙歌罢吹几多日，台榭荒凉七百年。蝉响夕阳风满树，雁横秋浦雨连天。长江日夜东流水，两岸芦花一钓船。

（清）金人瑞："一代君臣"字法，"悄然"字法。此亦只是平平句，却为字法惊人，使我不乐移时也。"话遍山川"妙！如某泉是某公饮马泉，某石是某公试剑石。"闲"字妙。仔细听之，直是并无交涉。"几何日"、"七百年"，妙。顺流下来，真乃不过瞬眼；逆推转去，却已遥遥甚久。盖一切世间，总被公六字题破也。至于三，承"一代君臣"；四，承"尽悄然"，想人皆知之。（首四句下）〇后解自"蝉响"至"芦花"，几二十五字，皆写"悄然"，却将"一钓船"三字，写"一代君臣"，使人有眼泪亦不复能落。此又唐一代人并未曾有之极笔矣。——《贯华堂选批唐才子诗》

（清）赵臣瑗：下四句蝉也，雁也，夕阳也，秋浦也，风满树也，雨连天也，长江也，钓船也，芦花也，拉拉杂杂，一派都是凄凉景况。须知此正是"尽悄

然"三字中之神理，非有闲工夫为今日之武昌别作一幅淡墨画图也。——《山满楼笺注唐诗七言律》

晚泊龟山 龟山古名翼际山，又名鲁山，在武汉市汉阳城北。
（北宋）苏舜钦

南湾晚泊一徘徊，小径山间佛寺开。石势向人森剑戟，滩光和月泄琼瑰。每伤道路销时序，但屈心情入酒杯。夜籁不喧群动息，长吟聊以寄余哀。

东　湖 在武汉市武昌东郊。　　　　（北宋）李 觏

古郡城池已瞰江，重湖更在郡东方。水仙座下鱼鳞赤，龙女门前桂花香。

满江红·寄鄂州朱使君寿昌　　（北宋）苏 轼

江汉西来，高楼下、蒲萄深碧。犹自带、岷峨云浪，锦江春色。君是南山遗爱守，《诗·小雅·南山有台》"序"云：乐得贤也。得贤则为邦家立太平之基矣。我为剑外思归客。对此间、风物岂无情，殷勤说。　　《江表传》，君休读。狂处士，指祢衡。真堪惜。空洲对鹦鹉，《舆地纪胜》："鹦鹉洲为黄祖杀祢衡处。"衡尝作《鹦鹉赋》，故遇害之地得名。苇花萧瑟。不独笑书生争底事，曹公黄祖俱飘忽。曹操借黄祖之手杀祢衡。愿使君、还赋谪仙诗，谓李白。

追黄鹤。此处作者借崔颢、李白故事，勉励朱寿昌，超然政治风云，寄意文章事业。

鄂　州　　　（北宋）孔武仲

绿柳阴阴蔽武昌，汀洲如画引帆樯。一江见底自秋生，千里无风正夕阳。暂别胜游浑老大，追思前事只凄凉。贤豪况有遗踪在，欲买溪山作漫郎。元结，字次山，号漫叟，人称漫郎。曾隐居武昌西山。

鄂州南楼书事四首（其一）　　　（北宋）黄庭坚

回顾山光接水光，凭栏十里芰荷香。清风明月无人管，并作南楼一味凉。

十二月十九日夜中发鄂渚，晓泊汉阳，亲旧载酒追送，聊为短句　　　（北宋）黄庭坚

接淅捧着已经淘湿的米。喻行色匆忙。语出《孟子·万章下》。报官府，敢违王事程。宵征江夏县，睡起汉阳城。邻里烦追送，杯盘泻浊清。只应瘴乡老，难答故人情。

（元）方回：建中靖国元年辛巳夏，山谷至江陵，召至吏部，既病痈不能入朝，乞知太平州。崇宁元年三午春，还江西。六月初九日，太平州到任，九日而罢，九月至鄂渚寓居。二年癸未，以荆南作《承天塔记》，运判陈举承望赵挺之风旨，摘谓幸灾，除名编隶宜州，十二月十九日启行。此诗亦无一毫不满之意，而老笔与少陵诗无以异矣。○试通前诗论之："直知难共语，不是改

相违。"即老杜"直知骑马滑,故作泛舟回"也。凡为诗,非五字,七字皆实之为难,全不必实,而虚字有力之为难。"红入桃花嫩,青归柳叶新。"以"入"字,"归"字为眼。……凡唐人皆如此,贾岛尤精,所谓"敲门"、"推门",争精微于一字之间是也。然诗法但止于是乎?惟晚唐诗家不悟。盖有八句皆景,每句中下一工字,以为至矣,而诗全无味。所以诗家不专用实句、实字,而或以虚为句,句之中以虚字为工,天下之至难也。后山曰:"欲行天下独,信有俗间疑。""欲行"、"信有"四字是工处。"剩欲论奇字,终能讳秘方。""剩欲"、"终能"四字是工处。简斋曰:"使知临难日,犹有不欺巨。""使知"、"犹有"四字是工处。他皆仿此。且如此首"宵征江夏县,睡起汉阳城"又与"气蒸云梦泽,波撼岳阳城"不同,盖"宵征"、"睡起"四字应"接浙"之意,闻命赴贬,不敢缓也,与老杜"下床高数尺,倚仗没中洲"句法一同。详论及此,后学者当知之。——《瀛奎律髓汇评》

(清)冯舒:俱旁门小乘语。——同上

(清)冯班:"以虚字为工,天下之至难也。"不然。○盲论。○与"老杜'下床高数尺,倚仗没中洲'句法一同"。不同。——同上

(清)纪昀:"而老笔与少陵诗无以异矣。"好在和平,然未免枯槁。以为无异老杜,则不然。○虚谷平生见解尽于此段,平生偏僻亦尽于此段。——同上

望龟山 　　(北宋)张　耒

日落看山山更青,原头啼鸟已春声。可怜山近不能到,尽日与山相对行。云里人家自来往,天边楼阁远分明。白鸥不解游人意,惊起碧烟深处横。

满江红·登黄鹤楼有感 　　(南宋)岳飞

遥望中原,荒烟外、许多城郭。想当年、花遮柳护,风

楼龙阁。指皇宫里的宫殿。万岁山北宋末年，蔡京等奸臣当道，徽宗昏庸。为建"万岁山"，由朱勔主持苏杭供奉局，大兴花石纲以荼毒江南。前珠翠绕，蓬壶殿里笙歌作。到而今、铁骑满郊畿，泛指以汴京为中心的中原地区。风尘恶。指战乱。兵安在，膏锋锷。谓死于刀剑。民安在，填沟壑。叹江山如故，千村寥落。荒凉冷清。何日请缨提锐旅，精锐部队。一鞭直渡清河洛。黄河、洛水流域。指中原地带。却归来、再续汉阳游，骑黄鹤。

鄂州南楼　　（南宋）范成大

　　谁将玉笛弄中秋，黄鹤飞来识旧游。汉树有情横北渚，蜀江无语抱南楼。烛天灯火三更市，摇月旌旗万里舟。却要鲈乡垂钓叟，武昌鱼好便淹留。

（元）方回：石湖名成大，字致能。尝使燕，帅西广、成都、四明、金陵，参大政。乾淳间诗巨擘称尤、杨、范、陆，谓遂初、诚斋、放翁及公也。此出蜀时诗。"烛天灯火三更市"，承乎时鄂渚之盛如此！——《瀛奎律髓汇评》

（清）冯班：第四句"蜀江无语"，蜀江何曾有语？末句"武昌鱼"此事如何用？——同上

（清）陆贻典："语"字有病。五、六有气势。——同上

（清）查慎行：《诚斋集》口称尤、萧、范、陆为四诗将。萧名德藻，字东夫。诗集旧有刊本，今失传，后遂以杨易萧。——同上

（清）纪昀：声调自好，然而浮声多于切响矣。——同上

糖多令并引　　（南宋）刘过

安远楼（在武昌黄鹄山上，即南楼）小集，侑觞歌板之姬黄其

姓者,乞词于龙洲道人,为赋此《糖多令》。同柳阜之、刘去非、石民瞻、周嘉仲、陈孟参、孟容。时八月五日也。

芦叶满汀洲,寒沙带浅流。二十年、重过南楼。柳下系舟犹未稳,能几日、又中秋。　　黄鹤断矶头。故人今在不? 旧江山、浑是新愁。欲买桂花同载酒,终不是、少年游。

(明)沈际飞:情畅语俊,韵协音调,不见扭造。此改之得意之笔。——《草堂诗余正集》

(明)李攀龙:因黄鹤楼(按:应是"安远楼")再游而追忆故人不在,遂举目在江上之感,词意何等凄怆! 又云:系舟未稳,旧江山都是新愁,读之下泪。——《草堂诗余隽》

(清)冯金伯:刘改之过以诗名江左,放浪吴、楚间。辛稼轩守京口,登多景楼,刘敝衣曳履而来。辛命赋雪,以难字为韵。刘吟云"功名有分平吴易,贫贱无交访戴难"。遂上武昌作《唐多令》云(略)。刘此词,楚中歌者竞唱之。——《词苑萃编》

(清)先著、程洪:与陈去非"杏花疏影里,吹笛到天明",并数百年来绝作,使人不复敢以花间面目限之。——《词洁》

(清)黄苏:《宋史》称改之,泰和人,号龙洲道人,以诗侠名湖海间。辛弃疾帅浙东,改之谒之,门者不纳。辛方款朱晦庵、张南轩饮羊羹。过喧哗于门,辛怒。朱、张曰"才士也,试纳之"。过寒甚,乞卮酒,余沥流于胸。辛即命以"流"字为韵。过吟云"拔毫已付管城子,烂首曾封关内侯。死后不知身后物,也随樽俎伴风流"。辛喜,折气岸与交。周必大闻其名,欲客之门下,不就。辛守京口,大雪宴僚佐多景楼,以"难"字限韵。过诗云"功名有分平吴易,贫贱无交访戴难"。尝叩阍上书,请光宗过宫,声重一时。——《蓼园词选》

(清)陈廷焯:词意凄感而句调浑成,似此亦升稼轩之堂矣。——《词则·放歌集》

水调歌头·题李季允侍郎鄂州吞云楼

（南宋）戴复古

轮奂形容建筑物的高大华美。《礼记·檀弓下》："晋献文子成室,晋大夫发焉（发礼往贺）。张老曰:'美哉轮焉,美哉奂焉。'"半天上,胜概压南楼。《世说新语·容止》："庾太尉（亮）在武昌,秋夜气佳景清,使吏殷浩、王胡之之徒登南楼理咏。音调始遒,闻函道（楼梯）中有屐声甚厉,定是庾公。俄而率左右十许人步来,诸贤欲起避之,公徐云:'诸君少住,老子于此兴复不浅。'因便据胡床与诸人咏谑,竟坐甚得任乐。"筹边独坐,岂欲登览快双眸?此句却把庾亮比下去了。浪说胸吞云梦,司马相如《子虚赋》："吞若云梦者八九于其胸中,曾不蒂芥。"云梦,楚大泽名,方九百里。直把气吞残虏,西北望神州。更进一层,岂止胸吞云梦。百载一机会,人事恨悠悠。此句中有许多潜台词,直追当时朝廷的苟安妥协政策。　　骑黄鹤,赋鹦鹉,漫风流。岳王祠畔,杨柳烟锁古今愁。整顿乾坤手段,指授英雄方略,雅志若为酬。杯酒不在手,双鬓恐惊秋。作者戴复古一生不得志,浪迹江湖。到武昌李季允处作客,为主人楼宇题词。将吞云楼与南楼作比,同是本地风光;李季允镇守武昌,东晋庾亮亦镇守武昌,同为一州之长,又同际偏安之局,时艰国危,如此下笔,非常得体。

念奴娇·武昌怀古　　（南宋）葛长庚

汉江北泻,下长淮、洗尽胸中今古。楼橹横波征雁远,谁见鱼龙夜舞?鹦鹉洲云,凤凰池月,付与沙头鹭。功名何处?年年惟见春絮。　　非不豪似周瑜,壮如黄祖,亦随秋风度。野草闲花无限数,渺在西山南浦。黄鹤楼人,赤乌年事,江汉亭前路。浮萍无据,水天几度朝暮。

（明）卓人月:正与坡公赤壁怀古相表里。——《古今词统》

（明）潘游龙：词最雄壮。玉蟾（作者又名白玉蟾）间有数词，如"一叶飞何处，天地起西风。鳞鳞波上，烟寒水冷剪丹枫"。又咏燕"秋千节后初相见，被禊人归有所思"，皆佳甚。——《古今诗余醉》

（清）陈廷焯：真人词一片热肠，不作闲散语，难见其高。——《词则·别调集》

梦武昌　　（元）揭傒斯

黄鹤楼前鹦鹉洲，梦中浑似昔时游。苍山斜入三湘路，落日平铺七泽指楚地诸湖，云梦古泽。司马相如《子虚赋》："楚有七泽。"流。鼓角沉雄遥动地，帆樯高下乱维舟。故人虽在多分散，独向南池看白鸥。

黄鹤楼用崔颢韵　　（元）丁鹤年

西风黄鹤旧矶头，皎月中分此夜秋。乌鹊无依频绕树，鱼龙有喜竞乘流。烟云尽卷天愈大，河汉低垂地欲浮。拟买桂花陪胜赏，老来佳句恐难酬。

石榴花塔在龟山南麓汉阳公园内。相传宋时汉阳一妇女杀鸡奉姑，不料姑食而死。妇坐罪无以自明。临刑前折石榴花一枝，插在石缝之中。祝曰："若毒姑，花即枯悴；若属诬罔，花当复生。"其后花果秀茂，时人哀之，遂于花侧立石塔一座，并名石榴花塔。　　（明）赵弼

孝意翻为逆意终，芳容屈死恨无穷。至今塔畔榴花

放,朵朵浑如血泪红。

汉江歌　　（明）李梦阳

武昌城北大江流,沱水夹城鹦鹉洲。梦蜀帆樯风欲趁,蛟龙涛浪暮堪愁。青烟自没汉阳郭,新月故悬黄鹤楼。无限往来伤赤壁,三分轻重本荆州。

在武昌作　　（明）徐祯卿

洞庭叶未下,潇湘秋欲生。高斋今夜雨,独卧武昌城。重以桑梓念,妻其江汉情。不知天外雁,何事乐长征?

登黄鹤楼　　（明）杨　慎

江上高楼海内名,登临此地古今情。风前估客蒲帆影,夜半仙人玉笛声。春水雪消巴子国,烟波晴接汉阳城。东南暇日多嘉会,笑指浮云望太清。

游洪山 洪山又名东山,在武汉市武昌大东门外。
（明）袁中道

醒却秋华梦,来为冷石游。迂回缘绿嶂,枕藉见红楼。

雪影江天静,林烟沙渚浮。倚栏神顿爽,信矣癖山丘。

岁暮登黄鹤楼　　（清）陈恭尹

郊原草树正雕零,历历高楼见杳冥。鄂渚地形浮浪动,汉阳山色渡江青。昔人去路空云水,粤客归心向洞庭。莫怨鹤飞终不返,世间无路托仙翎。

晓渡望鄂州　　（清）王又旦

晓雾压城头,苍茫古鄂州。风烟盘赤壁,波浪下黄牛。星动连江锁,旌高隔岸楼。由来征战地,不忍问东流。沈德潜云：三、四神勇。

黄鹤楼　　（清）蒋　衡

高楼极目动愁心,纵有仙才不复吟。鹤唳九天听益远,云迷七泽梦难寻。汉阳有树枝皆老,鹦鹉无洲草亦沉。时洲已没于江水。我欲临风吊崔、李,江流淼淼暮烟深。

黄鹤楼用崔韵　　（清）黄景仁

昔读司勋好题句,十年清梦绕兹楼。到日仙尘俱寂寂,坐来云我共悠悠。西风一雁水边郭,落日数帆烟外州。欲把登临倚长笛，滔滔江汉不胜愁。

鹦鹉洲　　（清）宋　湘

两日停桡鹦鹉洲，接天波浪打船楼。灵风尚带三挝鼓，芳草难消一赋愁。从古异才无达命，惜君多难不低头。秋坟莫厌村醪薄，何处曹、黄土一丘。

黄鹤楼　　（清）杨季鸾

岂徒黄鹤乘云去，不见崔郎与谪仙。今古登楼同怅望，后先凭吊一茫然。但闻江上数声笛，吹落梅花何处边。我欲飞觞尽高度，醉呼明月照晴川。

登黄鹤楼　　（清）刘　鹗

清晨携酒出花堤，试一登临万象低。神女昔留苍玉佩，土人犹唱《白铜鞮》。南朝民歌。江流直扑严城下，山势争趋汉水西。此去荆州应不远，倩谁借取一枝栖。

眺黄鹤楼故址　　（清）吴沃尧

仙人黄鹤好楼台，几辈登临眼界开。一水便违凭吊愿，半生曾许卧游来。苍茫烟雨迷陈迹，多少山河共劫

灰。名胜不留天地老，只今回首有余哀。

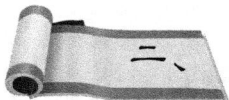

二、襄樊

登襄阳城　　（唐）杜审言

旅客三秋_{阴历九月}至，层城四望开。楚山横地出，汉水接天回。冠盖_{里名。《水经注·沔水》云："宜城县有太山，山下有庙。汉末多士，其中刺史二千石卿长数十人，朱轩华盖，同会于庙下。荆州刺史行部见之，雅叹其盛，号曰：冠盖里。"}非新里，章华即旧台_{。章华台，春秋时楚灵王所筑。在楚地。二句有岁月流逝，人亡物在之感。}习池风景异_{，习池为汉侍中习郁所筑，为襄阳名胜，又称习家池。}归路满尘埃。

（元）方回：此杜子美乃祖诗也。"楚山"、"汉水"一联，子美家法。中四句似皆言景，然后联寓感慨，不但张大形势，举里、台二名，而错以"新"、"旧"二字，无刻削痕。末句又伤时俗不古，无习池山公之事，尤有味也。晚唐家多不肯如此作，必搜索细碎以求新。然审言诗有工密处，如"淑景催黄鸟，晴光照绿萍"、"风光新柳报，宴赏落花催"、"下钓看鱼跃，控巢畏鸟飞。叶疏荷已晚，枝亚果新肥"、"鹿麌衔妓席，鹤子曳童衣。园果尝难遍，池莲摘未稀"、"日气含残雨，云阴送晚雷"，皆有味。壮语如"雨雪关山暗，风雷草木稀"、"据鞍雄剑动，插檄羽书飞"、"不宰神功运，无为大化悬，八荒平物土，四海接人烟"、"文物驱三统，声名走百神"、"禹食传中使，尧樽遍下人"，则晚唐所无。此等句若置之子美集，无大相远也。欲述杜诗源流，故详及之。——《瀛奎律髓汇评》

（清）冯舒：言景言情，前人不如此，只是大历以后体，"江西"遂刊定诗法矣。——同上

（清）纪昀：子美诗上薄风骚，下罗八代，所谓"读书破万卷，下笔如有神"者，盖非虚语，非区区守一家法者。以此数联为杜诗家法，所见殊陋。○山公习池，留连宴饮，非后世难为之事，未可云"伤时俗之不古"，盖慨想山公之意。初唐语意犹质，无用深解也。——同上

（清）王夫之：起联即自然，是登襄阳城语，不景之景，非情之情，知者希矣。五六养局入化，近日炎诗者好言元气，乃不识何者为气，何者为元，必不得已，且从此等证入。——《唐诗评选》

（清）沈德潜：冠盖里、章华台、习郁池，皆在襄阳。吊古诗不应空写，即此可悟。——《唐诗别裁》

（清）冯班：破题未有"襄阳"。次联紧接。——《瀛奎律髓汇评》

（清）陆贻典：一气虚涵清景。——同上

（清）纪昀：子美《登兖州城》诗与此如一版印出。此种初出本佳，至今弓辗转相承，已成窠白，但随处改换地名，即可题编天下，殊属捷便法门。学盛唐者，先须破此一关，方不入空腔滑调。——同上

（清）无名氏（乙）：不呆使事，开无限法门。——同上

岘岘,读薜,上声 山怀古　（唐）陈子昂

秣马临荒甸，登高览旧都。犹悲堕泪碣碣读结,入声。尚想卧龙图。城邑遥分楚，山川半入吴。丘陵徒自出，贤圣几凋枯。野树苍烟断，津楼晚气孤。谁知万里客，怀古正踟蹰。

（元）方回：此老杜以前律诗，悲壮感慨，即无纤巧砌凳。"丘陵徒自出"一句，疑有误字。——《瀛奎律髓汇评》

（清）冯班：虚谷不知"丘陵"句出《穆天子传》，殊可怪。——同上

（清）纪昀："丘陵自出"，语本《穆天子传·西王母谣》。——同上

（明）叶羲昂：此诗起结有法，俯仰慷慨，气格豪迈，绝去浮靡之习。——

《唐诗直解》

（明）陆时雍："野树苍烟断，津楼晚气孤"，语气高古。子昂古色苍茫，淡口写意，其趣已足。——《唐诗镜》

（明）周敬等：郭浚曰"俯仰慷慨，气格豪迈，绝无浮靡之习"。伯玉《怀古》二诗，楷正之极，唐初妙品。〇此诗起结有法，对联严整，不在《白帝怀古》下。——《唐诗选脉会通评林》

（清）冯舒：以上两篇（指本篇与《白帝怀古》）俱以"犹"、"尚"二字出"怀古"。——《瀛奎律髓汇评》

（清）无名氏（甲）：穆王宴西王母于瑶池，王母为天子谣曰："白云在天，山陵自出，道里悠远，山川间之。"——同上

与诸子登岘山　　（唐）孟浩然

人事有代谢，往来成古今。江山留胜迹，《元和郡县志》：山南道襄州襄阳县，岘山在县东南九里，山东临汉水，古今大路。羊祜镇襄阳，与邹润甫共登此山，后人立碑，谓之堕泪碑。其铭文即蜀人李安所制。吾辈复登临。水落鱼梁浅，《水经注》：沔水中有鱼梁洲，庞德公所居。天寒梦泽深。羊公碑尚在，读罢泪沾襟。

（清）张谦宜：流水对法，一气滚出，遂为最上乘。意到气足，自然浑成，逐句摹拟不得（江山一联下）。——《茧斋诗谈》

（近代）俞陛云：前四句俯仰今古，寄慨苍凉。凡登临怀古之作，无能出其范围，句法一气挥洒，若鹰隼摩空而下，盘折中有劲疾之势。——《诗境浅说》

陪卢明府泛舟回岘山作　　（唐）孟浩然

百里行春返，清流逸兴多。鹊州随雁泊，江火共星

654

罗。已救田家旱，仍忧俗化讹。文章推后辈，风雅激颓波。高岸迷陵谷，新声满棹歌。犹怜不调者，白首未登科。

万山潭作<small>万山潭亦名沉碑潭。晋大将军杜预南征，立纪功碑两块，一立岘山，一沉万山之下潭中，即此。万山在襄樊市西北，汉江南岸。</small>

（唐）孟浩然

垂钓坐磐石，水清心亦闲。鱼行潭树下，猿挂岛藤间。游女昔解佩，传闻于此山。求之不可得，沿月棹歌还。

（宋）刘辰翁：蜕出风霓，古始未有。○古意淡韵，终不可以众作律之，而众作愈不可及。——《王孟诗评》

（清）沈德潜：不必深刻，风骨自异。——《唐诗别裁集》

岘山怀古　　（唐）李　白

访古登岘首，凭高眺襄中。天清远峰出，水落寒沙空。弄珠见游女，醉酒怀山公。感叹发秋兴，长松鸣夜风。

习池晨起<small>习池为汉代襄阳侯习郁的故居，亦名高阳池馆，在襄阳城南五公里。</small>　　（唐）皮日休

清曙萧森载酒来，凉风相引绕亭台。数声翡翠背人

去，一朵芙蓉含日开。菱叶深深埋钓艇，鱼儿漾漾逐流杯。竹屏风下登山屐，十宿高阳忘却回。

陪江西裴公游襄州延庆寺 （唐）皮日休

丹霄路上歇征轮，胜地偷闲一日身。不署前驱惊野鸟，惟将后乘载诗人。岩边候吏云遮却，竹下朝衣露滴新。更向碧山深处问，不妨犹有草茅臣。

寄题武当郡守吏隐亭 隋置均州，唐改曰武当郡，宋曰均州武当郡，明属湖北襄阳府，民国改曰均县。 （北宋）僧希昼

郡亭传吏隐，闲自使君心。卷幕知来客，悬灯见宿禽。茶烟逢石断，棋响入花深。会逐南帆便，乘秋寄此吟。

（清）纪昀：六句自然，胜出句。"棋声花院静"表圣名句也。着"入"字、"深"字，便别有意境，不以蹈袭为嫌。——《瀛奎律髓汇评》

寄张襄阳 （北宋）王安石

襄阳州望古来雄，耆旧相传有素风。四叶表闾唐尹氏，一门逃世汉庞公。故家遗俗应多在，美景良辰定不空。遥忆习池寒夜月，几人谈笑伴诗翁。

为裴使君赋拟岘台　　（北宋）王安石

君作新台拟岘山，羊公千载得追攀。歌钟殷地登临处，花木移春指顾间。城似大堤《太平寰宇志》："襄州大堤城，今县城也。俗相呼为大堤城。汉水乞大堤下。"来宛宛，溪如清汉落潺潺。时平不比征吴日，缓辔尤宜向此闲。晋羊祜都督荆州诸军事，在军常轻裘缓带，身不被甲。性乐山水，每风景，必造岘山，置酒言咏，终日不倦。

念奴娇·送张明之赴京西幕 京西，路名。南宋京西路治所在襄阳，是金、宋对峙的前沿。　　（南宋）刘仙伦

艅艎东下，望西江千里，苍茫烟水。试问襄州何处是？雉堞连云天际。叔子 西晋羊祜字叔子。残碑，指岘山堕泪碑。卧龙 诸葛亮。陈迹，遗恨斜阳里。后来人物，如君瑰伟能几？　　其肯为我来耶？语出韩愈《送石处土序》。韩愈向河阳军节度使乌重胤推荐石洪，乌云："先生（指石洪）有以自老，无求于人，其肯为我来耶？"河阳 指乌重胤。下士，礼贤下士。正自强人意。勿谓时平无事也，便以言兵为讳。眼底山河，楼头鼓角，都是英雄泪。功名机会，要须闲暇先备。

（清）陈廷焯：二帝蒙尘，偷安南渡，苟有人心者，未有不拔剑斫地也。南渡后词如⋯⋯刘叔拟《念奴娇》云："其肯为我来耶？河阳下士，正自强人意。勿谓时平无事也，便以言兵为讳。眼底山河，楼头鼓角，都是英雄泪。功名机会，要须闲暇先备。"⋯⋯此类慷慨激烈，发欲上指，词境虽不高，然足以使懦夫立志。——《白雨斋词话》

又云：词严义正，慷慨激昂。——《词则·放歌集》

三奠子·同国器帅、良佐、仲泽置酒南阳故城

《词辨》云：三奠子，唐代未有是曲。元遗山《锦机集》中有二阕，传是奠酒、奠声、奠璧也。南阳故城为湖北旧襄阳府之地。　　　　（金）元好问

上高城置酒，遥望春陵。今湖北枣阳。高城指南阳。兴与废，两虚名。江山埋玉气，草木动威灵。中原鹿，千年后，尽人争。　　风云瘝瘯，鞍马生平。钟鼎上，几书生。军门高密策，此指韩信用蒯通之计破齐，齐王田广走高密。田亩卧龙耕。南阳道，西山色，古今情。西山，首阳山也。

题武当　　　（明）魏良辅

冻梅偷暖着新芽，石径云封第几家？雪色风香尤会意，青鸾衔出过墙花。

天柱峰 天柱峰为武当山的主峰，海拔 1612 米。
（明）王世贞

生平漆室 春秋鲁邑名。鲁穆公时，君老太子幼，国事甚危。漆室有少女倚柱而啸，忧国忧民。见刘向《列女传》。意堪怜，见语中峰便跃然。盘到最高金顶上，依然无际蔚蓝天。

三、宜 昌

度荆门望楚荆门山名,在宜都县西北长江南岸与虎牙山隔江相对。

（唐）陈子昂

遥遥去巫峡,度荆门。望望下章台。望楚。巴国山川尽。度。荆门烟雾开。望。城分苍野外,树断白云隈。隈读煨,平声。此同隅,角落之意。二句望。今日狂歌客,用楚狂接舆事。谁知入楚来。二句度。

（元）方回:陈子昂、杜审言、宋之问、沈佺期俱同时,而皆精于律诗。孟浩然、李白、王维、贾至、高适、岑参,与杜甫同时,而律不出则已,出则亦足与杜甫相上下。唐诗一时之盛,有如此十一人,伟哉!——《瀛奎律髓汇评》

（清）冯舒:必谓子美高于数公,亦不服。——同上

（清）纪昀:以贾至入诸公之间,殊为不伦。太白所长不在律诗,十一人之说未确。——同上

（清）冯舒:即此出题,如此贴题,后人高不到此。——同上

（清）冯班:如此方是"度荆门望楚",一团元气成文。——同上

（清）陆贻典:蒋西谷云"首句是'度荆门',二句是'望楚'。然'遥遥'二字即带'望'字,'下'字巨顾'度'字,古人法律之细如此",落句挽合"度"字有力。——同上

（清）查慎行:初唐人新创格律,即陈、杜、沈、宋,亦未能出奇尽变,不过情景相生,取其工稳而已。——同上

（清）纪昀:连用四地名不觉堆垛,得力在以"度"字、"望"字分出次第,使

境界有虚有实,有远有近,故虽排而不板。五六写足"望"字。以上六句写得山川形胜满眼,已伏"狂歌"之根。结二句借"狂歌"逗出"楚"字,用笔变化,再一挨叙正点,则通体板滞矣。——同上

(清)无名氏(乙):峻整遒劲,看去仍生动。此不可及。——同上

渡荆门送别 　　(唐)李 白

渡远荆门外,来从楚国游。山随平野尽,江入大荒流。月下飞天镜,云生结海楼。仍怜故乡水,万里送行舟。

(明)胡应麟:"山随平野阔,江入大荒流",太白壮语也;杜"星垂平野阔,月涌大江流",骨力过之。——《诗薮》

(清)王琦:丁龙友曰:"胡元瑞谓'山随平野尽,江入大荒流',此太白壮语也;子美诗'星垂平野阔,月涌大江流'二语,骨力过之。予谓李是昼景,杜是夜景;李是行舟暂视,杜是停舟细观,未可概论。"——《李太白全集》

(近代)俞陛云:太白天才超绝,用笔若风樯阵马,一片神行。……此诗首二句,言送客之地。中二联,写荆门空阔之景。惟收句见送别本意,图穷匕首见,一语到题。昔人诗文,每有此格。次联气象壮阔,楚蜀山脉,至荆门始断;大江自万山中来,至此千里平原,江流初纵,故山随野尽,在荆门最切。四句虽江行皆见之景,而壮健与上句相埒。后顾则群山渐远,前望则一片混茫也。五、六句写江中所见,以"天镜"喻月之光明,以"海楼"喻云之奇特。惟江天高旷,故所见如此;若在院宇中观云月,无此状也。末二句叙别意,言客踪所至,江水与之俱远,送行者心亦随之矣。——《诗境浅说》

秋下荆门 　　(唐)李 白

霜落荆门江树空,布帆无恙挂秋风。晋大画家顾恺之在荆州

刺史殷仲堪幕作参军，请假东归。殷仲堪把布帆借他使用。路遇大风。写信告殷："行人安稳，布帆无恙。"**此行不为鲈鱼鲙，自爱名山入剡中。**

（清）李瑛：首句写荆门，用"霜落"、"树空"等字，已为次句"秋风"通气。次句写舟下，趁便嵌入"挂秋风"字，暗引起第三句"鲈鱼鲙"意来。第三句即以此行承住上句，以"不为鲈鱼鲙"五字翻用张翰事，以生出第四句来，托兴名山，用意微婉。——《诗法易简录》

咏怀古迹（其三）　　（唐）杜甫

　　群山万壑赴荆门，生长明妃尚有村。昭君村在兴山县陈家湾。**一去紫台连朔漠，独留青冢向黄昏。画图省识春风面，环佩空归月夜魂。千载琵琶作胡语，分明怨恨曲中论。**

（明）周珽：写怨境愁思，灵通清回，古今咏昭君无出其右。徐常吉曰：画图句，言汉恩浅，不言不识，而言"省识"婉词。郭浚曰："悲悼中，难得如此风韵。五六分承三、四有法。"陈继儒曰："怨情悲响，胸中骨力，笔下风电。"——《唐诗远脉会通评林》

（明）王嗣奭：因昭君村而悲其人。昭君有国色，而入宫见妒；公亦国士，而入朝见嫉，正相似也。悲昭以自悲也。……"月夜"当作"夜月"，不但对"春风"，而与夜月俱来，意味迥别。——《杜臆》

（清）黄周星：昔人评"群山万壑"句，颇似生长英雄，不似生长美人。固哉斯言，美人岂劣于英雄耶？——《唐诗快》

（清）仇兆鳌：朱瀚曰："起处，见钟灵毓秀而出佳人，有几许珍惜；结处，言托身绝域而作胡语，含许多悲愤。"○陶开虞曰："此诗风流摇曳，杜诗之汲有韵致者。"——《杜诗详注》

（清）浦起龙：结语"怨恨"二字，乃一诗之归宿处。……中四，述事申哀，笔情缭绕。"一去"，怨恨之始也；"独留"，怨恨所结也。"画图识面"，生前失

宠之"怨恨"可知;"环佩归魂",死后无依之"怨恨"何极！——《读杜心解》

　　(清)杨伦:起句,从地灵说入,多少郑重。○李子德云:只叙明妃,始终无一语涉议论,而意无不包,后来诸家总不能及。○王阮亭云:青丘专学此种。——《杜诗镜铨》

　　(清)袁枚:同一著述,文曰作,诗曰吟,可知音节之不可不讲。然音节一事,难以言传。少陵"群山万壑赴荆门",使改"群"字为"千"字,便不入调。……字义一也,而差之毫厘,失之千里,其他可以类推。——《随园诗话》

荆门西下 　　(唐)李商隐

　　一夕南风一叶危,荆云回望夏云时。人生岂得轻离别,天意何曾忌崄巇。骨肉书题安绝徼,蕙兰蹊径失佳期。洞庭湖阔蛟龙恶,却羡杨朱泣路歧。

夷陵城 夷陵为楚先王墓,《史记·六国年表》:"楚项襄王二十一年,秦拔郢,烧夷陵。"其地,唐、宋称峡州,明置夷陵州,清改为宜昌府,民国废府改县。

　　(唐)雍 陶

　　世家曾览楚英雄,国破城荒万事空。唯有邮亭阶下柳,春来犹似细腰宫。

夷陵即事 　　(唐)僧尚颜

　　不难饶白发,相续是滩波。避世嫌身晚,思家乞梦多。暑衣经雪着,冻砚向阳呵。岂欲临歧路,还闻圣主过。

（元）方回：尚颜诗，唐之季也。此恐是僖宗幸蜀时诗。第五句其穷已甚，然今之穷者，何但此事？尚颜又有句云："合国诸卿相，皆曾着布衣。"——《瀛奎律髓汇评》

（清）纪昀：首句言路途头易白耳。三句言自恨生晚，不见太平。出语皆笨，结亦笨。——同上

夷陵岁暮书事，呈元珍、表臣 丁宝臣字元珍，表臣疑姓朱。
（北宋）欧阳修

萧条鸡犬乱山中，时节峥嵘岁已穷。游女髻鬟风俗古，野巫歌舞岁年丰。平时都邑今为陋，敌国江山昔最雄。敌国谓三国时吴蜀战争于此。荆楚先贤多胜迹，不辞携酒问邻翁。此是欧阳修贬为湖北峡州（夷陵县）令时作。丁宝臣字元珍为峡州判官。

（元）方回：原注："夷陵风俗朴陋，惟岁暮祭鬼，则男女数百相从而乐饮，妇女竞为野服以相游嬉。"——《瀛奎律髓汇评》

（清）冯班：岂是大乎。——同上

（清）陆贻典：笔意平顺，出刘、柳之下。——同上

（清）查慎行：第三联俯仰有情，不作迁谪语，颇足自豪。——同上

（清）纪昀：五、六沉着。——同上

（清）许印芳：第六句是逆挽法，篇中"岁"字、"时"字、"山"字皆复。——同上

寄梅圣俞　　（北宋）欧阳修

青山四顾乱天涯，鸡犬萧条数百家。楚俗岁时多杂

鬼,蛮乡言语不通华。绕城江急舟难泊,当县山高日易斜。击鼓踏歌成夜市,邀龟卜雨趁烧畬。丛林白昼飞妖鸟,庭砌非时见异花。惟有山川为绝胜,寄人堪作画图夸。

(元)方回:公《夷陵书事寄谢三舍人》云:"道途处险人多负,邑屋临江俗善泅。腊市渔盐朝暂合,淫祠箫鼓岁无休。风鸣烧入空城哯,雨恶江崩断岸流。讼庭画地通人语,邑政观风间俚讴。"皆风土如画。读欧公诗,当以三法观。五言律初学晚唐,与梅圣俞相出入。其后乃自为散诞。七言律力变昆体,不肯一毫涉组织,自成一家,高于刘白多矣。如五、七言古体则多近昌黎、太白,或有全类昌黎者,其人亦宋之昌黎也。出其门者,皆宋文人巨擘焉。——《瀛奎律髓汇评》

(清)冯舒:欧诗兼用六朝及唐,乃云学晚唐,非也。彼固自成一家,然谓其高于刘、白,亦非也。——同上

(清)冯班:欧亦止用唐格。○欧诗的是如此。——同上

(清)陆贻典:欧诗定评。——同上

(清)许印芳:论欧诗不错。——同上

(清)冯班:妙。○何减白太傅。——同上

(清)纪昀:通体稳称,七言长律之工者。○收得好,再入悲感,便落窠白。——同上

(清)许印芳:"时"字复。"山"字凡三见。○七言长律较五言长律其难百倍,盖为对偶所拘,声律所限,气易伤而格易弱,非如七古之可任意驰骋,举重若轻也。古人于此体多不作,间有作者、亦不出色。以老杜之才力,集中仅有数篇,却无一篇出色。其他可知。欧公古文大手,才力本富,此诗韵数不多,故笔能健举,而较前数诗,究竟寡色。晓岚评为稳称,恰合分量矣。——同上

戏答元珍　　(北宋)欧阳修

春风疑不到天涯,二月山城未见花。残雪压枝犹有

橘,冻雷惊笋欲抽芽。夜闻归雁生乡思,病入新年感物华。曾是洛阳花下客,野芳虽晚不须嗟。

昭君村　　（南宋）王十朋

十二巫峰下,明妃尚有村。至今粗丑女,灼面亦戍痕。邵博《闻见后录》:"归州有昭君村,村人生女无美恶,皆灼其面。"

昭君村　　（清）陶 澍

薄雨匀山黛,村容上晓妆。昭君浣纱处,溪水至今香。波镜秋磨月,岩花晚破霜。紫台应有梦,归佩绕郎当。

四、鄂州（黄冈）

游五祖寺 在黄梅县双峰山。故又名东山寺、双峰寺。
（唐）裴 度

遍寻真迹蹑莓苔,世事全抛不忍回。上界不知何处去,西天移向此间来。岩前芍药师亲种,岭上青松佛手栽。更有一般人不见,白莲花向半天开。指五祖弘忍法师手植白

莲一事。

酬曹侍御过象县见寄　　（唐）柳宗元

破额山前碧玉流，_{破额山在黄梅县城西十五公里。}骚人遥驻木兰舟。春风无限潇湘意，欲采蘋花不自由。

赤　壁　　（唐）杜　牧

折戟沉沙铁未销，自将磨洗认前朝。东风不与周郎便，铜雀春深锁二乔。

（宋）谢枋得：后二句绝妙。众人咏赤壁，只喜当时之胜，杜牧之咏赤壁独忧当时之败。其意曰，东风若不助周郎，黄盖必不以火攻胜曹操，使曹操顺流东下，吴必亡，孙仲谋必虏，大小乔必为俘获，曹操得二乔必以为妾，置之铜雀台矣。——《注解选唐诗》

（明）胡应鳞：晚唐绝句"东风不与周郎便，铜雀春深锁二乔"，"可怜夜半虚前席，不问苍生问鬼神"，皆宋人议论之祖。——《诗薮》

（清）贺贻孙：牧之此诗，盖嘲赤壁之功出于侥幸，若非天与东风之便，则周郎不能纵火，城亡家破，二乔且将为俘，安能据有江东哉？牧之诗意……惟借"铜雀春深锁二乔"说来，便觉风华蕴藉，增人百感，此正风人巧于立言处。——《诗筏》

（清）徐增：《道山清话》云"此诗正佳，但颇费解说"。此诗有何难解？既解不出，又在何处见其佳？正是说梦。"折戟沉沙"，言魏吴昔日相战于此。"铁未销"，见去唐不远。何必要认，乃自将折戟磨洗乎？牧之春秋，在此七个字内。意中谓"魏武精于用兵，何至大败？周郎才算，未是魏武敌手，又何获此大胜？"一似不肯信者，所以要认。仔细看来，果是周郎得胜。虽然是胜魏武，不过一时侥幸耳。下二句，言周郎当时，亏煞了东风，所以得施其火攻之策,若无东风,则是不与便,见不惟不能胜魏,江东必为魏所破,连妻子都是魏家的,大乔小乔贮在铜雀台上矣。牧之盖精于兵法者。——《而庵说唐诗》

(清)薛雪:"春深"二字,下得无赖,正是诗人调笑妙语。——《一瓢诗话》

(清)黄叔灿:"认"字妙。怀古深情,一字传出;下二句翻案,亦以"认"字生出。——《唐诗笺注》

木兰庙<small>庙在黄州木兰山。</small>　　　　(唐)杜　牧

弯弓征战作男儿,梦里曾经与画眉。几度思归还把酒,拂云堆上祝明妃。<small>《元和郡县志》:"朔方军与突厥以河为界,河北岸有拂云堆神祠。突厥将入寇,必先诣祠,祭酹求福。"</small>

(宋)魏泰:古乐府中,《木兰诗》、《焦仲卿诗》皆有高致……杜牧之《木兰庙》诗云:"弯弓征战作男儿……"殊有美思也。——《临汉隐居诗话》

即事黄州作　　　(唐)杜　牧

因思上党三年战,闲咏周公七月诗。竹帛未闻书死节,丹青空见画灵旗。萧条井邑如鱼尾,早晚干戈识虎皮。莫笑一麾东下计,满江秋浪碧参差。

赤壁怀古　　　(唐)崔　涂

汉室河山鼎势分,勤王谁肯顾元勋。不知征伐由天子,唯许英雄共使君。江上战余陵是谷,渡头春在草连

云。分明胜败无寻处，空听渔歌到夕曛。

正月二十日往岐亭，郡人潘、古、郭三人送余于女王城东禅庄院　（北宋）苏 轼

十日春寒不出门，不知江柳已摇村。稍闻决决流冰谷，尽放青青没烧痕。数亩荒园留我住，半瓶浊酒待君温。去年今日关山路，细雨梅花正断魂。

（元）方回：坡诗不可以律缚，善用事者无不妙，他语意天然者，如此尽十分好。——《瀛奎律髓汇评》

（清）冯班：于题不甚顾，力大才高故也。○比山谷何啻天壤？大略黄费筋力，苏自然；黄苦而险，苏散而阔。○杜、白、苏三家皆不为律缚者也。"江西"有意摆脱，丑态百出。惟以力大学富，后人不能及耳。——同上

（清）纪昀：东坡七律，往往一笔写出，不甚绳削。其高处在气机生动，才力富健。其不及古人者，在少镕炼之工，与浑厚之致。——同上

（清）许印芳：施氏注云"潘名大临，古名耕道，郭名遘"。王氏注云"黄州东十五里有永安城，俗呼女王城"。○结语盖指初贬黄州，元丰三年春赴贬所时言。以诗法论之，当有小注，读者乃知其意之所在，此等处殊欠分晓。○起句连下两"不"字，此不为复。惟七句"日"字与首句复。"烧"读去声。——同上

正月二十日与潘、郭二生出郊寻春，忽记去年是日同到女王城作诗，乃和前韵
（北宋）苏 轼

东风未肯入东门，走马还寻去岁村。人似秋鸿来有信，事如春梦了无痕。江城白酒三杯酽，野老苍颜一笑

温。已约年年为此会,故人不用赋招魂。

　　(元)方回:东坡初贬黄州之年,即"细雨梅花"、"关山断魂"之时也。次年正月二十日往岐亭,见陈造季常,是以为女王城之诗。又次年正月二十日与潘邠老等寻春,是以有"事如春梦了无痕"之诗。又次年正月三日尚在黄州,复出东门,仍和此韵云"乱山环合水侵门,身在淮南尽处村。五亩渐成终老计,九重新扫旧巢痕"。谓元丰官制行,罢废祖宗馆职,立秘书省,以正字校书郎等为差除资序,而储士之意浅矣。观此等语,岂惟可以考大贤之出处,抑亦可见时事之更张,仁庙之所以遗燕安于后世者,何其盛?熙丰之政所以大有可恨者,何其顿衰?坡下句云"岂惟惯见沙鸥喜,已觉来多钓石温"。又可痛。坡翁一谪数年,甘心为渔樵而忘返也。"新扫旧巢痕"事,陆放翁为施宿注坡诗作序,记所对范致能语,学者可自检观。——《瀛奎律髓汇评》

　　(清)冯舒:比放翁语稍详。○末二句云:"长与东风约今日,暗香先返玉梅魂。"——同上

　　(清)查慎行:三、四亦用"似"字、"如"字,觉意味深长,沧浪《春睡》诗相去天渊矣。盖意不由人,辞复超妙,坡仙所以独绝也。——同上

　　(清)纪昀:通体深稳,三、四尤好。——同上

　　(清)许印芳:"人"字复。○《陆放翁诗注序》云"祖宗以三馆养士,储将相材。及元丰官制行而三馆罢,东坡尝值史馆,自谪为散官,削去史馆之职,乃至史馆亦废",故云"新扫旧巢痕"。其用事之严如此。而"凤巢西隔九重门",则又李义山诗也。又按何义门云"李义山《越燕》诗'安巢复旧痕',坡诗翻用此语"。又韩致尧《湖南梅花一冬再发》诗三、四云"玉为通体依稀见,香号返魂容易遮",结句云"夭桃莫倚东风势,调鼎何曾用不才"。坡诗结意本此。盖坡之在黄,犹致尧之阨于崔昌遐而在湖南也。然时相力挤之,神宗独为保全,亦犹致尧之见知于昭宗。"先迎玉梅魂",盖谓神宗必不弃绝,而语意浑然,恰是收足复出东门意。此老诗句诚非浅人所能读也。

六年正月二十日，复出东门，仍用前韵 (清)王文

诰按：四年正月二十日，公有《游女王城》诗，五年正月二十日《出郭寻春和韵》至是正月二十日，复用前韵，故标六年以别之，非六年诗起于此首也。

（北宋）苏 轼

乱山环合水侵门，身在淮南尽处村。五亩渐成终老计，九重新扫旧巢痕。《陆游施注序》云："昔祖宗以三馆养士，储将相材。及官制行，罢三馆。而东坡盖尝直史馆，然自谪为散官，削去史馆之职久矣，至是史馆亦废，故云'新扫旧巢痕'。其用事之严如此。"岂惟见惯沙鸥熟，已觉来多钓石温。长与东风约今日，暗香先返玉梅魂。何焯曰："韩致尧《湖南梅花一冬再发偶题》其三、四云：'玉为通体依稀见，香号返魂容易回。'结云：'夭桃莫倚东风势，调鼎何曾用不才。'诗意本此。"

初到黄州　　（北宋）苏 轼

自笑平生为口忙，老来事业转荒唐。长江绕郭知鱼美，好竹连山觉笋香。逐客不妨员外置，诗人例作水曹郎。只惭无补丝毫事，尚费官家压酒囊。自注：检校官例，折支多得退酒袋。陆锡熊按云，宋时俸料，每以他物折抵。退酒袋，即折抵之物也。

（元）方回：东坡元丰二年已未冬，责授检校水部员外郎黄州团练使，本州安置，明年二月到郡。何逊、张籍、孟宾三诗人皆水部。——《瀛奎律髓汇评》

（清）冯班：此何以似白公？有谓坡公不如谷者，我不信也。○此后诗不必工，多故事可用。○第六用白公语。——同上

（清）纪昀：东坡诗多伤激切。此虽不免兀傲，而尚不甚碍和平之音。○末句本集自有注，不载则此句不明。——同上

念奴娇·赤壁怀古 　　（北宋）苏 轼

大江东去，浪淘尽、千古风流人物。故垒西边，人道是，三国周郎赤壁。乱石穿空，惊涛拍岸，卷起千堆雪。江山如画，一时多少豪杰。　　遥想公瑾当年，小乔初嫁了，雄姿英发。羽扇纶巾，谈笑间，强虏灰飞烟灭。故国神游，多情应笑我，早生华发。人生如梦，一尊还酹江月。

（宋）俞文豹：东坡在玉堂，有幕士善讴，因问："我词比柳七何如？"对曰："柳郎中词，只合十七八女孩儿，执红牙板，唱'杨柳岸、晓风残月'；学士词，须关西大汉，执铁板，唱'大江东去'。"公为之绝倒。——《吹剑续录》

（金）元好问：夏口之战，古今喜称道之。东坡赤壁词，殆戏以周郎自况也。词才百许字，而江山人物无复余蕴，宜其为乐府绝唱。——《题闲闲书赤壁赋后》

（明）杨慎：古今词多脂软纤媚取胜，独东坡此词，感慨悲壮，雄伟高卓，词中之史也。铜将军，铁拍板唱公此词，虽优人谑语，亦是状其雄卓奇伟处。——《草堂诗余》

（清）王世贞："大江东去，浪淘尽，千古风流人物"，壮语也。又云：昔人谓铜将军铁绰板，唱苏学士"大江东去"，十八九岁女子唱柳屯田"杨柳岸、晓风残月"为词家三昧，然宇士此词，亦自雄壮，感慨千古。果令铜将军于大江奏之，必能使江波鼎沸。至咏杨花《水龙吟慢》又进柳妙处一尘矣。——《艺苑卮言》

（清）俞彦：子瞻词无一语着人间烟火，此自大罗天上一种，不必与少游、易安辈较量体裁也。其豪放亦止"大江东去"一词。何物袁绹，妄加品评，后代奉为美谈，似欲以概子瞻生平。不知万顷波涛来自万里，吞天浴日，古豪杰英爽都在，使乜田此际操觚，果可以"杨柳岸、晓风残月"命句否。且柳词亦只此佳句，余皆未称，而亦有本，祖魏承班《渔歌子》"窗外晓莺残月"，第改二字增一字耳。——《爱园词话》

（清）沈谦：词不在大小浅深，贵于移情。"晓风残月"、"大江东去"，体制虽殊，读之皆若身历其境，惝恍迷离，不能自主，文之至也。——《填词杂说》

（清）邓廷桢：东坡以龙骥不羁不才，树松桧特立之操，故其词清刚隽上，囊括群英。院吏所云：学士须关西大汉，铜琶铁板，高唱"大江东去"。语虽近谑，实为知音。——《双砚斋随笔》

（清）陈廷焯：大笔摩天，是东坡气概过人处，后人刻意模仿，鲜不失之叫嚣矣。——《词则》

（清）黄苏：题是怀古，意谓自己消磨壮心殆尽也。开口"大江东去"二句，叹浪淘人物，是自己与周郎俱在内也。"故垒"句至次阕"灰飞烟灭"句，俱就赤壁写周郎之事。"故国"三句，是就周郎拍到自己。"人生如梦"二句，总结以应起二句。总而言之，题是赤壁，心实为己而发。周郎是宾，自己是主，借宾定主，寓主于宾。是主是宾，离奇变幻，细思方得其主意处。不可但诵其词而不知其命意所在也。——《蓼园词选》

卜算子·黄州定惠院寓居作　　（北宋）苏　轼

缺月挂疏桐，漏断人初静。时见幽人独往来，缥缈孤鸿影。　　惊起却回头，有恨无人省。拣尽寒枝不肯栖，枫落吴江冷。

（宋）黄庭坚："缺月挂疏桐"，东坡道人在黄州时作，语意高妙，似非吃烟火食人语。非胸中有万卷书，笔下无一点尘俗气，孰能至此？——《跋东坡乐府》

（元）吴师道："缺月挂疏桐"云云，"缥缈孤鸿影"以下皆说鸿，别一格也。——《吴礼部词话》

（清）刘熙载：黄鲁直跋东坡《卜算子》"缺月挂疏桐"一阕云（略）。余案，词之大要，不外厚而清。厚，包诸所有；清，空诸所有也。——《艺概》

（清）陈廷焯：寓意深远，笔力高超。此种地步，不惟秦、柳不能道，即求诸唐宋名家亦不能到。——《云韶集》

水调歌头·快哉亭作　　（北宋）苏　轼

落日绣帘卷，亭下水连空。知君为我，新作窗户湿青红。长记平山堂上，欹枕江南烟雨，渺渺没孤鸿。认得醉翁语，山色有无中。　　一千顷，都镜净，倒碧峰。忽然浪起，掀舞一叶白头翁。谓船夫。郑谷《淮上渔者》："白头波上白头翁，家逐船移浦浦风。"堪笑兰台公子，指宋玉，曾为兰台令。未解庄生天籁，发出自然界的音响，见《庄子·齐物论》。刚道有雌雄。见宋玉《风赋》。一点浩然气，千里快哉风。

（宋）严有翼：欧阳永叔送刘贡父守维扬，作长短句云："平山栏槛倚晴空，山色有无中。"平山堂望江左诸山甚近，或以为永叔短视，故云。东坡笑之，因赋快哉亭道其事云："长记平山堂上，欹枕江南烟雨，杳杳没孤鸿。认得醉翁语，山色有无中。"盖山色有无，非烟雨不能然也。——《艺苑雌黄》

（宋）陆游："水流天地外，山色有无中"，王维诗也。权德舆《晚渡扬子江》诗云"远岫有无中，片帆烟水上"，已是用维语，欧阳公长短句云"平山栏槛倚晴空，山色有无中"，词人至是盖三用矣。然公但以此句施于平山堂为宜，初不自为工也。东坡云"记取醉翁语，山色有无中"，则似谓欧公创为此句，何哉？——《考学庵笔记》

（清）黄苏：前阕从"快"字之意入，次阕起三句语承上阕写景。"忽然"二句一跌，以顿出末二句来。结处一振，"快"字之意方足。——《蓼园词选》

满江红·赤壁怀古　　（南宋）戴复古

赤壁矶头，一番过、一番怀古。想当时、周郎年少，气吞区宇。万骑临江貔虎噪，千艘列炬鱼龙怒。卷长波、一鼓困曹瞒，今如许。　　江上渡，江边路。形胜地，兴亡

处。览遗踪,胜读史书言语。几度东风吹世换,千年往事随潮去。问道傍、杨柳为谁春,摇金缕。

春日同缵亭宪副游赤壁 （明）王圻

嵯峨寰宇古江边,双鸟飞腾两骑连。玉盏回波移白日,银钲带雨吹青烟。沙沉赤鼻迷吴迹,赤鼻矶为三国时吴的境地。此为东坡所指赤壁。兵烧乌林忆汉年。乌林,地名。在湖北嘉鱼县西,长江北岸。当年曹操扎营之处。矶石是非今莫管,江山增色在名贤。谓苏轼以赤鼻为赤壁,并留下不朽名篇,为江山增色不少。

赤 壁 （清）施闰章

欹石荒烟路,千年人自游。空青连赤岸,虚白倚沧洲。日气蛟空暖,风声汉水秋。谁怜词赋客,今古一扁舟。

赤 壁 （清）僧正岩

扁舟赤壁酹西风,千古雄雌在眼中。欲得周郎重回首,铜弦铁板唱江东。

赤 壁 （清）赵翼

依然形胜扼荆襄,赤壁山前故垒长。乌鹊南飞无魏地，大江东去有周郎。千年人物三分国，一片山河百战场。今日经过已陈迹，月明渔父唱沧浪。

过黄州　　（清）张问陶

清舻一叶独归舟，寒侵春衣夜水幽。我似横江西去鹤，月明如梦过黄州。

一剪梅·秋夜偕客泛舟赤壁　　（清）张维屏

依然赤壁在黄州，古有人游，今有人游。茫然万顷放扁舟。人在中流，月在中流。　　髯苏二赋自千秋，佳境长留，佳句长留。何须箫管听啁啾。诗可相酬，酒可相酬。

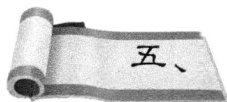

五、荆　州　古荆州治所在今湖北江陵县。

送李功曹之荆州充郑侍御判官重赠
浦注："疑先有赠诗，今逸去。"　　（唐）杜　甫

曾闻宋玉宅，每欲到荆州。庚信因侯景之乱，自建康遁归江陵，居

宋玉故宅，故其赋曰"诛茅宋玉之宅，穿径临江之府"。李义山亦云"可怜留着临江宅，异代应教宋玉居"是也。然子美移居夔州入宅诗云，"宋玉归州宅"。又有江山故宅之咏，盖归州亦有宋玉宅也。**此地生涯晚，遥悲水国秋。**此地二句。此地谓夔，水国指荆。言在夔生涯甚难，年已垂暮，故欲卜居江陵，遥望而悲也。**孤城一柱观，落日九江流。使者虽光彩，青枫远自愁。**

移居公安山馆 三国蜀置公安。晋改曰江安，陈复旧名。故城在今湖北公安县油江口，清属荆州府。 （唐）杜 甫

南国昼多雾，北风天正寒。路危行木杪，身远宿云端。山鬼吹灯灭，厨人语夜阑。鸡鸣闻前馆，世乱敢求安。

公安县怀古 （唐）杜 甫

野旷吕蒙营，江深刘备城。寒天催日短，风浪与云平。洒落君臣契，飞腾战伐名。维舟倚前浦，长啸一含情。

江陵即事 （唐）王 建

瘴云梅雨不成泥，十里津头压大堤。蜀女下沙迎水客，巴童傍驿卖山鸡。寺多红药烧人眼，地足青苔染马蹄。夜半独眠愁在远，北看归路隔蛮溪。

自江陵沿流道中　　(唐)刘禹锡

　　三千三百西江水，自古如今要路津。月夜歌谣有渔父，风天气色属商人。沙村好处多逢寺，山叶红时觉胜春。行到南朝争战地，古来名将尽为神。

　　(元)方回：原注："陆逊、甘宁皆有祠宇。"——《瀛奎律髓汇评》

　　(清)陆贻典：五、六变换法。——同上

　　(清)查慎行："气色"两字下得壮健。——同上

　　(清)何焯：笔力千钧。○"三千三百"破尽"沿流"。中四句皆"沿流"也。景物虽佳，何如立功、立事？落句所以慨然于庙食者。——同上

　　(清)纪昀：入手陡健。○三、四言闲适自如则有渔父，迅利来往则有商人，言外寓不闲居又不得志之感。结慨儒冠流落，即飞卿"欲将书剑学从军"、昭谏"拟脱儒冠从校尉"之意，而托之古迹，其辞较为蕴藉。——同上

　　(清)许印芳：此评亦妙，全从言外悟出，与他人就诗论诗、死于句下者迥然不同。如此解说，乃知三、四句及七、八句皆是藏过自己一面，从对面着笔也。——同上

　　(清)许印芳："古"字复。——同上

荆州道怀古　　(唐)刘禹锡

　　南国山川旧帝畿，宋台梁馆尚依稀。马嘶古道行人歇，麦秀空城泽雉飞。风吹落叶填宫井，火入荒陵化宝衣。徒使词臣庾开府，咸阳终日苦思归。瞿蜕园《笺证》按：自东晋以来，荆州常为重镇，拥兵上游，遥缉朝政，故梁元帝恋此不肯还都建康。诗云"旧帝畿"又云"宋台梁馆"，乃概括三百年中史事言之。而于最近后梁之事言之尤深切也……此诗中两联平头不粘，犹是旧格，元和以后，不复有此作矣(疑为永贞初贬南行至此所作)。末联"徒闻词臣庾开府，咸阳终日苦思归"，谓庾信由江陵聘魏，自此被留于北，《哀

江南赋》末云"咸阳布衣,非独思归王子",诗用此意。

（明）邢昉：高淡凄清,又复柔婉。——《唐风定》

（清）金人瑞：一、二,言此山此川,旧亦帝畿,不见宋、梁虽往,而台馆犹可指耶！ 三、四承写依稀,盖马嘶人歇,此为欲认依稀之人,麦秀雉飞,此即所认依稀之地也（前四句下）。○上解写依稀,是行人意欲还认。 此解写实无依稀,少得认也。言睹此苍苍,徒有首丘在念,其余一切雄心奢望,遂已不觉并尽也。——《贯华堂选批唐才子诗》

（清）冯舒：自然幻秀。——《瀛奎律髓汇评》

（清）何焯：三、四流水对,五、六参差对,未尝犯四平头及板板四实句也。——同上

（清）纪昀：五、六新警,结不入套。——同上

汉寿城春望 原注:古荆州刺史治亭,其下有子胥庙,兼楚王故坟。
（唐）刘禹锡

汉寿城边野草春,荒祠古墓对荆榛。 田中牧竖烧刍狗,陌上行人看石麟。 华表半空经霹雳,碑文才见满埃尘。 不知何日东瀛变,此地还成要路津。

（清）陆贻典：三、四二句冷极。——《瀛奎律髓汇评》

（清）何焯：当长安得路之人,看花开宴之候;而迁客所居,一望惟野草连天,荒祠古墓,则其地之恶遇之穷何如哉？ 观"春望"二字,作者之旨趣自见。○句句是"望"。○后四句皆以自比,时方连贬荆州司马故也。○末句收汉寿城。——同上

（清）纪昀：结便近李山甫一派。——同上

送刘秀才归江陵　　（唐）杜 牧

彩服鲜华觐渚宫，《通典》："楚渚宫故城在今湖北江陵县东。"鲈鱼新熟别江东。刘郎浦刘郎浦在江陵府石道县，刘备纳孙夫人之处。夜侵船月，宋玉亭春弄袖风。落落精神终有立，飘飘才思杳无穷。谁人世上为金口，借取明时一荐雄。

楚　宫楚襄王游于兰台之宫也。　　（唐）李商隐

复壁交青琐，重帘挂紫绳。如何一柱观，《渚宫故事》："宋临川王义庆镇江陵，于罗公洲立观甚大，而惟一柱。"《一统志》："一柱观在松滋县丘家湖中。"不碍九枝灯。《汉武内传》："七月七日王母至，帝扫除宫内，燃九光之灯。"三筠《灯檠》诗："石花曜九枝。"扇薄常规月，梁简文帝诗："青山衔月规。"钗斜只镂冰。《盐铁论》："如画脂镂冰费日。"道源注："刻水玉作钗如镂冰。"歌成犹未唱，秦火入夷陵。《史记》："秦襄二十一年，白起伐楚，拔郢，烧夷陵。"纪晓岚曰："意格与陈后宫一首相似，彼不说破，此说破耳。然较彼少做作之态，稍为近雅。"

楚　宫　　（唐）李商隐

十二峰前落照微，高唐宫暗坐迷归。朝云暮雨长相接，犹自君王恨见稀。独于贤才则不然。

刘郎浦口号　　（唐）吕 温

吴蜀成婚此水浔，明珠步障幄黄金。谁将一女轻天

下,欲换刘郎鼎峙心。

楚行吟　　（五代）韦 庄

章华台下草如烟，章华台故址在湖北监利县西北。春秋时楚灵王所建。故郢城头月似弦。郢为楚国都城。故址在今江陵县北。惆怅楚宫云雨后，露啼花笑一年年。

公安县　　（北宋）陶 弼

门沿大堤入，路趁浅沙行。树短天根起，山穷地势倾。孤舟难泊岸，远水欲沉城。半夜求津济，烟中获火明。

荆州十首　　（北宋）苏 轼

游人出三峡，楚地尽平川。北客随南贾，吴樯间蜀船。江侵平野断，风卷白沙旋。欲问兴亡意，重城自古坚。

南方旧战国，惨澹意犹存。慷慨因刘表，凄凉为屈原。废城犹带井，古姓聚成村。亦解观形胜，升平不敢论。

楚地阔无边，苍茫万顷连。耕牛未尝汗，投种去如捐。农事谁当劝,民愚亦可怜。平生事游惰,那得怨凶年。

朱槛城东角,高王此望沙。江山非一国,烽火畏三巴。战骨沦秋草,危楼倚断霞。百年豪杰尽,扰扰见鱼虾。

沙头烟漠漠,来往厌喧卑。野市分獐闹,官船过渡迟。游人多问卜,伧叟尽携龟。日暮江天静,无人唱楚辞。

太守王夫子,山东老俊髦。壮年闻猛烈,白首见雄豪。食雁君应厌,驱车我正劳。中书有安石,慎勿赋《离骚》。

残腊多风雪,荆人重岁时。客心何草草,里巷自嬉嬉。爆竹惊邻鬼,驱傩聚小儿。故人应念我,相望各天涯。

江水深成窟,潜鱼大似犀。赤鳞如琥珀,老枕胜玻璃。上客举雕俎,佳人摇翠篦。登庖更作器,何以免屠刲。

北雁来南国,依依似旅人。纵横遭折翼,感恻为沾巾。平日谁能挹,高飞不可驯。故人持赠我,三嗅若为珍。

柳门京国道,驱马及春阳。野火烧枯草,东风动绿芒。北行连许邓,南去极衡湘。楚境横天下,怀王信弱王。

次韵马荆州_{荆州知府马瑊也。}　　　　　（北宋）黄庭坚

六年绝域_{绍圣六年（1094）作者泛四川涪州,黔州安置。后又移置戎州（今四川宜宾）。}梦刀头,_{古时刀头有环,环者还也。}判得_{判同拼,甘愿之辞。}南还万事休。谁谓石渠刘校尉,_{西汉刘向曾在石渠阁讲论五经,又曾为中垒校尉。作者曾为著作郎,所以自比刘向。}来依绛帐马荆州。_{东汉马融曾为荆州守,并设绛帐教授生徒。以比马瑊。以西汉刘向来依东汉马融,故曰谁谓。是料想不到的。}霜髭雪鬓共看镜,茉糁_{糁读伞,上声。米粒,以状茉萸。}菊英同送秋。它日江梅腊前破,_{杜甫《江梅》诗:"梅蕊腊前破。"马瑊明年官满。}还从天际望归舟。_{化用谢朓"天际识归舟,云中辨江树"诗。马瑊扬州人。}

哀郢二首_{郢读影,上声。春秋战国时楚国都城。在今湖北省江陵县纪南城,楚文王定都于此。公元前278年秦拔郢,地入秦。因地在纪山之南,故称为纪郢,又因地处楚国南境,故又称为南郢。春秋后期和战国时代,以战争频仍,楚国曾数次迁都,凡所迁之地,皆名郢。}

（南宋）陆 游

远接商周祚最长,北盟齐晋势争强。章华歌舞终萧瑟,云梦风烟旧莽苍。草合故宫惟雁起,盗穿荒冢有狐藏。离骚未尽灵均恨,志士千秋泪满裳。

荆州十月早梅春，徂岁真同下阪轮。天地何心穷壮士，江湖自古著羁臣。淋漓痛饮长亭暮，慷慨悲歌白发新。欲吊章华无处问，废城霜露湿荆榛。

荆南二首　　（清）顾景星

荆南形胜宜开府，纲领中原锁百蛮。昔日玉环争要地，更谁金剑独登坛。三分割据吞吴国，四达河山拥汉关。桑土绸缪钦庙算，即今江表早安澜。

江上孤城聚八旗，殿前日夜羽书驰。箫笳旧旅初旋凯，龙虎新军再驻师。阻险公孙兵不守，屯田诸葛计何迟！山河一统尊王贡，圣主图经午夜披。

荆州怀古　　（清）阮　元

纪南山外古荆州，一片江城渺渺愁。春夜梅花沙市月，西风荷叶渚宫秋。萧梁书尽名犹在，巫峡云来梦可留。岂有才人不惆怅，未应王粲独登楼。

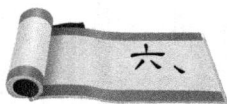

六、 汉江 松滋江

汉江宴别《书·禹贡》："嶓冢导漾，东流为汉。"孔传："泉始出为漾水，东南流为沔水，至汉中东流为汉水。"郦道元《水经注》："漾水出陇西相氏道县嶓冢山，东至武都沮县为汉水。" （唐）宋之问

汉广不分天，舟移杳若仙。秋虹映晚日，江鹤弄晴烟。积水浮冠盖，遥风逐管弦。嬉游不可极，留恨此山川。

（明）钟惺：恨得有情。——《唐诗归》

（明）谭元春：厚道正论而发之以苦调。厚在"留"字，苦在"此"字（末二句下）。——《唐诗归》

（清）谭宗："不可极"者，非自为裁制也，言欲极之而不可得也。兴情有余而事会不足，乃反遗山川之恨哉！奇绝、险绝、趣绝。——《近体秋阳》

秋日陪李侍御渡松滋江长江流经湖北省松滋县一带称松滋江。 （唐）孟浩然

南纪《诗经》："滔滔江水，南国之纪。"西江阔，皇华御史雄。截流宁作楫，挂席自生风。寮寀寀读采，上声。寮寀，同僚为官。语出《文

选·答何劭》。争攀鹢，鱼龙亦避骢。坐闻白雪唱，翻入棹读罩，去声。歌中。

汉江临眺　　　（唐）王　维

楚塞三湘接，荆门九派通。江流天地外，山色有无中。郡邑浮前浦，波澜动远空。襄阳好风日，留醉与山翁。山简："优游卒岁，唯酒是耽。"见《晋书·山简传》。

（元）方回：右丞此诗，中两联皆言景，而前联尤壮，足敌孟、杜岳阳之作。——《瀛奎律髓汇评》

（清）冯舒：澄之使清矣，"壮"字不足以尽之。——同上

（清）陆贻典：顺题做去，落句推开。——同上

（清）查慎行：第一、第三句中两用"江"字（一作"三江接"故云）。不但此也，"三江"、"九派"、"前浦"、"波涛"，篇中说水处太多，终是诗病。——同上

（清）纪昀：三、四好，五、六撑不起，六句尤少味，复衍三句故也。——同上

（清）无名氏（乙）：壮句乃冲雅，见右丞本色。——同上

金陵望汉江　　　（唐）李　白

汉江回万里，派作九龙盘。横溃豁中国，崔嵬飞迅湍。六帝沦亡后，三吴不足观。我君混区宇，垂拱众流安。今日任公子，沧浪罢钓竿。

松滋渡望峡中　　（唐）刘禹锡

　　渡头轻雨洒寒梅，云际溶溶雪水来。梦渚草长迷楚望，夷陵土黑有秦灰。巴人泪应猿声落，蜀客船从鸟道回。十二碧峰何处所，永安宫外是荒台。

　　（明）许学夷：七言律如"南荆西蜀"、"南宫幸袭"、"渡头轻雨"三篇，声气有类盛唐。——《诗源辩体》

　　（明）唐汝询：此眺望而怀古也。言细雨沾梅，冰雪初解，山峡之波从天而下，于是瞻楚望。——《唐诗解》

　　（清）朱三锡：题是"望峡中"，只写"望"字意。轻雨洒梅，必是交春时候；雪消水来，必是腊尽春初时候。唐人写景，各有分寸，不轻下笔可知。……三、四皆望中可见之景，有无限感触意。五、六皆望中可想之事，有无限低回意，"碧峰"、"永安"一结最为尽致，欲写无"碧峰"，偏写有"荒台"，令人悠然神远矣。——《东岩草堂评订唐诗鼓吹》

　　（清）王夫之：自然感慨，尽从景得，斯为景藏情。——《唐诗评选》

　　（清）胡以梅：通篇典丽工切，洵是名家之作。——《唐诗贯珠》

　　（清）杨逢春：八句劈头将"渡头"二字引起，一句一意，自近而远，俱为写望峡之景，而不见堆垛之迹，有大气包举之也。俯仰古今，声情悲壮，固是雄杰之作。——《唐诗绎》

　　（清）屈复：一、二松滋渡，又点时。中四望峡中景物。"秦灰"，惜《史记》白起烧夷陵，实暗用劫灭事，言沧桑多变也。七、八既是神女荒唐，又吊先主之遗踪，遥应劫灰句也。——《唐诗成法》

　　（清）何焯：量移夔州诗，妙在浑然不露。○"雪水来"合用水深雪雾之意。"秦灰"潜喻心变死灰。○后四句言触目崄艰，求若宋王之遇襄王，亦不可得，所谓一生不得文章力耳。○第二句应领"望"字。第三句"望"，第四句"峡中"。——《瀛奎律髓汇评》

　　（清）纪昀：中唐本色。惟结二句不免窠白。——同上

　　（清）无名氏（甲）：刘中山律诗虽不及柳州之锦刻，然自有华气。——同上

汉　江　　　（唐）杜　牧

溶溶漾漾白鸥飞，绿净春深好染衣。南去北来人自老，夕阳长送钓船归。

行次汉上　　　（唐）贾　岛

习家池沼《水经注》："侍中襄阳侯习郁鱼池。……山季伦之镇襄阳，每临此池，未尝不大醉而还。恒言此是我高阳池也。"草萋萋，岚树光中信马蹄。汉主庙前《水经注》："汉元帝分白水，上唐二乡为春陵县，光武即帝位，改为章陵县置园庙焉。"湘水碧，一声风角夕阳低。

汉口春尽日北望有怀　　　（清）郑孝胥

牵怀何意意犹疑，楚水销魂似别离。往事梦空指维新变法失败。春去后，郑孝胥曾蒙光绪召见，擢为候补道员并在总理各国事务衙门行走。戊戌维新失败后走武昌依张之洞。高楼天远恨来时。袖间缩手人将老，地下埋忧计已迟。莫道一生无际遇，灵修瘦损代指国君，语出《离骚》。此指光绪帝被囚瀛台。记风仪。

（十八）湖南

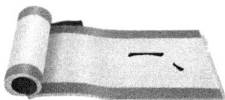

一、潭州(长沙)

发潭州　　(唐)杜　甫

夜醉长沙酒,晓行湘水春。岸花飞送客,樯燕语留人。贾傅才未有,贾宜谪为长沙王太傅。褚公书绝伦。高宗时褚遂良为右仆射,因谏立武昭仪为后,左迁潭州都督。名高前后事,回首一伤神。

长沙过贾谊宅　　(唐)刘长卿

三年谪宦此栖迟,万古惟留楚客悲。秋草独寻人去后,寒林空见日斜时。汉文有道恩犹薄,湘水无情吊岂知。寂寂江山摇落处,怜君何事到天涯。

(明)胡震亨:"秋草独寻人去后,寒林空见日斜时"。初读之似海语,不知其最确切也,谊《鹏赋》云"四月孟夏,庚子日斜,野鸟入室,主人将去","日斜"、"人去",即用谊语,略无痕迹。——《唐音癸签》

(清)黄生:后四句语语打到自家身上,怜贾生所以自怜也。三、四"人去"、"日斜",皆《鹏赋》中字,妙在用事无痕。——《增订唐诗摘钞》

(清)赵臣瑷:笔法顿挫,言外有无穷感慨,不愧中唐高调。——《山满楼笺注唐诗七言律》

（清）吴瑞荣：怨语难工，难在澹宕婉深耳。"秋草"、"湘水"二语，尤当隽绝千古。——《唐诗笺要》

（清）方东树：首二句叙贾谊宅，三四"过"字，五六入议，收以自已托意，亦全是言外有作诗人在，过宅人在。——《昭昧詹言》

（清）施补华："汉文有道"一联可谓工矣。上联"芳草独寻人去后，寒林空见日斜时"疑为空写，不知"人去"句即用《鵩赋》"主人将去"、"日斜"句即用"庚子日斜"。可悟用典之妙，水中着盐，如是如是。——《岘佣说诗》

送史泽之长沙　　（唐）司空曙

谢朓怀西府，单车触火云。野蕉依戍客，庙竹映湘君。梦渚巴山断，长沙楚路分。一杯从别后，风月不相闻。

（元）方回：两司空所言永嘉，长沙风土，各极新丽。所取二联，又皆下句胜。凡诗以下句胜上句为作家，先一句好而后一句弱，或不称，则败兴矣。——《瀛奎律髓汇评》

（清）纪昀：自以相称为工，不得已而思其次，则毋宁下句胜耳。——同上

（清）纪昀：结句似相忆不似相送，病在"从"字。——同上

（清）谭宗：四句一气。七句一刀截断，藏凄恋意于丈夫气慨中，直欲举袂掩面矣。——《近体秋阳》

（清）黄生：四与"湘娥倚暮花"同妙。七、八言从此别后，纵有好风凉月，两地不复相闻，能不为我尽此一杯乎？读此，觉"劝君更尽一杯酒，西出阳关无故人"语直率矣。千古留被遗此，为之一叹。——《唐诗矩》

潭　州　　（唐）李商隐

潭州官舍暮楼空，今古无端入望中。湘泪浅深滋竹

色,楚歌重叠怨兰丛。陶公战舰空滩雨,贾傅承尘破庙风。目断故园人不至,松醪一醉与谁同。

(清)胡以梅　此义山平铺直叙之作。中间四句皆用望中本地风光,是承古;结句是承今也。——《唐诗贯珠》

(清)赵臣瑗:触物思人,抚今追昔,不觉一时俱到眼前,此所谓"无端入望中"也。然而何以遣之? 意唯是呼朋把酒,庶可一消其寂寞,而今则安可得哉! 玩"目断故园"、"一醉谁同",见潭州并无一人可语。——《山满楼笺注唐诗七言律》

碧湘门　湖南长沙城门名。　　　　(北宋)陶　弼

城中烟树绿波漫,几万楼台树影间。天阔鸟行读航,平声,行列也。疑没草,鸟行远飞,缓慢消失,形容天阔。地卑江势欲沉山。前二句单行,后二句分写。内容和形式和谐统一。

寄潭州张芸叟　芸叟,张舜民,师道姐夫。
(北宋)陈师道

湖岭一都会,西南更上游。秋盘堆鸭脚,银杏。春味荐猫头。猫头,长沙笋名。宣室思来暮,蒸池得借留。孰知为郡乐,莫作越乡忧。

(元)方回:后山学山谷为诗者也。"猫头"、"鸭脚"工矣。张芸叟舜民,后山姐夫。五、六谓宣室兴来暮之思,蒸池之地其得久留之乎。"得借留"谓不能得留也。斥贾谊长沙事,而傍入"来暮"、"借留"二事。句法矫健,非晚

唐能嚅唧也。——《瀛奎律髓汇评》

（清）纪昀：此却嫌其太工。虚谷能议李义山"尧时韭"、"禹日粮"，而不敢议后山此句，则左袒"江西"之故也。——同上

（清）冯舒：廉叔度来暮之思正在地方，非干宣室，唐人无此不通句法。——同上

（清）冯班：逼真晚唐。——同上

（清）查慎行：鸭脚，银杏；猫头，长沙笋名。对胜黄。——同上

酌白鹤泉 白鹤泉在岳麓山半山亭之上。

（南宋）张 栻

谈天终日口澜翻，来乞清泉醒舌根。满座松声间金石，微澜鹤影漾瑶琨。淡中知味唯三咽，三咽，求食存活之意。语出《孟子·滕文公下》。妙处相期岂一樽？有本自应来不竭，滥觞端可验龙门。

登定王台 台在今湖南长沙市东。相传为汉景帝之子定王刘 发为能望其母唐姬墓而建。 （南宋）朱 熹

寂寞番君后，光华帝子来。千年遗故国，万事只空台。日月东西见，湖山表里开。从知爽鸠乐，杜预注《左传》："爽鸠，少皞氏之司寇也。"按：司寇掌刑狱之官。莫作雍门哀。

（元）方回：朱文公诗迫近后山，此诗尾句，虽后山亦只如此。乾道二年丁亥，朱文公访南轩于长沙所赋。用事命意，定格下字，悉如律令，杂老杜、后山集中可也。"爽鸠"出《左传·昭公二十年》。——《瀛奎律髓汇评》

（清）冯舒：杜、陈并语，冤哉！——同上

（清）冯班：陈与杜如何并称？——同上

（清）纪昀：以大儒故有意推尊，论诗不当如此。诗法、道统，截然二事，不必援引，借以力重。——同上

（清）冯班：文公笔端颇高，其诸诗在词句声调之间，浅狭不近古人，方君不解也。——同上

（清）陆贻典：文公五言律全学老杜。如此诗，结句得杜之神，宁止近于后山也。——同上

（清）查慎行：第三联轩豁呈露。——同上

（清）纪昀：口四句有古迹山川处便可用，最为滥套。○末二句是唐宋分界。——同上

（清）无名氏（甲）：定王台，在长沙。长沙原封番君，吴芮既绝，乃封定王发，景帝子也。——同上

（清）无名氏（乙）：公诗瘦健，有冲和之气，由涵养而成，非诗人可逾，而公实留心于诗，非不学而径诣此，其所以远也。——同上

长　沙　　（南宋）汪元量

洞庭过了浪犹高，河伯欣然止怒涛。傍岸买鱼仍问米，登楼吟酒更持螯。湘汀暮雨幽兰湿，野渡寒风古树号。诗到巴陵吟不得，屈原千古有离骚。

游岳麓寺 寺在长沙市湘江西岸的岳麓山上。
（明）李东阳

危峰高瞰楚江 指湘江。 干，路在羊肠第几盘？万树松杉双径合，四山风雨一僧寒。平沙浅草连天远，落日孤城隔水看。蓟北 泛指北方。 湘南俱入眼，鹧鸪声里独凭栏。

与钱太守诸公游岳麓寺席上作　　(明)李东阳

　　衡岳地蟠三百里,群峰将断复崔嵬。岩间古刹依山转,谷口晴云满树来。北海书存谁问价? _{指李邕所书的《岳麓寺碑》。}少陵诗罢独怜才。扁舟已谢_{辞,渡过。}长江险,又是匆匆一度回。

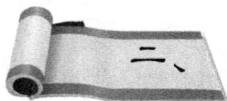

二、湘　潭

渡湘江　　(唐)杜审言

　　迟日园林悲昔游,今春花鸟作边愁。独怜京国人南窜,不似湘江水北流。

　　(明)蒋仲舒:末二句与王勃《蜀中九日》作意相似,配偶处不对而对,对而不对,佳。——《唐诗绝句类选》
　　(明)周敬等:陈隋靡丽极矣,必简翻尽陈调。如"迟日园林"一章,练神修意,另出手眼,遂令光景一新。——《唐诗选脉会通评林》

夜渡湘水　　(唐)孟浩然

　　客行贪利涉,暗里渡湘川。露气闻芳杜,歌声识采

莲。榜人投岸火,渔子宿潭烟。行侣时相问,浔阳何
处边。

(宋)刘辰翁 清润自喜。——《王孟诗评》

(清)卢麰、王溥:语语夜渡,声调松脆。〇二句着"暗里"字,向后承此曰
写,方不鹘突,古人作诗维密乃尔。结意正缴足"贪利涉"句耳。汪曰:"岸
火"、"潭烟",琢对工巧。"时相问"三字趣。——《闻鹤轩初盛唐近体读本》

湘夫人祠　　(唐)杜 甫

肃肃湘妃庙,空墙碧水春。虫书玉佩藓,燕舞翠帷
尘。晚泊登汀树,微馨借渚蘋。《杜诗镜铨》:言欲借渚蘋以表已荐馨之
意。苍梧恨不尽,染泪在丛筠。结亦寓思君意。黄白山云:三、四本属荒
凉,语转浓丽,亦义山之祖。

(清)何焯:此诗作于代宗即位之后,落句公自谓也。——《瀛奎律髓汇
评》

(清)纪昀:三、四终是叠砌,不可为法。结亦凡近。——同上

祠南夕望　　(唐)杜 甫

百丈牵江色,孤舟泛日斜。兴来犹杖屦,目断更云
沙。山鬼迷春竹,湘娥倚暮花。湖南清绝地,万古一
长嗟。

湘妃庙　　（唐）刘长卿

荒祠古木暗，寂寂此江濆。未作湘南雨，知为何处云。苔痕断珠履，草色带罗裙。莫唱迎仙曲，空山不可闻。

夜泊湘江　　（唐）郎士元

湘山木落洞庭波，湘水连云秋雁多。寂寞舟中谁借问，月明只自听渔歌。

过三闾庙　　（唐）戴叔伦

沅湘流不尽，屈子怨何深。日暮秋烟起，萧萧枫树林。

（清）黄生：言屈子之怨与沅湘俱深，倒转便有味。更妙缀二景语在后，真觉山鬼欲来。——《唐诗摘钞》

（清）沈德潜：忧愁幽思，笔端缭绕。屈子之怨，岂沅湘所能流去耶？发端妙。——《唐诗别裁集》

（清）李瑛：咏古人必能写出古人之神，方不负题。此诗首二句悬空落笔，直将屈子一生忠愤写得至今犹在，发端之妙，已称绝调。三、四句但写眼前之景，不复加以品评，格力尤高。凡咏古以写景结，须与其人相肖方有神致，否则流于宽泛矣。——《诗法易简录》

（清）施补华：并不用意而言外自有一种悲凉感慨之气，五绝中此格最高。——《岘佣说诗》

湘　中　　（唐）韩　愈

猿愁鱼踊水翻波，自古流传是汨罗。蘋藻满盘无处奠，空闻渔父叩舷歌。

（清）朱彝尊：气劲有势。——《批韩诗》

（近代）朱宝莹：首句写景兼抒情。二句点题。三句转变。四句题后摇曳。刘长卿《过贾谊宅》云"湘水无情吊岂知"，等此意也。凡学为诗，宜分体与品者，如读《题木居士二首》，而知一种刻划手段，不宜尚也；读此一首，而知一种凭吊心情，不能假也。——《诗式》

汨罗遇风汨罗江源出江西修水县西南山。西南流经湖南平江县。折西北，合昌江及诸水，又西经湘阴县，合鹅笼江，又有西罗水自岳阳县来会是为汨罗江。支津南出，通湘水，正渠复西北流，亦注湘水。○又湖南湘阴县北有屈潭，即屈原自沉之所。　　（唐）柳宗元

南来不作楚臣悲，孙醇曰："屈原投汨罗而死，公方召回故云：'不作楚臣悲。'"重入修门自有期。孙汝听曰："《楚辞·招魂》云：'魂兮归来，入修门些。'"注云：修门，郢城门。为报春风汨罗道，莫将波浪枉明时。

汨　罗　　（唐）李德裕

远谪南荒一病身，停舟暂吊汨罗人。都缘靳尚图专国，岂是怀王厌直臣。万里碧潭秋景静，四时愁色野花新。不劳渔父重相问，自有招魂拭泪巾。

湘 妃 　　（唐）李 贺

　　筜竹千年老不死，长伴秦娥盖湘水。蛮娘吟弄满寒空，九山静绿泪花红。高鸾别凤烟梧中，巫云蜀雨遥相通。幽愁秋气上青枫，凉夜波间吟古龙。

　　（清）延君寿：《湘妃》云"蛮娘吟弄满寒空，九山静绿泪花红"。《浩歌》云"青毛骢马参差钱，娇香杨柳含细烟"。真如出太白手。若只学其"提携玉龙为君死"、"筜竹千年老不死"、"元气茫茫收不得"、"练带平铺吹不起"等句，则永堕习气矣。——《老生常谈》

　　（清）黄淳耀：题是"湘妃"而诗止言湘竹、九山。五句言吟弄之苦。而湘妃之哀怨，不必言矣。——《李长吉集》

　　（清）王琦：妃思舜而不得常见，故当秋气至而草木变衰，凉夜永而蛟龙吟啸，听见所闻，皆足以增隐忧而动深思。此诗措辞用意，咸本《离骚》。——《李长吉歌诗汇解》

楚江怀古 　　（唐）殷尧藩

　　骚灵不可见，楚些竟谁闻？欲采蘋花去，沧州隔暮云。

湘川怀古 　　（唐）施肩吾

　　湘水终日流，湘妃昔时哭。美色已成尘，泪痕犹在竹。

黄陵庙<small>二妃溺于湘江，故民立祠于水侧，庙在黄陵山，今湖南湘阴县北四十五里。</small> （唐）李群玉

小姑洲北浦云边，二女啼妆自俨然。野庙向江春寂寂，古碑无字草芊芊。风回日暮吹芳芷，月落山深哭杜鹃。犹似含矉望巡狩，九疑如黛隔湘川。

（元）方回：第六句好。——《瀛奎律髓汇评》

（清）纪昀：总是套头。——同上

（清）金人瑞：前解，写入庙瞻礼也。○为欲写他尊像俨然，因先写他小姑洲北，言神道直以此洲为案，则可想见尊像之俨然也。春寂寂，草芊芊，又言庙中除二尊像外，乃更一无所有也（前四句下）。○后解，写出庙凝望也。○东风芳芷，写意中疑有一线生意；落日杜鹃，写耳中纯是一片恶声，如此则便是悄然意尽之路也。而又云九疑黛色，含矉犹望者，嗟乎！此为写二妃？为不写二妃？必有读而黯然泣下者也（后四句下）。——《贯华堂选批唐才子诗》

冬末同友人泛潇湘 （唐）杜荀鹤

残腊泛舟何处好，最多吟兴是潇湘。就船买得鱼偏美，踏雪沽来酒倍香。猿到夜深啼岳麓，雁知春近别衡阳。与君剩采江山景，裁取新诗入帝乡。

（元）方回："买得"、"沽来"等语，晚唐诗卑之又卑者，然意新则亦可喜。此联世所共称。荀鹤诗句法大率如此，皆不敢选。——《瀛奎律髓汇评》

（清）纪昀：此评最是。——同上

（清）冯班：三、四佳句也。——同上

（清）钱湘灵：就船买鱼，鱼鲜而美；踏雪沽酒，雪寒而觉酒香。佳句

也。——同上

(清)查慎行：三、四直致。——同上

临江仙 　　(五代)张 泌

烟收湘渚秋江静，蕉花露泣愁红。五云 五云车也。 双鹤去无踪。几回魂断，凝望向长空。 　　翠竹暗留珠泪怨，闲调宝瑟波中。花鬟月鬓绿云重。古祠深殿，香冷雨和风。华钟彦云：此词咏湘妃也。

(明)汤显祖：词气委婉，不即不离，水仙之雅调也。——《评花间集》

(明)周敬等：帆影落时，绿芜涨岸，可方此词。——《删补唐诗选脉笺释会通评林》

晚次湘源县 　　(五代)张 泌

烟郭遥闻向晚鸡，水平舟静浪声齐。高林带雨杨梅熟，《湘潭记》："陆展郎中见杨梅熟，叹曰：'此果恐是白精。'即以竹丝篮贮千枚并茶花送衡山道士。"曲岸笼云谢豹啼。谢豹，子规也。《禽经》："江介曰子规。"张华注："啼苦，则倒悬于树，自呼曰：谢豹。"二女庙荒汀树老，九疑山碧楚天低。湘南自古多离怨，莫动哀吟易惨凄。

湘中作 　　(五代)韦 庄

千重烟树万重波，因便何妨吊汨罗。楚地不知秦地乱，京城长安一带古属秦。南人空怪北人多。臣心未肯教迁鼎，迁鼎谓改朝换代。《左传·桓公二年》："武王克商,迁九鼎于洛邑。"**天道还应欲止戈。否**此读丕。**去泰来终可待,夜寒休唱饭牛歌。**用宁戚事。

临江仙　　（五代）牛希济

江绕黄陵春庙闲,娇莺独语关关。满庭重叠绿苔斑。阴云无事,四散自归山。　　箫鼓声稀香烬冷,月娥敛尽弯环。风流皆道胜人间。须知狂客,拼死为红颜。

（清）贺裳:文人无赖,至驰思杳冥,盖自《高唐》作俑而后,遂浸淫不可禁矣。……至牛希济《黄陵庙》曰"风流皆道胜人间。须知狂客,拼死为红颜"。抑何狂惑也,然词则妙矣。——《皱水轩词筌》

秋宿湘江遇雨　　（五代）谭用之

江上阴云锁梦魂,江边深夜舞刘琨。秋风万里芙蓉国,以境内盛产芙蓉而得名。暮雨千家薜荔村。乡思不堪悲橘柚,旅游谁肯重王孙? 渔人相见不相问,长笛一声归岛门。

（明）钟惺:孤情高响,却生成是中,晚妙律,移上不得。——《唐诗归》

（清）金人瑞:前解只一句七字写遇雨,其余却是写自己胸前一段意思。言以夜犹起舞之人,而今滞于芙蓉国下,薜荔村中,敬问苍天,是何道理乎? 若说只是雨景,便不是律诗(前四句下)。○后解又透过《离骚·渔父》篇一层。五、六言寻常不相惜何足怪;七八言乃至渔父亦不与语。此其颜色憔悴,形容枯槁,真可为之痛哭也。——《贯华堂选批唐才子诗》

水调歌头·泛湘江　　　（南宋）张孝祥

　　濯足夜滩急，晞发北风凉。吴山楚泽行遍，只欠到潇湘。买得扁舟归去，此事天公付我，六月下沧浪。蝉蜕尘埃外，蝶梦水云乡。　　　制荷衣，纫兰佩，把琼芳。湘妃起舞一笑，抚瑟奏清商。唤起九歌忠愤，拂拭三闾文字，还与日争光。莫遣儿辈觉，此乐未渠央。

三闾祠 祠在湖南汨罗县。　　　（清）查慎行

　　平远江山极目回，古祠漠漠背城开。莫嫌举世无知己，未有庸人不忌才。放逐肯消亡国恨，岁时犹动楚人哀。湘兰沅芷年年绿，想见吟魂自去来。

湘中咏怀　　　（清）易顺鼎

　　蕙带荷衣一逐臣，高骚哀怨迥无伦。江山灵气钟才子，忠孝深情托美人。湘水有声哀贾傅，楚天无语答灵均。最怜虎噬狼吞后，三户犹堪扫暴秦。

湘舟夜月　　　（清）宋育仁

南浦清江月，潇湘万里情。故人隔天末，相望若平

生。落木亭皋远,孤村驿水明。来鸿看不见,时听向南声。

三、巴陵(岳阳)

与夏十二登岳阳楼　　(唐)李　白

楼观岳阳尽,川迥洞庭开。雁引愁心去,山衔好月来。云间连下榻,天上接行杯。醉后凉风起,吹人舞袖回。《唐诗分类绳尺》云:"景中含情,飘飘欲举。"

(清)卢𪟝、王溥:起句大是警语。通首俊爽,五、六写高意,不刻而警。结亦有致。——《闻鹤轩初盛唐近体读本》

登岳阳楼　　(唐)杜　甫

昔闻洞庭水,今上岳阳楼。吴楚东南坼,坼读拆,入声。裂开。乾坤日夜浮。刘须溪云:气压百代,为五言雄浑之绝。亲朋无一字,老病有孤舟。戎马关山北,凭轩泪泗流。

(宋)胡仔:《西清诗话》云,洞庭天下壮观,自昔骚人墨客,题之者众矣。……皆见称于世。然未若孟浩然"气蒸云梦泽,波撼岳阳城",则洞庭空

旷天际,气象雄张,如在目前。至读子美诗,则又不然。"吴楚东南坼,乾坤日夜浮。"不知少陵胸中吞几云梦也。——《苕溪渔隐丛话》

(元)方回:岳阳楼天下壮观,孟杜二诗尽之矣。中两联,前言景,后言情,乃诗之一体也。凡圈处是句中眼。按:方回在"吴楚东南坼,乾坤日夜浮"二句之末"坼"、"浮"字旁加圈。——《瀛奎律髓汇评》

(清)冯班:小儿家见解。○杜子美上承汉、魏、六朝,下开唐、宋诸大家,固所云集大成者也。元、白、温、李,自能上推杜之所学,故学杜而得其神似。即宋之苏公亦然,陆放翁、范石湖又其亚也。若陈简斋、曾茶山岂无神似之作,但专学杜诗,不欲推原见本,上下前后有所不究,粗硬之病未免,曲折之致全无,生吞活剥,见诮来者。虽有相肖,亦无异叔敖之衣冠,中郎之虎贲矣。至于方公之议论,全是执己见以强缚古人。以古人无碍之才,圆通因变之学,曲合于拘方板腐之辈,吾见其愈议论而愈多其戾耳。呜呼!呜呼!——同上

(明)胡应麟:"气蒸云梦泽,波撼岳阳城",浩然壮语也;杜"吴楚东南坼,乾坤日夜浮",气象过之。——《诗薮》

(清)冯舒:因登楼而望洞庭,乃云"昔闻洞庭水,今上岳阳楼",是倒入法。三、四"吴楚"、"乾坤",则目之所见,心之所思,已不在岳阳矣,故直接"亲朋"、"老病"云云。落句五字收上七字,笔力千钧。——《瀛奎律髓汇评》

(清)冯班:次联力破万钧。——同上

(清)查慎行:杜作前半首由近说到远,阔大沉雄,千古绝唱。孟作亦在下风,无论后人矣。——同上

(清)何焯:破题笔力千钧。○洞庭天下壮观,此楼诚不可负,故有前四句。然我何缘至此哉?故后四句又不禁仲宣之感也。诗至此,面面到矣。——同上

(清)李天生:八句以各一意,全篇仍自浑然,相贯相承,故为绝调。——同上

(清)俞犀月:三、四极开阔,五、六极黯淡,正于开旷处俯仰一身,凄然欲绝。○一、二点题。三、四承"闻水"写景,"乾坤"句已为五、六伏脉。五、六承"上楼"言情,与"乾坤"句消息相通,神不外散。七句申明五、六伤感之故,亦倒点法。八句扣住登楼,总收上文。法律精细如此,学者宜细心研究,勿徒夸其气象雄浑也。——同上

(清)无名氏(乙):中四句与孟工力悉敌,而颈联尤老,起结辣豁。孟只

身世之感，而此抱家国无穷之悲，事境尤大云。——同上

泊岳阳城下　　　（唐）杜　甫

江国逾千里，山城仅仅，几乎，接近也。《晋书·赵王伦传》："自兵兴以来，战所杀害，仅十万人。"《唐才子传》（陈抟）时居云四十年，仅及百岁。百层。岸风翻夕浪，舟雪洒寒灯。留滞才难尽，艰危气益增。图南未可料，变化有鲲鹏。

（元）方回：此一诗只一句言雪，而终篇自有雪意。其诗壮哉，乃诗家样子也。——《瀛奎律髓汇评》
（清）纪昀：此亦附会之说。——同上
（清）何焯：落殊不肯放下，然贤于梦得者，怀忠思效故也。——同上
（清）纪昀：第五句未甚圆。——同上

题岳阳楼　　　（唐）白居易

岳阳城下水漫漫，独上危楼凭曲栏。春岸绿时连梦泽，夕波红处近长安。猿攀树立啼何苦，雁点湖飞渡亦难。此地唯堪画图障，华堂张与贵人看。

（宋）费衮：张芸叟诗云"回首夕阳红尽处，应是长安"。人喜诵之。乐天《题岳阳楼》诗云"春岸绿时连梦泽，夕波红处近长安"。盖芸叟用此换骨也。——《梁溪漫志》

岳阳楼二首　　（唐）李商隐

欲为平生一散愁，洞庭湖上岳阳楼。可怜万里堪乘兴，枉是蛟龙解覆舟。纪昀评曰："感遇之作，其辞太急。"

汉水方城带百蛮，《左传·僖公四年》："楚国方城以为城，汉水以为池。"四邻谁道乱周班。谓楚国强盛，扰乱了周室班列，而四邻之国不敢议论。《左传·桓公十年》："鲁以周班后郑。"如何一梦高唐雨，自此无心入武关。三、四谓与秦通婚以后，再也无心攻秦了。武关在陕西商县东一百八十里，刘邦灭秦即从此地攻入。

岳阳楼　　（五代）江 为

倚楼高望极，展转念前途。晚叶红残楚，秋江碧入吴。云中来雁急，天末去帆孤。明月谁同我，悠悠上帝都。

卖花声·题岳阳楼二首　　（北宋）张舜民

木叶下君山。空水漫漫。十分斟酒敛芳颜。不是渭城西去客，休唱阳关。　　醉袖抚危栏。天淡云闲。何人此路得生还。回首夕阳红尽处，应是长安。

楼上久踟躇。地远身孤。拟将憔悴吊三闾。自是长安日下影,流落江湖。　　　烂醉且消除。不醉何如。又看暝色满平芜。试问寒沙新到雁,应有来书。

（宋）周辉:放臣逐客,一旦弃置远外,其忧悲憔悴之叹,发为诗什,特为酸楚,极有不能自遣者。……张芸叟元丰间从高遵裕辟,环庆出师失律,且为转运使李察讦其诗语,谪监郴州酒。舟行,以二小词题岳阳楼"木叶下君山(略)"、"楼上久踟蹰(略)",亦岂无去国流离之思,殊觉婉而不伤也。——《清波杂志》

（宋）费衮:张芸叟词云"回首夕阳红尽处,应是长安"。人喜颂之。乐天《题岳阳楼》诗云"春岸绿时连梦泽,夕阳红处近长安"。盖芸叟用此换骨也。——《梁溪漫志》

雨中登岳阳楼望君山二首　　　（北宋）黄庭坚

投荒万死鬓毛斑,生出瞿塘滟滪关。未到江南先一笑,岳阳楼上对君山。

满川风雨独凭栏,绾结湘娥十二鬟。可惜不当湖水面,银山堆里看青山。湘夫人神灵在君山,山形像十二个鬟髻。〇宋徽宗崇宁元年(1102)黄庭坚被赦,自江陵动身回江西故乡,路过湖南岳阳时作。

登岳阳楼　　　（南宋）陈与义

洞庭之东江水西,帘旌不动夕阳迟。登临吴蜀横分地,徙倚湖山欲暮时。万里来游还望远,三年多难更凭危。白头吊古风霜里,老木苍波无限悲。吴将鲁肃曾率兵夺取荆州,驻扎在岳阳。此诗作于建炎二年(1128)的秋天。陈与义于靖康元年(1126)开始逃

难,故说三年多难。

（元）方回：简斋《登岳阳楼》凡三诗,又有《巴东书事》一诗,皆悲壮激烈,如"晚木声酣洞庭野,晴天影抱岳阳楼。四年风露侵游子,十月江湖吐乱州。"又如"乾坤万事集双鬓,臣子一谪今五年。"近逼山谷,远诣老杜。今全取此首,乃建炎中避地时诗也。白乐天有此楼诗云,"春岸绿时连梦泽,夕波红处近长安。"下一句好,上一句涉妆点。——《瀛奎律髓汇评》

（清）纪昀：尚未涉妆点。——同上

（清）冯舒：第二句不接,无着落。——同上

（清）冯班：起句好。第二句琐碎,气势不接。——同上

（清）纪昀："帘旌不动",乃楼上阒寂之景。冯氏以为上下不接,非是。——同上

（清）陆贻典：《登岳阳楼》佳篇甚多,紫阳选此首以备一体可也。若云合作,吾未之见。——同上

（清）纪昀：意境宏深,真逼老杜。——同上

（清）许印芳：首句借对。○首句用古调,唐人每有此格。五、六乃折腰句,意味深厚。虚谷批语中所引皆警句,此篇则通体警策。——同上

水调歌头·过岳阳楼作　　（南宋）张孝祥

湖海倦游客,江汉有归舟。西风千里,送我今夜岳阳楼。日落君山云气,春到沅湘草木,远思渺难收。徙倚栏干久,缺月挂帘钩。　　雄三楚,吞七泽,隘九州。人间好处,何处更似此楼头。欲吊沉累无所,但淮儿樵子,哀此写离忧。回首叫虞舜,杜若满芳洲。宛敏灏《张孝祥词笺校》：乾道五年(1169)三月,孝祥自荆州致仕东归,阻风石首,有"拟看岳阳楼上月,不禁石首岸头风"句《浣溪沙》。此词谓"徙倚栏杆久,缺月挂帘钩",时间似已在三月下旬。

（宋）汤衡：《歌头》、《凯歌》、《登无尽藏》、《岳阳楼》诸曲,所谓骏发踔厉,

寓以诗人句法者也。——《张紫微雅词序》

柳梢青·岳阳楼　　（南宋）戴复古

袖剑飞吟。相传吕洞宾三醉岳阳楼，留诗于壁曰："朝游百越暮苍梧，袖里青蛇（指剑）胆气粗。三入岳阳人不识，朗吟飞过洞庭湖。"洞庭青草，青草湖为洞庭湖一部分，二湖相通。秋光深深。万顷波光，岳阳楼上，一快披襟。宋玉《风赋》："楚襄王游于兰台之宫，宋玉景差侍。有风飒然而至，王乃披襟当之，曰：快哉此风。"　　不须携酒登临。问有酒、何人共斟？变尽人间，君山君山在洞庭湖中。一点，自古如今。刘禹锡《初至长安》诗："不改南山色，其余事事新。"

岳阳楼　　（明）杨　基

春色醉巴陵，阑干落洞庭。水吞三楚战国楚地，秦汉时分为东、西、南三楚。后亦泛指湖郡一带。白，山接九疑九疑，山名。青。空阔鱼龙舞，娉婷帝子灵。帝子指舜的妃子娥皇女英。何人夜吹笛，风急雨冥冥。沈德潜《明诗别裁集》云："应推五言射雕手，起结尤入神境。"

登岳阳楼望君山　　（明）李东阳

突兀高楼正倚城，洞庭春水坐来生。三江到海风涛壮，万木浮空岛屿轻。吴楚乾坤天下句，江湖廊庙古人情。上句用杜甫诗，下句用范仲淹《岳阳楼记》。中流恐有蛟龙窟，卧听君山笛里声。

水调歌头·题岳阳楼图　　（清）纳兰性德

落日与湖水，终古岳阳城。登临半是迁客，历历数题名。欲问遗踪何处，但见微波木叶，几簇打鱼罾。多少别离恨，哀雁下前汀。　　　忽宜雨，旋宜月，更宜晴。人间无数金碧，未许著空明。淡墨生绡谱就，待倩横拖一笔，带出九疑青。仿佛潇湘夜，鼓瑟旧精灵。

夜起岳阳楼见月　　（清）姚 鼐

高楼深夜静秋空，荡荡江湖积气通。万顷波平天四面，九霄风定月当中。云间朱鸟峰何处？朱鸟星座为南方七宿。水上苍龙瑟未终。指湘水之神。便欲拂衣琼岛外，止留清啸落湘东。

岳阳楼　　（清）石韫玉

萧萧木落系兰舟，遥指君山似髻浮。孤雁一声天在水，斜阳千里客登楼。鱼龙浪静沧江晚，橘柚霜寒白屋秋。生遇圣明全盛日，江湖廊庙两无忧。

登岳阳城楼　　（清）谭宗浚

目极江城万户烟，橹声帆影落樽前。凭高便有无穷感，却指长安落日边。

登岳阳楼　　　（清）曾　燠

胸吞云梦泽，来上岳阳楼。欲与飞仙醉，同销往古愁。簷前南斗近，天际北江收。木叶萧萧下，沅湘气又秋。

上岳阳楼　　　（清）黄遵宪

巍峨雄关据上游，重湖八百谓洞庭湖南有青草湖，西有赤沙湖，合而为一，周围约八百余里。望中收。当心忽压秦头日，潘永因《宋稗类钞》云："谢石善拆字，拆春字，谓秦头太重，压日无光，忤秦桧，死于戍。"画地难分禹迹州。从古荆蛮原小丑，即今砥柱孰中流？红髯碧眼知何意，挈镜来登最上头。自注：是日有西人登楼者。

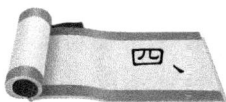

四、衡　阳

重至衡阳伤柳仪曹　　　（唐）刘禹锡

忆昔与故人，湘江岸头别。我马映林嘶，君帆转山

灭。马嘶循故道,帆灭如流电。千里江蓠春,故人今不见。

过衡山见新花开却寄弟　　（唐）柳宗元

故国名园久别离,今朝楚树发南枝。晴天归路好相逐,正是峰前回雁时。

衡阳与梦得分路赠别 原注:予浮舟适柳州,刘登陆赴连州。
（唐）柳宗元

十年憔悴到秦京,谁料今为岭外行。伏波故道风烟在,翁仲遗墟草树平。直以慵疏招物议,休将文字占时名。今朝不用临河别,垂泪千行便濯缨。

（宋）黄彻:柳（宗元）"十年憔悴到秦京,谁料今为岭外行"。王（安石）"十年江海别常轻,岂料今随寡嫂行"。柳（宗元）"直以疏慵招物议,休将文字趁时名"。王（安石）"直以文章供润色,未应风月负登临"。柳（宗元）"十一年前南渡客,四千里外北归人"。又,"一身去国三千里,万死投荒十二年"。苏（轼）"七千里外二毛人,十八滩头一叶身"。黄（庭坚）"五更归梦三千里,一日思亲十二时"。皆不约而合,句法使然故也。——《碧溪诗话》

（元）方回:柳子厚永贞元年乙酉,自礼部员外郎谪永州司马,年二十三矣,是时未有诗。元和十年乙未,诏追赴都。三月出为柳州刺史,刘梦得同贬郎州司马,同召又同出为连州刺史。二人者,党王叔文得罪。又才高,众颇忌之。宪宗深不悦此二人。"疏慵招物议",既不自反,尾句又何其哀也?其不远到可觇,梦得乃特老寿,后世亦鄙其人云。——《瀛奎律髓汇评》

（清）纪昀:五、六乃规之以谨慎韬晦,言己往以戒将来,非追叙得罪之由。虚谷以为不自反,失其命词之意。——同上

（明）谢榛：《孺子歌》"沧浪之水清兮，可以濯我缨"，孟子、屈原两用此语，各有所寓。……柳宗元《衡阳别刘禹锡》诗"今朝不用临河别，垂泪千行便濯缨"。至怨至悲，太不雅矣。——《四溟诗话》

（明）廖文炳：此与刘禹锡同至衡州而别。首言先贬十年在外，形容憔悴。后召还长安，将图大用，岂料复为岭外之行耶？经"伏波"之旧道而风烟在，睹翁仲之遗墟而草树立。吾辈疏懒性成，已招物议，而文章高占时名，易取馋妒，亦不可以此自多也。昔李陵云"临河濯长缨，念别怅悠悠"，今余与梦得不用临河而别，垂泪千行，便如河之水足以濯缨矣。其何以为情哉？——《唐诗鼓吹注解》

（清）何焯：路既分而彼此相望，不忍遽行，唯有风烟草树，黯然欲绝也，前此远窜，犹云附丽任、文，今说雪诏退，复出之岭外，则真为才高见忌矣。〇"愦疏"指玄都看花绝句之属。——《唐诗鼓吹评注》

（清）金人瑞：元贞元年，子厚等以附王叔文，八人皆贬。至元和十年，例召至京师，又皆出为刺史。此一、二盖纪实也；三、四纪其分路处也。马援为陇西太守，斩羌盲以万计，教羌耕牧屯田；翁仲为临洮太守，身长二丈三尺，匈奴望见皆拜。今二人流离播越，乃正过其处也。〇不苦在"岭外行"，正苦在"到秦京"。盖"岭外行"是憔悴又起头，反不足又道；"到秦京"是憔悴已结局，不图正不然也。细细吟之（前四句下）！〇《庄子》曰"人臣之于君，义也。无所逃于天地之间，奚暇至于悦生而恶死。夫子其行矣！有罪无罪，其勿辨也"，自是千古至论。今看先生微辨附王一案，又是千古妙文。看他只将渔父鼓枻一歌，轻轻用他"濯缨"二字，便见己与梦得实是清流，不是浊流，更不再向难开口处多开一口，而千载下人早自照见冤苦也。〇"愦疏"一罪也，"文字"二罪也，此是先生亲供招状也；除二罪外，先生无罪，信也。——《贯华堂选批唐才子诗》

（清）汪森：结语沉着，翻"临河"、"濯缨"语，可悟用古之法。——《韩柳诗选》

（清）许印芳：次联与首联不粘。"占"去声。末句"行"音杭。——《瀛奎律髓汇评》

得卢衡州书因以诗寄　　（唐）柳宗元

临蒸_{临蒸县名，后改名为衡阳。}且莫叹炎方，为报秋来雁几行。林邑_{汉象林县。马援铸铜柱处。}东回山似戟，牂牁_{读赃苛，平声。古郡名。}南下水如汤。蒹葭淅沥含秋雾，橘柚玲珑透夕阳。非是白蘋洲_{《南史》：柳浑为吴兴太守，尝为《江南曲》云"汀洲采白蘋，落日江南春"。}畔客，还将远意问潇湘。

（清）纪昀：一说谓卢以衡州为炎，其地犹雁所到，若我所居，则林邑、牂牁之间，更为运矣。于理较通而不免多一转折，存以备考。○六句如画。——《瀛奎律髓汇评》

回雁峰_{在衡阳市南，为衡山七十二峰之首，相传北雁南飞至此而止，故称。}　　（唐）僧齐己

瘴雨过孱颜，危边有径盘。壮堪扶寿岳，灵合置仙坛。影北鸿声乱，青南客道难。他年思隐遁，何处凭阑干？

登南岳　　（元）傅若金

万壑千峰次第开，祝融最上势崔嵬。九江水尽荆扬去，百粤山连翼轸来。_{衡山位于翼星与轸星的分野界中。《太平寰宇记》："宿当翼轸，度应玑衡，故曰衡山。"}入树恐侵玄帝_{道家的玄天上帝。}宅，牵萝思上赤灵台。_{在岳顶，是祭祀炎帝神农及赤帝祝融的地方。}明年更拟

寻春兴，应及潇湘雁北回。山有回雁峰，北来之雁，至此而回。元顺帝元统二年(1343)七月，博若金出京佐使安南(今广西东南一带)，途经湘中，登览南岳衡山时作。

重登回雁峰　　　（清）王夫之

碧树江烟小散愁，青鞋雪鬓又重游。朱甍如梦迷双岸，绿草当春复一丘。纵酒年华凌石级，题诗夕雨认高楼。渔舟战鼓皆今日，惭愧乾坤一影浮。

晨登衡岳祝融峰　　　（清）谭嗣同

身高殊不觉，四顾乃无峰。但有浮云渡，时时一荡胸。地沉星尽没，天跃日初熔。半勺洞庭水，八百里洞庭湖变成半勺之水。秋寒欲起龙。

五、武陵（常德）

宿武陵即事武陵一作武阳。　　　（唐）孟浩然

川暗夕阳尽，孤舟泊岸初。岭猿相叫啸，潭嶂似空虚。就枕灭明烛，扣舷听夜渔。鸡鸣问何处，人物是

秦余。

（宋）刘辰翁：唱出随意，自无俗意。○以孟高情逸调，客中静夜，无怪乎屡多佳什也。——《王孟诗评》

（清）顾安：将一宿情景逐字叙出，即事诗必如是方妙。——《唐律消夏录》

（清）屈复：自夕阳初泊时写到鸡鸣，皆是景中见情，无一呆笔。盖烛灭闻渔，则一夜不寐可知，方可紧接鸡鸣字。——《唐诗成法》

武陵泛舟　　（唐）孟浩然

武陵川路狭，前棹入花林。莫测幽源里，仙家信几深。水回青嶂合，云度绿溪阴。坐听闲猿啸，弥清尘外心。

（明）桂天祥："回"字、"度"字俱眼。凡眼，有虚字眼，有实字眼，有半虚半实眼。"回"字、"度"字，半虚实也。全首写得浓至，无一字不佳。——《批吴唐诗正声》

（明）周珽：律法清老，意境孤秀。○"棹入花林"，便得趣。次言已知仙境矣，却又不可穷测。"水回"、"云度"二语，正顶"幽"、"深"来。结谓到此尘念已息，更闻猿啸，此心弥清。总美武陵溪源妙异也。大抵孟诗遇景入韵，浓淡自如，景物满眼，兴致却别。——《唐诗选脉会通评林》

题武陵洞五首（录一首）武陵洞又名秦人洞，在桃花溪尽处，桃花潭上方。　　（唐）曹　唐

渡水傍山寻绝壁，白云飞去洞门开。仙人来往无形迹，石径春风长绿苔。

寻桃源　　（唐）张 乔

武陵春草齐，花影隔澄溪。路远无人到，山空有鸟啼。水垂青霭断，松偃绿萝低。世上迷途客，经兹尽不迷。

游桃源洞　　（明）王 越

桃花源接武陵溪，咫尺仙家路易迷。指点秦人旧踪迹，萧萧方竹断桥西。

桃源道中　　（明）谢肇淛

春风篱落酒旗闲，流水桃花映碧山。寄语渔郎莫深去，洞中未必胜人间。

六、洞庭河　云梦泽

和尹从事懋泛洞庭　　（唐）张　说

　　平湖一望上连天，林景千寻下洞泉。忽惊水上光华满，疑是乘船到日边。

望洞庭湖赠张丞相　　（唐）孟浩然

　　八月湖水平，涵虚混太清。气蒸云梦泽，波撼岳阳城。欲济无舟楫，端居耻圣明。坐观垂钓者，徒有羡鱼情。

　　（宋）蔡绦：洞庭天下壮观，骚人墨客题者众兮，终未若此诗颔联一语气象。——《西清诗话》

　　（元）方回：予登岳阳楼。此诗大书左序毯门壁间，右书杜诗，后人自不敢复题也。刘长卿有句云"叠浪浮元气，中流没太阳"。世不甚传，他可知也。——《瀛奎律髓汇评》

　　（清）查慎行：二篇并列，优劣已见，无论后人矣。——同上

　　载华按："二篇并列"云云及后刘得仁《夏晚》一则，手批本无。然语意精当，确是先生口气。闻《律髓》批点，敬业家塾过本最多，疑系先生偶尔增入者。蒿庐夫子于友人案头记录，另用黄笔别之。今仍录以俟再考。——

720

同上

（清）纪昀："叠浪"二句似海诗，不似洞庭。工部"乾坤日夜浮"句，亦似海诗，赖"吴楚"句清出洞庭耳，此工部律细于随州处。——同上

（清）冯舒："混"字无关妙处。举世看此诗，只晓得次联。○通篇出"临"字（按：《律髓》本题作《临洞庭湖》），无起炉造灶之烦，但见雄浑而兼潇洒。后四句似但言情，却是实做"临"字。此诗家之浅深虚实法。——同上

（清）纪昀：冯批曰"通篇出临字，（略）"，所论似是而非。首四句若不临湖，如何看出？何待另出"临"字？后四句求荐，正是言情，如何云实做"临"字？——同上

（清）冯班：次联毕竟妙，与寻常作壮语者不同。皎然议之，亦近太刻。○只是次联妙。——同上

（清）陆贻典：只"涵虚混太清"一句，洞庭湖正面已完。三、四不得不推借云梦、岳阳，以"气蒸"、"波动"四字形容之也。——同上

（清）查慎行：孟作前半首，由远说到近。后半首，全无魄力。第六句尤不着题。——同上

（清）何焯：后四句全是洗发"临"字。○张平子《应闲》云"学非所用，术有所仰；故临川将济，而舟楫不存焉"，第五本此。——同上

（清）纪昀：此襄阳求荐之作。原题下有"献张丞相"四字，后四句方有着落，去之非是。○前半望洞庭湖，后半赠张丞相，只以望洞庭托意，不露干乞之痕。——同上

（清）许印芳：起用拗调，"北阙休上书"亦然，盛唐人有此拗法，盖三、四字平仄互换耳。亦有用作中联者，王右丞诗"胜事空自知"是也。此外尚多，不可枚举。——同上

（清）无名氏（乙）：三、四雄奇，五、六道浑又过之。起结都含象外之意景，当与杜诗俱为有唐五律之冠。——同上

洞庭湖寄阎九　　（唐）孟浩然

洞庭秋正阔，余欲泛归船。莫辨荆吴地，唯余水共天。渺渺江树没，合沓海潮连。迟尔为舟楫，相将济

巨川。

陪侍郎叔游洞庭，醉后三首

（唐）李 白

今日竹林宴，我家贤侍郎。三杯容小阮，醉后发清
狂。用晋竹林七贤中阮籍阮咸叔侄事。

船上齐桡乐，湖心泛月归。白鸥闲不去，争拂酒
筵飞。

划却君山好，平铺湘水流。巴陵无限酒，醉杀洞
庭秋。

过洞庭湖 （唐）杜 甫

蛟室《名胜志》："洞庭君山有八景，一曰射蛟浦。"汉武帝登是射蛟，故名。围
青草，青草，湖名。龙堆驿名。隐白沙。《一统志》："金沙洲在洞庭湖中，一
名龙堆。"护堤盘古木，迎棹舞神鸦。《岳阳风土记》："巴陵鸦甚多，土人谓
之神鸦，无敢弋者。"破浪南风正，回樯畏日《左传》："夏日可畏。"斜。湖
光与天远，直欲泛仙槎。槎读查，平声。

宿青草湖 在岳阳市城南，据方志所载北连洞庭湖，南接潇湘水，东纳汨罗
江，潦则滔天之势，涸则青草生焉。 （唐）杜 甫

洞庭犹在目，青草续为名。宿桨依农事，邮签报水

程。寒冰争峭薄,云月递微明。湖雁双双起,人来故北征。

望洞庭　　（唐）刘禹锡

湖光秋月两相和,潭面无风镜未磨。遥望洞庭山水翠,白银盘里一青螺。

（宋）葛立方:诗家有换骨法,谓用古人意而点化之,使加工也。……刘禹锡云"遥望洞庭山水翠,白银盘里一青螺",山谷点化之,则云"可惜不当湖水面,银山堆里看青山"。——《韵语阳秋》

（明）谢榛:意巧则浅,若刘禹锡"遥望洞庭湖水面,白银盘里一青螺"是也。——《四溟诗话》

云梦泽云梦,楚之二泽名,云在江之北,梦在江之南。
（唐）杜　牧

日旗龙旆想飘扬,一索功高缚楚王。此指韩信。直是超然五湖客,未知终始郭汾阳。

楚　泽　　（唐）李商隐

夕阳归路后,霜野物声干。集鸟翻渔艇,残虹拂马鞍。刘桢元抱病,刘桢诗曰:"余婴沉痼疾,窜身清漳滨。"虞寄数辞官。虞寄事见《南史》。白袷经年卷,袷同夹,夹衣也。此言楚中暖也。西来及早寒。何焯云:"三、四写景野。鸟见人至而飞,正见更无人行此路也。"

梦　泽　　（唐）李商隐

梦泽悲风动白茅，楚王葬尽满城娇。未知歌舞能多少，虚减宫厨为细腰。此讽刺一味迎风使舵，趋时媚俗之人。说他们竭力逢迎，不知其恩宠能持多久！○一句笼罩全神，二点明题旨，三、四则申明其义也。"虚减"宫人自减之，亦楚王减之也。二意并到。

（清）朱彝尊：题不曰"楚宫"而曰"梦泽"，亦借用也。——《李义山诗集辑评》

（清）屈复：此因梦泽宫娃之坟，而兴叹当时之歌舞也。制艺取士，何以异此，可叹！——《玉溪生诗意》

（清）纪昀：繁华易尽，却从当日希宠者一边落笔，便不落吊古窠臼。——《玉溪生诗说》

题君山　　（唐）雍　陶

烟波不动影沉沉，碧色全无翠色深。疑是水仙梳洗罢，一螺青黛镜中心。

题君山　　（唐）方　干

曾于方外见麻姑，闻说君山自古无。原是昆仑山顶石，海风吹落洞庭湖。

（近代）刘永济：此诗写山设奇想，惟其如此，所以不及初、盛唐，不及王、孟、李、杜。盖诸公皆兴发情至，与山水景物融会而出，晚唐诗人则不免用思

虑经营,有时似糟工胜于初、盛唐,而不及初、盛唐亦正在于此。——《唐人绝句精华》

过洞庭湖　　（唐）许　棠

惊波常不定,半日鬓堪斑。四顾疑无地,中流忽有山。鸟飞恒畏堕,帆远却如闲。渔父时相引,行歌浩渺间。

（明）胡震亨:许文化致语楚楚,《洞庭》一律,时人多取以题扇。"四顾疑无地,中流忽有山",视老杜"乾坤日夜浮"愈切愈小。——《唐音癸签》

（明）周珽:极言湖之汪洋灏瀚险荡。三、四妙在"疑无"、"忽有"四字,五、六妙在"恒"、"却"二字,俱以虚字摹出洞庭形势来。半日不觉鬓斑,惊心所摄也。……浩然之后,比诗见称于世。——《唐诗选脉会通评林》

（清）陆次云:第四句写君山神倒。——《五朝诗善鸣集》

（清）查慎行:句句是过湖景象,余尝身历其境,故知此诗之工。——《初白庵诗评》

（清）纪昀:刻意张皇而根柢浅薄,转形竭蹶,五句尤为拙俚,观此乃知孟、杜二公不愧凌跨一代也。——《瀛奎律髓汇评》

（清）潘德舆:许棠有《洞庭》诗,号为"许洞庭"。然"四顾疑无地,中流忽有山"语意平弱,"鸟飞应畏堕"尤涉痕迹,惟"帆远却如闲"五字佳,然亦不必是洞庭诗。少陵、襄阳后,何为动此笔耶!——《养一斋诗话》

秋晚过洞庭　　（五代）张　泌

征帆初挂酒初酣,暮景离情两不堪。千里晚霞云梦北,一洲霜橘洞庭南。溪风送雨过秋寺,涧石惊洸 读双,平声。水湍急也。落夜潭。莫把羁魂吊湘魄,九疑愁绝锁烟岚。

(明)杨慎:张泌诗"溪风送雨过秋寺,洞石惊泷落夜潭"。泷奔湍也。今本作"龙",非。——《升庵诗话》

(清)黄生:中二联应暮景,尾联应离情。——《唐诗摘钞》

(清)张世炜:笔极流利起结复工,自刘随州而后,绝响久矣,不意复得见此。——《唐七律隽》

洞庭阻风　　　(五代)张 泌

空江浩荡景萧然,尽日菰蒲泊钓船。青草浪高三月渡,绿杨花扑一溪烟。情多莫举伤春目,愁极兼无买酒钱。犹有渔人数家住,不成村落夕阳边。

(清)陆次云:洞庭大境也,阻风就其一小处而言,风景宛然。——《五朝诗善鸣集》

(清)杨逢春:三、四写阻风之景,声势俱出。——《唐诗绎》

(清)钱朝鼒、王俊臣:此言洞庭浩荡,景物凄凉,终日钓船于菰蒲之畔。○第四虚对实,即以风中之絮自比,起下"情多"、"愁极"句,回抱"萧然"。"住"字又正与絮飞无定相反也,摆脱变化,不可捉摸。——《唐诗鼓吹笺注》

(清)赵臣瑗:一,江中无船,二,岸边有船,其我之船不得开,不必言而自明矣。此避实击虚之法也,妙,妙。"青草"、"绿杨",借对甚奇,巧而不纤。——《山满楼笺注唐诗七言律》

(清)沈德潜:夜泊洞庭湖边港汊,故有"绿杨花扑一溪烟"句,否则风景全不合矣,玩末句自明。——《唐诗别裁集》

临江仙　　　(五代)牛希济

洞庭波浪飐晴天,君山一点凝烟。此中真境属神仙。

玉楼珠殿，相映月轮边。　　万里平湘秋色冷，星辰垂影参然。橘林霜重更红鲜。罗浮山下，有路暗相连。

（明）汤显祖："冷"字下得妙，便觉全句有神。——《评花间集》

又云：休文语丽而思深，名高八咏照映千古。似此词，亦尽有颉颃休文处。——同上

（明）华钟彦：此词主要咏湘君，也涉及罗浮仙子。——《花间集注》

念奴娇·过洞庭　　（南宋）张孝祥

洞庭青草，近中秋、更无一点风色。玉鉴琼田三万顷，着我扁舟一叶。素月分辉，明河共影，表里俱澄澈。悠然心会，妙处难与君说。　　应念岭海经年，孤光自照，肝胆皆冰雪。短发萧骚襟袖冷，稳泛沧浪空阔。吸尽西江，细斟北斗，万象为宾客。扣舷独啸，不知今夕何夕？

（宋）叶绍翁：（张孝祥）尝舟过洞庭，月照龙堆，金沙荡射。公得意命酒，唱歌所自制词，呼群吏而劝之，曰："亦人子也。"其坦率皆类此。——《四朝闻见录》

（宋）魏了翁：张于湖有英姿奇气，着之湖湘间，未为不遇。洞庭所赋在集中最为杰特。方其吸江酌斗，宾客万象时，讵知世间有紫微青琐哉！——《跋张于湖念奴娇词真迹》

（明）潘游龙：孤光自照下非唯形骸尽捐，即乾坤不知上下也。——《精选古今诗余醉》

（明）田艺衡：杜工部"关山同一照"，岑嘉州"严滩一点舟中月"，又"草头一点疾如飞"，又"西看一点是关楼"，又"净中云一点"，花蕊夫人云"绣帘一点月窥人"，张安国词"更无一点风色"，夫月、云、风也，马也，楼也，皆谓之一点，甚奇。——《留青日札》

（清）黄苏：写景不能绘情，必少佳致。此题咏洞庭，若只就洞庭落想，纵

写得壮观,亦觉寡味。此词开首从"洞庭"说至"玉鉴琼田三万顷"题已说完,即引入"扁舟一叶"。以下从舟中人心迹与湘光映带写,隐现离合,不可端倪,镜花水月,是二是一。自尔神采高骞,兴会洋溢。——《蓼园词选》

　　(清)查札:集内《念奴娇·过洞庭》一解,最为世所称颂。其中如:"玉鉴琼田三万顷,着我扁舟一叶。素月分辉,明河共影,表里俱澄沏。"又云:"短发萧疏襟袖冷,稳泛沧溟空阔。尽吸西江,细斟北斗,万象为宾客。扣舷独啸,不知今夕何夕。"此皆神来之句,非思议所能及也。——《铜鼓书堂词话》

　　(清)宋翔凤:故北宋之初,未尝不和,由自治有策。南宋之末,未尝不言战,以自治无策。于湖《念奴娇》词云,"悠然心会,妙处难与君说",亦惜朝廷难与畅陈此理也。——《乐府余论》

　　(清)王闿运:飘飘有凌云之气,觉东坡《水调》有尘心。——《湘绮楼词评》

西江月·阻风三峰下　　　(南宋)张孝祥

　　满载一船秋色,平铺十里湖光。波神留我看斜阳,放起鳞鳞细浪。　　明日风回更好,今朝露宿何妨。水晶宫里奏霓裳,准拟岳阳楼上。

雨中过洞庭　　　(明)王偁

　　昨夜南风起洞庭,晓来湖上雨溟溟。忽看天际惊涛白,失却君山一点青。

洞庭酒楼　　　(清)邝露

　　落日洞庭霞,霞边卖酒家。晚虹桥外市,秋水月中槎。江白鱼吹浪,滩黄雁踏沙。相将楚渔父,招手入芦花。

和李退庵读水经注忆洞庭　（清）王士祜

相思何处折芳馨？望断黄陵旧日亭。秋水依稀闻落叶，楚天仿佛见扬灵。洲边子戍三春绿，楼外君山一带青。太息云中君在否？不堪重问道元经。

和李退庵读水经注忆洞庭　（清）王士禛

楚望经时入渺冥，岳阳楼上数峰青。曾临南极浮湘水，坐对西风忆洞庭。斑竹想从春后长，落梅犹向笛中听。新诗吟罢愁多少，肠断当年帝子灵。

题沈皆金洞庭秋泛图　（清）蒋士铨

洞庭七百里秋光，醉煞巴陵一夜霜。迁客来过多瑟瑟，壮怀到此亦茫茫。已知豪气吞云梦，便买扁舟下岳阳。难觅仙人试龙笛，君山螺髻水中央。

入洞庭　（清）宋湘

客自长江入洞庭，长江回首已冥冥。湖中之水大何许，湖上君山终古青。深夜有神伤正则，正则，屈原也。孤舟无酒酹湘灵。灯前欲读悲秋赋，又怕鱼龙跋浪听。

（十九）江西

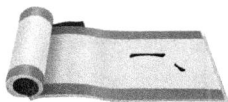

一、洪州（南昌）

滕王阁　　　（唐）王　勃

滕王高阁临江渚，佩玉鸣鸾罢歌舞。画栋朝飞南浦云，珠帘暮卷西山雨。闲云潭影日悠悠，物换星移几度秋。阁中帝子今何在，槛外长江空自流。

（明）郭浚：流丽而深静，所以为佳，是唐人短歌之绝。——《增定评注唐诗正声》

（明）李攀龙：只一结语，开后来多少法门。——《唐诗广选》

（明）胡应麟：王勃《滕王阁》、卫万《吴宫怨》自是初唐短歌，婉丽和平，极可师法，中盛唐继作颇多。第八句为章，平仄相半，轨辙一定，毫不可逾，殆近似歌行中律体矣。——《诗薮》

（明）陆时雍：三、四高迥，实境自然，不作笼罩语致。文虽四韵，气足长篇。——《唐诗镜》

（明）周敬等：次联秀颖，结语深致，法力的的双绝。——《唐诗选脉会通评林》

（清）周容：王子安《滕王阁》诗，俯仰自在，笔力所到，五十六字中，有千万言之势。

九日龙沙作，寄刘大昚虚在江西南昌市德胜门外龙冈上。
据《太平寰宇记》载，该地"江沙甚白而高峻，左右居人时见龙迹"，故名。

（唐）孟浩然

龙沙豫章北，九日挂帆过。风俗因时见，湖山发兴多。
客中谁送酒，棹里自成歌。歌竟乘流去，滔滔任夕波。

南浦别南浦在南昌市桥步门外，唐时建有南浦亭，后改为馆驿。

（唐）白居易

南浦凄凄别，西风袅袅秋。一看肠一断，好去莫
回头。

忆东湖　　（唐）李　绅

菱歌罢唱鹚舟回，雪鹭银鸥左右来。霞散浦边云锦
截，月升湖面镜波开。鱼惊翠羽金鳞跃，莲脱红衣紫菂_读
_{的，入声。莲子也。}摧。淮口值春偏怅望，数株临水是寒梅。

罢钟陵幕吏十三年，来泊湓浦，感旧为诗《旧
唐书·地理志》："洪州钟陵，汉南昌县，豫章郡所治也。隋改为豫章县，宝
应元年六月，以犯肃宗讳，改为钟陵。"按：改豫章为钟陵以代宗讳豫也，此
作肃宗，字误。　　（唐）杜　牧

青梅雨中熟，樯倚酒旗边。故国残春梦，孤舟一褐

眠。摇摇远堤柳，暗暗十程烟，南奏 如淳注《汉书》：走奏音，奏，趣 也。师古曰："奏，向也。" 钟陵道，无因似昔年。

怀钟陵旧游四首　　　（唐）杜 牧

一谒征南最少年，虞卿双璧截肪鲜。歌谣千里春长暖，丝管高台月正圆。玉帐军筹罗俊彦，绛帷环佩立神仙。陆公余德机云在，如我酬恩合执鞭。

滕阁中春绮席开，柘枝蛮鼓殷晴雷。垂楼万幕青云合，破浪千帆阵马来。未掘双龙牛斗气，高悬一榻栋梁才。连巴控越知何有，珠翠沉檀处处堆。

十顷平湖堤柳合，岸秋兰芷绿纤纤。一声明月采莲女，四面朱楼卷画帘。白鹭烟分光的的，微涟风定翠沾沾。斜晖更落西山影，千步虹桥气象兼。

（明）陆时雍：语气铮铮，叠字三见。——《唐诗镜》

（清）黄叔灿：此赋湖上景色，宛成图画，风流俊逸，真是牧之本色。"斜晖"一结，炼句亦奇。——《唐诗笺注》

控压平江十万家，秋来江静镜新磨。城头晚鼓雷霆后，桥上游人笑语多。日落汀痕千里色，月当楼午一声歌。昔年行乐秾桃畔，醉与龙沙拣蜀罗。

南昌晚眺　　（五代）韦　庄

　　南昌城郭枕江烟，章水悠悠浪拍天。芳草绿遮仙尉宅，仙尉，指梅福。梅福曾为南昌尉，后得仙。落霞红衬贾人船。霏霏阁上千山雨，嘒嘒云中万树蝉。怪得地多章句客，庾家楼陆游《入蜀记》云："庾亮尝为江荆豫州刺史，其实则治武昌。若武昌南楼名庾楼犹有理，今江州治所，晋时紫桑县之溢口关耳。此楼附会甚明。然白乐天诗因之'浔阳欲到思无穷，庾亮楼南溢口东'，则承误亦久矣。"在斗牛《广舆记》："九江府天文斗牛分野。"九江府即江州，与南昌俱属江西。边。

　　（清）朱三锡：枕江烟、接章水，南昌城郭之胜也。三、四皆枕江烟，接章水之景，"绿遮仙尉宅"、"红衬贾人船"，写得隽永可喜。五是日晚眺雨色，六是日晚闻蝉声。如此名山大江，人物之盛自不必言。——《东岩草堂评订唐诗鼓吹》

　　（清）胡以梅：三、四鲜丽，且以仙尉配贾人，因渲染有色，翻觉灵活，妙！但三用叠字，近薄，不可法。——《唐诗贯珠》

徐孺子祠堂在南昌市西湖南岸。　　（北宋）黄庭坚

　　乔木幽人三亩宅，生刍一束向谁论。徐稚和陈蕃的故事见《后汉书·徐稚传》。藤萝得意干云日，箫鼓何心进酒尊。白屋可能无孺子，黄堂不是欠陈蕃。古人冷淡今人笑，池水年年到旧痕。

归自豫章复过西山 西山古称散原山，又名南昌山或道遥山。在新建县境。 （南宋）杨万里

一眼菩花十里明，忽疑九月雪中行。我行莫笑无驺从，自有西山管送迎。

满江红·豫章滕王阁 （南宋）吴 潜

万里西风，吹我上、滕王高阁。正槛外、楚山云涨，楚江涛作。何处征帆木末树梢。《楚辞·九歌·湘君》："采薜荔兮水中，搴芙蓉兮木末。"去，有时野鸟沙边落。近帘钩、暮雨掩空来，今犹昨。昔王勃作《滕王阁序》："珠帘暮卷西山雨。" 秋渐紧，添离索。天正远，伤飘泊。叹十年心事，十年前出任宰相以来，忧国忧民的心事。休休莫莫。无可奈何也。司空图《耐辱居士歌》："休休休，莫莫莫。"岁月无多人易老，乾坤虽大愁难着。向黄昏、断送客魂消，城头角。吴潜权江西转运副使兼知隆兴府，事在端平二年（1235）。"万里西风，吹我上、滕王高阁。"即由建康任上，江行赴南昌也。

（清）陈廷焯：警快语，然近于廓矣，不可不防其渐。——《词则·放歌集》

发洪州 （元）刘 诜

童稚相催忽白头，西风满袖古洪州。重阳天气村村雨，残柳人家处处楼。樵牧忘机鸿北去，古今无迹水东流。卸帆旋买枫林酒，饱睡归舟十日秋。

滕王阁二首　　（元）虞 集

高阁城头户牖开，江中照见碧崔嵬。文章谁复三王后，<small>自王勃作序后，王绪作赋，王仲舒作修阁记。韩愈《新修滕王阁记》云："窃喜载名其上，词列三王之次，有荣耀焉。"</small>云气长从五老来。<small>指庐山五老峰。</small>画角数声南斗落，白盐万斛<small>指雪。</small>北风回。州南先有蛟龙窟，怪得诗成急雨催。

危楼百尺倚栏杆，满目青山不厌看。空翠远凝江树小，落霞飞送酒杯干。千年剑气凌牛斗，半夜天香下广寒。我欲乘鸾朝帝阙，五云深处是长安。

送朱真一往西山　　（元）王士熙

官河新柳雪初融，仙客归舟背楚鸿。铁柱昼闲山似玉，石楼人静水如空。煮茶榻畔延徐稚，烧药炉边觅葛洪。天上云多白鹤去，子规何事怨东风。

绳金塔<small>在南昌市猪市街附近，相传建塔挖基时得金绳等物故名。</small>
（明）王 直

宝塔崔嵬近日华，雕甍绣栱护青霞。风飘灵籁和天乐，云绕回栏助雨花。直视湖山千里道，下窥城郭万人家。高秋却忆曾题处，何日还回上汉槎。

徐墓书张相国碑铭<small>唐代诗人张九龄,曾任宰相之职,后受李林甫排挤,贬为洪州都督,在任上曾为徐稚撰写《后汉徐徵君碣》立于徐墓之侧。</small>

（明）李梦阳

不读南州传,谁知高士心。江城遗像在,春日古祠深。竹鸟嘤嘤合,松墙靡靡阴。曲江<small>指张九龄。因张系广东韶州曲江人,又称张曲江。</small>千载碣,书罢泪沾襟。

杏花楼宴答张师相<small>杏花楼在南昌市南湖,明万历年间为相国张位别墅,师相指张位。</small>

（明）汤显祖

紫禁初归鬓未华,五云楼阁是仙家。湖光欲泻窗棂入,磴道全依草树斜。风物差池疑凤岭,月光清浅问龙沙。白头弟子抛闲得,春色年年醉杏花。

题南昌铁柱观<small>铁柱观系道观,又名铁柱宫,在南昌市翠花街百,棋盘街东。</small>

（清）朱彝尊

丹甍缥缈丽层城,铁柱纵横链紫清。阴洞蛟龙晴有气,虚堂神鬼昼无声。游人自爱登高赋,仙吏仍兼济物情。雷雨忽愁天外至,江湖元在地中行。<small>传说观中之井与江湖相通。</small>

秋日登滕王阁　　（清）彭孙遹

客路逢秋思易伤，江天烟景正苍凉。依然极浦生秋水，终古寒潮送夕阳。高士几回亭草绿？高士亭即孺子亭，在南昌东湖。梅仙仙人梅福曾任南昌尉。一去岭云荒。临风不见南来雁，书札何由达豫章？

登滕王阁　　（清）查慎行

高凌碧落俯层澜，老眼重开一大观。笑阅星霜如隔世，闲思今古几凭栏。帆移云影千山动，湖纳江流万顷宽。校是诗翁作者自指无笔力，不留名姓避王韩。王勃与韩愈。

南昌即事　　（清）王材任

章江依旧抱城流，枫叶芦花瑟瑟秋。南浦闲云迎故客，西山暮雨送孤舟。一千里外新蓬鬓，四十年前旧酒楼。莫上滕王高阁望，不堪楚尾与吴头。

滕王阁　　（清）方世举

阁外青山阁下江，阁中无主自开窗。春风欲拓滕王帖，蝴蝶入帘飞一双。

重过百花洲 百花洲在南昌东湖西南。　　　（清）袁 枚

　　九曲亭台三面湖,南州要算小蓬壶。喜逢花柳暮春好,记得画船当日无。网罟事稀蘋藻静,笙歌人散水云孤。前朝曾有高人住,一道长堤尚姓苏。指南宋隐士苏云卿,曾在此隐居。

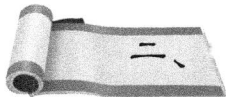

二、江州（九江）

湖口望庐山瀑布泉　　　（唐）张九龄

　　万丈洪泉落,迢迢半紫氛。奔飞流杂树,洒落出重云。日照虹霓似,天清风雨闻。灵山多秀色,空水共氤氲。

　　（清）屈复:太白"秋风吹不断,江月照还明",自是仙笔,全无痕迹。曲江"天清"句雄浑,又"共氤氲"三字传神。若"一条界破青山色",虽未能免俗,东坡云"不为徐凝洗恶诗",不亦过乎? ——《唐诗成法》

　　（清）胡本渊:清思健笔,足与太白相敌。——《唐诗近体》

晚泊浔阳望庐山　　（唐）孟浩然

　　挂席几千里，名山都未逢。泊舟浔阳郭，始见香炉峰。尝读远公传，永怀尘外踪。东林精舍近，日暮但闻钟。

　　（明）李攀龙：诗有韵有格，格高似梅花，韵高似海棠。欲韵胜者易，欲格高者难，二者孟浩然兼之。——《唐诗广选》

　　（清）沈德潜：已近远公精舍，而但闻钟声，写"望"字意，悠然神远。——《唐诗别裁集》

　　（清）施补华：五律有清空一气，不可以炼句，炼字求者，最为高格，如襄阳"挂席几千里"，所谓"羚羊挂角，无迹可求"。——《岘佣说诗》

　　（清）陈衍：夫古今所传伫兴而得者，莫如孟浩然之"微云淡河汉，疏雨滴梧桐"、"挂席几千里，名山都未逢。泊舟浔阳郭，始见香炉峰"诸语。然当时实有微云、疏雨、河汉、梧桐诸物，谋于目，谋于心，并无一字虚送，但写得大方不费力耳。然如此人人眼中之景，人人口中之言，而必待孟山人发之者，他人一腔俗虑，挂席千里，并不为看山计。自襄阳下汉水，至于九江、黄州、赤壁、武昌，皆卑不足道；惟匡庐东南伟观，久负大名。但俗人未逢名山，不觉其郁郁；逢名山，亦不觉其欣欣耳。——《石遗室诗话》

夜泊庐江闻故人东林寺以诗寄之
（唐）孟浩然

　　江路经庐阜，松门入虎溪。闻君寻寂乐，清夜宿招提。石镜《水经注·庐江水》："山东有石镜，照水之所出。有一圆石，悬崖明，照见人影。晨光初散，则延曜入石，毫细必察，故名曰石镜焉。"山精怯，禅林怖鸽栖。一灯如悟道，为照客心迷。

望庐山瀑布二首（录一首）　　（唐）李　白

日照香炉生紫烟，遥看瀑布挂前川。飞流直下三千尺，疑是银河落九天。

（宋）葛立方：徐凝《瀑布》诗云"千古犹疑白练飞，一条界破青山色"。或云乐天有赛不得之语，独未见李白诗耳。李白《望庐山瀑布》诗云"飞流直下三千尺，疑是银河落九天"，故东坡云"帝遣银河一派垂，古来唯有谪仙词"。以余观之，银河一派，犹涉比类，未若白前篇云"海风吹不断，江月照还空"，凿空道出，为可喜也。——《韵语阳秋》

（宋）苏轼：仆初入庐山，有陈令举《庐山记》见示者，且行且读，见其中有徐凝和李白诗，不觉失笑。开元寺主求诗，为作一绝，云："帝遣银河一派垂，古来唯有谪仙词。飞流溅沫知多少，不为徐凝洗恶诗。"——《唐宋诗醇》

望庐山五老峰　　　（唐）李　白

庐山东南五老峰，青天削出金芙蓉。九江秀色可揽结，吾将此地巢云松。《唐宋诗醇》曰：纯用古调，次句亦秀削天成。

送孙逸归庐山　　　（唐）刘长卿

庐峰绝顶楚云衔，楚客东归栖此岩。彭蠡湖边香橘柚，浔阳郭外暗枫杉。青山不断三湘道，飞鸟空随万里帆。常爱此中多胜事，新诗他日伫开缄。

百花亭 亭在九江。　　（唐）白居易

朱槛在空虚，凉风八月初。山形如岘首，江色似桐庐。佛寺乘舟入，人家枕水居。高亭仍有月，今夜宿何如。

（元）方回：此贬江州司马时作也。大抵中唐以后人多善言风土，如西北风沙，酪浆氈幄之臣，东南水国，蛮岛夷洞之外，亦无不曲尽其妙。乐天《送人游岭南》有云："诃陵国分界，交趾郡为邻。土民稀白首，洞主尽黄巾。"又"红旗围卉服，紫绶裹文身。面苦桃榔裹，浆酸橄榄新。牙樯迎海舶，铜鼓赛江神。不冻贪泉暖，无霜毒草春。云烟蟒蛇气，刀剑鳄鱼鳞。"又云："天黄生飓母，雨黑长枫人。"而结之曰："须防杯里蛊，莫受橐中珍。"亦可谓尽南中之俗矣。学诗者不可不深造黄、陈，摆落膏艳，而趋于古淡，亦不可无此等一二语也。——《瀛奎律髓汇评》

（清）冯舒：律体出于南北朝，俳偶须藻丽魁奇，方是作手。若摆落膏艳，直为古体可矣，何事区区于声偶之间耶？余论律诗，以沈、宋为正始，老杜为变格。然杜诗殊工整，不似黄、陈辈粗硬也，杜诗要是唐朝第一人。沈、宋自是兰苕翡翠，老杜则碧海鲸鱼。○黄、陈直是做不出此等语耳。——同上

（清）冯班：摆落膏艳是关，黄、陈未为古淡也，但硬老有力耳。○方云："无此等一二语"，何止一二语。——同上

（清）陆贻典：乐天诗于淡素之中有意议者为妙，太枯率者不足读。此首尚可也。——同上

（清）纪昀：清浅可诵。——同上

初到江州　　（唐）白居易

浔阳欲到思无穷，庾亮楼南湓口东。树木凋疏山雨后，人家低湿水烟中。菰蒋喂马行无力，芦荻编房卧有

风。遥见朱轮来出郭,相勤劳动使君公。

（元）方回:乐天元和十年乙未贬江州司马,年四十四。——《瀛奎律髓汇评》

（清）查慎行:末二句谓太守出相迎。——同上

（清）纪昀:通体凡猥。〇"低"即卑也,不如直用"卑湿"。〇结句鄙甚,"使君"下赘"公"字,尤不妥。——同上

庐山瀑布　　（唐）徐　凝

虚空落泉千仞直,雷奔入江不暂息。今古长如白练飞,一条界破青山色。

（五代）王定保:白乐天典杭州,江东进士多奔杭取解。时张祜自负诗名,以首冠为己任,既而徐凝后至。会郡中有宴,乐天讽二子矛盾。祜曰:"仆为解元宜矣。"凝曰:"君有何嘉句?"祜曰:"《甘露寺》诗有'日月光先到,山河势尽来',又《金山寺》诗有'树影中流见,钟声两岸闻'。"凝曰:"善则善矣,奈无野人句云,'千古长如白练飞,一条界破青山色'。"祜愕然不对。于是一座尽倾,凝夺之矣。——《唐摭言》

（明）瞿佑:太白《庐山瀑布》诗后,徐凝有"一条界破青山色"之句。东坡云:"帝遣银河一派垂,古今唯有谪仙词。飞流溅沫知多少,不与徐凝洗恶诗。"——《归田诗话》

（明）谢榛:诗有简而妙者,若刘桢"仰视白日光,皎皎高且悬",不若傅玄"日月光太清"······徐凝"千古长如白练飞,一条界破青山色",不如刘友贤"飞泉界石门"。——《四溟诗话》

（明）翁方纲:徐凝《庐山瀑布》诗:"千古长如白练飞,一条界破青山色。"白公所称,而苏公以为恶诗。《苕隐笔记》谓本《天台赋》"飞流界道"之句。然诗与赋,自不相同,苏公固非深文之论也。至白公称之,则所见又自不同。盖白公不于骨格间相马,唯以奔腾之势论之耳。阮亭先生所以与白公异论者,其故亦在此。——《石洲诗话》

（明）胡寿芝：徐凝新隽，多摆脱处。自东坡憎其《庐山瀑布》"一条界破青山色"，谓是恶诗，人遂劣之。此诗只平直，何便至恶？乐天置张承吉取为解首，固独有心赏。——《东日馆诗见》

登庐山　　（唐）唐彦谦

五老峰巅望，天涯在目前。湘潭浮夜雨，巴蜀暝寒烟。泰华根同峙，嵩衡脉共联。此联合掌。凭虚有仙骨，日月看推迁。

游东林寺　　（五代）黄　滔

平生爱山水，下马虎溪时。已到终嫌晚，重游预作期。寺寒三伏雨，松偃数朝枝。翻译如曾见，白莲开满池。

（元）方回：黄滔何人？此诗三、四，举唐人无此淡而有味之作。五、六佳。——《瀛奎律髓汇评》

（清）冯舒：黄文江何至不知为何人？——同上

（清）陆贻典：方公何至不知黄文江？——同上

（清）查慎行：滔，南唐御史，字文江。——同上

（清）纪昀：虚谷云"举唐人无此淡而有味之作"。谈何容易！——同上

（清）查慎行：三、四两句似一串，却有转折。——同上

（清）何焯：次联顿挫曲折，极饶情味。○落句以谢公山水自负，就东林故实收足前四句意，真跃出拘牵外也。落句呼应，神味俱远，灵运在东林缮经，植莲。——同上

（清）纪昀：结少力。——同上

（清）许印芳：三、四固佳，五、六用皮袭美"三伏"、"六朝"语，换一数字，

亦不佳。结句语太无味,故纪批云少力。今为易作:"筑室思灵运,莲花又满池。"——同上

与行肇师宿庐山栖贤寺　　（北宋）僧惟凤

冰瀑寒侵室,囙炉静话长。诗心全大雅,祖意会诸方。磬断危杉月,灯残古塔霜。无眠向遥夕,又约去衡阳。

（元）方回:惟凤,九僧之六。所选每首必有一联工,又多在颈联,晚唐之定例也。盛唐则不然,大手笔又皆不然。——《瀛奎律髓汇评》

（清）纪昀:此自正论,然亦过于主持。当日盛唐不尽然,大手笔亦不尽然。——同上

（清）纪昀:王、六佳句。——同上

狄梁公、陶渊明俱为彭泽令,至今有庙在焉,刁景纯作诗见示继以一篇 彭泽故城在今江西湖口县东三十里。三国吴置彭泽郡,晋陶渊明为令,理此城。隋置龙城县于东界,后改龙城为彭泽。明、清皆属江西九江府。　　（北宋）王安石

梁公壮节就虀魗,陶令清身托酒徒。政在房陵 房陵,地名。在今湖北省房县附近。武则天徙中宗于此。 成底事,年称甲子亦何须。江山彭泽空遗像,岁月柴桑失故区。末俗此风犹不竞,诗翁叹息未应无。

（元）方回:梁公立武后朝,晚节不差,未可毁也。渊明则无可訾矣。半

山好为异论,谓"年称甲子亦何须",则渊明亦无足取耶? 只第七句一缴,谓此等人今世亦无之,庶可发慨叹耳。——《瀛奎律髓汇评》

(清)冯舒:梁公起头亦未尝差。如此立论,不胜偏拗。——同上

(清)纪昀:此评是。——同上

(清)冯舒:诗人议论,不宜太露。使意在词中,讽咏有余味,方是能作。○次联抹煞忠孝大节,殊害理。○落句不能自出其意,拙甚。○荆公时何用作梁公与元亮耶? 落句全无谓。——同上

(清)冯班:"夔魖"二字出《旧唐书·则天皇后纪赞》。○此名教罪人也,害理之甚。——同上

(清)纪昀:冯云"夔魖"二字出《旧唐书》赞,然此种字不宜入诗,古体中昌黎一派用之,犹差可。○末二句词不达意。——同上

游庐山宿栖贤寺　　(北宋)王安国

古屋萧萧卧不周,弊裘起坐兴绸缪。千山月午乾坤昼,一壑泉鸣风雨秋。迹入尘中惭有累,心期物外欲何求。明朝松路须惆怅,忍更无诗向此留。

(元)方回:王安国平甫,年四十七而卒,其诗陈后山亟称之,当时诸公欧、苏莫不敬叹钦奖。或谓其得于天才,不学而能。然其人胸次耿介,非其兄荆公新法之所为,诋吕惠卿为佞人,天下尤高之也。南渡后,其曾孙烨始刊《王校理集》于临安郡学。诗佳者不可胜算,而富于风月。此诗三、四壮浪而清丽。登览诗极难得绝高者,取此参入其间,亦快人心目也。——《瀛奎律髓汇评》

(清)冯舒:三、四是好语,却不必是庐山。○第六句淡凑之句。——同上

(清)冯班:第八句更凑。——同上

(清)陆贻典:"一壑"句确是夜间泉声,体物入妙。——同上

(清)查慎行:东坡尝称平甫为"谪仙人"。——同上

(清)纪昀:起二句俱不妥。○亦对句胜出句。不曰"万壑",避"千山万壑"成语也。——同上

（清）许印芳：此评的当。纪昀批云："首联二句俱不妥，故为易之为'古屋萧萧夜色幽，寒生枕簟起披裘'。"——同上

（清）无名氏（乙）：次联对句清隽，上句亦称。——同上

望湖亭 在永修县东北吴城山上，因登亭可眺望鄱阳湖而得名。

（北宋）苏　轼

八月渡长湖，萧条万象疏。秋风片帆急，暮霭一山孤。许国心犹在，康时术已虚。岷峨家万里，投老得归无？

题西林壁 《庐山纪事》："远公塔西北为香谷，南下为西林寺，故沙门竺昙现之禅室也。"竺死，其徒惠永自太行至浔阳就居之，陶范为立寺，曰西林。事详欧阳询《西林寺碑》。

（北宋）苏　轼

横看成岭侧成峰，远近高低自不同。不识庐山真面目，只缘身在此山中。

书李公择白石山房 　　（北宋）苏　轼

偶寻流水上崔嵬，五老苍颜一笑开。若见谪仙烦寄语，匡山头白早归来。

予初谪岭南,过田氏水阁,东南一峰,丰下锐上,里人谓鸡笼山,予更名独秀峰,今复过之,戏留一绝　　(北宋)苏 轼

倚天巉绝玉浮屠,肯与彭郎作小姑。<small>小姑山在彭泽县北长江中。</small>独秀江南知有意,要三二别四三壶。<small>王子年《拾遗记》:"海中三壶,一曰方壶,即方丈;二曰蓬壶,即蓬莱;三曰瀛壶,即瀛洲。此三山上广、中狭、下方皆如壶。"</small>

再游庐山　　(北宋)苏 辙

当年五月访庐山,山翠溪声寝食间。藤杖复随春色到,寒泉顿与客心闲。岩头悬瀑煎茶足,峡口惊雷泛叶<small>指小船。</small>牨。待到前村新雨遍,扁舟应逐好风还。

晚坐三峡桥<small>三峡桥在庐山栖贤谷中,又称栖贤桥。因桥架于三峡涧,故又称三峡桥。</small>　　(北宋)孔武仲

雨施雷音动十方,檀那奔走到津梁。泉春石窦千秋白,风扫松桥六月凉。泼泼小鱼生处乐,溅溅余濑静中忙。尘襟正欲留潇洒,坐听清音到夕阳。

舟中见庐山　　(北宋)彭汝砺

翠色苍茫杳霭间,舟人指点是庐山。浮云作意深遮

护，未许行人次第看。

采桑子·彭浪矶

采桑子·彭浪矶在彭泽县境，长江南岸，与小孤山对峙。

（北宋）朱敦儒

扁舟去作江南客，旅雁孤云。万里烟尘。回首中原泪满巾。　　碧山对晚汀洲冷，枫叶芦根。日落波平。愁损辞乡去国人。此词《中兴以来绝妙词选》题作"乱后作"。邓子勉校注《樵歌》谓此词作于建炎元年（1127）秋，时在江西彭泽。彭浪矶又名彭郎矶，在彭泽县东北，与长江中小孤山相对。

（近代）吴世昌：上片已说尽，故末句无力。——《词林新话》

六月十四日宿东林寺　　（南宋）陆 游

看尽江湖千万峰，不嫌云梦芥吾胸。戏招西塞山前月，来听东林寺里钟。远客岂知今再到，老僧能记昔相逢。虚窗熟睡谁惊觉，野碓无人夜自舂。

漱玉亭在庐山鹤鸣峰下秀峰寺门前。　　（南宋）杨万里

山根玉泉仰面飞，飞出山顶却下驰。自从庐阜泻双练，至今银湾岐两支。雷声惊裂龙伯眼，雪点溅湿嫦娥衣。寄言苏二李十二，莫愁瀑布无新诗。七句疑指苏轼兄弟和李白。

小孤山　　(南宋)谢枋得

人言此是海门关,海眼无涯骇众观。天地偶然留砥柱,江山有此障狂澜。坚如猛士敌场立,危似孤臣末世难。明日登峰须造极,渺观宇宙我心宽。

题江州庾楼故址在浔阳郡治所柴桑县南城门。相传为东晋庾亮所建。　　(南宋)杨 奂

宿鸟归飞尽,浮云薄暮开。淮山青数点,不肯过江来。

水帘泉　　(元)赵孟頫

飞泉如玉帘,直下数千尺。新月如帘钩,遥遥挂空碧。

过东林寺　　(元)李 洞

风破西村雨气昏,泠泠涧水竹间闻。山头知有仙灵过,千丈通明五色云。一、二言过东林寺遇雨。末言雨过天晴。

泊江州　　（明）陶 安

江云绀绿夕阳边，江水空明海气连。一点远帆如白鸟，数声急鼓隔苍烟。浔阳九派疑无地，庐阜千峰直造天。清夜开樽酹司马，琵琶亭下月当船。

小孤山　　（明）解 缙

海门第一关，巨石水中间。阴雨蛟龙出，天晴鹳鹤还。一川浮云笋，两岸见青山。亦有摩崖子，苍苔点点斑。

鞋　山 即大孤山，又名大姑山，在湖口县东南鄱阳湖中。

（明）解 缙

凌波仙子夜深游，遗得仙鞋水面浮。岁久不随陵谷变，化为砥柱障中流。

云锦屏 即九叠屏，又名屏风叠，在庐山三叠泉东北处。

（明）李时勉

匡山迢递傍湖边，叠障攒峦翠欲连。雨过石林留夕照，春归花树散晴烟。卷帘独对香炉净，长日遥看瀑布悬。闻说轩窗最幽暇，别来归梦绕南天。

重游白鹿洞　　(明)吴国伦

何处招寻白鹿仙，千岩万壑泻飞泉。烟霞自昔封丹洞，竹柏春深护讲筵。山意欲留曾住客，地灵应了再来缘。登临尽日浑忘老，拂石仍操白雪弦。

送朗瘤入匡山　　(明)僧读彻

偶向匡庐去，安禅第几重？九江黄叶寺，司空曙《经废宝庆寺》诗：黄叶前朝寺，无僧寒殿开。五老白云峰。落日眠苍兕，飞泉下玉龙。到时应为我，致意虎溪松。虎溪在庐山东林寺前。

过江州琵琶亭　　(清)邓汉仪

江州迁客未归秦，弦索初闻泪满巾。今日善才风调尽，虾蟆陵下总新人。

庐山道中　　(清)屈大均

云际芙蓉千万枝，雨余岩壑更生姿。一天飞瀑随风至，湿尽春衣人不知。

九　江　　(清)邵长蘅

吴楚一江共，波涛九派分。湖光寒自白，庐岳晓常

云。虎斗荒村迹，猿啼落日闻。琵琶亭废久，枫叶正
纷纷。

初夏坐烟水亭望庐山二首　　（清）查慎行

一奁明镜插芙蓉，积雨初晴翠霭浓。万叠好山看未
足，又添云势作奇峰。

分明写入画图工，倒影看来上下同。忽失水中山一
半，浪纹吹皱日高风。

望匡庐不可见　　（清）赵执信

香炉_{庐山香炉峰。}烟散半湖云，_{湖，指鄱阳湖。}舟入荷陂水又
分。却羡沙头双白鹭，潜随明月过匡君。赖汉屏先生云："李白遥
寄王昌龄的诗说：'我寄愁心与明月，随君直到夜郎西。'李白怀友之心托诸明月，是因为
其心皎洁，其意幽深，其情浩瀚，而这时的王昌龄正蒙不洁之名，因此以明月为愁心的载
体，使情与物融汇，互为表里，互相衬托，以取得和谐统一的艺术效果。王安石《泊船瓜
洲》说：'春风又绿江南岸，明月何时照我还？'他何以能预见还家之日，必定在晚上，而且
一定在月下？窥其诗心，也是用明月之皎洁以衬出自己'此心如月'的情操，独来独往、
不矜不伐的气质。由此可见，诗中明月，往往不是客观物象，而是一种意象。"○又云：
"赵执信诗中的'白鹭'和'明月'。'白鹭'之形近鹤，是一种高视独步、纯洁、高雅的禽
鸟，他托身于洁白的沙洲，更显出'拣尽寒枝不肯栖'的情操，这白鹭潜飞入山，'潜'字见
其不矜不伐的气态，而且是'随明月'与月偕行，更见出一片圣洁澄明。白鹭之高洁，皓
月之澄明，匡庐之神圣，三者融合，铸就了一个崇高圣洁的意境。诗人自削职后，或漫
游，或乡居，其心如水，其志如月。现在对白鹭翔飞而兴羡，正因为他洁白的胸怀与潜飞
的白鹭这一意象的和谐统一，物我交融。这正是这首小诗最耐咀嚼品味的地方。"

白鹿书院　　　（清）袁　枚

少室山人旧草庐，隔朝换作紫阳居。一松门外张华盖，五老云中看读书。白鹿仙踪流水远，青衿灯火讲堂虚。人间何处寻精舍，稷下淹中恐不如。

咏怀旧游　　　（清）张问陶

风流淘尽大江东，终古匡庐在望中。踪迹易随彭蠡雁，文章难藉马当风。宅边松竹功名淡，水面琵琶际遇穷。回首浔阳余梦影，木兰舟上月融融。《述异记》：木兰川在浔阳江中，多木兰树，鲁班刻为舟。○马戴《楚江怀古》："猿啼洞庭树，人在木兰舟。"

和韩小亭访琵琶亭旧址原韵二首
（清）沈　涛

浔阳选胜此何加，瑟瑟依然芦荻花。动地干戈驰羽檄，兼天波浪泛星槎。宾筵阒寂谁为主？宦海飘零便当家。东去大江月去月，照人清泪滴琵琶。

眼前突兀见飞楼，杖策登临逸兴幽。台榭荒寒辞垒燕，烟波浩荡狎行鸥。劳人簿领风尘梦，老我江湖汗漫游。白发青衫无限感，不关弹出四弦秋。

晚抵九江作　　（清）陈三立

藏舟夜半负之去，<small>句出《庄子·大宗师》。此说夜间行舟有这样的感觉。活用典故，妙甚。</small>摇兀江湖便可怜。合眼风涛移枕上，抚膺家国逼灯前。鼾声邻榻添雷吼，曙色孤篷漏日妍。咫尺琵琶亭畔客，起看嘹雁万峰颠。

题湖濑唐侍御匡庐观瀑图　　（清）曾习经

眼看台妙去联翩，百转烦忧只自煎。何处更求千日酒，此行真泛九江船。声名惜向菰蒲老，隐退终依水石便。吾有罗浮归未得，心思顽钝借君鞭。

三、赣　州

下赣石　　（唐）孟浩然

赣石三百里，<small>《一统志》："赣水北流至万安县，为滩十有八，怪石如精铁，突兀廉厉，错峙波面。"自赣水而上，险阻视十八滩，故里俗以为上下三百里赣石。</small>沿洄千嶂间。沸声常活活，洊势亦潺潺。跳沫鱼龙沸，垂藤猿狖<small>读右，去声。长尾猿。</small>攀。榜人苦奔峭，而我忘险艰。放溜情

弥远，登舻目自闲。暝帆何处泊，遥指落星湾。《太平寰宇记》
云："落星山在庐山东，周回一百五十步，高丈许。"《图经》云："昔有星坠水，化为石，当彭
蠡湾中，俗呼为落星湾。"

章江作 章江即赣江。《元和郡县志》称东为章水，西为贡水。《太平寰宇记》则称东为贡水，西为章水，不知孰是。 （五代）韦 庄

杜陵归客正徘徊，玉笛谁家吹落梅。之子棹从天外
去，故人书自日边来。《晋书·明帝纪》："帝幼而聪哲，元帝所宠异，尝数置
膝前，属长安使来，因问，帝曰：'汝谓日与长安孰远？'对曰：'长安近。'不闻人从日边来，
居然也知也。元帝异之。明日宴群臣，又问之，对曰：'日近，长安远。'元帝失色曰：'何
乃异间者之言乎？'对曰：'举头见日，不见长安。'"杨花漫惹霏霏雨，竹叶
闲倾满满杯。欲问旌阳旧风月，《一统志》："许逊，南昌人。晋初为旌
阳令，后弃官学道，举家同升，鸡犬亦随去。"按：南昌亦食章江之水，故用旌阳事。一
江红树乱猿哀。

虔州八境图 虔州，隋置，取虔化水为名。寻废。唐复置，改曰南康郡。寻复曰虔州，宋时谓有虔刘之义，改曰赣州，即今江西赣县。

（北宋）苏 轼

坐看奔湍绕石楼，使君高会百无忧。三犀窃鄙秦太
守，杜甫《石犀行》："君不见秦时蜀太守，刻石立作三犀牛。"八咏聊同沈隐
侯。沈约谥曰隐。著有《东阳八咏》。

涛头寂寞打城还，章贡台前暮霭寒。倦客登临无限
思，孤云落日是长安。李白《春日》诗："长空去鸟没，落日孤云边。"

　　白鹊楼前翠作堆，紫云岭路若为开。故人应在千山外，不寄梅花远信来。

　　朱楼深处日微明，皂盖归时酒半醒。薄暮渔樵人去尽，碧溪青嶂绕螺亭。虔州西南有江曰螺女江，庙曰螺女庙。即传说中之田螺精故事出此。

　　却从尘外望尘中，无限楼台烟雨蒙。山水照人迷向背，只寻孤塔认西东。

　　云烟缥缈郁孤台，积翠浮空雨半开。想见之罘观海市，绛宫明灭是蓬莱。

　　回峰乱嶂郁参差，云外高人世得知。谁向空山弄明月，山中木客解吟诗。

　　使君那暇日参禅，一望丛林一怅然。成佛莫教灵运后，着鞭从使祖生先。

八月七日初入赣过惶恐滩　　（北宋）苏　轼

　　七千里外二毛人，十八滩头一叶身。山忆喜欢作者自注：蜀道中有错喜欢铺，在大散关上。劳远梦，地名惶恐泣孤臣。长风送客添帆腹，积雨浮舟减石鳞。便合与官充水手，此生何止略知津。纪昀曰："真而不俚，怨而不怒。"

（元）方回：原注"蜀道中有错喜欢铺，在大散关上"。绍圣元年甲戌，东坡自知定州降知英州，未到，贬惠州安置。——《瀛奎律髓汇评》

（清）冯班："充水手"可用。——同上

（清）查慎行：黄公滩在万安县前。自东坡改为"惶恐"以对"喜欢"，其后文信国用之以对"零丁"，世遂沿袭不改，无复称旧名矣。——同上

（清）纪昀：结太尽。——同上

郁孤台 在赣州市西北隅贺兰山上。　　　　（北宋）苏 轼

八境见图画，郁孤如旧游。山为翠浪涌，水作玉虹流。日丽崆峒晓，风酣章贡秋。丹青未变叶，鳞甲欲生洲。岚气昏城树，滩声入市楼。烟云侵岭路，草木半炎州。故国千峰外，高台十日留。他年三宿处，准拟系归舟。

菩萨蛮·书江西造口壁 江西万安县西南六十里，有皂口溪，水自此入赣江。皂口即造口也。南渡之初，金人追隆祐太后御舟至造口，太后舍舟而陆，遂幸虔州（今赣县）。　　　　（南宋）辛弃疾

郁孤台下清江水，中间多少行人泪。西北望长安，可怜无数山。　　青山遮不住，毕竟东流去。江晚正愁予，山深闻鹧鸪。

（宋）罗大经：南渡之初，虏人追隆祐太后御舟至造口，不及而还，幼安自此起兴。闻鹧鸪之句，谓恢复之事行不得也。——《鹤林玉露》

（明）卓人月：忠愤之气，拂拂指端。——《古今词统》

（明）沈际飞：无数山水，无数悲愤。伊文公云"若朝廷赏罚明，此等人皆可用"。——《草堂诗余正集》

（清）宋翔凤：《庆元党禁》云："嘉泰四年，辛弃疾入见，陈用兵之利，乞付之元老大臣。侂胄大喜，遂决意开边。则稼轩先以韩为可倚，后有书江西造口壁一词。《鹤林玉露》言'山深闻鹧鸪'之句，谓恢复之事行不得也。则固悔其轻言。然稼轩之情，可谓忠义激发矣。"——《东府余论》

（清）许昂霄：此词寓意，《鹤林玉露》言之最当。——《词综偶评》

（清）陈廷焯：慷慨生哀。——《词则·大雅集》

又云：血泪淋漓、古今让其独步。结二语号呼痛哭，音节之悲，至今犹隐隐在耳。——《云韶集》

又云：稼轩《菩萨蛮·书江西造口壁》一章，用意用笔，洗脱温、韦殆尽，然大旨正见吻合。——《白雨斋词话》

（清）谭献：（"西北"二句）宕逸中有深炼。——《谭评词辨》

八境台在赣州市北,章、贡之水合流处。

（南宋）文天祥

晓色重帘卷，春声叠鼓催。长垣连草树，远水照楼台。八境烟浓淡，六街人往来。平安消息好，看到岭头梅。

玉石岩在龙南县城北约二公里的桃江东岸,上下二岩隔谷相对。

（明）王守仁

洞府人寰此最佳，当年空自费青鞋。麾幢旖旎悬仙杖，台殿高低接纬阶。天巧固应非斧凿，化工无乃太安排。欲将点瑟携童冠，就揽春云结小斋。

江行杂咏　　(清)邓汉仪

江州解缆客途长，三日西风逼建康。试问谁人镇姑孰？青山牛渚满斜阳。

十八滩赣江上游有十八滩，水流迅急，石礁暗布，行舟视为畏途。十八滩计有：白涧、天柱、小湖、鳖滩、大湖、铜盘、落濑、青洲、梁口、昆仑、晓滩、武塑、昂邦、小蓼、大蓼、绵滩、漂神、黄公(惶恐)。　　(清)徐　钪

万壑千峰送客舟，槎牙怪石水交流。岭猿莫怪啼深树，只听滩声已白头。

齐天乐·十八滩舟中夜雨　　(清)陈　澧

倦游谙尽江湖味，孤篷又眠秋雨。碎点飘灯，繁星落枕，乡梦更无寻处。幽蛩不语。只断苇荒芦，乱垂烟渚。一夜潇潇，恼人最是绕堤树。　　清吟此时正苦。渐寒生竹簟，秋意如许。古驿疏更，危滩急溜，并作天涯离绪。归期又误。望庾岭模糊，湿云无数。镜里明朝，定添霜几缕。

九江夜泊　　(清)王甲荣

夜泊古浔阳，东南旧战场。临江犹戍鼓，断岸独危

（十九）江　西

樯。野老余烽镝，将军几国殇。偶来一凭吊，烟月剧
苍凉。

赣江晓发　　　（清）俞明震

荒滩有客夜推篷，江入群山一线通。向晓灯光斜月
里，残年心事乱流中。将衰微觉悲欢异，无睡方知天地
空。忽漫相逢有归雁，哀鸣无那五更风。

四、袁州（宜春）

百丈山 又名大雄山，在奉新县西七十公里处。
（唐）李 忱

大雄真迹枕危峦，梵宇层楼耸万般。日月每从肩上
过，山河长在掌中看。仙峰不问三春秀，灵境何时六月
寒。更有上方人罕到，暮钟朝磬碧云端。

袁州作 隋置袁州，取袁山为名。寻改宜春郡。唐复置，古治所
在今宜春县。　　　（五代）韦 庄

家家生计只琴书，一郡清风似鲁儒。山色东南连紫

府，聂安福注：疑指抚州紫府观。 水声西北属洪都。即今南昌府。 烟霞尽入新诗卷，郭邑闲开古画图。正是江村春酒熟，更闻春鸟劝提壶。提壶，鸟名。

（清）胡以梅：通首清丽，五、六尤精。比户琴书，所以似鲁儒之风雅也；山川秀发才有此风气。故承之以山水。紫府，色真而地假。洪都，色假而地真。交错借对，甚活。下半言游者，烟霞可添吟兴，出入如展画图，而江村酒熟，有幽鸟鸣春，更可醉游耳。——《唐诗贯珠》

寄袁州曹伯玉使君 　　（北宋）王安石

宜春城郭绕楼台，想见登临把一杯。湿湿岭云生竹菌，冥冥江雨熟杨梅。政成定入邦人咏，诗就还随驿使来。错莫风沙愁病眼，不知何日为君开。

题阁皂山 在清江县樟树镇东南约四十五旦。
（元）吴 澄

汉吴仙迹 汉张道陵、三国吴葛玄先后在此修道。 两峰齐，欲拾瑶花恐路迷。宝殿青红随地涌，林峦苍翠接天低。九重香案分云篆，八景琅函记玉题。仙鹤翔空清似水，步虚声在朵梅西。

玉华山 在江西清江县境。 　　（明）刘 崧

翠巘千峰合，丹崖一径通。楼台上云气，草木动天

风。野旷行人外，江平落雁中。伤心俯城郭，烟雨正冥蒙。

宜春台春望<small>宜春台在宜春市，东南隅，汉宜春侯刘成建。</small>
（明）李梦阳

劳劳世路里，今望始临台。人倚楚天尽，风驱缃色来。密云生晓暝，远水上春雷。尚有干戈泪，凭轩眼倦开。

化成岩青莲洞<small>在宜春城北二里袁水北岸。</small>
（清）施闰章

石作莲花半未开，玲珑曲曲尽莓苔。春深坐觉衣裳冷，不道云从袖里来。

五、信州（上饶）

余干旅舍　　（唐）刘长卿

摇落暮天迥，青枫霜叶稀。孤城向水闭，独鸟背人

飞。渡口月初上,邻家渔未归。乡心正欲绝,何处捣寒衣。

(明)都穆:刘长卿《余干旅舍》……张籍《宿江上馆》……二诗皆奇,而偶以次韵,尤可喜也。——《南濠诗话》

(明)周珽:咏客邸秋夜萧索,孤寂情景,极凄极韵。——《唐诗选脉会通评林》

(清)吴乔:刘长卿五律胜于钱起,《穆陵关》、《吴公台》、《漂母墓》皆言外有远神。《余干旅舍》前六句叙尽寂寞之景,结以情收之,亦《吹笛关山》之体。——《围炉诗话》

登余干古县城 　　(唐)刘长卿

孤城上与白云齐,万古荒凉楚水西。官舍已空秋草绿,女墙犹在夜乌啼。平沙渺渺来人远,落日亭亭向客低。沙鸟不知陵谷变,朝飞暮去弋阳溪。

(宋)范晞文:措思削词皆可法。——《对床夜语》

(明)李维桢:清爽流亮之作。——《唐诗隽》

(明)周珽:悲情凄响,捧诵一过,不减痛读"骚"经。张震云:"伤今吊古之情,蔼然见于言意之表。"——《唐诗选脉会通评林》

(清)纪昀:当日之清吟,后来之滥调,神奇腐臭,变化何常?善学者贵以意消息耳。——《批唐诗鼓吹》

(清)吴瑞荣:文房句法之妙,如"贾谊上书忧汉室"、"飞鸟不知陵谷变",有盛唐之雄伟而化其嶙岣,有初唐之渊冲而益以声调。——《唐诗笺要》

(清)方东树:首二句破题,首句破"城"字,而以"上与白云齐"五字为象,则不枯矣;次句上四字"古"字,下三字"余干"。三、四赋古城,而以"秋草"、"夜乌"为象,则不枯矣。五、六"登"字中所望意。收句"古"字,"余干"字,切实沉着而入妙矣,以情有余,味不尽,所谓"兴在象外"也。言外句句有登城

人在，句句有作诗人在，斫以称为作者，是谓魂魄停匀。——《昭昧詹言》

题陆鸿渐上饶新开山舍　　（唐）孟　郊

惊彼武陵状，移归此岩边。开亭拟贮云，凿石先得泉。啸竹引清吹，吟花成新篇。乃知高洁情，摆落区中缘。

葛溪驿 在江西弋阳县。　　（北宋）王安石

缺月昏昏漏未央，一灯明灭照秋床。病身最觉风霜早，归梦不知山水长。坐感岁时歌慷慨，起看天地色凄凉。鸣蝉更乱行人耳，正抱疏桐叶半黄。

（元）方回：半山诗如此慷慨者少，却似"江西"人诗。——《瀛奎律髓汇评》

（清）冯舒："江西"安得如此标秀。——同上

（清）冯班：虚谷云"却似"，然却不似。——同上

（清）纪昀：老健深稳，意境殊自不凡。三、四细腻，后四句神力圆足。——同上

（清）许印芳：此旅宿感怀而赋诗也。首联伏后六句，无一闲字，"病身"、"归梦"、"起坐"、"耳闻"，从"床"字生出。"风霜"、"岁时"、"鸣蝉"、"黄叶"，从"秋"字生出。山水之长、天地之色、桐叶之黄，在灯月中看出。早觉不知、慷慨凄凉、乱耳之情，在月昏灯明中悟出。"正抱"二字，与"漏未央"相应。此则点明赋诗之时，收束通篇也。后六句紧跟"秋床"来，而五句又跟三句，六句又跟四句，七句又紧跟五、六来，故用一"更"字，八句则紧跟七句，乃一定之法。诗律精细如此，而气脉贯注，无隔塞之病，加以风格高老，意境沉深，半山学杜，此真得其神骨矣。——同上

（清）赵熙：意境妙。——同上

龟 峰 又名圭峰，在弋阳县城南十二里。
（南宋）陈康伯

形势如龟禀赋奇，昂头倚尾向溪湄。恍如献瑞在官日，犹似呈书出洛时。日色蒸霞红甲润，苔痕湿雨绿毛垂。千年屹立层霄外，高寿乔松可等期。

南 岩 在上饶市南五公里。　　　（南宋）朱 熹

南岩兜率境，形胜自天成。岩雨楹前下，山云殿后生。泉堪清病目，井可濯尘缨。五级峰头立，行须步玉京。

鹧鸪天·博山寺作　　　（南宋）辛弃疾

不向长安路上行，却教山寺厌逢迎。味无味处《老子》："为无为，事无事，味无味。"求吾乐，材不材间过此生。《庄子·山木篇》："明日弟子问于庄子曰：'昨日山中之木以不材得终其天年，今主人之雁以不材死，先生将何处？'庄子笑曰：'周将处乎材与不材之间。'"宁作我，《世说新语·品藻》："桓公少与殷侯齐名，常有竞心。桓问殷：'卿何如我？'殷云：'我与我周旋久，宁作我。'"岂其卿。扬雄《法言·问神》："或曰'君子病没世而无名，盍势诸名卿，可几也？'曰：'君子德名为几，梁、齐、赵、楚之君，非不富且贵也，恶乎成名？谷口郑子真不屈其志而耕乎岩石之下，名震于京师。岂其卿，岂其卿。'"人间走遍却归耕。苏轼《江城子》：

"只渊明,是前生。走遍人间,依旧却归耕。"**一松一竹真朋友**,元结《丐论》:"古人乡无君子,则与云山为友;里无君子,则与松竹为友;座无君子,则与琴酒为友。"**山鸟山花好弟兄**。杜甫《岳麓山道林二寺行》:"一重一掩吾肺腑,山鸟山花共友乎。"

（清）沈雄:稼轩词亦有不堪者,"一松一竹真朋友,山鸟山花好弟兄"是也。——《古今词话·词品》

踏莎行·庚戌中秋后二夕,带湖篆冈小酌
（南宋）辛弃疾

夜月楼台,秋香院宇。笑吟吟地人来去。是谁秋到便凄凉? 当年宋玉悲如许。　　随分杯盘,等闲歌舞。问他有甚堪悲处? 思量却也有悲时,重阳节近多风雨。

（宋）僧惠洪:黄州潘大临工诗,多佳句,然甚贫。东坡、山谷喜之。临川谢无逸以书问有新作否? 临答书曰:"秋来景物,件件是佳句,恨为俗气所蔽翳。昨日闲卧,闻揽林风雨声,欣然起,题其壁曰'满城风雨近重阳'忽催租人至,遂败意。止此一句奉寄。"闻者笑其迂阔。——《冷斋夜话》

（清）陈廷焯:稼轩词如……"重阳节近多风雨",……皆于悲壮中见浑厚。——《白雨斋词话》

又云:笔致疏宕,独有千古。合拍处妙不可思议。——《云韶集》

又云:郁勃以蕴藉出之。——《词则·放歌集》

沁园春·灵山齐庵赋,时筑偃湖未成
（南宋）辛弃疾

叠嶂西驰,万马回旋,众山欲东。正惊湍直下,跳珠

倒溅;小桥横截,缺月初弓。老合投闲,天教多事,检校长身十万松。吾庐小,在龙蛇影外,风雨声中。　　争先见面重重。看爽气朝来三数峰。似谢家子弟,衣冠磊落;相如庭户,车骑雍容。我觉其间,雄深雅健,如对文章太史公。新堤路,问偃湖何日,烟水蒙蒙?

(明)卓人月:"雄深雅健"四字,幼安可以自赠。——《古今词统》

(清)先著、程洪:稼轩词于宋人中自辟门户,要不可少。有绝佳者,不得以粗、豪二字蔽之。如此种创见,以为新奇,流传遂成恶习。存一以概其余。世以苏、辛并称,辛非苏类,稼轩之次则后村、龙洲,是其偏裨也。——《词洁》

(现代)顾随:自来作家写山,皆是淡远幽静,再则写它突兀峻厉。稼轩此词,开端便以万马喻群山,而且是此万物也者,西驰东旋,踠足郁怒,气势固已不凡,更喜作者羁勒在手,故作驱使如意。真乃倒流三峡,力挽万牛手段。他胸中原自有此郁勃底境界,所以群山到眼,随手写出,自然如是。换头如下,便写出"磊落"、"雍容"、"雄深雅健",有见解,有修养,有胸襟,有学问,真乃掷地有声。后来学者,上焉者硬语盘空,只成乖戾;下焉者使酒骂座,一味叫嚣,相去岂止千万里。——《稼轩词说》

归朝欢 并序　　　(南宋)辛弃疾

齐庵菖蒲港,皆长松茂林。独野梅花一株,山上盛开,照映可爱。不数日,风雨摧败殆尽。意有感,因效介庵体为赋,且以"菖蒲绿"名之。丙辰岁三月三日也。

山下千林花太俗。山上一枝看不足。春风正在此花边,菖蒲自蘸清溪绿。与花同草木。问谁风雨飘零速。莫怨歌,夜深岩下,惊动白云宿。　　　病怯残年频自卜。

老爱遗编难细读。苦无妙手画於菟，菟读图，平声。於菟，虎也。人间雕刻真成鹄。鹄读斛，入声。天鹅也。二句，用马援"刻鹄不成尚类鹜，画虎不成反类犬"语意。梦中人似玉。觉来更忆腰如束。许多愁，问君有酒，何不日丝竹？按：齐庵菖蒲港在江西上饶灵山。介庵名赵彦端，号介庵。

生查子·独游西岩在江西上饶。二首
（南宋）辛弃疾

青山招不来，偃蹇谁怜汝。岁晚太寒生，唤我溪边住。　　山头明月来，本在高高处。夜夜入清溪，听读《离骚》去。

青山非不佳，未解留侬住。赤脚踏沧浪，为爱清溪故。　　朝来山鸟啼，劝上山高处。我意不关渠，自要寻兰去。

满江红·游南岩在江西上饶。和范廓之韵
（南宋）辛弃疾

笑拍洪崖，问千丈、翠岩谁削？依旧是、西风白马，北村南郭。似整复斜僧屋乱，欲吞还吐林烟薄。觉人间、万事到秋来，都摇落。　　呼斗酒，同君酌，更小隐，寻幽约。且丁宁休负，北山猿鹤。有鹿从渠求鹿梦，非鱼定未知鱼乐。正仰看、飞鸟却瞻人，回头错。

（明）卓人月：稼轩作词，俱以胸中有成竹，一挥而就者，不复知协律之苦。——《古今词统》

三清山又名少华山，在玉山县西北。　　　　（南宋）赵 蕃

禅月诗僧古道场，山雄吴楚接华阳。疏通八磜读气，去声。八磜，瀑布名。蛟龙隐，高并双峰虎豹藏。云母屏寒消瘴气，蓝田璧润吐虹光。碧桃花落仙人去，静听松风心自凉。

过信州　　　（元）高克恭

二千里地佳山水，无数海棠官道旁。风送落红挽马过，春风更比路人忙。

过鹅湖寺在铅山县河口镇东南鹅湖山上。　　　（元）萨都剌

十里苍松对寺门，四围翠滴露纷纷。湖心水满通银汉，山顶鹅飞化白云。玉井芙蓉天上露，瑶池雪浪月中闻。石床茶灶如招隐，还许闲人一半分。

六、抚　州

麻姑山 在南城县西约七公里，相传麻姑在此得道成仙。

（唐）刘禹锡

曾游仙迹见丰碑，除却麻姑更有谁？云盖青山龙卧处，日临丹洞鹤归时。霜凝上界花开晚，月冷中天果熟迟。人到便须抛世事，稻田还拟种灵芝。

华盖山 华盖山即宝盖山，又名大华山，在乐安县东南。

（北宋）乐　史

蓬莱宫阙接天关，关锁云霞紫翠间。夜半雨腥龙起洞，日斜云伴鹤归山。棋枰石古群仙记，丹药炉空九转还。此日登临兴无限，御风身已隔尘寰。

游麻姑山半山亭　　　（北宋）曾　巩

树杪苍崖路屈盘，半崖亭榭午犹寒。平时举眼看山处，到此凭栏直下看。

乌 塘 　　（北宋）王安石

乌塘渺渺渌平堤，堤上行人各有携。试问春风何处好，辛夷如雪柘冈西。李璧注云："公母家吴氏，居临川三十里外，地名乌石冈。吴氏所居又有柘冈，即诗所指。"

冒雨登拟岘台观江涨 拟岘台又名钟灵台，故址在临川县城东隅。

（南宋）陆 游

雨气分千嶂，江声撼万家。云翻一天墨，浪蹴半空花。喷薄侵虚阁，低昂泛断槎。壮游思夙昔，乘醉下三巴。

谒金门·寒食临川平塘道中 　　（元）张 翥

溪水漫。岸口小桥冲断。沽酒人家门巷短。柳阴旗一半。　　细雨鸣鸠相唤。曲溪落花流满。两两睡红鸂鶒暖。恼人春不管。

经陆象山先生墓 　　（明）夏 言

十里松楸翳薜萝，百年芳冢正嵯峨。山川几处还增重，草木兹乡亦自多。道在死生真孟浪，教残风俗竟如何。瓣香尚拟归途拜，仰止高风下马过。按：陆象山名九渊，南宋哲学家、教育家。因居贵溪象山，故自号象山翁，是宋代理学学派的创始人之一。

汤祠部义仍先生招集玉茗堂赋谢诗<small>汤显祖曾任南</small>

<small>京祠部郎中，玉茗堂系汤故居，曾在此闲居二十年。</small>　　　　（明）谢三秀

　　草堂遥夜带春星，谡谡松风韵可听。题柱声名高画省，著书岁月老元亭。寒宵对雨樽仍绿，末路逢人眼倍青。怀抱为公倾欲尽，昔言裘马向飘零。

七、大庾岭

度大庾岭　　　（唐）宋之问

　　度岭方辞国，停轺<small>读遥，平声。轻车，使节所用之车。</small>一望家，魂随南翥鸟，泪尽北枝花。山雨初含霁，江云欲变霞。但令归有日，不敢恨长沙。<small>用贾谊谪长沙事。</small>

　　（明）钟惺：恨在"不敢"二字。——《唐诗归》
　　（清）卢<ruby>麰</ruby>、王溥：三、四沉痛，情至之音，不关典色。第六亦是异句。结句怨而不怒，得诗人温厚之旨。〇陈度远曰：辞苦思深，不堪多读。"雨含霁"、"云变霞"写景已别，着"初"、"欲"二字更极作致。——《闻鹤轩初盛唐近体读本》

题大庾岭北驿　　（唐）宋之问

阴月南飞雁，传闻至此回。我行殊未已，何日复归来。江静潮初落，林昏瘴不开。明朝望乡处，应见陇头梅。

岭　梅　　（南宋）曾　幾

蛮烟无处说，梅蕊不胜清。顾我已头白，见渠犹眼明。折来知韵胜，落去得愁生。坐久江南梦，园林雪正晴。

度梅岭二首　　（明）戚继光

溪流百折绕青山，短发秋风夕照间。身入玉门犹是梦，复从天末出梅关。

北去南来已白头，逢人莫话旧时愁。空余庾岭关前月，犹照渔阳塞外秋。

秋发梅岭　　（明）汤显祖

秋叶沾秋影，凉蝉隐夕晖。梧云初晻霭，花露欲霏微。岭色随行棹，江光满客衣。徘徊今夜月，孤鹊正南飞。

度　岭　　　(清)梁佩兰

黄云满地堆禾黍,山舍流泉映夕阳。冬暖近来春雪少,山人天上放牛羊。

度大庾岭　　　(清)朱彝尊

雄关直上岭云孤,驿路梅花岁月徂。徂读粗,平声,走也,过也。丞相祠堂。相传唐代张九龄丞相派人在此开凿道路,广植梅花。虚寂寞,越王城阙南越王赵佗。总荒芜。自来北至无鸿雁,宋之问《题大庾北驿》:"阳月南飞雁,传闻至此回。"从此南飞有鹧鸪。据《南越志》云,鹧鸪不管向哪个方向飞,其起飞时总是向南的。乡国不堪重伫望,乱山落日满长途。

八、鄱阳湖(彭蠡)

泛鄱阳湖　　　(五代)韦　庄

四顾无边鸟不飞,大波惊隔楚山微。纷纷雨外灵均过,瑟瑟云中帝子归。进鲤如梭投远浪,小舟似叶傍斜晖。鸱夷去后无人到,爱者虽多见者稀。

过鄱阳湖   （南宋）徐 照

港中分十字，蜀广亦通连。四望疑无地，孤舟若在天。龙尊收巨浪，鸥小没苍烟。未渡皆惊畏，吾今已帖然。

鄱阳湖   （明）吴国伦

欲向匡庐卧白云，宫亭水色昼氤氲。千山日射鱼龙窟，万里霜寒雁鹜群。浪拥帆樯天际下，星蟠吴楚镜中分。东南岁暮仍鼙鼓，莫遣孤舟逐客闻。

渡鄱阳   （清）严遂成

烟与水无际，迷茫小洞庭。潮回三楚白，山压五湖青。苇折雁声苦，风多鱼气腥。扬舲一极目，何处吊湘灵。

（二十）福建

一、福 州

送郑侍御谪闽中 （唐）高 适

谪去君无恨,闽中我旧过。大都秋雁少,只是夜猿多。东路云山合,南天瘴疠和。自当逢雨露,行矣慎风波。

(明)叶羲昂:真爱至情,抵多少加餐等语。——《唐诗直解》

(清)谭宗:此诗清老笃挚,当为一代送别五律之冠,不第首推兹集已也。——《近体秋阳》

(清)沈德潜:雁少猿多,正言旅思不堪也(大都句下)。——《唐诗别裁集》

洛中谢福建陈判官见赠 （唐）刘禹锡

潦倒声名拥肿材,一生多故苦遭回。南宫旧籍遥相管,东洛闲门昼未开。静对道流论药石,偶逢词客与琼瑰。怪君近日文锋利,新从延平看剑来。

送唐舍人唐扶。出镇闽中   （唐）刘禹锡

暂辞鸳鹭出蓬瀛，忽拥貔貅镇粤城。闽岭夏云迎皂盖，建溪秋树映红旌。山川远地由来好，富贵当年别有情。了却人间婚嫁事，复归朝右作公卿。

福州开元寺塔   （唐）周 朴

开元寺里七重塔，遥对方山影似齐。杂俗人看离世界，孤高僧上觉天低。惟堪片片紫霞映，不与蒙蒙白雾迷。心若无私罗汉在，参差免向日虹西。

登南台僧寺南台即钓台山，在福州市南闽江中，亦称南台山。
（唐）韩 偓

无那离肠日九回，强摅怀抱立高台。中华地向城边尽，外国云从岛上来。四序有花长见雨，一冬无雪却闻雷。南宫紫气生冠冕，试望扶桑病眼开。

游开元寺   （北宋）蔡 襄

紫阁青苔压翠岑，春情秋思共登临。雨岚供眼横千掌，星汉垂檐直半寻。忍别朱栏真俗吏，独栖苍树只仙禽。当年人事多奇尚,拟托岩扃息寸心。

蝶恋花·福州横山阁　　(南宋)李弥逊

百叠青山江一缕。十里人家,路绕南台去。榕叶满川飞白鹭。疏帘半卷黄昏雨。　　楼阁峥嵘天尺五。荷芰风清,习习消袢暑。老子人间无着处,一尊来作横山主。

送陆务观_{陆游,} 福建提仓　　(南宋)韩元吉

舣船相对百分空,京口追随似梦中。_{追忆十五年前京口旧游。其时陆游为镇江通判。}落纸云烟君似旧,盈巾霜雪我成翁。春来茗叶还争白,_{茶品以白者为上。}腊近梅梢尽放红。领略溪山须妙语,小迂旌节上凌风。_{凌风亭在福建建安。作者为建安宰旷所营。}

渡浮桥至南台　　(南宋)陆 游

客中多病废登临,闻说南台试一寻。十轨徐行怒涛上,千艘横系大江心。寺楼钟鼓催昏晓,墟落云烟自古今。白发未除豪气在,醉吹横笛坐榕阴。

游瑞岩 瑞岩在福清县海口镇北面,距县城十公里。

(南宋)朱 熹

踏破千林黄叶堆,林间台殿郁崔嵬。谷泉喷薄秋逾响,山翠空蒙昼不开。一壑只今藏胜概,三生畴昔记曾来。解衣正作留连计,未许山灵便却回。

好事近·福州西湖　　(南宋)辛弃疾

春意满西湖,湖上柳黄时节。濒水雾窗云户,贮楚宫人物。　　一年管领好花枝,东风共披拂。已约醉骑双凤,玩三山风月。

黄蘖山 在福清县渔溪镇。　　(南宋)刘克庄

出县半程遥,松间认粉标。峰排神女峡,寺创德宗朝。鹳老巢高木,僧寒晒堕樵。早知人世淡,来往退居寮。

黄蘖寺　　(南宋)刘克庄

犹记垂髫到此山,重游客鬓已凋残。寺经水后增轮奂,僧比年时减钵单。绝壑云兴潭影黑,疏林霜下叶声

干。平生酷嗜朱翁字,细看荒碑倚石栏。

福州即景　　(南宋)徐经孙

一别居诸《诗经》:"日居月诸。"指岁月流逝。岁月增,遥闻此景画难能。湖田种稻重收谷,道路逢人半是僧。城里三山即于山、乌石山和屏山。千簇寺,云间七塔万枝灯。常年六月东山上,地涌寒泉漱齿冰。谓福州东郊之鼓山,有泉涌出,名罗汉泉。

福州杂诗　　(元)范 椁

虎豹几曾惊石鼓,鱼龙独解隐金沙。遮斜翠荔余千刹,掩映朱霞倚万家。

登乌石山仁王寺横山阁　　(元)萨都剌

千尺青莲座,烟霞拥地灵。山川几纳屦,日月两浮萍。鸟没云垂海,龙归水在瓶。深堂说法夜,应许石头听。用名僧竺道生事。

方广岩 在永泰县葛岭镇东北四公里处。　　(元)林泉生

上方楼阁倚空明,蹬路如天鸟亦惊。屋上石岩常欲坠,檐前瀑布不能晴。龙湫千古风雷气,山殿六时钟磬

声。最爱白云飞不上，半山飘泊伴人行。

登罗星塔 又名磨心塔，原在福州马江的一个小岛上，现岛已与陆地相连，相传为宋时岭南人柳七娘所建。据《闽都记》载："七娘，岭南李氏女，有色。里豪谋夺之，抵其夫于法，谪死闽南。七娘析其产入闽，捐资造塔。"

（明）叶向高

冶城南望海天遥，谁遣中流一柱标。谓塔。地似瞿塘看滟滪，江同扬子见金焦。空山积雨无人到，画舫清尊有客招。宝塔销沉何处问，漫将遗迹说前朝。

林洋寺 在福州市北峰山，为福州五大禅寺之一。　　　　（明）谢肇淛

丛林一片掩垂藤，败铁生衣石阙崩。夜雨孤村闻断磬，青畦隔水见归僧。山荒荆棘无邻近，岭隔桃枝少客登。寂寞茅茨余四壁，霜风时打佛前灯。

过闽王王审知墓 墓在福州市北郊战坂乡莲花峰南麓，称为"宣陵"。

（明）谢肇淛

八郡封疆一望遥，秋心松柏冷萧萧。宫车去国成千古，剑玺传家历五朝。石马嘶风金碗出，野狐穿冢宝衣销。断碑犹识唐年月，春雨苔花字半凋。

九日登鼓山绝顶　　(明)谢肇淛

绝顶空青气飒然,溟蒙海色暗蛮烟。天门咫尺云堪卧,霸世东南秋可怜。九日悲风吹短发,万方落日咽寒泉。荒台寂寞黄花冷,故国惊心白雁前。

游方广寺在永泰县葛岭镇东北。　　(明)谢肇淛

鸟道千盘一径微,竹林苍翠湿人衣。风传绝壑初闻磬,室倚悬岩不掩扉。石底暝云排闼入,空中晴雨作窄飞。秋深燕子还相恋,栖尽寒岩不肯归。

登乌石山　　(明)徐𤊹

绝巘分青霭,高楼接绛霄。钟声多近寺,墨迹半前朝。径小疑藏洞,山穷忽遇桥。凭栏时纵目,沧海望中遥。

送林衡者归闽　　(清)吴伟业

五月关山树影圆,送君吹笛柳阴船。征途鸀鳿愁中雨,故国桄榔梦里天。夹漈草荒书满屋,连江人去雁飞田。无诸台上休南望,海色秋风又一年。

南乡子·游鼓山,题灵源洞壁　　(清)朱彝尊

披露晓同游。竹杖蓝舆各自由。翠磴红亭三十里,淹留。行到松门路转幽。　　僧饭雨初收。风末钟声树杪楼。多事山僧曾喝水,桥头。只少飞泉一道流。

福州竹枝词十八首　　(清)杭世骏

欧池终古水沄沄,霸气潜消六代君。大石尊空作重九,何人解上越王坟。

古殿凄凉晒马通,居民犹指耿家宫。一株榕树荒唐尽,也要挐云上九空。

镫月难教一样齐,酒衫风骨舞裙低。春台幻尽鱼龙戏,明月双门认品题。

鬐沸流泉滤更清,暖汤勺瀹不闻声。勺瀹,热貌。张衡《思玄赋》:"心勺瀹其若汤。"瀹读朔,入声。恩波未得华清赐,孤负琼肌夜夜情。

六扇屏风密密排,画堂无地拾瑶钗。思量只有羊家婢,红屧相逢十字街。

梨口从来号印筐,百番将乐纸犹光。书棚到处贪翻刻,俗本麻沙遍学堂。

阿母梳头晓镜春,东牙小巷哄街尘。携将稀齿篦箕样,来赠寒窗拢鬓人。

贩鲜郎说往南台,一道长桥划浪开。日日桥边盼郎信,信来争得似潮来。

林家酒库宋家香,狂客真宜老是乡。一缕清风三十步,月街吹遍小回廊。

玳瑁头梳傍玉台,寿山花盒待郎开。春愁似海知难遣,雕刻香螺作酒杯。

一丈亭亭夹竹桃,佛桑如雪映红蕉。重阳亦有花儿市,黄菊和泥满担桃。

费尽冬机碧玉梭,夜长纤手耐寒呵。辛勤一足双经绢,抵换番钱得几多。

青崖二月雨蒙蒙,只采仙芽不解烘。搜遍御茶园里种,嫩香分裹小筠笼。

橄榄青青满把鲜,槟榔蒌叶动相牵。何如侬缚新龙眼,一束匀圆抵一钱。

文旦团团剖更红，羊桃棱棱切偏松。输他佛手传柑种，一树生香细雨中。

明姜通透赛冰糖，橘饼红酥蜜饯黄。缕切东瓜较甜味，枣糕毕竟占酸香。

渚云片片转渔帆，海错谁嗔口腹贪。番起腥风吹入市，蚌蠃蚨蚬满筐担。

乌鲗研来墨可书，鲨帆破浪疾难如。厨娘妒尔西施舌，只说香螺似鳆鱼。

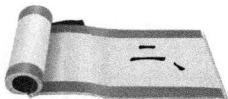

二、泉 州

送泉州李使君之任　　(唐)包 何

傍海皆荒服，分符重汉臣。云山百越路，市井十洲人。执玉来朝远，还珠入贡频。连年不见雪，到处即行春。

春日闲居三首(录一首)　　(唐)秦 系

一似桃源隐，将令过客迷。碍冠门柳长，惊梦院莺

啼。浇药泉流细，围棋日影低。举家无外事，共爱草
萋萋。

万安桥 万安桥又名洛阳桥，在泉州东北约十公里洛阳江入海处。

（南宋）刘子翚

跨海飞梁叠石城，晓风十里渡瑶琼。雄如建业虎城
峙，势若常山蛇阵横。脚底波涛时汹涌，望中烟景晚分
明。往来利涉歌遗爱，谁复题桥继长卿。

东湖二公亭 东湖一名七星湖，在泉州市东郊。二公亭建于唐代，为纪念泉州刺史席相和谪居泉州的宰相姜公辅而建，故名。

（南宋）王十朋

二公亭插芰荷间，绿盖红妆四面环。若把西湖比西
子，东湖自合比东山。

泉 州 （元）张养浩

万里飘零两鬓华，瘴烟为屋海为家。山无高下皆行
水，树不秋冬尽放花。得句珠还合浦月，乱怀杯吸赤城
霞。蓬莱咫尺无由到，惭愧当年犯斗槎。

清源洞在泉州市北郊的清源山中。　　　　　（元）偰玉立

　　洞府神仙去不还，清源紫帽耸高寒。泉南佛国几千界，闽海蓬莱第一山。夜月凤箫声隐隐，秋风鹤佩听珊珊。瑶池岂隔尘寰路，更叩危岑最上关。

三、建　阳

题延平剑潭剑潭又名剑津，龙津，在南平市东南。
（唐）欧阳詹

　　想象精灵欲见难，通津一去水漫漫。空余昔日凌霜色，长与澄潭白日寒。

武夷山　　（唐）李商隐

　　只得流霞酒一杯，空中萧鼓几时回。武夷洞里生毛竹，《方舆胜览》："武夷山西溪上流有毛竹洞。"老尽曾孙更不来。陆羽《武夷山记》："武夷君于八月十五日山上置幔亭化虹桥通上下，大会乡人宴饮曰：'汝等皆吾之曾孙也。'"纪昀曰："辨神仙之妄也。几时回是问词，更不来是答词。"

武夷山　　　（北宋）杨　亿

灵岳标真牒，孤峰入紫氛。藤萝暗仙穴，黄鸟骇人群。磴道千年在，悬流万壑分。汉坛秋藓驳，曾记武夷君。

送张景纯知邵武军 三国吴置昭武，晋初避讳改名邵武，明清属建安道。　　　（北宋）梅尧臣

赌却华亭鹤，围棋未肯还。方为剖符守，又近烂柯山。鱼稻荆扬下，风烟楚越间。小君能赋咏，应得助余闲。原注：张，华亭人，近输鹤与马仲途。

（元）方回：后四句好。言荆、扬、楚、越之美，又有能诗之内以佐之也。前四句言赌棋输鹤，得郡复近烂柯山，殆戏其嗜棋耳。——《瀛奎律髓汇评》

（清）纪昀：善求新径，而气格浑融，胜于雕镂一字两字以为新。——同上

（清）无名氏（甲）：邵武，在福建，与浙东相近，故第四句云然。——同上

（清）许印芳：诗贵求新。然必如何而后能新？且必如何而后每有新制，皆入作家之室？此中奥义宜细心研究。如此诗只就眼前实事镕铸成章，一切油熟语自然屏除净尽，其故何哉？盖天地间人物事理，时时不同，在在不同。偶有同者，其始与终毕竟有不同处。文字专从不同处落想，同者亦随之而化矣。此诗所言华亭鹤、烂柯山，皆故事也，此与古人同者也。围棋赌鹤，新事也，此与古人不同者也。故事而串以新事，遂化臭腐为神奇。愚者但知挨用故事，拘又每禁用故事，皆非善求新径者也。诗径新矣，若但解雕镂字句，或炼一字而成句，或炼两字而成联，有句则无联，有联则无篇。此等诗费尽毕世苦心，便可采摘一二语收入诗话耳。若论家数，正如人有四体，体不备不成人也。圣俞此诗高在取径新而运以盛唐人气格，不向琐碎处用工夫，

故能使章法浑成，痕迹融化。命曰作家，斯为无愧。学者纽玩圣俞之诗，细味晓岚之评，当知炼词炼意据实事，炼气炼格法古人，诗文求新之道在是矣。——同上

江城子·再游武夷，至晞真馆与道士泛月而归　（北宋）李 纲

武夷山麓一溪横，晚风清，断霞明。行至晞真、馆下月华生。仙迹灵踪知几许，云缥缈，石峥嵘。　　羽人同载小舟轻。玉壶倾，荐芳馨。酣饮高歌，时作步虚声。一梦游仙非偶尔，回棹远，翠烟凝。

武夷山一线天　（明）徐 渭

双峡凌虚一线通，高巅树果拂云红。青天万里知何限？也伴藤萝锁峡中。

武 夷　（明）谢肇淛

一片丹山翠万重，寒流曲曲倒芙蓉。曾孙宴罢空留幔，玉女妆成幻作峰。云里水帘天畔雪，月中铁笛院前钟。紫芝瑶草凭谁采，笑驾青鸾问赤松。

大小米滩在闽江上游建溪。　（清）查慎行

掀波成山石作底，风平石出波弥弥。秋天一碧雨新

洗，大滩小滩如撒米。

建溪舟行　　　（清）陈梦雷

天开闽越险，移棹向山行。众水争流疾，危滩夺地横。转帆看鸟影，侧耳听雷声。阅尽风波后，渔歌一曲清。

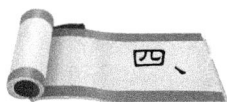

四、厦　门

南普陀　　　（明）陈　第

泛海游初倦，登山兴又长。径深松影合，花落荔枝香。移席侵云气，飞觞引月光。夜间看绝岛，酩酊宿禅堂。

登厦门南普陀和易实甫韵　　　（清）俞明震

登临初见海嵯峨，回望神州感逝波。坐久自疑趋大壑，再来应恐泣磐陀。愁边草树天风急，泪眼乾坤落照多。今日五洲成大梦，独留残梦在岩阿。甲午之役，台湾割让与日本之后，作者自台湾内渡厦门时作也。

（二十一）四川

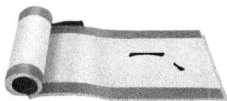

一、蜀 成都

文翁讲堂 文翁,汉景帝时任蜀郡太守。
(唐)卢照邻

锦里淹中馆,岷山稷下亭。空梁无燕雀,古壁有丹青。槐落犹疑市,苔深不辨铭。良哉二千石,江汉表遗灵。

石镜寺 在成都北校场内。　　　(唐)卢照邻

古墓芙蓉塔,神明松柏烟。鸾沉仙镜底,花没梵轮前。铢衣千古拂,宝月两重圆。隐隐仙台夜,钟声彻九天。

送杜少府之任蜀州 唐之蜀州在今崇庆县。
(唐)王 勃

城阙辅三秦,《史记》:"项羽灭秦之后,各分其地为三,名曰:雍王、翟王、塞

王,号曰三秦。"**风烟望五津**。《华阳国志》:"其大江自前堰下至犍为有五津。始曰白华津,二曰万里津,三曰江首津,四曰涉头津,五曰江南津。"**与君离别意,同是宦游人。海内存知己,天涯若比邻。无为在岐路,儿女共沾巾。**

  (明)陆时雍:此是高调,读之不觉其高,以气厚故。——《唐诗镜》

  (明)钟惺、谭元春:此等作,取其气完而不碎,真律成之始也。其工拙自不必论,然诗文有创有修,不可靠定此一派,不复求变也。——《唐诗归》

  (清)王尧衢:此等诗气格浑成,不以景物取妍,具初唐之风骨。——《古唐诗合解》

  (清)胡本渊:前四句言宦游中作别,后四句翻出达见,语气迥不犹人,洒脱超诣,初唐风格。——《唐诗近体》

赴彭州山行之作

彭州,在成都西北,周时为彭国地,唐置彭州,现为彭县。　　(唐)高 适

峭壁连嶂峒,攒峰叠翠微。鸟声堪驻马,林色可忘机。怪石时侵径,轻萝乍拂衣。路长愁作客,年老更思归。且悦岩峦胜,宁嗟意绪违。山行应未尽,谁与玩芳菲。

送友人入蜀　　(唐)李 白

见说蚕丛路,崎岖不易行。山从人面起,云傍马头生。芳树笼秦栈,春流绕蜀城。升沉应已定,不必问君平。

（元）方回：太白此诗，虽陈、杜、沈、宋不能加。——《瀛奎律髓汇评》

（明）叶羲昂：用蜀事贴切，末二首达生之言。——《唐诗直解》

（清）黄生：三、四奇，故五、六可平。五、六平，故七、八必奇。太白五律多率易，结语尤甚。如此今作者，集中亦不多得。——《唐诗摘钞》

（清）徐增：蜀中奇险。太白生于其间，与之相习，尚畏行之难，今送友人入蜀，即以"崎岖"相告。"山从"二句，是承上"崎岖不易行"五字，勿作好景看。——《而庵说唐诗》

（清）查慎行：前四句一气盘旋。——《瀛奎律髓汇评》

（清）纪昀：一片神骨，而锋芒不露。——同上

上皇西巡南京歌十首（录二首）成都在长安之
南。唐时称为南京。　　（唐）李 白

谁道君王行路难，六龙西幸万人欢。地转锦江成渭水，天回玉垒作长安。锦江在四川，渭水在长安，玉垒山在四川。用天回地转四字把长安和四川有意地互相调换，文字似褒而实贬，起讽刺作用。

（清）叶矫然：太白"地转锦江成渭水，天回玉垒作长安"，子美"锦江春色来天地，玉垒浮云变古今"，乃是铺张明皇幸蜀微意，似宋人"直把杭州作汴州"语意。——《龙性堂诗话》

（清）王尧衢：明皇幸蜀，行路之难极矣，今反曰"谁道"，似不信人说者。盖欲留余地于第二句也。三、四非一句转，一句合者，乃紧顶第二句以一气为转合者。——《古唐诗合解》

剑阁重关蜀北门，上皇归马若云屯。少帝长安开紫极，双悬日月照乾坤。

（明）蒋仲舒：末句结上皇、少帝两意，妙。——《唐诗广选》

（清）李因培：幸蜀非好事，易涉悲凉，看其笔力斡旋，反作壮语，而微文

隐意自见，最得诗人之体。——《唐诗观澜集》

送张十二参军赴蜀州，因呈杨五侍御

（唐）杜 甫

好去张公了，通家犹世交。《后汉书·孔融传》："语门者曰：'我是李君通家子弟。'"别恨添。两行秦树直，万点蜀山尖。秦树言所经之途，蜀山言所至之境。御史新骢马，《后汉书》桓典拜侍御史常乘骢马。参军旧紫髯。《晋书》："郗超为桓温参军，超有髯，府中号曰髯参军。"皇华《诗·小雅》篇名。《序》谓："皇皇者华，君遣使臣也。送之以礼乐，言远而有光华也。"吾善处，于汝定无嫌。"好去"二字，直贯到底。中四句两地两人，面面俱到。〇黄白山曰："杨必为蜀中诸道使，而张参其军。此四十字荐书也，妙在不露痕迹。"〇张上岩曰："'直'是秦中之树，'尖'是蜀中之山。只两字有化工之妙。"

（元）方回：三、四只言地形，五用"骢马"以指杨，六用髯参军事以指张，尾句有托庇之欲。亦一体也。——《瀛奎律髓汇评》

（清）冯舒：髯参军合一"紫"字及"吾善处"三字，毕竟不雅纯。虽不必为老杜病，然必是不好处。黄、陈偏学此等，所以不佳。——同上

（清）何焯：首句"好去"二字呼动后半。〇杨奉使而张为辅行。"新"字言其意方盛，"旧"字言其阅历已深。但善处之，即必相得无间。"吾"与"汝"皆指张也。——同上

（清）纪昀：三、四警拔。通体风骨遒健。——同上

琴 台　　（唐）杜 甫

茂陵多病后，司马相如家居茂陵。尚爱卓文君。酒肆人间世，琴台日暮云。野花留宝靥，蔓草见罗裙。归凤求凰

意，寥寥不复闻。《杜诗镜铨》蒋云："千古情种，风流佳话尽此'酒肆'二语。"○邵云："'野花'十字　已开温李。"

（明）瞿佑：老杜《琴台》诗……"宝靥"、"罗裙"，盖咏文君服饰，而用意亦精矣。以大家数而用此语，近于雕琢。然全篇相称，所以不可及。——《归田诗话》

（明）王嗣奭：人间之世，付之酒肆；暮云之思，寄之琴台，见相如之洒落不羁。刘云"长卿怀抱，俯仰见之"，是也。然在今日，文君安在？止有"野花"、"蔓草"，仿佛可象而已。——《杜臆》

（明）王夫之：裂尽古今人心脾，不能得此四十字，真可泣鬼神矣。"人间世"、"日暮云"月古入化。凡用事、用成语、用景语不能尔者，无劳驱役。——《唐诗评选》

（清）浦起龙：三、四即含凭吊。以玩世行云之地，而成阅世看云之区，比从有处慨其无。五、六，又从无处想其有。七、八再转出"寥寥"作结。八句凡作四转，但"凤求凰"近俗。——《读杜心解》

将赴成都草堂，途中有作，先寄严郑公

（唐）杜　甫

将归茅屋赴成都，直为文翁再剖符。但使闾阎还揖让，敢论松竹久荒芜。鱼知丙穴由来美，酒入郫筒不用酤。五马旧曾谙小径，几回书札待潜夫。

（明）陆时雍：三、四语意老杰，以下道出喜意浮沉。——《唐诗镜》

（明）周珽：情至之语，为中晚别开一局。○又曰：词极虚婉、句句字字从真情实意打出精神，可谓探骊得珠。——《唐诗选脉会通评林》

（清）何焯：言成都可居，旧所深悉；然所以复来，故非为此。正呼起落句也（"鱼知丙穴"二句下）。——《义门读书记》

蜀 相 （唐）杜 甫

丞相祠堂何处寻？锦官城外柏森森。映阶碧草自春色，隔叶黄鹂空好音。三顾频烦天下计，两朝开济老臣心。出师未捷身先死，长使英雄泪满襟。《唐宋诗醇》云："老杜入蜀，于孔明三致意焉，其志有在也。诗意豪迈哀顿，具有无数层折，后来匹此，惟李商隐《筹笔驿》耳。世人论此二诗，互有短长，或不置轩轾，其实非有定见。今略而言之，此为谒词之作，前半用笔甚淡，五六写出孔明身份，七八转折而下，当时后世，悲感并到，正意注重后半。李诗因地兴感，故将孔明威灵撮入十四字中，写得十分满足，接笔一转，几将气焰扫尽，五六折笔，末仍收归本事，非有神力者不能。二诗局阵各异，工力悉敌，悠悠耳食之论，未足与议也。"

（宋）胡仔："苕溪渔隐曰：半山老人《题双庙诗》云：'此风吹树急，西日照窗凉。'"细详味之，其托意深远，非上咏庙中景物而已。……此深得老杜句法。如老杜题蜀相庙诗云，"映阶碧草自春色，隔叶黄鹂空好音"，亦自别托意在其中矣。——《苕溪渔隐丛话》

（元）方回：子美流落剑南，拳拳于武侯不忘。其《咏怀古迹》，于武侯云，"伯仲之间见伊吕，指挥若定失萧曹"，及此诗，皆善颂孔明者。——《瀛奎律髓汇评》

（明）周敬等：王安石曰，三、四止咏武侯庙，而托意在其中。○董益曰，次联只用一"自"字与"空"字，有无限感怆之情。○吴山民曰，次句纪地。三、四纪祠之冷落。"天下计"见其雄略，"老臣心"见其苦衷。结语逗漏宋人议论。——《唐诗选脉会通评林》

（明）王嗣奭：此与"诸葛大名"一首意正相发……盖不止为诸葛悲之，而千古英雄有才无命者，皆括于此，言有尽而意无穷者也。——《杜臆》

（清）金人瑞：三、四，碧草春色，黄鹂好音，入一"自"字，"空"字，便凄清之极。第七句"未"字、"先"字妙，竟似后曾恢复而老臣未及身见之者，体其心而为言也。当日有未了之事，在今日长留一未了之计、未了之心。——《杜诗解》

（清）黄生：后半四句，就公始末以寓感慨，笔力简劲，宋人专学此种，流为议论一派，未免为公累耳。——《唐诗摘钞》

（清）何焯：后半深叹其止以蜀相终也。——《瀛奎律髓汇评》

（清）纪昀：前四句疏疏洒洒，后四句忽变沉郁，魄力绝大。——同上

（清）杨伦：邵子湘云："牢壮浑劲，此为七律正宗。自始至终，一生功业心事，只用四语括尽。"（后四句下）〇俞犀月云："真正痛快激昂，八句诗便抵一篇绝大文章。"——《杜诗镜铨》

（清）浦起龙：五、六，实拈，句法如兼金铸成，其贴切武侯，亦如镕金浑化……后来武侯庙诗，名作林立，然必枚举一事为句。始信此诗统体浑成，尽空作者。——《读杜心解》

成都曲　　（唐）张　籍

锦江近处烟水绿，新雨山头荔枝熟。万里桥边多酒家，游人爱向谁家宿？

送蜀客　　（唐）张　籍

蜀客南行祭碧鸡，木棉花发锦江西。山桥日晚行人少，时见猩猩树上啼。

摩诃池赠萧中丞 摩诃池旧址在人民南路省展览馆一带；萧中丞名萧祜，曾任御史中丞。　　（唐）薛　涛（女）

昔以多能佐碧油，碧油指幕府。张仲素《塞下曲》："燕然山下碧油幢。"今朝同泛旧仙舟。凄凉逝水颓波远，惟有碑泉咽不流。

散花楼 又名锦江楼,在摩诃池上。　　　　（唐）张　祐

锦江城外锦城头,回望泰川上轸忧。正值血魂来梦里,杜鹃声在散花楼。

送马向入蜀　　　（唐）徐　凝

游子出咸京,巴山万里程。白云连鸟道,青壁递猿声。雨雪经泥坂,烟花望锦城。工文人共许,应纪蜀中行。

武侯庙古柏　　　（唐）李商隐

蜀相阶前柏,龙蛇捧闷宫。阴成外江畔,老向惠陵东。惠陵,刘备陵墓。大树思冯异,东汉冯异号称大树将军。甘棠忆召公。典出《诗经·召南·甘棠》,以周宣王大臣召公比诸葛亮。叶凋湘燕雨,见《湘中记》燕石化雨事。枝折海鹏风。见《庄子·逍遥游》。玉垒经纶远,指诸葛亮的治国规划。金刀指刘氏。历数终。谁将出师表,一为问昭融。昭融,意谓光大发扬,语出《诗·大雅·既醉》。此指天。

（元）方回:五、六善用事,"玉垒"、"金刀"之偶尤工。末句候考。——《瀛奎律髓汇评》

（清）冯舒:何所用考？——同上

（清）查慎行:即子美"运移汉祚终难复"一句意。——司上

（清）纪昀:"昭融"用杜诗"契合动昭融"句,说者谓昭融,天也。然《诗》

"昭明有融"，不如此解，应别有所出。——同上

（明）胡应麟：义山用事之善者，如题柏"大树思冯异，甘棠忆召公"。至"玉垒"、"金刀"，便入昆调。一篇之内，法戒俱存。——《诗薮》

（清）朱龄鹤：何焯曰"意足"。"湘燕"、"海鹏"，阴、庾衬法。后四句意极完密，重武侯耳，方抱转得第三联。若用字面关合，反成俗笔。落句不能双关，终是未到家处。——《李义山诗集辑评》

（清）屈复：一段完题。二段因物怀人。三段以武侯之才，而天心厌汉。终于三分，恨之之词。——《玉溪生诗意》

（清）纪昀：五、六句乃一篇眼目，不但以用事工细赏之。——《玉溪生诗说》

又云：风格老重，五、六尤警切。惟"湘燕雨"、"海鹏风"，事外添出，毫无取义，"昆体"之可厌在此等。——《瀛奎律髓汇评》

梓潼望长卿山，至巴西复怀谯秀

《方舆胜览》："长卿山在梓潼县旧名神山。唐明皇幸蜀，见山有司马相如读书之窟，因改名长卿山。"○谯秀字元彦，巴西人。谯周之孙，李雄盗蜀，征秀不应。

（唐）李商隐

梓潼不见马相如，更欲南行问酒垆。行到巴西觅谯秀，巴西惟是有寒芜。何焯云："都会既空，岩壑亦寂，穷老失路，友朋阔绝，求一似人者以解寂寞而不可得，真欲下阮途之泣也。"

寄蜀客　　（唐）李商隐

君到临邛问酒垆，近来还有长卿无。金徽琴上的标识。见李肇《唐国史补》。此借指琴。黄滔《寒上》诗："金徽互鸣咽，玉笛自凄清。"却是无情物，不许文君忆故夫。

807

写 意　　(唐)李商隐

　　燕雁迢迢隔上林,高秋望断正长吟。人间路有潼江险,潼江原出四川武平县,经梓潼、盐亭至射洪注入涪江。天外山惟玉垒深。玉垒山名。在四川理番县东南,山上有"玉垒山"三大字,相传为刘备所书。日向花间留反照,云从城上结层阴。三年已制思乡泪,更入新年恐不禁。

　　(清)金人瑞:前解言只望一寄书人尚自不得,安望乃有归家之日耶?所谓潼江之险,玉垒之深,一堕其间,便成井底也。○后解写一年又有一年,一月又有一月,只今一日又有一日,如此反照虽留,暮云已结,真为更无法处者也。设果一日又有一日,一月又有一月,因而一年真又有一年,则我且欲失声竟哭也。——《贯华堂选批唐才子诗》

　　(清)何焯:"燕雁"句伏思乡。"人间"二句,正披写其不思乡而不可得之故。——《义门读书记》

　　(清)钱良择:此等句气韵沉雄,言有尽而意无穷,少陵之后一人而已。——《唐音审体》

　　(清)张文荪:闲闲写去,一结深情,无限绝世风神。怨而不怒,真正风人。——《唐贤清雅集》

　　(清)方东树:此诗末句点题,章法用笔略似杜。三、四句法亦似杜。但不知此诗作于何地,似是在蜀及判官时,而以"燕雁"、"上林"为乡,支泛无谓。五、六字写思乡之景,句亦平滞。——《昭昧詹言》

井 络　　(唐)李商隐

　　井络天彭天彭,山名,在今四川灌县,两山如阙,故又名天彭门。一掌中,漫夸天设剑为峰。四川剑门县界有大剑山、小剑山。陈图东聚夔江石,诸葛亮八阵图在夔州江边。边柝西悬雪岭松。雪岭指岷山。堪叹故君成杜宇,可能先主_{刘备。}是真龙。将来为报奸雄辈,莫向金牛_{《水经注》:"秦惠王欲伐蜀而不知道,作五石牛,以金置尾下,言能屎金。蜀王负力令五丁引之成道。"此道为由汉中入蜀之要道。}访旧踪。

(元)方回:王、六对巧。——《瀛奎律髓汇评》

(清)冯班:殊胜"西昆"诸子。中四句万钧之力。——同上

(清)何焯:起便破尽全蜀,第二是门户,第三指东川,第四指西川,此四句包括后人数纸。○义山诗如此工致,却非补缀,其佳处在议论感慨。专以对仗求之,只是"昆体"诸公面目耳。○世守不可保,因余无能为,况小丑窃据乎! 义山去刘辟事未远,末句亦孟阳勒铭之意也。——同上

(清)纪昀:王、六绝大力量,不但以对巧为工,七句未免太率易。——同上

(清)许印芳:诗意全为恃险作乱者垂戒。沈归愚云:"后半言世守及帝胄且不能成功,况奸雄割据乎? 如唐之刘辟是也。"——同上

(清)屈复:以山川之险,武侯之才,昭烈之主,尚不能一统天下,而况其他哉! 所以深戒后来也。——《玉溪生诗意》

(清)方东树:此与太白《蜀道难》、杜公《剑门》同意,皆杜奸雄觊觎。先君曰:"前半地形,合东西言之,后半人事。次句乃通首主句。五、六即承明此意,以两代兴亡大事,证明不能恃险。"——《昭昧詹言》

送崔珏往西川　　(唐)李商隐

年少因何有旅愁,欲为东下更西游。一条雪浪吼巫峡,千里火云烧益州。卜肆至今多寂寞,酒垆从古擅风流。浣花笺纸桃花色,好好题诗咏玉钩。_{《楚辞·招魂》:"砥室翠翘,挂曲琼些。"王逸注曰:"曲琼,玉钩也。雕饰玉钩以挂衣服也。""一条"句承"东下","千里"句承"更西"。}

杜工部蜀中离席<small>此拟杜工部体也。</small>
（唐）李商隐

人生何处不离群，世路干戈惜暂分。雪岭未归天外使，松州犹驻殿前军。座中醉客延醒客，江上晴云杂雨云。美酒成都堪送老，当垆仍是卓文君。<small>起用反喝便曲折顿挫。杜诗笔势也。第二句"暂"字反呼"堪送"，杜诗脉络也。"座中"句醒"席"字。"美酒"、"文君"仍与上"醉醒"、"云雨"双关。○何焯云："诗至此，一切起承转合之法，何足绳之。然离席起，蜀中结，仍自一丝不走也。"○纪晓岚曰："起二句大开大合，矫健绝伦，颔联申第二句，颈联写离席。"</small>

到蜀后记途中经历　　（唐）雍　陶

剑峰重叠雪云漫，忆昨来时处处难。大散岭头春足雨，褒斜谷里夏犹寒。蜀门去国三千里，巴路登山八十盘。自到成都烧酒熟，不思身更入长安。

（清）金人瑞：此"重叠白云漫"，乃是既过栈去，回指剑峰而叹。言今但见其重叠如此，不知其中间乃有千崎万岖，如大散岭、褒斜谷，真非一崎一岖而已。今但望见其白云如此，不知其中间乃有异样节气，如春足雨，夏犹寒，真非寻常节气而已。"处处难"之为言，其难非可悉数，非可名状，在事后思之，犹尚通身寒噤者也（前四句下）。○后又言已后直是不愿更出，此特别换笔法，再诉入来之至难也。言入来既是三千里，八十盘，后如出去，则照旧三千里、八十盘，人身本非金铁，堪受如此剧苦耶？"成都烧酒熟"者，并非逢车流涎之谓，如云任他水土敩恶，我已决计安之也（后四句下）。——《贯华堂选批唐才子诗》

（清）黄叔灿：此题若落常手，即将"忆昨来时"作起句，亦未为不可，然径直少致矣。今偏要兀然先装得"剑峰重叠白云漫"之七字，写置身南国，回首北都，惟见青峰插天，白云匝地而已，殊不知其中则有无数艰难，无数险阻，直是不堪追忆也。以为七、八之"自到"、"不思"伏案，古人之严于审局如此。——《唐诗笺注》

经杜甫旧宅　　（唐）雍 陶

浣花溪里花多处，为忆先生在蜀时。万古只应留旧宅，千金无复换新诗。沙崩水槛鸥飞尽，树压村桥马过迟。山月不知人事变，夜来江上为谁期？

（清）金人瑞：浣花溪里只添"花深处"三字，便是此日加倍眼色。只因此三字，便知其不止忆杜先生，直是忆杜先生爱人心地，忆杜先生冠世才华，忆杜先生心心朝廷，念念民物，忆杜先生流离辛苦，饥寒老病，一时无事不到心头也。三，万古应留，四，千金难得，便只是一句话，犹言即使国步可改，必须此宅长留，只看文人代有，到底杜诗莫续也（前四句下）。○此沙崩树压，即七之所谓"人事变"也。"夜来江月与谁期"者，此月经照杜先生后，更照何人始得？则自不能不有此问也（后四句下）。——《贯华堂选批唐才子诗》

（清）黄叔灿：浣花溪里，居人不少，故特添出"花多处"三字以旌异之，曰"此方是杜少陵故居也……"三承一，其人不朽，其宅亦不朽；四承二，其人虽无，其诗必不可无。以上只是见物怀人。五、六，然后细写本宅，五写宅以内，六写宅以外。先生在日，以严武还朝，暂去成都，其宅不免荒芜，读《将赴草堂先寄郑公》五作可见，况身后乎？沙崩鸥去，树压马惊，所必然矣。七，忽然举山月而斥之，一似先生既死，此月便不应再照旧宅也者，大奇！八，又忽然向山月而问之，一似日宅既荒，此月便不应更照他家也者，大奇！——《唐诗笺注》

送蜀客　　（唐）张 乔

剑阁缘空去，西过第几州？丹霄行客语，明月杜鹃

愁。露带山花落,云随野水流。相如曾醉地,莫滞少年游。

成 都 　　(唐)胡 曾

杜宇曾为蜀帝王,化尘飞去旧城荒。年年来叫桃花月,似向春风诉国亡。

成 都 　　(北宋)杨 亿

五丁力尽蜀川通,千古成都绿酎浓。白帝仓空蛙在井,青天路险剑为峰。漫传西汉祠神马,已见南阳起卧龙。张载勒铭堪作戒,莫矜函谷一丸封。

(元)方回:公孙述以术愚民,众传光武破隗嚣天水,述急下令谓白帝仓米一夕大空。民急往观,意其怪也。既而实不失米,乃谓民曰,此犹妄传天水破耳。竟如此语,自合检看。此专以公孙述割据恃险,戒后之人。——《瀛奎律髓汇评》

(清)查慎行:成都有天仓山,盖山形如仓囷,人物如坐井观天,与对句俱指形势。至下联乃及蜀中人事,而以险不足恃作收。诗意自明,有注反混。——同上

(清)纪昀:不专指公孙。——同上

(清)冯班:有讽刺,但何如义山云:"将来为报奸雄辈,休向金牛访旧踪。"——同上

(清)纪昀:杂凑无章。——同上

过摩诃池二首　　（北宋）宋 祁

十顷隋家旧凿池，_{隋文帝第四子杨秀为益州总管时，建造宫苑，大兴土木而形成摩诃池。}池平树尽但回堤。清尘满道君知否，半是当年浊水泥。

池边不见帛阑船，麦陇连云树绕天。百岁兴衰已如此，争教东海不为田。

游海云山_{山在成都东郊。}　　　　（北宋）赵 抃

缥缈齐云阁，_{指每云寺。}喧阗摸石池。物华春已盛，人意乐无涯。罗绮一山遍，旌旗十里随。遨棚夹归路，骁骑看星驰。

送赵燮之蜀永康簿_{宋永康军旧址在成都附近。}（北宋）王安石

蜀山万里一青袍，石栈天梯槌辔高。多学似君宁易得，小官于此亦徒劳。行追西路聊班草，坐忆南州欲梦刀。他日寄声能问我，应从锦水至江皋。

送鲜于都曹归蜀灌口旧居_{灌口在成都附近。}

（北宋）苏 轼

笄_{同簪}。尽霜鬓照碧铜，依然春雪在长松。朝行犀浦_{犀浦在郫县青城山，李冰琢五石犀以压水。}催收芋，夜渡绳桥_{绳桥在灌口，其地有伏龙观。}看伏龙。莫叹倦游无驷马，要将老健敌千钟。子云三世惟身在，_{《汉书·扬雄传》："雄字子云，蜀成都人，历成、哀、平三世不徙官。"}为向西南说病容。

晓过万里桥_{万里桥在成都城南锦江上。}

（南宋）陆 游

晓出锦江边，长桥柳带烟。豪华行乐地，芳润养花天。拥路看欹帽，窥门笑坠鞭。京华归未得，聊此送流年。

青羊宫小饮赠道士_{青羊宫在成都西郊百花潭北岸。}

（南宋）陆 游

青羊道士竹为家，也种玄都观里花。微雨晴时看鹤舞，小窗幽处听蜂衙。药炉宿火荧荧暖，醉袖迎风猎猎斜。老我一官真漫浪，会来分子淡生涯。

行武担山有感武担山又名武都山,在成都北校场内。

(南宋)陆 游

骑马悠然欲断魂,春秋满眼与谁论。市朝变迁归芜没,硐谷谽谺读含虾,皆平声。山谷空旷貌。互吐吞。一径松楠遥见寺,数家鸡犬自成村。最怜高冢临官道,细细烟莎遍烧痕。

宿上清宫在青城山。　　(南宋)陆 游

九万天衢浩浩风,此身真是一枯蓬。盘疏采掇多灵药,阁道攀跻出半空。累尽神仙端可致,心虚造化欲无功。金丹定解幽人意,散作山椒百炬红。

上清宫　　(南宋)范成大

历井扪参兴末阑,丹梯通处更跻攀。冥蒙蜀道一云气,破碎岷山千髻鬟。但觉星辰垂地上,不知风雨满人间。蜗牛两角浑如梦,更说纷纷触与蛮。

送丘宗卿帅蜀三首　　(南宋)杨万里

人似隆中汉卧龙,韵如江左晋诸公。四川全国牙旗底,万里长江羽扇中。玉垒顿清开宿雾,雪山增重起秋

风。近来廊庙多西帅，出相谁言只在东。

谕蜀宣威百万兵，不须号令自精明。酒挥勃律天西碗，鼓卧蓬婆雪外城。二月海棠倾国色，五更杜宇说乡情。少陵山谷千年恨，不遇丘迟眼为青。

（清）纪昀：三诗俱好，此首尤佳。诚斋极谨严之作。○五、六艳而警。——《瀛奎律髓汇评》

蜀人诧蜀不能休，花作江山锦作州。老我无缘更行脚，羡君来岁领邀头。碧鸡金马端谁见，酒肆琴台访昔游。收入西征诗集里，忆侬还解记侬不。

（元）方回：右见《江东集》。——《瀛奎律髓汇评》
（清）无名氏（甲）：五、六用王褒、相如故事，俱蜀人。——同上

满江红·送李正之提刑入蜀

（南宋）辛弃疾

蜀道登天，一杯送、绣衣行客。还自叹、中年多病，不堪离别。东北看惊诸葛表，西南更草相如檄。把功名、收拾付君侯，如椽笔。　　儿女泪，君休滴。荆楚路，吾能说。要新诗准备，庐江山色。赤壁矶头千古浪，铜鞮陌上三更月。正梅花、万里雪深时，须相忆。

（明）卓人月：诸葛表与相如檄，俱切蜀事。——《古今词统》
（清）陈廷焯：稼轩《满江红·送李正之提刑入蜀》云"东北看惊诸葛表，

西南更草相如檄。把功名、收拾付君侯,如椽笔",又云"赤壁矶头千古浪,铜鞮陌上三更月。正梅花、万里雪深时,须相忆"。龙吟虎啸之中,却有多少和缓。不善学之,狂呼叫嚣,流弊何极! ——《白雨斋词话》

又云:气魄之大,突迈东坡,古今更无敌手。其下笔时,早已目无余子矣。龙吟虎啸。——《词则·放歌集》

成 都 　　(南宋)汪元量

锦城满目是烟花,处处红楼卖酒家。坐看浮云横玉垒,行观流水荡金沙。巴童栈道骑高马,蜀卒城门射老鸦。见说近来多盗跖,夜深战鼓不停挝。

送福上人还青城 　　(明)杨 慎

青城三十六高峰,寺在青峰第几重?飞锡曾闻经雪岭,结茅常爱住云松。花飘香界诸天雨,金吼霜林半夜钟。传语禅关休上锁,虎溪他日会相从。

支机石 在成都西郊文化公园内,为一块长方形褐色巨石,传说西汉张骞在赴西域途中,来到天河,从织女那里带回的支机石。

(明)曹学佺

一片支机石,传来牛女津。客槎何处所,卜肆已生尘。较似昆池古,长从汉月新。每逢秋夕里,吟眺倍相亲。

新都县题杨升庵先生故宅 明代文学家杨慎故居，在新都

县城西南，1949年后辟为桂湖公园，湖中建升庵殿，并有升庵著作陈列室。

（清）王士禛

侍臣迁谪后，常忆秦陵园。词赋留金齿，生还望玉门。交州无士燮，春秋时代晋国大夫。南海得虞翻。三国时被孙权流放广西。废宅西风里，连蜷桂树存。

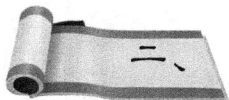

二、长江三峡

巫山高　　（唐）沈佺期

巫山高不极，合沓状奇新。暗谷疑风雨，阴崖若鬼神。月明三峡曙，潮满九江春。为问阳台客，应知入梦人。

白帝城怀古　　（唐）陈子昂

日落沧江晚，停桡问土风。城临巴子国，台没汉王宫。荒服仍周甸，深山尚禹功。岩悬青壁断，地险碧流通。古木生云际，孤帆出雾中。川途去无限，客思坐

何穷。

（元）方回：律诗自徐陵、庾信以来叠叠尚工，然犹时拗平仄。唐太宗时，多见《初学记》中，渐成近云，亦未脱陈、隋间气习。至沈佺期、宋之问，而律诗整整矣。陈子昂《感遇》古诗三十八首，极为朱文公所称。天下皆知其能为古诗，一扫南、北绮靡，殊不知律诗极精。此一篇置之老杜集中，亦恐难别，乃唐人律诗之祖。如沈如宋、如老杜之大父审言，并子昂四家观之可也，盖皆未有老杜以前律诗。——《瀛奎律髓汇评》

（明）叶羲昂："停桡"五字，包一篇主意。稳妥好诗，然再狼狈不得。——《唐诗直解》

（明）胡应麟：子昂"古木生云际，归帆出雾中"，即玄晖"天际识归舟，云中辨江树"也。子美"薄云岩际宿，孤月浪中翻"，即仲言"白云岩际出，清月波中上"也。四语并极精二，卒难优劣。然何、谢古体，入此渐启唐风；陈、杜近体，出此乃更古意，不可不知。——《诗薮》

（清）纪昀："同土风"三字领下四句。——《瀛奎律髓汇评》

（清）无名氏（甲）：气抟浑融，而才锋溢出，真奇作也。——同上

早发白帝城　　（唐）李　白

朝辞白帝彩云间，千里江陵一日还。两岸猿声啼不住，_{啼不住者，非一处之猿也。}轻舟已过万重山。

（清）朱之荆：插"猿声"一句，布景着色之法。第三句妙在能缓，第四句妙在能疾。——《增订唐诗摘钞》

（清）施补华：太白七绝，天才超逸，而神韵随之。如"朝辞白帝彩云间……"，如此迅捷，则轻舟之过万山不待言矣。中间却用"两岸猿声啼不住"一句垫之，无比句，则直而无味；有此句，走处仍留，急语仍缓。可悟用笔之妙。——《岘佣说诗》

（近代）朱宝莹：绝句要婉曲回环，删芜就简，句绝而意不绝。大抵以第三句为主，而第四句接之。有实接、有虚接、承接之间，开与合相关，反与正

相依，顺与逆相应，一呼一吸。如此诗三句"啼不住"三字，与四句"已过"二字呼应，盖言晓猿啼犹未歇，而轻舟已过万山，状其迅速也。——《诗式》

八阵图　　（唐）杜　甫

功盖三分国，名成八阵图。江流石不转，遗恨失吞吴。

（宋）苏轼：仆尝梦见人，云是杜子美，谓仆曰："世人多误解吾诗。《八阵图》诗云，'江流石不转，遗恨失吞吴'，人皆以为'先主、武侯，皆欲与关羽复仇，故恨其不能灭吴'，非也。我本意谓吴、蜀唇齿之国，不当相图；晋之所以能取蜀者，以蜀有吞吴之心，此为恨耳。"此理甚长。——《东坡志林》

（明）周珽：洒英雄之泪，唾壶无不碎者矣。——《唐诗选脉会通评林》

（清）钱谦益：按先主征吴败绩，还至鱼腹，孔明叹曰"法孝直若在，必能制主上东行，不至危倾矣"，公诗意亦如此。——《杜工部集》

（清）仇兆鳌：末句有四说，以不能灭吴为恨，此旧说也；以先主之征吴为恨，此东坡说也；不能制主东行，而自以为恨，此《杜臆》、朱注说也；以不能用阵法而致吞吴失师，此刘逴之说也。——《杜诗详注》

（清）浦起龙：说是诗者，言人人殊，……抛却"石不转"三字，致全诗走作。岂知"遗恨"从"石不转"生出耶？盖阵图正当控扼东吴之口，故假石以寄其婉惜，云此石不为江水所转，天若欲为千载留遗此恨迹耳。如此才是咏阵图之诗。——《读杜心解》

（清）李暎：前题《武侯庙》，故写出武侯全部精神，此题《八阵图》，故只就阵图一节写其遗恨，作诗切题之法有如是。——《诗法易简录》

瞿塘怀古　　（唐）杜　甫

西南万壑注，劲敌两崖开。《杜诗镜铨》："劲敌犹抵当意。"地与山根裂，承二。江从月窟来。承一。削成当白帝，空曲隐阳台。疏凿功虽美，陶钧力大哉！邵云：结有元气。

瞿塘两崖　　（唐）杜　甫

三峡传何处？双崖壮此门。入天犹石色，穿水忽云根。《杜诗镜铨》："三言峡之峻，四言峡之深。"猱玃读挠决，平入声。泛指猿猴。须髯古，蛟龙窟宅尊。羲和冬驭近，愁畏日车翻。

峡口二首《杜诗镜铨》："即瞿塘峡口也。"　　（唐）杜　甫

峡口大江间，西南控百蛮。城欹连粉堞，岸断更青山。开辟当天险，防隅一水关。乱离闻鼓角，秋气动衰颜。仇注："山形斜侧，故城堞皆欹；傍多叠嶂，故岸断见山。天险如此，而又设关水上，真足控制全蜀矣。"

（清）杨伦：此章见形胜而悲乱世也。三、四申峡口之景，五、六申控蛮之势。——《杜诗镜铨》

时清关失险，卅乱戟如林。去矣英雄事，荒哉割据心。仇注："英雄承时清，如光武、昭烈之平蜀是也；割据承世乱，如公孙述、李特之僭蜀是也。"芦花留客晚，枫树坐猿深。疲苶读聂，入声。困乏也。烦亲故，诸侯数赐金。原注：主人柏中丞频分月俸。

（清）杨伦：此章溯往事而伤羁旅也，上四明治乱之由，下四言客夔之况。——《杜诗镜铨》

白盐山　　（唐）杜 甫

卓立群峰外，蟠根积水边。《荆州记》曰："三峡之首北岸有白盐峰，峰下有黄龙滩，水最急，沿溯所忌故曰积水边也。"他皆任厚地，尔独近高天。白榜千家邑，清秋万估船。词人取佳句，刻画竟谁传？

渝州候严六侍御不到，先下峡
（唐）杜 甫

闻道乘骢发，沙边待至今。不知云雨散，虚费短长吟。山带乌蛮阔，江连白帝深。船经一柱观，留眼共登临。

题忠州龙兴寺所居院壁　　（唐）杜 甫

忠州三峡内，明月峡在渝州，巫峡等在夔外，忠州在夔渝之间，故曰三峡内。井邑聚云根。小市常争米，争米以石多沙少故。孤城早闭门。空看过客泪，莫觅主人恩。淹泊仍愁虎，苏轼诗："畏虎关门早，无村得米迟。"本此。深居赖独园。《金刚经》："有祇树给孤独园。"陆游《龙兴寺吊少陵先生寓居》诗："虎跸老臣身万里，天寒来此听江声。"盖寺门江声甚壮。

上白帝城　　（唐）杜 甫

城峻随天壁，楼高望女墙。江流思夏后，风至忆襄

王。老去闻悲角，人扶报夕阳。公孙初恃险，跃马意
何长。

上白帝城二首　　（唐）杜　甫

江城含变态，一上一回新。天欲今朝雨，山归万古
春。英雄余事业，衰迈久风尘。取醉他乡客，相逢故国
人。兵戈犹拥蜀，赋敛强输秦。不是烦形胜，深愁畏
损神。

白帝空祠庙，孤云自往来。江山城宛转，栋宇客裴
回。勇略今何在？当年亦壮哉！后人将酒肉，虚殿日尘
埃。谷鸟鸣还过，林花落又开。多惭病无力，骑马入
青苔。

白帝楼　　（唐）杜　甫

漠漠虚无里，连连睥睨侵。《杜诗镜铨》："言城高上极天也。"楼
光去日远，峡影入江深。仇注："日照水而其光上映，惟楼高故去日远；峡临
江而其影下垂，惟水落故峡影深。"腊破思端绮，《古诗十九首》："客从远方来，遗
我一端绮。"春归待一金。去年梅柳意，还欲搅边心。

白帝城楼　　（唐）杜　甫

江度寒山阁，《杜诗镜铨》："阁谓阁道。"城高绝塞楼。翠屏宜

823

晚对,白谷会深游。急急能鸣雁,轻轻不下鸥。_{二句亦见雁鸥} _{而动春兴。} 夷陵_{今湖北宜昌,汉称夷陵。}春色起,渐拟放扁舟。

(清)杨伦:五、六用事不觉(按:"能鸣雁"语出《庄子》,"不下鸥"语出《列子》),着二虚字,有化工肖物之妙。——《杜诗镜铨》

(清)浦起龙:阁与楼似合掌,莫非来路之阁陪所登之楼欤?三、四缓一笔,五、六俯仰之间见鸥雁而春兴动,引出七、八欲放舟出峡矣。——《读杜心解》

白　帝　　　(唐)杜　甫

白帝城中云出门,白帝城下雨翻盆。高江急峡雷霆斗,古木苍藤日月昏。戎马不如归马逸,千家今有百家存。哀哀寡妇诛求尽,恸哭秋原何处村。

巫山峡　　　(唐)皇甫冉

巫峡见巴东,迢迢出半空。云藏神女馆,雨到楚王宫。朝暮泉声落,寒暄树色同。清猿不可听,偏在九秋中。

(元)方回:此诗与杜审言,陈子昂诗法相似。——《瀛奎律髓汇评》

(清)冯班:此诗非虚谷所解。——同上

(清)冯班:次联妙。——同上

(清)何焯:停匀包括。○三、四就云雨上点化,正见事在有无疑信间,用意超妙。——同上

(清)纪昀:此亦名篇,然五句"异"字如何解?(按:据康熙扬州诗局本

《全唐诗》作"落"字。)——同上

　　(清)屈复:此诗虽无出色之处,颇能稳称。三、四"云"、"雨"时有,而"神女"、"楚宫"不见也。五、六所见者惟"泉声"、"树色"。七、八"九秋"、"清猿"更足愁也。——《唐诗成云》

巫山高　　　(唐)李 端

　　巫山十二峰,皆在碧虚中。回合云藏月,霏微雨带风。猿声寒过涧,树色暮连空。愁向高唐望,清秋觅楚宫。

　　(元)方回:工而稳。——《瀛奎律髓汇评》
　　(清)纪昀:一"稳"字尽此诗所长。——同上
　　(清)冯舒:清华。——同上
　　(清)何焯:点化"云"、"雨"两字,皆有"高"字意,所以佳。——同上
　　(清)纪昀:三、四点化"云"、"雨"字无迹。——同上
　　(清)屈复:一、二破题,中四景,结出"望"字应起,有气势,晚唐出色者。○"碧虚"承上启下,云雨题中本事,以"回合"、"霏微"斡旋出之,又以"风"、"月"陪衬,则不呆板。——《唐诗成法》

谒巫山庙　　　(唐)薛 涛(女)

　　乱猿啼处访高唐,路入烟霞草木香。山色未能忘宋玉,水声犹是哭襄王。朝朝夜夜阳台下,为雨为云楚国亡。惆怅庙前多少柳,春来空斗画眉长。《名媛诗归》:"惆怅二句不但幽媚动人,觉修约宛退中,多少矜荡不尽意。"

　　(清)黄周星:此诗或又作韦庄,然语气颇类女校书,只得求浣花相公奉

825

让。——《唐诗快》

观八阵图 （唐）刘禹锡

　　轩皇传上略，蜀相运神机。水落龙蛇出，沙平鹅鹳飞。波涛无动势，鳞介避余威。会有知兵者，临流指是非。

　　（宋）王谠：王武子曾在夔州之西市，俯临江岸沙石，下看诸葛亮八阵图，箕张翼舒、鹅形鹤势，聚石分布宛然尚存。峡水大时，三蜀雪消之际，濒漭混漾，大树十围，枯槎百丈，破礧巨石，随波塞川而下，水与岸齐，雷奔山裂，聚石为堆者断可知也。及乎水已平，万物皆失故态，惟阵图小石之堆，标聚行列依然。如是者垂六七百年间，淘洒推激，迄今不动。刘禹锡曰："是诸葛公诚明一心，为先主效死；况此法出《六韬》，是太公上智之才所构，自有此法，惟孔明行之。所以神明保持，一是而不可改也。"——《唐语林》

南中书来 （唐）刘禹锡

　　君书问风俗，此地接炎州。淫祀多青鬼，居人少白头。旅情偏在夜，乡思岂唯秋。每羡朝宗水，门前尽日流。瞿蜕园《笺证》按：诗之末联用"江汉朝宗"语意，似作诗时在夔州。所谓"南中书来"者，连州故人相问讯也。杜甫在夔州，有句云："大江秋易盛，空峡夜多闻。"与此诗所写情景亦相似。

巫山神女庙 （唐）刘禹锡

　　巫峰十二郁苍苍，片石亭亭号女郎。晓雾乍开疑卷幔,山花欲谢似残妆。星河好夜闻清佩,云雨归时带异香。何事神仙九天上,人间来就楚襄王。瞿蜕园《笺证》按:此当是禹锡初到夔州时所作,纯是咏古迹,别无寓意。"何事神仙九天上,人间来就楚襄王",斥神话传说之妄,而以微婉出之,使人自悟,见解自与常人不同。

(元)方回:尾句讥之,良是。然本无此事也,词人寓言耳。——《瀛奎律髓汇评》

(清)冯班:只第六一句,余皆常调。——同上

(清)何焯:落句自叹由南宫远贬也。——同上

(清)纪昀:三、四俗语,结亦平浅,五句"好夜"二字生造。冯氏赏六句,不可解,所谓不猥亵不尽兴耶?尾句太直,此种已是宋诗。设题下换宋人名字,不知如何唾骂耳?——同上

(清)无名氏(甲):意境甚平,非梦得高作。——同上

(清)许印芳:"好夜"二字诗家常语,未为生造。此诗中四句犯切脚病,晓岚尚未看出。——同上

过楚宫《太平寰宇记》:"楚宫在巫山县西北二百步。"
(唐)李商隐

巫峡迢迢旧楚宫,至今云雨暗丹枫。微生尽恋人间乐,只有襄王忆梦中。

(明)高棅:谢云"高唐云雨,本是说梦,古今皆以为实事",此说讥襄王之愚,前人未道破。——《唐诗品汇》

(清)姚培谦:反唤妙绝。微生那一个不在梦中,却要笑襄王忆梦耶?请思"只有"二字,还是唤醒襄王,还是唤醒众生?——《李义山诗集笺注》

(近代)俞陛云:唐人有咏襄王诗云:"楚峡云深宋玉愁,月明溪静隐银钩。襄王定是思前梦,又抱霞衾上翠楼。"此与诗第四句合观之,若仅言襄王之幻境留连,乐而忘返。然合此诗三、四句观之,则人生万象当前,刹那间皆成泡影,有何乐之可恋?而世人不悟,不若迷离一枕,与世相遗。作者其有

出世之想,借"襄王"为喻也。——《诗境浅说》

楚 宫 （唐）李商隐

月姊曾逢下彩蟾,倾城消息隔重帘。已闻佩响知腰
细,更辨弦声觉指纤。暮雨自归山悄悄,秋河不动夜厌
厌。王昌且在墙东住,未必金堂得免嫌。

（清）查慎行:五、六用巫山及牛、女事,琢句极工、盖若不用"暮"字,安知
为巫山之行雨? 不用"秋"字,安知为牛女之渡河? 作者尚恐语晦,于"暮雨"
衬"山"字,则巫山愈明;于"秋河"衬"夜"字,则银河不混。而于数虚字足消
息相隔之意,可谓穷工极巧。——《瀛奎律髓汇评》

（清）何焯:题应改"水天闲话旧事"。愈宽愈紧,得主文谲谏之妙。○
三、四虚虚实实,五、六起"免嫌",言神女天孙当如是也。此必赋当年贵主之
事而不可晓矣。——同上

（清）纪昀:通首从次句生出。○不曰乱而曰不免嫌,忠厚之旨。——
同上

经旧游 （五代）张 泌

暂到高唐晓又还,丁香结梦水潺潺。不知云雨归何
处,历历空留十二山。

临江仙 （五代）朱希济

峭碧参差十二峰,冷烟寒树重重。瑶姬宫殿是仙踪,
金炉珠帐,香霭昼偏浓。   一自楚王惊梦断,人间无路

相逢。至今云雨带愁容，月斜江上，征棹动晨钟。

（清）沈雄：仇远云，"□公《临江仙》芊绵温丽极矣"。自有凭吊凄怆之意，得咏史体裁。——《古今词话·词评》

戏题巫山县用杜子美韵　　（北宋）黄庭坚

巴俗深留客，吴侬但忆归。直知难共语，不是故相违。东县闻铜臭，江陵换袷衣。丁宁巫峡雨，慎莫暗朝晖。

（元）方回：山谷以绍圣元年甲戌，朝旨于开封府界居住。取会史事，二年乙亥谪黔州，实甲戌十二月之命。是年四月二十三日至摩围，元符元年戊寅六月改元。去年绍圣四年丁丑十二月，避使者张向嫌移戎州。今年六月至棘道。三年庚辰正月，徽庙登极。五月得鄂州监盐，十月宁国金判，十二月离戎州。建中靖国元年辛巳至峡州，乃后始有舒州之命，吏郎之召，改知太平州等事，盖流离跋涉八年矣，未尝有一诗及于迁谪，真天人也。此出峡诗起句，有石本作"巴俗殊亲我，吴侬但忆归"，细味则改本为佳。"直知难共语，不是故相违"，此老杜句法。巴人相留非不用情，奈不可与语，所以去之。此有深意。"东县闻铜臭"者，蜀人用铁钱，过巫山始用铜钱。山谷旧改此句，谓乃退之"照壁喜见蝎"之意。予以为即班超"生入玉门关"之意也。"江陵换袷衣"纪时序，亦见天气渐佳。尾句殊工，有忧时之意。建中改纪，熙、丰之党不乐，想是已见萌芽，必亦有所深指，谓不可以云雨蔽太阳也。学老杜尚诗当学山谷诗，又当知山谷所以处迁谪而浩然于去来者，非但学诗而已。——《瀛奎律髓汇评》

（清）冯舒：学老杜谬而为山谷，学山谷差到何处？譬如学书，言学颜先学苏可乎？——同上

（清）冯班："学老杜诗当学山谷诗"，此却无不可。〇"未尝有一诗及于迁谪"，此佳事，可用。——同上

（清）纪昀："巴人相留非不用情，奈何不可与语，所以去之。"此仍解石本二句，改本乃"信美非吾土"意。○"尾句殊工，有忧时之意。建中改纪，熙、丰之党不乐，想是已见萌芽，必有所深指，谓不可以云雨蔽于太阳也。"此解是。○"学老杜诗，当学山谷诗。"此虚谷一生歧路。——同上

（清）冯舒：如此亦得。○"铜臭"字尽粗。——同上

（清）冯班：太露，少叙致。○次联二句不好。○"闻铜臭"即非佳语，意尤晦。○结联二句，好意。——同上

（清）纪昀：五句不雅。——同上

醉蓬莱　　（北宋）黄庭坚

对朝云叆叇，暮雨霏微，乱峰相倚。巫峡高唐，锁楚宫朱翠。画戟移春，靓妆迎马，向一川都会。万里投荒，一身吊影，成何欢意！　　尽道黔南，去天尺五，望极神州，万重烟水。樽酒公堂，有中朝佳士。荔颊红深，麝脐香满，醉舞裀歌袂。杜宇声声，催人到晓，不如归是。绍圣二年(1095)，作者抵黔州。自江陵至黔州，途经巫峡时作。"樽酒"二句，指曹谱、张诜。

涪　州　　（南宋）陆　游

古垒西偏晓系舟，倚栏搔首思悠悠。欲营丹灶竟无地，不见荔枝空远游。官道近江多乱石，人家避水半危楼。使君不用勤留客，瘴雨蛮云我欲愁。

初入巫峡　　（南宋）范成大

钻火巴东岸，扪金峡口船。束江崖欲合，漱石水多

漩。卓午三竿日,中间一罅天。伟哉神禹迹,疏凿此
山川。

竹枝词　　（明）杨 慎

神女峰前江水深,襄王此地几沉吟。晔花温玉_{宋玉《神}
_{女赋序》中语。}朝朝态,翠壁丹枫夜夜心。

登白帝城　　（清）王士禛

赤甲白盐相向生,丹青绝壁斗峥嵘。千江一线虎须
口,万里孤帆鱼腹城。跃马雄图余垒迹,卧龙遗庙枕潮
声。飞楼直上闻哀角,落日涛头气不平。

神女庙　　（清）王士禛

箜篌山下路,遗庙问朝云。冠古才难并,流波日易
曛。玉颜空寂寞,山翠自氤氲。东望章华晚,含情尚
为君。

晚登夔府东城楼望八阵图　　（清）王士禛

永安宫殿莽榛芜,炎汉存亡六尺孤。城上风云犹护
蜀,江间波浪失吞吴。鱼龙夜偃三巴路,蛇鸟秋悬八阵

图。搔首桓公凭吊处，《晋书·桓温传》："桓温征蜀，过八阵图遗迹，叹曰：
'此常山蛇阵也。'"猿声落日满夔巫。

石峡看月　　(清)陈鹏年

薄暮村难辨，依微古渡旁。空江悬网罟，落日下牛羊。
水落滩声缓，山高树影凉。开篷看月色，夜久渐为霜。

西陵峡　　(清)孙原湘

一滩声过一滩催，一日舟行几百回。郢树碧从帆底
尽，楚云青向橹前来。奔雷峡断风常怒，障日风多雾不
开。险绝正当奇绝处，壮游毋使客心哀。

三、广　元

和野人殷潜之题筹笔驿十四韵《方舆胜览》：
"筹笔驿在绵竹县北九十九里，蜀诸葛亮出师，尝驻军筹画于此。"
(唐)杜　牧

三吴裂婆女，九锡狱孤儿。霸主业未半，本朝心是

谁？永安宫受诏，筹笔驿沉思。画地乾坤在，濡毫胜负知。艰难同草创，得失计毫厘。寂默经千虑，分明浑一期。川流萦智思，山耸助扶持。慷慨匡时略，从容问罪师。褒中秋鼓角，渭曲晚旌旗。仗义悬无敌，鸣攻固有辞。若非天夺去，岂复虑能支。子夜星才落，鸿毛鼎便移。邮亭世自换，白日事长垂。何处躬耕者，犹题殄瘁诗。

筹笔驿　　　（唐）李商隐

猿鸟犹疑畏简书，风云常为护储胥。徒令上将挥神笔，终见降王走传车。管乐有才真不忝，关张无命欲何如。他年锦里经祠庙，梁父吟成恨有余。

（元）方回：起句十四字，壮哉！五、六痛恨至矣。——《瀛奎律髓汇评》

（清）冯舒：荆州失、益德死，蜀事终矣。第六句是巨眼。——同上

（清）冯班：好议论。——同上

（清）查慎行：管、乐、关、张皆实事，胜前者"玉玺"、"锦帆"。——同上

（清）何焯：议论固高，尤当观其抑扬顿挫，使人一唱三叹，转有余味。○第一句，扬。第二句，驿。第三句，抑。第四句，起恨字。第五句，扬。第六句，抑，又恨。第七句，对译。第八句，对筹笔。——同上

（清）纪昀：起二句斗然抬起，三、四句斗然抹倒，然后以五句解首联，六句解次联，此真杀活在手之本领，笔笔有龙跳虎卧之势。○"他年"乃当年之谓，言他时经其祠庙，恨尚有余，况今日亲见行兵之地乎？亦加一倍法，通篇无一钝置语。——同上

（清）许印芳：沉郁顿挫，意境宽然有余，义山学杜，此真得其骨髓矣。笔法之妙，纪批尽之。又范元实《诗眼》云："文章贵向众中杰出，任赋一事，工拙易见，予入蜀，过筹笔驿，见石曼卿诗云：'意中流水远，愁外旧青山。'二语

脍炙人口,然有山水处便可用,不必筹笔驿也。殷潜之与小杜诗甚健丽,亦无高意。惟义山诗猿鸟云云。简书,盖军中约束,储胥,盖军中蕃篱。诵此两句,使人凛然复见孔明风烈。至于管、乐云云,属对亲切,又自有议论,他人不及也。"沈归愚云:"瓣香在老杜,故能神完气足,边幅不窘,六句对法活变。"诸评皆可参看,附录之。○"有"字复。——同上

(清)胡以梅:起得凌空突兀⋯⋯猿鸟无知,用"疑";风云神物,直用"长为"矣,有分寸。——《唐诗贯珠》

(清)赵臣瑗:鱼鸟风云,写得诸葛亮生气奕奕。"徒令"一转,不禁使人嗒焉欲丧⋯⋯此诗一二擒题。三四感事。五承一二,六承三四,尚论也。七八总收,以致其惓惓之意焉。——《山满楼笺注唐诗七言律》

(清)朝本渊:武侯威灵,十四字写得满足(首二句下)。接笔一转,几将气焰写尽。五六两层折笔,末仍收归本事,非有神力者不能。——《唐诗近体》

绵谷回寄蔡氏昆仲　　（唐）罗　隐

一年两度锦城游,前值东风后值秋。芳草有情皆碍马,好云无处不遮楼。山将别恨和心断,水带离声入梦流。今日因君试回首,淡烟乔木隔绵州。三、四写景极佳,而意极沉郁,是谓神行。若但以佳句取之,则皮相关。按:绵谷在四川北部嘉陵江东岸,今为广元县。

送徐君章秘丞知梁山军 梁山在四川梁山县东北与万县接界,亦名高梁山。《太平寰宇记》:"高梁山东尾跨江,西首剑阁。东西数千里,山岭长峻,其峰崔嵬。"《剑阁铭》所谓"岩岩梁山,积石峩峩"即此。

（北宋）梅尧臣

苍壁束江流,孤军水上头。蛟龙惊鼓角,云雾裹衣

裘。午市巴姑集,危滩楚客愁。使君才笔健,当似白忠州。

（元）方回：宋人诗善学盛唐而或过之,当以梅圣俞为第一。善学老杜而才格特高,则当属之山谷、后山、简斋。且如"午市巴姑集",唐人之精者仅能之。下一句难对,却云"危滩楚客愁",其妙如此。是三诗者,又皆有尾句,令人一唱三叹。——《瀛奎律髓汇评》

（清）冯舒：都官亦俚,姚合、王建辈耳,便云过盛唐,非也。——同上

（清）冯班："危滩楚客愁"好。——同上

（清）冯班：梅公送行诗无一字套话。——同上

（清）纪昀：此首较为浑老。○虚谷云"宋人诗善学盛唐而或过之",谈何容易！——同上

剑门关　　（南宋）陆　游

剑门天设险,北向控函秦。客主固殊势,存亡终在人。栈云寒欲雨,关柳暗知春。羁客垂垂老,凭高一怆神。

剑门道中遇微雨　　（南宋）陆　游

衣上征尘杂酒痕,远游无处不消魂。此身合是诗人未？细雨骑驴入剑门。

水调歌头·题剑阁　　（南宋）崔与之

万里云间戍,立马剑门关。乱山极目无际,直此是长

安。此指北宋故都汴梁（今河南开封）。人苦百年涂炭，鬼哭三边锋镝，镝读滴，入声。箭头。锋镝，刀刃和箭头，指战争。天道久应还。手写留屯奏，炯炯读迥，上声。炯炯，光明貌。寸心丹。　　对青灯，搔白发，漏声残。老来勋业未就，妨却一身闲。梅岭绿阴青子，梅岭即大庾岭，在广东与江西交界处。蒲涧地名，在广州白云山上。作者曾隐居于此。清泉白石，怪我旧盟寒。怪他有负旧约，未能来此隐居也。烽火平安夜，归梦绕家山。作者广东人。

（宋）李昴英：《题菊坡水调歌头后》："清献崔公剑阁赋长短句，卷卷爱君忧国，遑恤身计，此意类《出师表》。雅趣欲结茅庾岭边，一琴一鹤。由湘桂归南海，竟不得践绿阴青子约，然幅巾藤杖，徜徉老圃寒花间十有六年。宴岁之乐，不减洛中耆英也。好事者揭此词山中，惜非公手迹，某敬以所藏本，授横浦校官赖君栋使刻之。……淳祐六年三月既望，门人李昴英。"——《文溪集》

（清）许昂霄：填此调者，类用壮语，想亦音节应尔耶。——《词综偶评》

隆庆府　　（南宋）汪元量

雁山即雁门山。突兀插青天，剑阁西来接剑泉。即剑溪。如此江山快人意，满船载酒下潼川。潼川，地名。宋代潼川府即今梓潼县。

下　滩　　（清）宋征舆

孤舟泻石滩，双桨下云端。浪涌分花落，涛惊溅雪寒。乱山皆曲向，飞渡却回看。千里无诸国，天南自郁盘。

送张伯珩同年按蜀　　（清）梁清标

衔命西行白简寒，儒臣初着惠文冠。蚕丛惟有青燐起，伏莽当如赤子看。按部诸侯争负弩，洗兵三峡见安澜。兹行雨露沾殊俗，无复兴歌蜀道难。沈德潜云："第四语即龚遂治渤海之心，末言蜀道非难，尤得立言之体。"

朝天峡在四川广元县。　　（清）费　密

一过朝天峡，巳山断入秦。大江流汉水，孤艇接残春。暮色偏悲客，风光易感人。明年在何处？杯酒慰艰辛。

读费密诗　　（清）王士禛

成都跛道士，费密跛一脚，故云。万里下峨嵋。虎口身曾拔，蚕丝句有神。大江流汉水，孤艇接残春。十字须千古，胡为失此人！

峡江道中二首　　（清）俞明震

空际又收斜照去，人间惟有百忧侵。荒城近水知寒早，醉眼看天觉泪深。

身外风涛隐高树,梦余灯火悟初心。滩声呜咽鸦啼急,二十年前枕上音。

四、乐 山

麻平晚行 麻平,地名,即麻坪,在乐山县东。 （唐）王 勃

百年怀士望,千里倦游情。高低寻戍道,远近听泉声。涧叶才分色,山花不辨名。羁心何处尽,风急暮猿清。

初至犍为作 四川乐山,北周时称嘉州,唐改为犍为郡,宋为嘉庆府。
（唐）岑 参

山色轩槛内,滩声枕席间。草生公府静,花落讼庭闲。云雨连三峡,风尘接百蛮。到来能几日,不觉鬓毛斑。

（元）方回:颇似老杜诗,而无其悲愤。末句亦不堪远仕矣,然为刺史,则胜如为客之流离也。——《瀛奎律髓汇评》

（清）陆贻典:"犍为"直起,落句点出"初至"。——同上

（清）何焯:三、四已极貌荒远,非两省重臣所堪处也,却不露,便纡余有味。——同上

(清)纪昀:嘉州诗难得如此清圆。——同上

郡斋平望江山 原注:时牧犍为。 　　(唐)岑 参

水路东连楚,人烟北接巴。山光围一郡,江月照千家。庭树纯栽橘,园畦半种茶。梦魂知忆处,无夜不京华。

(元)方回:知嘉州所作。岑后竟不能入长安,卒于蜀,其节义有可称者。——《瀛奎律髓汇评》

(清)纪昀:无甚警策,五、六亦弱。——同上

(清)无名氏(甲):唐人作诗,虽不尽佳,然多可讽咏,觉有余味。此宋人所不及也。——同上

赋凌云寺二首 　　(唐)薛 涛(女)

闻说凌云寺里苔,风高日近绝纤埃。横云点染芙蓉壁,似待诗人宝月来。

闻说凌云寺里花,飞空绕磴逐江斜。有时锁得嫦娥镜,镂出瑶台五色霞。

峨眉雪 　　(唐)郑 谷

万仞白云端,经春雪未残。夏消江峡满,晴照蜀楼

寒。造境知僧熟，归林认鹤难。会须朝阙去，只有画图看。

答劝农李渊宗嘉州江行见寄　　（北宋）宋　祁

嘉月 美好的月份，多指春月。《文选·谢惠连〈西陵遇风献康乐〉》诗："成装候良辰，漾舟陶嘉月。"嘉州路，轲峨捋部船。山围杜宇国，江入夜郎天。霁引溪流望，凉供水阁眠。愧君舟楫急，遂欲济长川。

（元）方回：嘉州，古夜郎国。○三、四有老杜及盛唐人风味。——《瀛奎律髓汇评》
（清）纪昀：此评是。——同上
（清）纪昀：结有寓意，妙在无痕。——同上
（清）无名氏（甲）：嘉州，今嘉定州。"轲峨"高貌。"捋部船"乃官船土语。——同上

送吕昌朝知嘉州　　（北宋）苏　轼

不羡三刀梦蜀都，《晋书·王浚传》："（王浚）夜梦悬三刀于卧屋梁上，须臾又益一刀，惊觉，意甚恶之。主簿李毅曰：'三刀为州字，又益一者，明府其临益州乎？'果迁益州刺史。"聊将八咏继东吴。王文诰注云："昌朝携宋复古《八景图》来嘉州。"沈约有《东阳八咏》。卧看古佛凌云阁，敕赐诗人明月湖。《名胜志》："明月楼在嘉州城谯楼之右，下瞰明月湖。"郭璞谶云："郁姑，郁姑，将州到洛都，但看千载后，变成明月湖。"后隋郁姑将军始开此湖。得句会应缘竹鹤，思归宁复为莼鲈。横空好在修眉色，韩愈《南山诗》："天宁浮修眉，浓绿画新就。"头白犹堪乞左符。《汉书·文帝纪》：初与郡守为铜虎符、竹使

符。颜师古曰："与郡守为符者，各分其半，右留京师，左以与之。"

谒凌云大像即乐山大佛。 （南宋）陆 游

山郭寻幽山色新，径呼艇子载烟津。不辞疾步登高阁，却欲今生识伟人。泉镜正涵螺髻绿，浪花不犯宝趺尘。始知神力无穷尽，丈六黄金果小身。

嘉定舟中二首 （清）张问陶

凌云西岸古嘉州，江水潺湲抱郭流。绿影一堆漂不去，推船三面看乌尤。乌尤，山名。

平羌江水绿迢遥，梦冷峨嵋雪未消。爱看汉嘉山万叠，一山奇处一停桡。

望峨眉山 （清）刘光第

插天菡萏是疑非，万古名山佛迹归。香象河流腾白足，名山归属普贤。峨眉山有洗象池和普贤寺。淡峨汇影照青衣。青衣汇从峨眉山东北侧流过。寸心尘外寻烟客，一笑云端见玉妃。绰约何人说冰雪，始知庄叟意深微。从《庄子·逍遥游》有关姑射神女引发的感受。

（二十二）云南

异俗二首 　　（唐）李商隐

鬼疟朝朝避，《后汉书·礼仪志》注："颛顼氏有三子，生而亡去，为疫鬼。一居江水为疟鬼。"《宾退录》："高力士流巫州，李辅国授谪制，力士方逃疟，避于功臣阁下，则避疟之说自唐已然。"春寒夜夜添。未惊雷破柱，《世说新语》："夏侯太初尝倚柱作书，时大雨霹雳破柱，衣服焦然，神色不变。"不报水齐檐。虎箭蛮箭也，以毒药濡之，中者立死。侵肤毒，鱼钩《岭表志》："鳄鱼大如船，牙如锯齿，尾有三钩极利，遇鹿豕即以尾戟之。"刺骨铦。鸟言成谍诉，韩愈文："小吏十余家，皆鸟言夷面。"《北山移文》："牒诉倥偬装其怀。"多是恨彤襜。《周礼》："巾车有容盖。"郑司农云："容谓襜车也。以帱障车。"

户尽悬秦网，《地理志》："网罟之利开于秦，故曰秦网。"家多事越巫。未曾容獭祭，《月令》："孟春之月，獭祭鱼，然后虞人入泽梁。"只是纵猪都。《酉阳杂俎》："昔值洪水，食都树皮，饿死化为鸟都，皮骨为猪都，妇女为人都，……在树根后者名猪都，在树半可攀及者名人都，在树尾者为鸟都。……南中多食其巢，味如木芝，巢表可为履，屦治脚气。"点对连鳌饵，《孙子》："龙伯之国有大人，一钩而连六鳌。"搜求缚虎符，《抱朴子》："道士赵昞能禁虎，虎伏地低头闭目便可执缚。"《真诰》："道家有制虎豹符，南中多虎，故求符禁之。"贾生兼事鬼，不信有洪炉。《庄子》："以天地为大炉。"贾谊《鵩鸟赋》："天地为炉兮，造化为工。"杜甫诗："汩没听洪炉。"

滇海曲二首 　　（明）杨 慎

蘋香波暖泛云津，渔枻樵歌曲水滨。天气常如二三月，花枝不断四时春。

海滨龙市趁春畲，江曲鱼村弄晚霞。孔雀行穿鹦鹉树，锦莺飞啄杜鹃花。

滇池铙吹四首(录一首)　　(清)吴伟业

碧鸡台榭乱云中，旧是梁王避暑宫。铜柱雨来千嶂洗，铁桥风定百蛮通。朱鸢县小输赍布，赍布为少数民族作为赋税的布匹。赍读宗，平声。白象营高挂柘弓。唯唱太平滇海曲，槟榔花发去年红。赵翼《瓯北诗话》："滇池铙吹四首，乃顺治十五年收云南凯歌。诗中方侈言勋伐，而以第一首末句'谁唱太平滇海曲，槟榔花发去年红'，谓预料吴三桂之将为逆。是时三桂方欲立功，至十八年尚率兵入缅，取永明王献捷，岂早有逆萌。然其为人狡谲阴悍，人所共知。伏读御批《通鉴辑览》如见肺肝，可谓梅村早见及此，亦可。"

黎峨道中　　(清)查慎行

青红颜色裹头妆，尺布缝裙称膝长。仡老打牙初嫁女，花苗跳月便随郎。按：仡老，读割老。少数民族之一，有花仡老、红仡老、打牙仡老等。

昆明怀古　　(清)张九钺

咸和门外草芊芊，中有丰碑汉子渊。岂是山川愁使节，恐教天子遇神仙。云霞人想文章气，金碧祠荒祷祀年。可惜大夫能谏议，宫中只诵洞箫篇。

澜沧江古澜沧江,上源曰杂鄂穆楚河,出西康西北境之格尔吉山,经昌都而东南流,名拉楚河,即澜沧之转音,入云南西境,歧为二:东曰漾备江,西曰澜沧江。至顺宁而合,曲折南流,由思茅南出境,至安南,名湄公河,经柬浦寨至交趾支那,分数道而入于南海。明李元阳谓即禹贡之黑水也。

（清）赵　翼

绝壁积铁黑,路作之字折。下看百丈洪,怒喷雪花热。一个"热"字,境界全出。全诗二十个字中一半是入声。而第一句全用入声,因入声字短促,容易形成斩绝的效果,可以在声音的诱导下,更好地体会绝壁之绝。

安宁道中即事在昆明市西南三十余公里。

（清）王文治

夜来春雨润垂杨,春水新生不满塘。日暮平原风过去,菜花香杂豆花香。

游黑龙潭看唐梅　　　（清）阮　元

千岁梅花千尺潭,春风先到彩云南。香吹蒙凤即南诏王阁罗凤。龟兹笛,一种少数民族的乐器。影伴天龙石佛龛。玉斧曾遭图外划,骊珠常向水中探。只嗟李杜无题句,不与逋仙宋诗人林逋。季迪明诗人高启。谈。

昆明怀古　　（清）吴仰贤

　　白皙通侯旧建牙，包胥痛哭到天涯。入关壮士追秦鹿，出塞单车载帝羓。故妓分香犹有梦，奸雄跋扈已无家。凄凉新府沧桑换，兴废谁怜井底蛙。此诗咏吴三桂事也。

（二十三）贵州

送人尉黔中　　(唐)周　繇

　　盘山行几驿,水路复通巴。峡涨三川雪,园开四季花。公庭飞白鸟,官俸请丹砂。知尉黔人后,高吟采物华。

贵　州　　(元)范　梈

　　离思久不惬,幽情晚旋添。天宜明月独,山与宿云兼。蛮语通文柱,蛛丝映卷帘。若无光霁在,何以破朱炎。

观圣泉二首<small>在黔灵湖北岸约一公里半左右。</small>
(明)吴国伦

　　神井殊难测,涓涓满忽除<small>据说该泉忽涨忽落。</small>源泉无日夜,天地此盈虚。纽涌丹砂穴,潜分碧石渠。山形俨胡鼻,谁为卜仙居。

　　岂是通潮汐,须臾不自停。乍应旋地轴,忽复闭灵扃。玉溅天池碧,珠含月谷青。浮沉亦吾意,何用测图经。

黔阳杂诗五首　　（清）查慎行

蛩尤百丈吐寒芒，时有彗星之变。杀气西南莽未央。燕雀君臣空殿宇，蜉蝣身世阅沧桑。乱山似作孤城卫，横戟谁堪一面当。错料夜郎知汉大，井蛙曾此自称王。

休将卧虎比前禽，诸将功高贼未擒。楉读昂，平声。系马的柱子。马隔城边草瘦，暮乌啼晓阵云深。盘江路尽黔疆险，钩栈形容栈道曲折。人从蜀国寻。一片寿阳污血地，浪传田叟哭王琳。

玉斧铜标界有无，且兰城外亟储胥。田横客已辞穷岛，乐毅功难敌谤书。官滥羊头争献镜，谋新鼠穴可乘车。英雄稚子论谁是，广武登临叹有余。

吹唇拂地势纵横，约束人称峡路兵。间道无援防豕突，丛祠有火散狐鸣。残年租赕读炭，去声。贡献已。催何急，鬼俗流离命已轻。勿倚弓刀能杀贼，向来渔猎本苍生。

帐有炊烟戍有楼，山无林木水无舟。王瓜入市家家病，箐读庆，去声。山间大竹林。雨经梅日日秋。苗妇短裙多赤脚，僰读柏，入声。少数民族。童尺布惯蒙头。兵荒满眼图难绘，卉服先教递速邮。

甲秀楼二首 _{楼在贵州市南之南明湖鳌头矶上。}

（清）鄂尔泰

鳌矶湾下柳毵毵，芳杜洲前小驻骖。更上层楼瞰流水，虹桥风景似江南。

炊烟卓午散轻丝，十万人家饭熟时。问讯何年招济火，_{济火，人名，彝族领袖。曾助诸葛亮收服孟获。}斜阳满树武侯祠。

（二十四）广东

一、岭南　广州

峡　山　亦称清远峡,在广州清远县城北二十三公里。
（唐）沈佺期

览遍名山境,无如此峡山。两峰支碧汉,一水抱清湾。松老龙沈在,波澄势自还。碧萝笼佛座,风月伴僧闲。骚客吟无尽,良工画想难。奇哉真福地,千古镇人寰。

广州段功曹到,得杨五长史书,功曹却归,聊寄此诗　（唐）杜甫

卫青开幕府,杨仆将楼船。汉节梅花外,春城海水边。铜梁书远及,珠浦使将旋。贫病他乡老,烦君万里传。

送段功曹归广州　（唐）杜甫

南海青天外,功曹几月程。峡云笼树小,湖日荡船

明。交趾丹砂重,韶州白葛轻。幸君因旅客,时寄锦官城。

送翰林张司马南海勒碑_{古南海郡即今广州。}

（唐）杜 甫

冠冕通南极,文章落上台。诏从三殿_{三殿谓麟德殿。一殿而有三面,故名三殿。}去,碑到百蛮开。野馆浓花发,春帆细雨来。不知沧海上,天遣几时回。

送徐大夫赴广州　　（唐）刘长卿

上将坛场拜,南荒羽檄招。远人来百越,元老事三朝。雾绕龙山暗,山连象郡遥。路分江淼淼,军动马萧萧。画角知秋气,楼船逐暮潮。当令输贡赋,不使外夷骄。

得岭南故人书　　（唐）卢 纶

瘴海寄双鱼,中宵达我居。两行灯下泪,一纸岭南书。地说炎蒸极,人称老病余。殷勤祝贾傅,莫共酒杯疏。

南　中

古人指南中者有三：一、指川南和云贵一带。《三国志·诸葛亮传》："南中诸郡，并皆叛乱。"二、泛指南方。王建《荆州行》："南州三月蚊蚋生，黄昏不闻人语声。"三、指岭南地区。《文选·为石仲容与孙皓书》："南中吕兴，深睹天命，蝉蜕内向，愿为臣妾。"此诗之南中指岭南地区也。

（唐）王　建

天南多鸟声，州县半无城。野市依蛮姓，山村逐水名。瘴烟沙上起，阴火水中生物所发之光。王嘉《拾遗记》："西海之西，有浮玉山。山下有巨穴，穴中有火，其色若火，昼则通昽不明，夜则照耀穴外，虽波涛滚荡，其光不灭，是谓阴火。"雨中生。独有求珠客，年年入海行。

（元）方回：与张籍相上下，中四句佳好。——《瀛奎律髓汇评》

（清）冯班：张清而远，王浓而近，王自不如张。——同上

（清）陆贻典：落句好。——同上

（清）纪昀：起句突兀无绪，三、四朴而确。——同上

送郑尚书赴南海

秦始皇三十三年置南海郡，治所在番禺（今广州市）。

（唐）韩　愈

番禺军府盛，欲说暂停杯。盖海旗幢出，连天观阁开。衙时龙户集，上日马人来。风静鳌居去，官廉蚌蛤回。货通师子国，乐奏武王台。事事皆殊异，无嫌屈大才。

（元）方回：唐人诗六韵、八韵、十韵以上，春容之中寓以挈敛，如此者不一。近人学晚唐诗，止于八句中或四句工，或二句工，而尾句多无力。此诗中四联极言广府之盛，首句且教诸客听所言土风，尾句着力一结，而"殊异"

二字乃一篇精神也。——《瀛奎律髓汇评》

（清）纪昀：不见着力。——同上

（清）冯舒："盖海"对"连天"，双声也。——同上

（清）冯班：此首颇近白傅。——同上

（清）查慎行：结句可为长律之法。——同上

（清）何焯："爰居去"则风雨应节，得天时也。"蚌蛤回"则商贾流通，得地利也。○郑好黩货，"官廉"句意在规勖。——同上

（清）纪昀：平正不是昌黎妙处，昌黎、太白皆不以律诗见长，不必为盛名所震。○"大才槃槃谢家安"语本晋人，然二字终俗。——同上

（清）许印芳：太白、昌黎长于古诗，晓岚谓律体非其所长，此论是矣。然谓二家集中律体绝无佳篇，则大不然。此诗骨力老重，格律严整，可为后学矩矱。晓岚斥而不取，真苛刻也。"大才"二字以寻常口语便斥为俗，然则文字之通于口语者，皆不可用矣。如此诗"龙户"、"马人"、"师子国"、"武王台"，非寻常口语乎？文章之道，岂能离绝寻常口语？用口语而缀以文词，则雅而不俗，舍文词而摘口语，斥之为俗，此吹毛求疵之论。于文章得失，毫无取义，徒陷为轻薄子耳。——同上

岭南江行 （唐）柳宗元

瘴江南去入云烟，望尽黄茆是海边。山腹雨晴添象迹，潭心日暖长蛟涎。射工巧伺游人影，飓母偏惊旅客船。从此忧来非一事，岂容华发待流年。

（元）郝天挺：此叙岭南风物异于中国，寓迁谪之愁也。言瘴江向南，直抵云烟之际，一望皆是海边矣。雨晴则象出，日暖则蛟游，射工之伺影，飓母之惊人，皆南方风物之异者。是以所愁非一端，而华发不待流年矣。——《唐诗鼓吹注解》

（清）查慎行：律诗掇拾碎细，品格便不能高，若入老杜手，别有熔铸炉鞲之妙，岂肯屑屑为此？虚谷谓柳州五章比杜尤工一言，以为不知览者，毋为所惑可也。——《初白庵诗评》

（清）薛雪：诗有通首贯看者，不可拘泥一偏。如柳河东《岭南郊行》一首之中，瘴江、黄茆、海边、象迹、蛟涎、射工、飓母重见叠出，岂复成诗？殊不知第七句云"从此忧来非一事"以见谪后之所，如是种种，非复人境，遂不觉其重见叠出，反若必应如此之重见叠出者也。——《一瓢诗话》

（清）查慎行：急于富贵人，遭不得磨折，便少受用，学道人定不尔尔。尾句亦不值如此气索。——《瀛奎律髓汇评》

（清）纪昀：虽亦写眼前现景，而较元、白所叙风土，有仙凡之别，此由骨韵之不同。〇五、六旧说佳比小人，殊穿凿。——同上

（清）许印芳：五、六果有忧谗畏讥之意，旧说不为穿凿。——同上

谪岭南道中作　　（唐）李德裕

岭水争分路转迷，桄榔椰叶暗蛮溪。愁冲毒雾逢蛇草，畏落沙虫《抱朴子》"周穆王南征，一军尽化，君子为猿为鹤，小人为虫为沙。"避燕泥。薛道衡诗："暗牖悬蛛网，空梁落燕泥。"五月畲田收火米，三更津吏报潮鸡。潮鸡，每潮至则鸣。见《舆地志》。不堪肠断思乡处，红槿花中越鸟啼。

（元）方回：李卫公不读《文选》而诗奇健，谪海外时一二诗尤酸楚。此诗于岭南风土甚切，词又工。——《瀛奎律髓汇评》

（明）周珽：唐人之诗，切于体物，盖随地随事，援入笔端，非摭拾陈言，图为塞白，如李德裕云"五月畲田收火米，三更津吏报潮鸡"，白居易诗"山鬼跳踉惟一足，谷猿哀怨过三声"，是也。〇又曰：宗元以附叔文被罪，德裕以同列相挤至祸，二公之才、之行皆有定论。顾柳之贬死炎荒，人不之惜，哀哉！若李有功而无罪者也，而君相以私喜怒黜之，则唐之不竞宜矣。千载而下，读其诗句，想见其触景皆畏途，悲吟堪断肠也。——《唐诗选脉会通评林》

（清）陆贻典：起句不亲至岭南不知其妙。通篇工致，结句紧。——《瀛奎律髓汇评》

（清）纪昀：与《柳州洞氓》诗序蛮乡风土意同，而精神气韵相去远矣，此

由才分不同。——同上

（清）沈德潜：时为白敏中辈排斥，贬潮州司马，又贬崖州司户。故三、四语双关，犹柳州诗之"射工"、"飓母"也。——《唐诗别裁集》

（清）朱三锡：水分树暗，则路若迷矣。夫路岂真有所迷哉？只为人心中时时有愁，刻刻有畏，望之若为畏途，思之若无生路，此其路之所以"转迷"也。三、四皆写"路转迷"也。"收火米"、"报潮鸡"、"红槿"、"越鸟"，总极写岭南风土景物之异，以逼出"肠断思乡"耳。——《东岩草堂评订唐诗鼓吹》

登尉佗楼　　　（唐）许　浑

刘项持兵鹿未穷，自乘黄屋岛夷中。南来作尉任嚣力，北向称臣陆贾功。箫鼓尚陈今世庙，旌旗犹锁昔时宫。越人未必知尧舜，一奏薰弦万古风。

（元）方回：前四句能述尉佗心迹，良佳。五、六不能无病，"今世"、"昔时"，犹所谓"耳闻英主提三尺，眼见愚民盗一抔"，"三尺"、"一抔"甚工，"耳闻"、"眼见"即拙矣。"今世"、"昔时"亦然。——《瀛奎律髓汇评》

（清）冯舒：五、六何病？——同上

（清）纪昀：此评亦久。——同上

（清）陆贻典：落句有病。——同上

（清）查慎行："鹿未穷"三字强凑。——同上

（清）何焯：有何功德？世祀勿替！楚人鬼而越人機，信然。六句皆深笑之而不露形迹。——同上

（清）纪昀："鹿未穷"三字欠通。结句借讽当时之人，知有藩镇而不知有朝廷也。丁卯诗中难得如此有作意。——同上

（清）无名氏（甲）：楼在广东。○韶州，虞舜作乐处。——同上

登蒲涧寺后二岩三首　　（唐）李群玉

　　五仙骑五羊，何代降兹乡？涧有尧年韭，山余禹日粮。楼台笼海色，草树发天香。浩啸波光里，浮溟兴甚长。

　　（元）方回：寺在广州。"尧时韭"、"禹日粮"之对工矣。诗忌太工，工而无味，如近人四六及小学答对，则不可兼。必拘此式，又为"昆体"。善为诗者备众体，亦不可无此也。如老杜能变化，为善之善者。五、六一联亦精神。——《瀛奎律髓汇评》

　　（清）冯班：宋人四六，工而无味，果然。工而有味，"西昆"也；工而无味，"江西"也。——同上

　　（清）陆贻典：对句更胜。——同上

　　（清）纪昀：此评最好。——同上

　　行尽崎岖路，惊从汗漫游。青天豁眼快，碧海醒心秋。便欲寻河汉，因之犯斗牛。九霄身自致，何必遇浮丘。

　　南溟吞越绝，极望碧鸿蒙。龙渡潮声里，雷喧雨气中。赵佗丘垅灭，马援鼓鼙空。遐想鱼鹏化，开襟九万风。

中秋越台看月　　（唐）李群玉

　　海雨洗尘埃，月从空碧来。水光笼草树，练影挂楼台。皓曜迷鲸目，晶莹失蚌胎。宵分凭槛望，应合见

蓬莱。

题清远峡观音院二首　　（唐）卢　肇

清潭洞澈深千丈，危岫攀萝上几层。秋尽更无黄叶树，夜阑惟对白头僧。

风入古松添急雨，月临虚槛背残灯。老猿啸狖还欺客，来撼窗前百尺藤。

自岭下泛鹧到清远峡作　　（唐）胡　曾

乘船浮鹧下韶水，绝境方知在岭南。薜荔雨余山似黛，蒹葭烟尽岛如蓝。且游萧帝松阴寺，夜宿嫦娥桂影潭。不为箧中书未献，便来兹地结茅庵。

（清）陆次云：三、四诗中之画，虽有名手，如何烘染得来。——《五朝诗善鸣集》

（清）金人瑞：孔子曰"君子素其位而行，素患难行乎患难，无入不自得焉"，庄子曰"知其不可奈何而安之，为命德之盛也"。此诗便纯是此段意思，于极无滋味中寻出滋味来，于极苦滋味中寻出好滋味来。人方咨嗟，我独啸歌；人方怒毒，我独安和，此真为大段勉强不得之事也。看他岭南，人人传是鬼国，反偏说有绝境在此。绝境之为言第一洞天福地，非他山水之所得比。如三、四，"薜荔雨"、"蒹葭烟"，即岭南；"山似黛"、"岛如蓝"，即绝境也。妙笔又在"乘船今日"四字，说得恰似路旁无因忽然拾得夜光相似也者（前四句下）。○后解又言岂惟今日安之，且将终身安之。所以或犹未必不舍去者，只为胸中所学未试故事。○五、六，妙！妙！遇寺即游，遇潭即宿者，自言无恒宿也,非曰必游萧寺,必宿桂潭也。虽旦游桂潭,夜宿萧寺,无不可也。乃至不游萧寺,不宿桂潭,亦可也。悟得此段言语,始于岭南绝境,少分相应。——《贯华堂选批唐才子诗》

南乡子八首　　(五代)欧阳炯

嫩草如烟,石榴花发海南天。日暮江亭春影渌,鸳鸯浴,水远山长看不足。

画舸停桡,槿花篱外竹横桥。水上游人沙上女,回顾,笑指芭蕉林里住。

(明)卓人月:徐士俊评曰:"隐隐闻村落中娇女声。"——《古今词统》

岸远沙平,日斜归路晚霞明。孔雀自怜金翠尾,临水,认得行人惊不起。

(明)卓人月:徐士俊评曰:"说惊起者,浅矣。"——《古今词统》

(清)谭献:未起意先攻直下,语似顿挫。"认得行人惊不起",顿挫语似直下,"惊"字倒装。——《谭评词辨》

(清)陈廷焯:遣词用意,俱有别致。——《云韶集》

洞口谁家,木兰船系木兰花。红袖女郎相引去,游南浦,笑倚春风相对语。

二八花钿,胸前如雪脸如莲。耳坠金环穿瑟瑟,霞衣窄,笑倚江头招远客。

　　路入南中,桄榔叶暗蓼花红。两岸人家微雨后,收红豆,树底纤纤抬素手。

(明)卓人月:徐士俊评曰:"致极清丽,入宋不可复得。"——《古今词统》
(清)王士禛:《边州闻见录》云:"蜀多红豆树,坚致,纹如蠃,土人不甚爱惜,每于成都市得之。""收红豆,树底纤纤抬素手",欧阳舍人词也。——《五代诗话》
(清)陈廷焯:好在"收红豆"三字,触物生情,有如此境。——《云韶集》

　　袖敛鲛绡,采香深洞笑相邀。藤杖枝头芦酒滴,铺葵席,豆蔻花间趓 读梭,平声。太阳落山。晚日。

　　翡翠鵁鶄,白蘋香里小沙汀。岛上阴阴秋雨色,芦花扑,数只鱼船何处宿。

(明)汤显祖:短词之难,难于起得不自然,结得不悠远。诸词起句无一重复,而结语皆有余思,允称名作。——《评花间集》
(明)郑文焯:《花间集》载有《南歌子》七首,类宫怨之作,不得比之《竹枝》。惟《南乡子》八首,实皆纪岭海风土、语义与《竹枝》相近。——《大鹤山人词话·附录》

送番禺杜杆主簿　　(北宋)梅尧臣

　　行识桄榔树,初窥翡翠巢。地蒸蛮雨接,山润海云交。讼少通华语,虫多入膳庖。不须思朔望,梅吐腊前梢。查慎行云:"第六句暗用柳州食虾蟆事。"

过岭二首　　（北宋）苏　轼

暂着南冠不到头，却随北雁与归休。平生不作兔三窟，今古何殊貉一丘。当日无人送临贺，《唐书》："杨凭贬临贺时，姻友无往候者，独徐晦至蓝田慰饯。李夷简表为监察御史曰：'君不负杨临贺肯负匡乎？'"至今有庙祀潮州。剑门西望七千里，乘兴真为玉局游。

（清）纪昀："不到头"三字有病。五、六极典切，然出之他人则可，东坡自道则不可。——《瀛奎律髓汇评》

（清）无名氏（甲）：东坡，蜀人，今去剑门甚远。玉局观在成都，东坡提举奉祠处。——同上

七年来往我何堪，按《年谱》："公以绍圣之年自定州贬惠州，凡四年，再贬儋耳，明年改元元符，至三年乃量移藤州，凡七年。"又试曹溪一勺甘。梦里似曾迁海外，醉中不觉到江南。指虔州。波生濯足鸣空涧，雾绕征衣滴翠岚。谁遣山鸡忽惊起，半岩花雨落毶毶。

（元）方回：绍圣元年甲戌贬惠州，四年丁丑贬儋州，明年元符戊寅改元，三年庚辰量移廉州，永州自便，凡七年。杨凭贬临贺尉，惟徐晦送之，此事极切。"梦里似曾迁海外"，比联甚佳，殊不以迁谪为意也。是年坡公年六十五。明年建中靖国元年辛巳七月，卒于常州。——《瀛奎律髓汇评》

（清）冯班：大笔自然不同。——同上

（清）查慎行：江西人以赣江为南江。——同上

（清）纪昀：三、四真境。〇末句即"海鸥何事更相疑"意，非写所见之景。——同上

广州蒲涧寺　　（北宋）苏 轼

不用山僧导我前，自寻云外出山泉。千章古木临无地，百尺飞涛泻漏天。昔日菖蒲方士宅，后来薝卜祖师禅。而今只有花含笑，笑道秦皇欲学仙。

浴日亭 亭在广州黄埔庙头村南海神庙前。
（北宋）苏 轼

剑气峥嵘夜插天，瑞光明灭到黄湾。坐看旸谷浮金晕，遥想钱塘涌雪山。已觉苍凉苏病骨，更烦沆瀣洗衰颜。忽惊鸟动行人起，飞上千峰紫翠间。

雨中花·岭南作　　（北宋）朱敦儒

故国当年得意，射麋上苑，上林苑在洛阳城西。走马长楸。曹植《名都篇》："斗鸡东郊道，走马长楸间。"对葱葱佳气，赤县神州。好景何曾虚过，胜友是处相留。向伊川雪夜，洛浦花朝，占断狂游。　　胡尘卷地，南走炎荒，曳裾强学应刘。空漫说、蟠龙卧，谁取封侯。塞雁年年北去，蛮江日日西流。此生老矣，除非春梦，重到东周。洛阳为东周的都城。代指作者故乡。宋钦宗靖康元年（1126）金兵攻占汴京，宋室南渡。在这场政治的剧变中，作者不得不离开生养之地的洛阳，随着逃难的人流萍飘梗泛，辗转来到岭南，在粤西泷州暂住下来。

南海神庙浴日亭　　(南宋)杨万里

南海端为四海魁,扶桑绝境信奇哉。日从若木梢头转,潮到占城国里回。最爱五更红浪沸,忽吹万里紫霞开。天空管领诗人眼,银汉星槎借一来。

明月生南浦　　(明)张以宁

广州南汉王刘𬬮故宫,铁铸四柱犹存。周览叹息之余,夜泊三江口,梦中作一词,觉而忘之。但记二句云:"千古兴亡多少恨,总付潮回去。"因隐括为此词。

海角亭前_{亭在故宫附近}。秋草路。榕叶风清,吹散蛮烟雾。一笑英雄曾割据,痴儿却被潘郎误。潘郎有二:一、南唐潘佑曾作书劝刘𬬮降宋;二、据《宋史纪事本末》载,开宝四年(971)二月,潘美率兵连攻下南汉英州、雄州。刘𬬮使人请和且求援师,潘美不许,乘胜攻入广州,俘刘𬬮及其宗室官属。○按:南汉立国于917年,刘𬬮于958年即位,971年降宋。宝气消沉无觅处。藓晕犹残,铁铸遗宫柱。千古兴亡知几度,海门依旧潮来去。

广州杂吟　　(明)汪广洋

石鼎微薰茉莉香,椰瓢满贮荔枝浆。木棉花落南风起,五月交州_{广州汉时为交州之地}海气凉。

夜泊珠江　　（清）朱彝尊

潮涌牛栏广州城门名。外，舟停蜑户南方的水上居民。蜑读诞，上声。旁。月高人不寐，隔浦是歌堂。旧时广州女子出嫁前，其女伴到她家中唱歌，通宵达旦，谓之"坐歌堂"。所唱之歌名"劝嫁歌"。内容大都是抒离情、骂媒婆，叙述为人媳妇的艰苦。

珠江春泛　　（清）屈大均

珠水烟波接海长，春潮微带落霞光。黄鱼日作三江雨，白鹭天留一片霜。洲爱琵琶风外语，琵琶洲在珠江中。沙怜茉莉月中香。茉莉沙在珠江岸边。班枝木棉树的别名。况复红无数，一棹依依此夕阳。

广州吊古三首　　（清）屈大均

山川灵气会都司，旧作佗宫枕海湄。一自名王来骆越，至今茋子茋同天，茋子即天子。何孟春《余冬序录》："正统十年进士登科录，凡天子皆作茋。"是屠耆。匈奴语译音。《史记·匈奴列传》："匈奴谓贤者曰屠耆。"无才绝道称南武，有恨祠天杀贰师。邸第荒凉余白草，牛羊蹢躅为谁悲。

白云山下即龙堆，旧日丁零大帐开。奇畜尽从沙漠至，远人兼带雪霜来。无多越女留炎徼，不断明妃去紫台。朝汉有谁还朔望，雕青在人体上刺花纹。茋子在蓬莱。

三峰飞入越王城,上有呼銮古道平。气似穹庐千里接,风飘笳鼓一天清。禆王父子为燐火,绝塞牛羊自盛京。山鬼招人归白墓,日斜林外有歌声。

石门道中 石门在广州西北十五公里小北江与流溪河的汇合处。

（清）梁佩兰

江势纡回不觉遥,好风吹趁石门潮。人行沙岸看枫叶,鹤立秋田啄黍苗。寺影半间遮谷口,泉声一道出山腰。旧时刺史荒祠在,蘋藻无因荐暮朝。

广州竹枝三首　　（清）王士禛

潮来濠畔接江波,鱼藻门边净绮罗。两岸画栏红照水,蜑 读诞,上声。南方水上人家。 船争唱木鱼歌。

海珠石上柳阴浓,队队龙舟出浪中。一抹斜阳照金碧,齐将孔翠 据《皇华纪闻》载:"广州俗尚竞渡,盛时以白鹤毳、孔雀尾,翡翠羽饰船篷。每斜阳照耀,金碧烂然。" 作船篷。

梅花已近小春开,朱槿红桃次第催。杏子枇杷都上市,玉盘三月有杨梅。

重阳前一日登镇海楼　　（清）王摅

无端来作五羊游,节近登高上此楼。海气溟蒙山绕

郭，天风浩荡客悲秋。飘蓬且喜云生屦，簪菊应羞雪满头。乡国茫茫何处是？珠江一片夕阳愁。

花　田

在广州珠江南岸芳村。相传南汉末代皇帝刘铱有妃子字素馨，喜簪花，死后葬于此，故又称素馨斜。旧有大通寺，寺前有二井，为羊城八景之一。　　　　（清）沈用济

埋玉传南汉，花田今尚存。雪中香不散，烟外月无痕。芳草寻诗路，青旗卖酒村。漫将蝴蝶数，一一美人魂。《广东新语》云："素馨斜在广州城西十里三角市，南汉葬美人之所也。有美人喜簪素馨，死后遂多种素馨于冢上，故曰素馨斜。至今素馨酷烈，胜于他处。以弥望悉是此花，又名曰花田。方信孺诗曰：'千年艳骨掩尘沙，尚有余香入野花。何似原头美人草，风前犹作舞腰斜。'余诗曰：'花田旧是内人斜，南汉风流此一家。千载香消珠海上，春魂犹作素馨花。'"

珠江棹歌四首　　　　（清）查慎行

一生活计水边多，不唱樵歌唱棹歌。蜑子裹头长泛宅，珠娘赤脚自凌波。

剪得青蒲织作篷，平铺如席卷如筒。往来惯是乘潮便，不使朝南暮北风。

生男不娶城中妇，生女不招田舍郎。两两鸳鸯同水宿，聘钱几口是槟榔。

米价高于珠价无？就船剖蚌换青蚨。_{青蚨，钱也。}**近来**官长清如水，不是珠池也产珠。

登镇海楼　　　（清）沈元沧

凌虚百尺倚危楼，似入仙台足胜游。半壁玉山倚槛峙，一泓珠海抱城流。沙洲漠漠波涛静，瓦屋鳞鳞烟火稠。黄气紫云消歇尽，还凭生聚壮炎州。

广州书怀　　　（清）惠士奇

暂作南中客，淹留岁月徂。鲛人元有泪，野女本无夫。山径逢樵父，烟波狎钓徒。持竿将入海，直欲拂珊瑚。

珠江竹枝词　　　（清）何梦瑶

看月人谁得月多，湾船齐唱浪花歌。花田一片光如雪，照见卖花人过河。

花　田　　　（清）赵翼

十里芳林傍水涯，当年曾是玉钩斜。美人死后为香草，醉守来时正好花。满地种珠夸老圃，千筐带露入豪

家。蜑娘头上微风过,勾尽游人是鬓鸦。

粤秀峰晚望,同黄香石诸子 粤秀峰,即越秀山,在广州市越秀公园内。黄培芳字香石,与谭敬昭、张维屏合称粤东三子。

(清)谭敬昭

江上青山山外江,远帆片片点归艎。横空老鹤南飞去,带得钟声到海幢。海幢寺在珠江南岸,与越秀山遥遥相对。

粤东杂感九首　　(清)程恩泽

岭海中间起粤都,水深山峭土丰腴。万花界断空明镜,百宝镕成造化炉。常隐诸星悬户牖,飞行十日抵津沽。从来饶有衣冠气,配得繁荣楚蜀吴。

一从陆贾佟归装,卷握都夸世富强。有客媚川歌得宝,何人临浦复沉香。海边铁飓时掀屋,林外金蚕夜吐光。更有瘴云浑似疟,能教顷刻变炎凉。

家藏洋铁铸精兵,耳熟春雷动地声。倾里交锋官走避,借躯偿罪鬼光明。盗来清昼商几断,劫到高年梦亦惊。古有带牛成美政,今无乳虎立威名。

丰跌凝雪锦鞋圆,盛鬏垂鬓翠凤偏。素女图开花蹀躞,念奴歌起玉缠绵。惊波不撼鸳鸯舫,斜照尤明孔雀船。岂有芳尊藏鸩毒,果然华屋艳神仙。

外藩吉利最雄猜,坐卧高楼互市开。有画兼金倾海去,无端奇货挟山来。五都水旱多逋券,群贾雍容内乏财。只合年年茶药馥,挽伊一一米船回。

天生灵草阿芙蓉,要与饔飧竞大功。豪士万金销夜月,乞儿九死醉春风。香飞海舶关津裕,力走天涯货贝通。抵得蚩腾兵燹劫,半收猿鹤半沙虫。

一酌贪泉百感生,纵然才智了无成。外夷只识珠犀贵,廉吏须磨斧钺行。不解鸟言空听讼,未穷蛮状漫谈兵。须知仁兽当关卧,多少豺狼总禁声。

经生词客两无俦,学力天才老未休。直以渊源穷马郑,即论文字亦曹刘。尚书履去弦歌在,学士砖颓俎豆修。想见人心醇懿处,必逢贤吏苦遮留。

新橙甘比张仪舌,香荔腴于合德肌。天与芳馨都是福,我来辽阔不同时。越王台上雄看月,帝子峰头静赋诗。莫笑笼中无长物,文犀分得凤凰仪。

羊城七夕竹枝词十首　　　(清)汪　瑔

越王台畔雨初停,几处秋光到画屏。好是罗云弦月夜,家家儿女说双星。

　　绣阁瑶扉取次开，花为屏障玉为台。青溪小妹蓝桥姊，有约今宵乞巧来。

　　十丈长筵五色光，香奁金翠竞铺张。可应天上神仙侣，也学人间时世妆。

　　稻苗豆荚绿成丛，费尽滋培一月功。嫩绿几层红一点，羊灯光在翠秧中。

　　小品华莸制最精，胡麻腋液巧经营。不知翠袖红窗下，几许工夫作得成。

　　排当真成锦一窝，妙偷莺杼腾鸾梭。何须更向天孙乞，只觉闺中巧更多。

　　约伴烧香历五更，褰裙几度下阶行。相看莫讶腰支倦，街鼓遥传第四声。

　　姊妹追随上下肩，个侬新试嫁衣鲜。娇痴小妹工嘲谑，明岁何人又谢仙。

　　几盏清泉汲夜深，铜盘承取置庭心。今年得巧知多少，水影明朝验绣针。

　　升平旧事记从前，动费豪家百万钱。昔日繁华今日梦,有人闲说道光年。

秋登越王台　　　(清)康有为

秋风立马越王台,混混蛇龙最可哀。十七史从何说起,_{文天祥云:一部十七史从何说起。语见薛应旂《宋元通鉴》。}三千劫历几轮回。腐儒心事呼天问,大地山河跨海来。临眺飞云横八表,岂无倚剑叹雄才。

重阳日傍晚登粤秀山　　　(清)丘逢甲

萧瑟秋心付五羊,越王台上作重阳。西风吹帽林容老,落日平栏海气凉。城郭晚来烟雾合,江山前代战争忙。野僧不解登高意,自杵寒钟礼梵王。

镇海楼　　　(清)丘逢甲

高踞仙城最上头,万方多难此登楼。金汤空抱筹边略,觞咏难消吊古愁。绝岛风尘狮海暮,大江云树海门秋。苍茫自洒英雄泪,不为凭栏忆故侯。

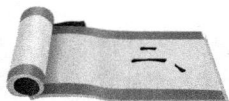

二、韶 关

浈阳峡 在广东英德县南，与清远峡、大庙峡合称粤中三峡。
（唐）张九龄

行舟傍越岑，窈窕越溪深。水暗先秋冷，山晴当昼阴。重林间五色，对壁耸千寻。惜此生遐远，谁知造化心。

潭州送韦员外迢牧韶州 （唐）杜 甫

炎海韶州牧，风流汉署郎。分符先令望，同舍有辉光。分符承一，同舍承二。盖杜甫与韦迢同为员外郎也。白首多年疾，秋天昨夜凉。当是立秋次日也。洞庭无过雁，书疏莫相忘。

宿建封寺，晓登尽善亭，望韶石三首 韶石
在韶关市北四十公里处。 （北宋）苏 轼

双阙《名胜志》："韶州斜斗劳水间，有韶石二，状如双阙对峙。"浮光照短亭，至今猿鸟啸青荧。君王自此西巡狩，再使鱼龙舞

洞庭。

　　蜀人文赋楚人辞，尧在崇山舜九疑。圣主若非真得道，南方万里亦何为。

　　岭海东南月窟西，功成天已锡玄圭。此方定是神仙宅，禹亦东来隐会稽。

题英州碧落洞洞在英德县南十五公里。
（北宋）苏　过

　　千尺琅玕翠入云，神仙已去洞仍存。寒崖但见悬钟乳，流水无穷泻石门。未到朱明真洞府，先看峡口小昆仑。舍舟欲问桃源路，安得渔人与共论。

减字木兰花·登望韶亭　　　（南宋）向子諲

　　两峰对起，象阙端门云雾里。千嶂排空，虎节龙旌指顾中。　　箫韶妙曲，我试与听音韵足。借问谁传？松上清风石上泉。

雨行梅关在南雄大庾岭上。　　　（南宋）李昂英

　　浓岚四合冻云痴，水墨连屏斗崛奇。冲雨此行风景别，满山峦翠水帘垂。

晚过韶州　　（元）许有壬

世去重华远，名偕二石存。溪寒清见底，榕老乱垂根。野色偏宜晚，民居仅似村。曲江人已矣，楚些拟《招魂》。

过曹溪口望南华寺　　（清）黄培芳

曹溪传此水，见说入南华。青李根源在，香菰土贡夸。三乘归独悟，五叶不重花。忽忆菩提树，移栽已作纱。自注：光孝寺补直菩提树近已成业。

三、　汕　头

寄韩潮州愈　　（唐）贾岛

此心曾与木兰舟，直到天南潮水头。隔岭篇章来华岳，出关书信过泷流。峰悬驿路残云断，海侵城根老树秋。一夕瘴烟风卷尽，月明初上浪西楼。

（清）金人瑞：先生作诗，不过仍是平常心思，平常律格，而读之每每见其别出尖新者，只为其炼句、炼字，真如五伐毛，三洗髓，不肯一笔犹乎前人也。○一、二，只是言刻刻思欲买船来看；三、四，只是言刻刻疑有诗文见寄也。一解皆用头上"此心"二字，一直贯下（前四句下）。○"残云断"、"老树秋"，言意中时望有此一夕也；风卷瘴烟，月明初上者，喻言必有天聪忽开，此心得白之日也。——《贯华堂选批唐才子诗》

（清）胡以梅：局法高超，庸肤剥尽。起是单刀直入。下六言皆托言心到之境。——《唐诗贯珠》

（清）谭宗：许期高深，撼写缥缈，两俱极境，不可复形拟矣。——《近体秋阳》

（清）赵臣瑗：起笔最奇，凡人寄诗，只言别后相忆耳，此独追至文公初贬时……次联方写今日事。——《山满楼笺注唐诗七言律》

（清）纪昀：起手十四字不可画断，笔力奇横。○意境宏阔、音节高朗、长江七律内有数之作。——《瀛奎律髓汇评》

（清）许印芳：沈归愚云"起笔超元著，三句谓韩寄诗与己，四句谓己寄书与韩"，愚谓：五句束住自己一面，六句束住韩一面，结句紧跟六句来，但就韩言，而己之思韩即在其中，正应起处"心"、"到"二字，诗律精妙如此。——同上

游湖山 指潮州西湖中的艮山，又名葫芦山。
（北宋）陈尧佐

附郭水连山，公余独往还。疏烟渔艇远，斜日寺楼闲。系马芭蕉外，移舟菡萏间。天涯逢此景，谁信自开颜。

潮阳海岸望海　　（南宋）杨万里

动地惊风起海陬，为人吹散两眉愁。身行岛北新春

后，眼到天南最尽头。众水更来何处着，千峰赴此却回休。客中供给能消底，万顷烟波一白鸥。

韩 山 在潮州东韩江畔。原名双旌山、笔架山，后为纪念唐潮州刺史韩愈，易名韩山。山脚下有韩文公祠，祠旁有韩亭。相传山上有纪念陆秀夫的丞相祠。　　　（南宋）杨万里

老大韩家十八郎，韩愈在韩家宗族排行十八。犹将云锦制衣裳。至今南斗无精彩，只放文星一点光。

行部潮阳　　（元）周伯琦

潮阳北县海之滨，海上风涛旦夕闻。遗老衣冠犹近古，穷边学校入同文。卤田宿麦翻秋浪，楼舶飞帆近暮云。声教东渐无限量，扬清便欲涤朱垠。朱垠，指南方极远的地方。张九龄《为王司马祭甄都督文》："北拥旆于玄朔，南仗节于朱垠。"

游灵山 灵山在汕头潮阳铜盂村。　　（元）王 翰

海气漫漫暗越城，禅房寂寂慰高情。秋深岩户留云影，夜半山风作雨声。释子不眠供茗碗，幽人无语对棋枰。马蹄明日知何处，赢得灵山识姓名。

潮州杂兴三首 （清）徐乾学

蛮女科头足踏尘，丈夫偏裹越罗巾。无分晴雨穿高屐，岂是风流学晋人？

不向南荒谱异鱼，那知鲨实_{鲨实即鲨鱼。}与车渠。_{车渠，一种软体动物。}苏公独数江瑶柱，_{一种名江瑶的海蚌闭壳肌。是一种较名贵的海味。}举似黄鱼恐不如。

侍郎亭枕鳄溪边，陆相祠荒草色芊。犹胜城中韩庙里，闲时击马桶_{读角，入声。方椽曰桶。}筵前。_{意谓在牧马之地。}

韩 江 （清）惠士奇

一曲清江绕郡流，东洲云起接西洲。雨晴蝴蝶飞花圃，日暮昏鸦集戍楼。丞相祠前山似戟，侍郎亭畔月如钩。木棉开遍芭蕉展，肠断春风凤水头。_{指位于韩江的凤凰洲。丞相指陆秀夫，侍郎指韩愈。}

鮀江官廨书楼漫成 （清）吕 坚

家国心何壮，蹉跎二十年。霆声浑地奋，山色倚天圆。海阔都悬水，林疏旋补烟。青衫惭起舞，垂手_{垂手，舞名。}一怆然。

潮州舟次　　（清）丘逢甲

抱江城郭夕阳红，百口初还五岭东。关吏钓鳌疑海客，舟人驱鳄话文公。九秋急警传风鹤，风声鹤唳也。万里愁痕过雪鸿。独倚柁楼无限恨，故山回首乱云中。

四、惠　阳

冲虚观观在罗浮山东麓，朱明洞南，又名都虚观。
（唐）胡　宿

五粒青松护翠苔，石门岑寂断纤埃。水浮花片知仙路，风递鸾声认啸台。桐井晓寒千乳敛，茗园春嫩一旗开。驰烟未勒山庭字，可是英灵许再来。

罗浮山行　　（北宋）祖无择

昔年潘阆倒骑驴，为爱三峰插太虚。我到罗浮看不足，下山还解倒肩舆。解，懂得。倒肩舆谓轿子前后倒抬。

十月二日初到惠州　　（北宋）苏　轼

仿佛曾游岂梦中，欣然鸡犬识新来。吏民惊怪坐何事，父老相携迎此翁。苏武岂知还漠北，管宁自欲老辽东。岭南万户皆春色，会有幽人客寓公。

（元）方回：绍圣元年甲戌。——《瀛奎律髓汇评》
（清）纪昀：三句太浅，五、六不切，不得以东坡之故为之词。——同上

惠州近城数小山，类蜀道。春，与进士许毅野步，会意处，饮之且醉，作诗以记。适参寥专使欲归，使持此以示西湖之上诸友，庶使知予未尝一日忘湖山也　　（北宋）苏　轼

夕阳飞絮乱平芜，高适诗："春色乱平芜。"万里春前一酒壶。《三国志·吴志·孙权传》注："郑泉性嗜酒，临卒，谓同类曰：'必葬我陶家之侧，庶百岁之后，化而成土，幸见取为酒壶，实获我心矣。'"铁化双鱼范稚家奴，尝牧牛山涧，得鳢鱼二，化而为铁。见《南史·林邑国传》。沉远素，剑分二岭隔中区。花曾识面香仍好，鸟不知名声自呼。何焯曰："诗话作'花非识面常含笑，鸟不知名声自呼'。"梦想平生消未尽，满林烟月到西湖。

初到惠州　　（北宋）唐　庚

卢橘杨梅乃尔甜，肯容迁谪到眉尖。因行采药非无

得,取足看山未害廉。辨谤若为家一喙,著书不直字三缣。老师补处吾何敢,政谓宗风不敢谦。

(元)方回:大观四年,子西谪惠州,乃东坡补处。二字出释书,释迦佛补处,如崛闍耆,给孤独,曾是佛位之地。——《瀛奎律髓汇评》

(清)纪昀:次句浅露。〇押韵甚巧,而巧处正是小处,故曰小巧。〇"廉"字与"山"何涉?先插"取足"二字则"廉"字有根,此为引韵之法。——同上

(清)无名氏(甲):皇甫湜为裴晋公作碑,每字以三缣与之。——同上

再题六如亭 在惠州西湖。苏轼之妾王朝云死后葬于此。
(南宋)刘克庄

昔人喜说坠楼姬,前辈尤高断臂妃。前句用绿珠事,下句用五代周王凝之妻李氏事。肯伴主君来过岭,不妨扶起六如碑。其墓由栖禅寺僧人筑亭,名之曰:六如亭。

卧游罗浮,登飞云 飞云为罗浮山最高峰。
(明)陈献章

马上问罗浮,罗浮本无路。虚空一拍手,身在飞云处。白日何冥冥,乾坤忽风雨。蓑笠将安之,徘徊四山暮。

望罗浮　　　(清)翁方纲

只有蒙蒙意,人家与钓矶。寺门钟乍起,樵客径犹

非。四百层泉落，三千丈翠飞。与谁参画理，半面尽斜晖。

游罗浮四百峰 罗浮山有大小四百余峰。
（清）康有为

罗浮风雨半离合，传说罗浮本二山，浮山自海浮来。四百峰峦合不成。只有飞云千尺雪，万方常带雨风声。

西湖吊朝云墓　　（清）丘逢甲

何年云雨散巫阳，瘴雾沉埋玉骨凉？合种梅花三百树，六如亭畔护遗香。

五、肇　庆

过蛮洞　　（唐）宋之问

越岭千重合，蛮溪十里斜。竹迷樵子径，萍匝钓人家。林暗交枫叶，园香覆橘花。谁怜在荒外，孤赏足云霞。

西江夜行 西江亦称端江、郁水、牂牁江,上游为广西境内的

漓江、浔江,下游以崖门为终。　　　　　　（唐）张九龄

遥夜人何在？澄潭月里行。悠悠天宇旷,切切故乡情。外物寂无扰,中流淡自清。念归林叶换,愁坐露华生。犹有汀洲鹤,宵分乍一鸣。

峡山寺上方 在肇庆高要县境白端溪峡,又名高要峡、双羊峡。

（唐）李群玉

满院泉声水殿凉,疏帘微雨野松香。东峰下视南溟月,笑踏金波看海光。

社日南康道中 立春后第五个戊日称春社。肇庆古称康州。

（南宋）杨万里

东风试暖却成寒,春恰平分又欲残。淡着烟云轻着雨,近遮草树远遮山。人行柳色花光里,天接江西岭北间。此指大庾岭以北的江西省,作者江西人,故云。此句与末句"在家"呼应。管领社公须竹叶,竹叶青酒也。在家在外匹如闲。

白云庵 在鼎湖山,亦名白云寺、龙兴寺。

（南宋）葛长庚

宿雾恋乔木,落花粘瘦枝。鸟声人静处,山色雨来时。霁月成相约,凉风解见知。僧房安一枕,海气灌冰肌。

流霞岛 在阆凤岩栖云亭下。 　　　　（明）黎民表

一径才穿鸟道微,千峰元气此中归。天倾西极谁能补,山近蓬莱亦解飞。石镜看为阴洞月,紫罗化作白云衣。卧龙不省人间事,风雨时来洗钓矶。

梅　庵 在肇庆西郊梅花岗,相传六祖慧能经过此岗曾插梅花失记,故名。 　　　　（明）欧大任

西来浮海后,獦獠 五祖弘忍称六祖慧能为獦獠。 起南邦。 此句谓慧能在南方创立禅宗。 悟得心为印,经行法是幢。拈花看几叶,现目散千红。独有唐年凿,寒泉下石淙。

顶湖山 顶湖山即鼎湖山。 　　　　（清）屈大均

瀑泉争汇处,湖出最高峰。飞练几千尺,横天一白龙。石船黄蘖满,天镜白云封。洗纳山僧至,苔分麋鹿踪。

沥湖舟泛 沥湖又名星湖，在肇庆市北郊。

（清）屈大均

峰势盘回北斗同，沥湖应与绛河通。兰桡曲曲穿岩口，石乳泠泠滴镜中。雁影尚留炎海雪，莺声不待落梅风。芙蓉只解窥渔父，苍翠沾衣影似空。

顶　　湖　　（清）彭端淑

灵山铸鼎自何年，极目遥岑锁暮烟。忽觉钟声飘下界，不知梵宇接诸天。松风绕径千盘上，瀑布凌空百丈悬。一片尘心消欲尽，拟从何处问仙泉。

次韵易实甫肇庆道中　　（清）丘逢甲

牂牁天半下飞湍，立马江头客据鞍。疆域远通蛮部落，威容重见汉衣冠。伤心元老骑箕去，原注：时张文襄告薨。按：张文襄即张之洞。极目层霄把剑看。零落七星秋满地，天涯扶醉且凭栏。易实甫名顺鼎，时任岭西观察使。

890

（二十四）广西

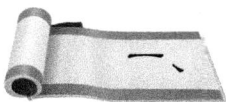

一、广西　南宁

衡州送李大夫七丈勉赴广州大历四年李勉除广州刺史

兼岭南观察使，时岭南番帅冯崇道与桂州朱济时叛，朝廷遣勉往讨之。

（唐）杜甫

斧钺下青暝，楼船过洞庭。北风随爽气，南斗避文星。文星在北斗宫，李自北至南，故南斗应避之。日月笼中鸟，乾坤水上萍。王孙丈人行，垂老见飘零。作者自述垂老飘零之状。

（元）方回：此诗气盖宇宙，不待赘说。老杜送人诗多矣，此为冠。——《瀛奎律髓汇评》

（清）纪昀：此因五、六粗犷，近"江西派"耳，其说不可据。以此冠杜送行诗，尤谬。——同上

（清）查慎行：李、陇西望族，故称"王孙"。——同上

（清）何焯：日月不居，长似笼中之鸟；乾坤虽大，还同水上之萍。下三字皆赋公之身世。若解作笼鸟比"日月"，水萍比"乾坤"成何文义耶？〇五、六自伤垂老飘零，却翻作壮语，怪怪奇奇。——同上

菩萨蛮作者于北宋嘉祐三年至七年任广南西路提点刑狱，此为任满归来而作。　　　　　　（北宋）李师中

子规啼破城楼月，画船晓载笙歌发。此句虽写实，但实中带虚，所谓"笙歌发"者，乃指以奏笙歌之乐伎也。两岸荔枝红，万家烟雨中。　　佳人相对泣，泪下罗衣湿。此二句承笙歌。从此信音稀，岭南无雁飞。"子规"、"城楼"、"月"三个互不相干的概念，当中着一个"破"字将他们连在一起遂形成一种境界。谢逸《玉楼春》中有一联云："杜鹃飞破草间烟，蛱蝶惹残花底雾。"深受诗词评论家沈际飞的推崇。当时便被称为"谢蝴蝶"。

度昆仑关昆仑关在邕宁和宾阳两县交界的昆仑山上，此处山岩峻拔堪称天险。　　　　　　（北宋）陶弼

关路下昆仑，蛮封迤逦分。春光偏着草，雨意不离云。俗异君修德，时平将用文。临溪照绿水，老鬓雪纷纷。

三公台落成饮其上三公指宋代镇压壮族首领侬智高的三位大将：狄青、孙沔、余靖。　　　（北宋）陶弼

北原乔木外，三将旧屯营。草没金锤迹，山应玉管声。路随关地迥，江背瘴天倾。异日谁相继，来书第四名。

昆仑关　　（明）鲁 铎

路出昆仑关,中林不见天。巢卑幽鸟护,树老怪藤缠。空翠疑成滴,阴崖戒近旁。前驱知不远,觱篥隔峦烟。

二、柳 州

种柳戏题　　（唐）柳宗元

柳州柳刺史,种柳柳江边。谈笑为故事,推移成昔年。垂阴当覆地,耸干会参天。好作思人树,《左传·定公九年》:思其人犹爱其树。惭无惠化传。作者谦词。

登柳州城楼寄漳、汀、封、连四州
（唐）柳宗元

城上高楼接大荒,海天愁思读去声。正茫茫。惊风乱飐芙蓉水,密雨斜侵薜荔墙。岭树重遮千里目,江流曲似九回肠。共来百粤文身地,犹自音书滞一乡。

（元）方回：韩泰为漳州，韩晔为汀州，陈谏为封州，刘禹锡为连州。——《瀛奎律髓汇评》

（清）陆贻典：子厚诗律细于昌黎，至柳州诸咏，尤极神妙，宣城、参军之匹。——同上

（清）查慎行：起势极高，与少陵"花近高楼"两句同一手法。——同上

（清）纪昀：一起意境阔远，倒摄四州，有神无迹。通篇情景俱包得起。三、四赋中之比，不露痕迹，旧说谓借寓震撼危疑之意，好不着相。——同上

（清）金人瑞：此前解恰与许仲晦《咸阳城西门晚眺》前解便是一副印板，然某独又深辨其各自出好手，了不曾相同。何则？许擅场处，是其第二句抽出七字，另自向题外方作离魂语，却用快笔飔地疾接怕人风雨，便将上句登时夺失，于是不觉教他读者亦都心神愕然。今先生擅场，却是一句下个"高楼"字，二句下个"海天"字。"高楼"之为言欲有所望也；"海天"之为言无奈并无所望也，于是心绝气绝矣。然后下个"正"字，"正"之为言，人生至此，已是入到一十八层之最下一层，岂可还有余苦未吃，再要教吃？今偏是"惊风"、"密雨"，全不顾人，"乱飐"、"斜侵"，有加无已。虽盛夏读之，使人无不洒洒作寒，默默无言。然则可悟许妙处是三、四句夺失第二句，此妙处是三、四句加染第二句，正复彻底相反，云何说是印板也（前四句下）？○此方是寄四州也。五，望四州不可见也；六，思四州无已时也。七、八言欲离苦求乐，固不敢出此望，然何至苦上加苦，至于如此其极！盖怨之至也（后四句下）。——《贯华堂选批唐才子诗》

（清）方东树：六句登楼，二句寄人。一气挥斥，细大情景分明。——《昭昧詹言》

柳州峒氓 此读洞盟，去平声。氓，百姓。《诗》："氓之蚩蚩，抱布贸丝。"毛传："氓，民也。"　　（唐）柳宗元

郡城南下接通津，异服殊音不可亲。青箬裹盐归峒客，韩曰："峒，山穴也。"绿荷包饭趁墟 孙曰："岭南人呼市为墟。盖市之所在，有人则满，无人则虚。而岭南村市满时少，虚时多，故谓之虚。出《青箱记录》。"人。鹅毛御腊逢山罽，罽读计，去声。毛织物。鸡骨占年拜鬼神。（上

句）孙曰："邕管溪洞不产丝纩，民多以木绵、茆花、鹅毛为被。彼人家家养鹅，二月至十月挚取而毳，积以御寒。"（下句）韩曰："《汉书·郊祀志》：'粤祠鸡卜自此始。'"李奇曰："持鸡骨卜，如鼠卜。**愁向公庭问重译，欲投章甫作文身。**章甫为商代一种冠名。《庄子·逍遥游》："宋人资章甫而适诸越，越人断发文身，无所用之。"

　　（元）方回：柳柳州诗精绝工致，古体尤高。世言韦、柳，韦诗淡而缓，柳诗峭而劲。此五律诗（指二首律诗）比老杜则尤工矣。杜诗哀而壮烈，柳诗哀而酸楚，亦同而异也。又《南省㮰令具注国图风俗》有云"华夷图上应初识，风土记中殊未传"，非孔子不陋九夷之义也。年四十七卒于柳州，殆哀怜之过欤？然其诗实可法。——《瀛奎律髓汇评》

　　（清）冯舒：柳固工秀，然谓过于杜则不然。——同上

　　（清）查慎行：律诗掇拾碎细，品格便不能高。若入老杜手，别有镕铸炉韝之妙，岂肯屑屑为此？虚谷谓柳州五章"比杜尤工"一言，以为不如，览者毋为所惑可也。——同上

　　（清）纪昀：评韦、柳确，评杜、柳之异亦确，惟云五律工于杜，则不然。——同上

　　（清）何焯：后四句言历岁逾时，渐安夷俗，窃衣食以全性命。顾终不之召，亦将老为峒氓，岂复计其不可亲乎？哀怨不可读。——同上

　　（清）纪昀：全以鲜脆胜，三、四如画。——同上

　　（清）薛雪：山谷"荷叶裹盐同趁虚"，明明是柳子厚"青箬裹盐归峒客，绿荷包饭趁虚人"之句，未免饾钉之丑。王右丞"漠漠水田飞白鹭"，则又化腐为奇，前后相去，何啻天渊。——《一瓢诗话》

柳州寄丈人周韶州　　（唐）柳宗元

　　越绝书名，言越之绝境。**孤城千万峰，空斋不语坐高春。**孙汝听曰："《淮南子》：'经于泉隅，是谓高春。'"高春，日晏也。**印文生绿经旬合，砚匣留尘尽日封。梅岭寒烟藏翡翠，桂江秋水露鰪鮥。**孙曰："鰪鮥，鱼名。"《楚辞·大招》曰："鰪鮥短狐，王虺骞只。"《说文》云："状如犁

牛。"丈人本自忘机事，为想年来憔悴容。

（清）朱三锡：五、六韶之瘴疠不减于柳，若丈人之机事尽忘，亦如予之兀坐无事，憔悴不堪也。言下有同病相怜之意。——《东岩草堂评订唐诗鼓吹》

（清）何焯：五、六自比，空喻文彩不得飞跃也。——《瀛奎律髓汇评》

（清）纪昀："梅岭"二句指周一边说，然突入觉无头绪，又领不起第七句，殊不妥适，传颂口熟不觉耳。——同上

（清）许印芳：此皆意不相贯之病，非细心人却看不出。——同上

（清）无名氏（甲）：柳州推激风骚，兼能精炼。评语谓其工于老杜，诚亦有之。然正为其工，所以不及老杜。此又评语所未发也。盖老杜无求工之迹，而气象自然高大，而又未尝不工，所以合于三百篇。若有意求工，又是人为，不可与化工同论矣。——同上

象州道中 象州古属柳州府今属柳州地区。　　　（北宋）李　纲

路入春山春日长，穿林渡水意徜徉。溪环石笋横舟少，风落林花扑马香。山鸟不知兴废恨，岭云自觉去来忙。炎荒景物随时好，何必深悲瘴疠乡。

马平谒罗池庙 纪念柳宗元之庙也。罗池，地名。
（元）陈　孚

词华一代日星尊，茶臼村童俨尚存。山左竟令驱疠鬼，庭中已悔乞天孙。善和里隔生前泪，文惠祠封死后魂。宋徽宗追封柳宗元为文惠侯。欲奠荔蕉不知处，满池榕叶拥朱门。

罗池庙　　(明)解　缙

　　子厚文章迈汉唐,可怜祠宇半荒凉。罗池水涸荷应败,惟有穹碑照夕阳。

登立鱼峰 在柳州鱼峰公园内,山形如鲤鱼直立。
(明)戴　钦

　　小龙潭上立鱼山,绝壁悬萝岂易攀。金磴斜分天路转,翠霞高抱玉峰闲。峒中日月平吞吐,江上鱼舟自往还。清啸随风落牛斗,置身遥在五云间。

题立鱼峰　　(清)戴　震

　　何年矫首错云山,天阙疑从此际攀。北海有灵谁破浪,南皋无累学投闲。惊飞鳞鬣交风雨,寥阔天空纵往还。不肯清川尚潜处,长留突兀与人间。

三、桂 林

送邢桂州桂州经略使邢济也。 （唐）王 维

铙吹喧京口，风波下洞庭。赭圻将赤岸，赭圻，地名。在今安徽南陵县治。《文选·江赋》："鼓洪涛于赤岸，击汰复扬舲。"《楚辞》："乘舲船余上沅兮，齐吴榜以击汰。"王逸注曰："舲船，船有窗牖者。吴榜，船櫂也。汰，水波也。"日落江湖白，潮来天地青。明珠归合浦，应逐使臣星。《后汉书·方术传》："李郃善河洛风星，人莫之识。县召署幕门侯吏。和帝即位，分遣使者皆微服单行，各至州县观采风谣。使者二人当到益部，投郃候舍。时夏夜露坐，郃因仰观问曰：'二君发京师时宁知朝廷遣二使邪？'问：'何以知之？'郃指星示云：'有二星使向益州分野故知之耳。'"

（清）佚名：此又尾联寓意格。从京口经赭圻赤岸，过洞庭而后达州，许多路程，叙得不板。"赭圻"、"赤岸"、"击汰"、"扬舲"，句中各自为对，各就句对。三、四对法不衫不履，故五六狠作一联，以振其笔，此补救之妙。七八言"明珠"、"应逐使臣星"而归浦，名套装结。下一"应"字，乃悬度之词。——《唐诗从绳》

（清）屈复：一、二自京口往洞庭。三、四一路扬帆而去。五、六水行之景，雄俊阔大。七桂州。八人。不用虚字照应，以意贯串，此法最难。——《唐诗成法》

（清）沈德潜：三、四当句对，复用活对。"潮来"句奇警。末讽以不贪也。古人用意，曲折微婉。——《唐诗别裁集》

（清）张文荪：雄阔，虽少陵无以过，神气各别。——《唐贤清雅集》

寄杨五桂州谭原注：因州参军段子之任。

（唐）杜 甫

五岭皆炎热，宜人独桂林。梅花万里外，雪片一冬深。闻此宽相忆，为邦复好音。江边送孙楚，仇注："孙楚为石苞参军。以比段。"远附白头吟。

送严大夫赴桂州　　（唐）王 建

岭头分界堠，读候，去声。一半属湘潭。水驿门旗出，山蛮洞主参。辟邪犀角重，解酒荔枝甘。莫叹京华远，安南更有南。

送桂州严大夫　　（唐）韩 愈

苍苍森八桂，兹地在湘南。江作青罗带，山如碧玉簪。户多输翠羽，家自种黄甘。远胜登仙去，飞鸾不假骖。

桂州北望秦驿，手开竹径至钓矶，留待徐容州

旧史："元和十年，以长安令徐俊为容管经略使。"作者是年三月出为柳州而徐之
除在柳后。故作者先至桂州，留诗以待之。按容州在今广西北流县。

（唐）柳宗元

幽径为谁开？美人城北来。王程王程即王事也。倘余

暇，一上子陵台。

留别南溪南溪山在桂林南。　　（唐）李　渤

常叹春泉去不回，我今此去更难来。欲知别后留情处，手种岩花次第开。

留别隐山　隐山在桂林西。　　（唐）李　渤

如云不厌苍梧远，似雁逢春又北归。惟有隐山溪上月，年年相望两依依。

即　日　（唐）李商隐

桂林闻旧说，曾不异炎方。炎方犹今所称热带也。山响匡床语，《庄子·齐物论》："与王同匡床，食刍豢。"匡床，方床也。此乃形容山陬幽静，匡床间语言声，在山中传出回响。花飘度腊香。此谓桂林冬暖，花从腊月一直开到春天。几时逢雁足，旧说桂林无雁。着处犹言到处。断猿肠。自况。独抚青青桂，临城忆雪霜。谓怀想北方。

桂　林　（唐）李商隐

城窄山将压，江宽地共浮。东南通绝域，西北有高

楼。神护青枫岸，叶注："《南方草木状》：'五岭之间多枫木，岁久则生瘤瘿。一夕遇暴雷骤雨，其树黁暗长三五尺，谓之枫人，越巫取之作术，有通神之验。'"龙移白石湫。《大明一统志》：白石湫在桂林府城北七十里，俗名白石潭。殊乡竟何祷，箫鼓不曾休。叶葱奇《疏注》云："首二句夸张写法，措语很重。三句是言其地极边。四句谓只有高楼可以远望，西安在桂林西北数千里，乡里之思在有意无意之间。五、六二句写风土，极言其荒凉与结二句意义想贯。七、八言远处该地，一无所望，却反说该地箫鼓不休，祈祷什么呢？措辞最为婉妙。不言愁，而愁自在言外。"

訾家洲_{在桂林偏南漓江中有象鼻山隔水相望。訾，用于地名}
_{读姿，平声。}　　　　（唐）赵　嘏

遥闻桂水绕城隅，城上江山满画图。为问訾家洲畔月，清秋拟许醉狂无？《全唐诗》题为《十元诗寄桂府杨中丞》之三。

碧莲峰_{在阳朔县城旁。}　　　（五代）沈　彬

陶潜彭泽五株柳，潘岳河阳一县花。两处争如阳朔好，碧莲峰里住人家。

阳朔山水奇绝　　（北宋）李　纲

辍饭支颐看翠微，人间应见此山稀。无从学得王维手，画取千峰万壑归。

桂林道中　　　（北宋）李　纲

桂林山水久闻风,身世茫然堕此中。日暮碧云浓作朵,春深稚笋翠成丛。仙家多住空明洞,客梦来游群玉峰。雁荡武夷何足道,千岩元是小玲珑。

南歌子·过严关 在桂林兴安县西约十公里处,古代为兵家必争之地。　　　（南宋）张孝祥

路尽湘江水,人行瘴雾间。昏昏西北度严关。天外一簪初见、岭南山。　　北雁连书断,秋霜点鬓斑。此时休问几时还。惟拟桂林佳处、过春残。

访叠彩岩登越亭　　　（南宋）朱晞颜

不到越亭久,榴花今几红?江流寒泻玉,山色翠浮空。百越薰风里,三湘夕照中。行藏仗忠信,六合本同风。

还珠洞 在桂林市东伏波山下,漓江边。
（南宋）朱晞颜

天研神剜不记年,洞中风景异尘寰。江波荡漾青罗带,岩石虚明碧玉环。地接三山真迹在,天连合浦宝珠

还。重来恍似乘槎到，惭愧云门夜不关。

米公遗像赞 还珠洞内有米芾自画像。　　（元）倪　瓒

米公遗像刻坚珉，犹在荒城野水滨。叹绝莓苔迷惨淡，细看风骨尚嶙峋。

龙隐岩 在月牙山瑶光峰山脚。　　（明）袁　凯

神龙昔日此岩藏，龙去岩空事渺茫。流水有情还绕护，白云无伴自飞扬。山联桂岭峰峦秀，地胜桃源草树香。灵物重来应难测，愿施甘雨洗炎荒。

春日游七星岩　　（明）解　缙

早饭行春桂水东，野花榕叶露重重。七星岩窟篝灯入，百转萦回径路通。万溜滴余成物象，古潭深处有蛟龙。却归恐为衣沾湿，洞口云深日正中。

漓江舟行　　（明）俞安期

桂楫轻舟下粤关，谁言岭外客行艰。高眠翻爱漓江路，枕底涛声枕上山。

舟经秦渠即景作秦渠即兴安运河,在兴安县城附近。

（明）俞安期

秦渠曲曲学三巴,离立千峰插地斜。宛转中间穿水去,孤舟长绕碧莲花。

同密之、鉴在诸君游还珠、水月诸洞

（明）瞿式耜

雨霁晴峦荡远晖,春江如镜客船稀。为寻古洞牵舟去,又溯流光拨棹归。攀磴穿岩敲石笋,摩碑扪字拭苔衣。临流俯瞰星堪数,矫首南天乌鹊飞。

由桂林溯漓江至兴安　　（清）袁 枚

江到兴安水最清,青山簇簇水中生。分明看见青山顶,船在青山顶上行。

栖霞洞在七星岩。　　（清）朱凤森

我爱栖霞洞,溪流玉带环。江云千里日,萝月七星山。石乳悬香雪,仙床拥翠鬟。探奇峰万矗,直到九嶷弯。

四、梧 州

经梧州　　（唐）宋之问

南国无霜霰，连年见物华。青林暗换叶，红蕊续开花。春去闻山鸟，秋来见海槎。流芳虽可悦，会自泣长沙。

苍梧八景　　（明）解 缙

千古苍梧剑气明，白云深锁鹤回程。孤州系住龙潜伏，双井中分水浊清。牛粪黄金遗石迹，鱼生丙穴出嘉亭。鳄鱼已去无消息，皓月清风一舜庭。苍梧八景有：桂江春泛、云岭晴岚、龙洲砥峙、鹤岗返照、金牛仙渡、鳄池漾月、火山夕焰、冰井泉香。历代八景有所不同。

系龙洲 原名七里洲，在梧州西江中。　　（明）潘 恩

碌石嶙峋控此洲，苍梧云逐水分流。清天影落金鳌静，火岭光连玉蛛浮。舟畔忽传津吏鼓，林间时听越人讴。却惭踪迹牵缨绂，未似当年五岳游。

（二十五）海南

送海南客归旧岛　　（唐）张　籍

海上去立远,蛮家云岛孤。竹船来桂府,山市卖鱼须。入国自献宝,逢人多赠珠。却归春洞口,斩象祭天吴。天吴,水神名。《山海经》:"朝阳之谷,神曰天吴,是为水伯。"

送郑权尚书南海　　（唐）王　建

七郡双旌贵,汉于岭南置七郡:南海、郁林、苍梧、交趾、合浦、九真、日南。人皆不忆回。戍头龙脑铺,关口象牙堆。敕设熏炉出,蛮辞咒节开。市喧山贼破,金贱海船来。白氎读叠,入声。棉布也。家家织,红蕉红蕉又名美人蕉。处处栽。已将身报国,莫起望乡台。

登崖州城作　　（唐）李德裕

独上高楼望帝京,鸟飞犹是半年程。青山似欲留人住,百匝千遭绕郡城。

（明）瞿佑:柳子厚诗:"海畔尖山似剑芒,秋来处处割愁肠。若为化作身千亿,散上峰头望故乡。"或谓子厚南迁,不得为无罪,盖虽未死而身已上刀山矣。此语虽迂,然造作险浑,读之令人惨然不乐。未若李文饶云"独上高楼望帝乡……",虽怨而不迫,且有恋阙之意。——《归田诗话》

（明）周珽:恋阙虽殷,而对景聊能自慰。逐臣渊然丹恈,何如帷灯匣剑。——《唐诗选脉会通评林》

（清）王闿运：无可奈何，却不切崖州。——《手批唐诗选》

儋耳山　　（北宋）苏轼

突兀隘空虚，他山总不如。《诗·小雅·鹤鸣》：他山之石，可以攻玉。君看道傍石，尽是补天余。

澄迈驿通潮阁二首　　（北宋）苏轼

倦容愁闻归路遥，眼明飞阁俯长桥。贪看白鹭横秋浦，不觉青林没晚潮。

余生欲老海南村，帝遣巫阳招我魂。杳杳天低鹘没处，青山一发是中原。

儋　耳　　（北宋）苏轼

霹雳收威暮雨开，独凭阑槛倚崔嵬。垂天雌霓云端下，快意雄风海上来。野老已歌丰岁语，除书欲放逐臣回。残年饱饭东坡老，一壑能专万事灰。《唐书》："吴武陵与孟简书云：'雷碎电射，天怒也，不能终期。柳宗元之贬也，十二年矣。圣人在上，安有毕世而怒人臣耶？'"首句暗用此事。

减字木兰花·己卯儋耳春词　　（北宋）苏轼

春牛春杖。无限春风来海上。便与春工，染得桃红似肉红。　　春幡春胜。一阵春风吹酒醒。不似天涯，卷起杨花似雪花。

过陵水　　(北宋)僧惠洪

野径如遗索，萦纡到县门。犁人趁牛日，蜑_{读诞,去声。}南方水上人家。户聚渔村。篱落春潮退，桑麻晓瘴昏。题诗惊万里，折意一消魂。

丙寅元日偶出　　(北宋)李　光

丙寅元日偶出，见桃李已离披，海南风土之异，不无感叹。独追维三伏中荔枝之胜，又江浙所不及也，因并见于诗。

逐客新年偶叹嗟，海南风物异中华。溪边赤足多蛮女，门外青帘尽酒家。庭院秋深时有燕，园林春半已无花。堆盐荔子如冰雪，惟此堪将北地夸。

琼　台　在海南琼山县境内。　　(北宋)李　光

玉台孤耸出尘寰，碧瓦朱甍缥渺间。爽气遥通天际月，沧浪不隔海中山。潮平贾客连樯至，日晚耕牛带犊还。安得此身生羽翼，便乘风驭叩天关。

登载酒堂二首 堂原为黎子云旧宅,苏轼常在此与当地士人雅集,并题为载酒堂,清代改为东坡书院。 （南宋）杨万里

先生流落海之涯,茅屋三间不到伊。幸有高堂悬画像,更无闲客写新诗。古来贤圣皆如此,身后功名属阿谁？底事百年谭太守,却教宾主不同时。

先生无地隐危身,天赐黎山活逐臣。万里鲸波隔希奭,读适,入声。指唐玄宗时的酷吏罗希奭,专门罗织罪名害人,事见《通鉴》。千年桂酒吊灵均。忠贞塞得乾坤满,日月伴渠文字新。底个短檐长帽子,青莲居士谪仙人。

定安县 在海南中北部,唐属琼山县。 （元）范梈

坞上晴云灭复生,谁家吹笛海天明。县堂晓起西风急,半是深黎夜雨声。

水南暮雨 水南村在三亚市崖城区。 （元）王士熙

千树槟榔比素封,无官爵封邑而富比封君之人称素封。语出《史记》。城南篱落暮云重。稻田流水鸦濡翅,石峒浮烟鹿养茸。明日买山栽薯蓣,早春荷锸剪芙蓉。客来蜑浦寻蓑笠。黄篾穿鱼酒正浓。

琼　山　　(明)丘　浚

环海三二里,琼崖第一山。名驰四海内,秀出万峰间。月下森瑶简,风前振佩环。孤高犹润泽,蜡屐未容攀。

五指山　　(明)丘　浚

五峰如指翠相连,撑起炎荒半壁天。夜盥银河摘星斗,朝探碧落弄云烟。雨余玉笋空中现,月出明珠掌上悬。岂是巨灵伸一臂,遥从海外数中原。

游东山在万宁县东北。唐名笔架岭,宋改名东山。
(明)王弘海

寺冷秋光逼,蒙蒙晚色浑。秋深留雨意,村远带烟痕。饮马奔溪路,行人指县门。前途传阻渡,飘泊念王孙。

咏陵水黎境陵水县名,位于海南岛南部,临大海。
(清)黄培芳

终岁炎风蔚峒溪,狉榛遗俗见岐黎。荒山岚瘴黄麕出,深树人家谢豹啼。土物幸通重海北,巢居多在乱云

西。宝停_{宝停县名。在陵水西北。}伐木增城戍，隐隐寒烟静鼓鼙。

潮州刘教授以所辑东坡居士居儋录见贻，
意有所感，遂题其后　　（清）张百熙

绍圣当年党祸深，遗编千载一沾襟。神京北望恩非浅，瘴海南迁老更侵。报国孤忠空白首，投荒九死见丹心。桄榔尚说庵居旧，笠屐风流何处寻？

意有未尽，再题二律　　（清）张百熙

奇才知遇感先皇，晚岁遭回徙瘴乡。万里岭南余涕泪，千秋海外有文章。采风手校居儋录，醉月心悬载酒堂。一事类公差不恨，七年供奉殿西廊。

要使天骄识凤麟，读公诗句气无伦。岂期变法纷朝政，差免书名到党人。修怨古闻章相国，推恩今见宋宣仁。过书举烛明何在？削牍真惭旧侍臣。

（二十六）香港澳门

清平乐·夜发香港　　（清）朱祖谋

舫灯渐灭,沙动荒荒月。极目天低无去鹘,何处中原一发？　　江湖息影 即归隐。白居易《香炉峰下……》诗:"喜入山林初息影,厌趋朝市久劳生。"初程,舵楼一笛风生。 杜牧《题宣州开元寺水阁》诗:"落日楼台一笛风。"不信狂涛东驶,蛟龙偶语分明。

澳门杂诗三首　　（清）潘飞声

折戟沉枪冷劫灰,石岩碑刻访莓苔。诗人谁吊金梅士,总统间从墨国来。 金梅曾从征非洲,眇一目,隐此著诗,白鸽巢岩上有诗刻及金像。美国总统某卸任后尝至澳,谒其像。

田横岛上汉家儿,只手挥戈事最悲。片碣谁题沈义士,不闻穿冢傍要离。 澳督横暴。有沈米者,杀之于马下。沈后为劣绅秀杀,沈墓上有人题曰:沈义士之墓。

凿石题诗古藓封,水天吟啸欲惊龙。乱山树入秋空碧,斜日来听海阁钟。 自注:妈阁石上有从伯祖德舆方伯诗云:"歌石如伏虎,奔涛有卧龙。偶携一尊酒,来听几声钟。"

澳门杂诗十五首　　（清）丘逢甲

五百年中局屡新,两朝柔远畅皇仁。自颁一纸蠲租

诏，坐看江山换主人。原注：葡萄牙人居澳门，自前明及本朝皆纳地租。

遮天妙手蹙舆图，误尽苍生一字租。前代名臣先铸错，莫将割地怨庸奴。原注：以澳门租葡人，由林富奏请。林固明代名臣。

不是花门也自留，中朝全盛有人忧。当时但笑书生见，非策方今信鹿洲。原注：漳浦蓝鹿洲有论，极言澳门居夷非策。蓝，雍正时人。

大西洋国竞惊奇，前代文人易受欺。一笑于今不相称，可怜穷已如波斯。原注：前明皆以葡萄牙为大西洋国，不知其为小国也。今驻澳葡人甚贫，《义山杂纂》称其为"穷波斯"。

冶叶倡条偏苗芽，双瞳剪水髻堆鸦。春风吹化华夷界，真见葡萄属汉家。原注：驻澳葡人多非卷发碧眼之旧，或谓为水土所化云。澳中尤多洋妓。

两园新旧傍山开，花下轻车走若雷。逢着人天安息日，亚当亲扶夏娃来。原注：南环有葡酋新旧两花园，礼拜日士女车马沓至。亚当、夏娃见《旧约书》。

天主堂高十字支，筑从新教未行时。嵌空万石玲珑甚，独少流传《景教碑》。原注：天主堂自前明时即建。新教，即西人所谓修教。

谁从异代纪倭氛，曾比欧西早驻军。犹有蜻蛉洲上客，残坊剔藓读和文。原注：日本人居澳在葡人先，今日本石坊犹存。

白鸽巢高万木苍，沙梨兜拥水云凉。炎天倾尽麻姑酒，选石来谈海种桑。原注：白鸽巢，树石绝胜，其地近沙梨兜。

四山高拱炮台尊，海气空蒙晚角喧。落落老兵扶醉去，斜阳一抹望霞村。原注：山上各有炮台，然皆旧式。望霞村即旺厦。

覆路榕阴接海堤，望洋东变望洋西。马蛟石上看潮立，十万军声战水犀。原注：东望洋、西望洋皆地名。马蛟石、为观海最胜处。

谁报凶酋发冢冤，宝刀饮血月黄昏。要携十斛葡萄酒，来酹秋原壮士魂。原注：葡酋昔有遍发唐人墓者，为某壮士所手刃。

楼台金碧拥南环，灯火千门夜不关。满地烟花春似海，三更人立磨盘山。原注：南环，为胡贾聚居处。予所寓在磨盘山上，夜望灯火如繁星。

银牌高署市门东，百万居然一掷中。谁向风尘劳物色，博徒从古有英雄。原注：澳中赌馆最盛，门皆署银牌以招客。

仙洞云封万竹深，隔江胜地负登临。倚楼幻作蓬瀛想，一角青洲出海心。原注：拟游竹仙洞未果。青洲，在海中。

（二十七）台湾

鸡笼积雪 原名鸡笼屿，光绪年间更名基隆。

（清）朱仕玠

试上高楼倚画阑，半空积累布晴峦。谁知海岛三秋雪，绝胜峨嵋六月寒。

秋霁·基隆秋感　　（清）张景祁

盘岛浮螺，指台湾岛。痛万里胡尘，海上吹落。锁甲烟销，大旗云掩，燕巢自惊危幕。形容处境危险。丘迟《与陈伯之书》："鱼游于沸鼎之中，燕巢于飞幕之上。"乍闻唳鹤。健儿唱罢从军乐。念卫霍。汉代大将军卫青和霍去病。谁是汉家图画壮麟阁？汉宣帝时曾画功臣像于麒麟阁。　　遥望故垒，毳读翠，去声，毛皮。帐毳帐，军队营帐。凌霜，月华当天，空想横槊。卷西风、寒鸦阵黑，青林凋尽怎栖托？归计未成情味恶。基隆失守，港口被封，无法返回大陆。最断魂处，惟见莽莽神州，暮山衔照，数声哀角。1884年，法国侵略军的舰队炮轰福建水师，继又大举进攻基隆，驻台守军拼死抵抗，终因势不敌众而失败。凶讯传来，作者不胜悲慨，挥笔写下此词，一抒忧国忧民之情。

齐天乐　　（清）张景祁

台湾自设行省，抚藩驻台北郡城，华夷辐凑，规制日廓，洵海外雄都也，赋词纪盛。

客来新述瀛洲胜,龙荒顿闻开府。画鼓春城,瑰灯夜市,娱队蛮桦红舞。莎茵绣土。更车走奇肱,马徕瑶圃。莫讶琼仙,眼看桑海但朝暮。　　天涯旧游试数。绿芜环废垒,啼鹃凄苦。绝岛螺盘,雄关豹守,此是神州庭户!惊涛万古。愿洗净兵戈,卷残楼橹。梦踏云峰,曙霞天半吐。

望海潮　　(清)张景祁

基隆为全台锁钥。春初海警狎至,上游拨重兵堵守。突有法兰兵轮一艘入口游奕,传是越南奔北之师,意存窥伺。越三日始扬帆去,我军亦不之诘也。

插天翠壁,排山雪浪,雄关险扼东溟。沙屿布棋,飚轮测线,龙骧万斛难经。箛鼓正连营。听回潮夜半,添助军声。尚有楼船,鲨帆影里矗危旌。　　追思燕颔勋名,问谁投健笔,更请长缨?警鹤唳空,狂鱼舞月,边愁暗入春城。玉帐坐谈兵。有獐花压酒,引剑风生。甚日炎洲洗甲,沧海浊波倾。

寓台感怀六首　　(清)易顺鼎

玉门何路望生还,恍惚长辞天地间。黄耳音书隔人海,红毛衣服共云山。亡秦歃血今三户,适越文身古百蛮。皂帽辽东龙尾客,独惭无术救时艰。

田横岛上此臣民，不负天家二百春。中露微君黎望卫，下泉无霸桧思邻。谁忘被发缨冠义，各念茹毛践土身。痛哭珠崖原汉地，大呼仓葛本王人。

愁上高楼望戍烽，东南佳气几时钟。水遮王母三千里，山隔刘郎一万重。故垒阵图夔府石，荒城碑字象州松。鲸鲲京观分明在，何事天骄访旧踪？

延平祠宅郁岩峣，割据英雄气未消。见说杜鹃啼蜀帝，不妨桀犬吠唐尧。廿年赐姓空开国，再世降王已入朝。十二银山掀鹿耳，神灵犹作伍胥潮。

瘴海虞衡览物华，南方卑湿胜长沙。钩辀格磔山山鸟，苔杂离支树树花。寂寞炎洲栖翡翠，荒凉坏壁走龙蛇。采风番社何人事，唯见蒲桃载满车。

宝刀未斩郅支头，惭愧炎荒此系舟。泛海零丁文信国，渡泸兵甲武乡侯。偶因射虎随飞将，苦对盘鸢忆少游。马革倘能归故里，招魂应向日南州。

往　事　　(清)丘逢甲

往事何堪说，征衫血泪斑。龙归天外雨，鳌没海中山。银烛鏖诗罢，牙旗校猎还。不知成异域，夜夜梦台湾。按：作者系台湾人，乙未台湾沦于日本，作者抱无家之感。

有感书赠义军旧书记　　（清）丘逢甲

宰相有权能割地，孤臣无力可回天。啼鹃唤起东都梦，郑成功入台湾,立承天府,号东都。沉郁风云已五年。原注:清光绪甲午后割台湾,台人愤起抗命,推薇卿为民主国总统,作者曾统义军。

离台诗六首　　（清）丘逢甲

宰相有权能割地，孤臣无力可回天。扁舟去作鸱夷子，回首河山意黯然。

虎韬豹略且收藏，休说承明执戟郎。至竟虬髯成底事，宫中一炬类咸阳。

卷土重来未可知，江山亦要伟人持。成名竖子知多少，海上谁来建义旗？

从此中原恐陆沉，东周积弱又于今。入山冷眼观时局，荆棘铜驼感慨深。

英雄退步即神仙，火气消除道德篇。我不神仙聊剑侠，仇头斩尽再升天。

乱世团圆骨肉难，弟兄离别正心酸。奉亲且作渔樵隐，到处名山可挂单。

台湾竹枝词二十首　　（清）丘逢甲

馆娃遗址许禅栖，云水僧归日已西。话到兴亡同坠泪，可能诸佛尽眉低。

自设屏藩障海滨，荒陬从此沐皇仁。将军不死降王去，无复田横五百人。

师泉拜后阵云屯，夜半潮高鹿耳门。如此江山偏合去，年年芳草怨王孙。

一剑霜寒二十秋，大王风急送归舟。雄心尚有潭边树，夜夜龙光射斗牛。

唐山流寓话巢痕，潮、惠、漳、泉齿最繁。二百年来蕃衍后，寄生小草已深根。唐山，我国盛唐时期声誉远播海外，后来海外华侨称祖国为唐山，此指祖国大陆。二百年，指郑成功于 1662 年赶走荷兰殖民者，收复台湾，至作者写诗这段时间。

浮槎真个到天边，轻暖轻寒别有天。树是珊瑚花是玉，果然过海便神仙。

水仙宫外水通潮，潮去潮来暮又朝。几阵好风吹得到，碧桃花下听吹箫。

牛车辘辘走如雷，日日城东去复回。红豆满车都载过，相思载不出城来。

929

鲲身香雨竹溪孤，海气笼沙罨画图。衬出觉王金偈地，斑支花蕊绿珊瑚。

唱罢迎神又送神，港南港北草如茵。谁家马上佳公子，不看神仙只看人。

番样花开又一年，不寒不暖早春天。开正复喜开春宴，赢得诗狂更酒颠。

新岁尝新已荐瓜，春风消息到儿家。绿磁正汲南坛水，一树玫瑰夜点茶。

晚凉新曲按琵琶，茉莉花开日已斜。一担香风满城送，深宵散作助情花。

相约明朝好进香，翻新花样到衣裳。低梳两鬓花双插，要斗时新上海装。

红罗检点嫁衣裳，艳说糖团馈婿乡。十斛槟榔万蕉果，高歌黄竹女儿箱。

半种花园半种田，儿家生计总由天。楝花风后黄梅雨，满地珍珠不计钱。

印收监国剧堪嗟，泪洒孤坟日已斜。城北城南千万树，哀魂应化杜鹃花。

竹边竹接屋边屋，花外花连楼外楼。客燕不来泥滑滑，满城风雨正骑秋。

黑海惊涛大小洋，<small>黑海又叫黑水沟、黑洋，在台湾海峡中。因海深水色如墨，故名。</small>草鸡<small>指郑成功。清初流传着"草鸡夜鸣，长耳大尾。衔鼠千头，拍水而起。……扬眉于东"的谶语。酉年属鸡，酉字加草头和长耳大尾为"鄭（郑）"字。天干之头为"甲"，衔鼠为"子"，子属鼠，指郑成功生于甲子年（1624）。因为郑成功与清王朝誓不两立，作者为避讳，便借用这一谶语。</small>亲手辟洪荒。一重苦雾一重瘴，人在腥风蜑雨乡。

好吟应是太痴生，笔墨因缘记不清。谁把四弦弹夜月，新词唱遍赤嵌城。

简大狮<small>并序</small>　　　（清）钱振锽

光绪乙未，我割台湾予倭。台民简大狮与日本战年余，至厦门，为当事所获。简大狮供：倭淫虐，妻妹皆死焉；予之战不敌，故至此。我反倭，非反大清也。今为中国官吏所杀，亦复无恨。若以我予倭，则死不瞑目。当时者竟缚大狮献于倭，置极刑。后其弟简大度复与倭战，亦败。

痛绝英雄洒血时，海潮山涌泣蛟螭。他年国史传忠义，莫忘台湾简大狮。

（二十八）边塞诗

边 词 （唐）张敬宗

五原春色旧来迟，二月垂杨未挂丝。即今河畔冰开日，正是长安花落时。五原在内蒙古西部，黄河北岸。古称五原或九原。

（明）叶羲昂：说得苦寒出。——《唐诗直解》

（明）钟惺：只叙时物，许多情感，三百篇《草虫》等诗之法也。——《唐诗归》

（明）周敬等：彼此相形，专以意胜，说得出。——《唐诗选脉会通评林》

（清）黄生：情在景中。只一意，用"今"、"旧"二字，翻作两层，只说边地苦寒，而征人之不堪自见。——《唐诗摘钞》

（清）徐增：此诗不用深巧，只将"春色迟"三字写大意，而边地之苦自见，尚不失盛唐步武。——《而庵说唐诗》

送韦评事 （唐）王 维

欲逐将军取右贤，沙场走马向居延。遥知汉使萧关外，愁见孤城落日边。

（明）叶羲昂：两种情思，结作一堆。——《唐诗直解》

（明）陆时雍：意外含情。——《唐诗镜》

（明）周敬等：右丞"遥知汉使萧关外"、"遥知兄弟登高处"与王龙标"忆君遥在湘山月"、皇甫冉"月舟明日毗陵道"，俱以第三句想出远道情景，亦唐绝一体。——《唐诗选脉会通评林》

（近代）朱宝莹：四句纯系用事，盖送韦而用汉将军事也。首句二句，言欲立功于外，故间塞上去。三句忽转，言出关远适，满目皆愁、孤城落日，写出十分愁思，却从对面看出。用"遥知"二字，句法与《忆山东兄弟》作

同。——《诗式》

出塞作 原注：时为御史监察塞上作。 （唐）王 维

居延 地名。城外猎天骄，白草 西域所产牧草。连天野火烧。
暮云空碛时驱马，秋日平原好射雕。护羌校尉 武官名。朝
乘障，破虏将军夜渡辽。玉靶角弓珠勒马，汉家将赐霍嫖
姚。西汉名将霍去病封嫖姚校尉。此泛指边将立功受奖。

（明）王世贞："居延城外猎天骄"一首，佳甚，非两"马"字犯，当足压卷。
然两字俱贵难易，或稍可改者，"暮云"句"马"字耳。——《艺苑卮言》
（清）王夫之：自然缜密之作，含意无尽，端自三百篇来，次亦不失十九
首，不可以两押"马"字病之。又曰，意写张皇边事，吟之不觉。——《唐诗评
选》
（清）毛奇龄：高句似成语椎炼而无斧斨之迹。——《唐七律选》
（清）黄培芳：气体甚好，然却不是声从屋瓦上震者，此雅笔俗笔之分，精
气粗气之别，辨之。又曰：通首无一虚腔字。——《唐贤三昧集笺注》
（清）方东树：此是古今第一绝唱，只是声调响入云霄。……前四句目验
天骄之盛，后四句侈陈中国之武，写得兴高采烈，如火如锦，乃称题。收赐有
功得体。浑颢流转，一气喷薄，而自然有首尾起结章法。其气若江海水之浮
天，惟杜公有之，不及杜公者，以用意浮而无物也。——《昭昧詹言》

出 塞 （唐）王昌龄

秦时明月汉时关，万里长征人未还。但使龙城飞将
在，不教胡马渡阴山。

(元)杨士弘：惨淡可伤。○音律虽柔，终是盛唐骨格。——《批点唐音》

(明)杨慎：此诗可入神品。"秦时明月"四字，横空盘硬语也，人所难解。李中溪侍御尝问余，余曰：扬子云赋，欃枪为闉，明月为堠。此诗借用其字，而用意深矣。盖言秦时虽远征而未设关，但在明月之地，犹有行役不逾时之意；汉则设关而戍守之，征人无有还期矣，所赖飞将御边而已。虽然，亦异乎守在四夷之世矣。——《升庵诗话》

(明)王世贞：于鳞言唐人绝句当以此压卷，余始不信，以少伯集中有极工妙者。既而思之，若落意解，当别有所取；若以有意无意，可解不可解间求之，不免此诗第一耳。——《艺苑卮言》

(清)黄生：中晚唐绝句涉议论便不佳，此诗亦涉议论，而未尝不佳。此何以故？风度胜故，气味胜故。——《唐诗摘钞》

(清)沈德潜："秦时明月"一章，前人推奖之而言其妙。盖言师劳力竭而功不成，由将非其人之故，得飞将军备边，边烽自熄，即高常侍《燕歌行》归重"至今人说李将军"也。边防筑城，起于秦汉；明月属秦，关属汉，诗中互文。——《说诗晬语》

(清)施补华："秦时明月"一首，"黄河远上"一首，"天山雪后"一首，皆边塞名作，意态雄健，音节悱恻，令人百读不厌也。——《岘佣说诗》

登　垅　（唐）高　适

垅头远行客，垅上分流水。流水无尽期，行人未云已。浅才登一命，孤剑通万里。岂不思故乡，从来感知己。垅上，即陇上，泛指陕西以北和甘肃西北一带地方。

(明)郭浚："未云已"三字冷眼阅世，一结深厚。——《增定评注唐诗正声》

(明)唐汝询：首叙陇头之事，而即以流水兴行人之不休，盖赋而兴也。——《唐诗解》

(清)沈德潜：观"浅才登一命"句，应是歌舒翰表为参军掌书记时作。感知遇而忘家，语简意足。——《唐诗别裁集》

塞下曲六首(录四首)　　(唐)李 白

五月天山雪,无花只有寒。笛中闻折柳,春色未曾看。晓战随金鼓,宵眠抱玉鞍。愿将腰下剑,直为斩楼兰。颜师古曰:天山即祁连山也。匈奴谓天为祁连。

(清)朱之荆:三、四一气而下,妙极自然,故不用对,另是一体,究非常格。——《增订唐诗摘钞》

(清)屈复:雪入春即无花,前言塞下寒苦如此。五、六言其苦更甚。两层逼出"直为斩楼兰",言外见庶不再来塞下受此苦也。意甚含蓄。——《唐诗成法》

(清)沈德潜:太白"五月天山雪,无花只有寒"四语一气直下,不就羁缚。——《说诗晬语》

(清)黄叔灿:四十字中,不假雕镂,自然情致。——《唐诗笺注》

骏马似风飙,鸣鞭出渭桥。弯弓辞汉月,插羽破天骄。阵解星芒尽,营空海雾消。功成画麟阁,独有霍嫖姚。(清)王琢崖曰:"言成功奏凯图形麟阁者,止上将一人,不能遍及血战之士。太白用一'独'字,盖有感于其中欤?然其言又何婉而多风也。"

(明)郭浚:汉唐命将,大抵皆亲戚幸臣,往往妒功害能,令勇敢之士丧气,是以无成功。太白盖有为而发。——《唐诗解》

(明)叶羲昂:神韵超远,气复宏逸,盛唐绝作。——《唐诗直解》

(明)周珽:雄词壮气,可以搏犀缚象。一结忽发丧气之慨,实中事弊,可令竭忠之士读之而甘心黜逐乎?——《唐诗选脉会通评林》

(明)胡震亨:中唐人诗"死是战士死,功是将军功",视此,便觉太尽。——《李杜诗通》

(清)王夫之:总为末二句作前六句,直尔赫奕,正以激昂见意。俗笔开

口便怨。〇"麟"字拗。——《唐诗评选》

塞虏乘秋下，天兵出汉家。将军分虎竹，战士卧龙沙。边月随弓影，胡霜拂剑花。玉关殊未入，少妇莫长嗟。

（明）袁宏道：雄壮之作。——《唐诗训解》

（明）邢昉：以太白之才咏关塞，而悠悠闲澹如此，诗所以贵淘炼也。——《唐风定》

（清）沈德潜：只"弓如月"、"剑如霜"耳，笔端点染，遂成奇彩。〇结意亦复深婉。——《唐诗别裁集》

烽火动沙漠，连照甘泉云。汉皇按剑起，还召李将军。兵气天上合，鼓声陇底闻。横行负勇气，一战净妖氛。

（明）胡应麟：李白《塞下曲》、《温泉宫》、《别宋之悌》、《南阳送客》、《度荆门》，孟浩然《岳阳楼》，王维《岐王应教》……俱盛唐杰作。视初唐格调如一，而神韵超玄，气概闳逸，时或过之。——《诗薮》

碛西头送李判官入京 碛，读乞，入声，沙漠也。

（唐）岑 参

一身从远使，万里向安西。汉月垂乡泪，胡沙费马蹄。寻河愁地尽，过碛觉天低。送子军中饮，家书醉里题。

塞下曲　　（唐）戎 昱

汉将归来虏塞空,旌旗初下玉关东。高蹄战马三千匹,落日平原秋草中。

（清）黄叔灿:凯歌得意之曲,却以悲凉语出之,塞下景色如见。——《唐诗笺注》

送张司直入单于　　（唐）于 鹄

若过并州北,谁人不忆家。二句突然而来。塞深无伴侣,路尽有平沙。碛冷惟逢雁,天春不见花。莫随边将意,垂老事轻车。《中晚唐诗主客图》云:气味已是水部。

调笑令　　（唐）戴叔伦

边草,边草,边草尽来兵老。山南山北雪晴,千里万里月明。明月,明月,胡笳一声愁绝。

（清）陈廷焯:爽朗。——《词则·放歌集》
（近代）俞陛云:唐代吐蕃、回纥,迭起窥边,故唐人诗词,多言征戍之苦。当塞月孤明,角声哀奏,正征人十万碛中回首之时。李陵所谓"胡笳互动"、"只令人悲增忉怛耳"。——《唐五代两宋词选释》

调笑令　　（唐）韦应物

胡马，胡马，远放燕支山下。跑沙跑雪独嘶，东望西望路迷。迷路，迷路，边草无穷日暮。

和张仆射塞下曲二首　　（唐）卢　纶

林暗草惊风，将军夜引弓。平明寻白羽，没在石棱中。云从龙，风从虎。草惊风，疑有虎，故引起以下三句。

（清）李瑛：暗用李广事，言外有边防严肃，军威远振之意。——《诗法易简录》

（清）潘德舆：诗之妙全以先天神运，不在后天迹象。……卢纶"林暗草惊风"，起句便全是黑夜射虎之神，不至"将军夜引弓"句矣。大抵能诗者无不知此妙，低手遇题，乃写实迹，故极求清脱而终欠浑成。——《养一斋诗话》

月黑雁飞高，单于夜遁逃。欲将轻骑逐，大雪满弓刀。

（清）黄生：言虽雪满弓刀，犹欲轻骑相逐。若顺看，即似畏寒不出矣。——《唐诗摘钞》

（清）李瑛：上二句言匈奴畏威远遁。下二句不肯邀开边之功，而托言大雪，便觉委婉，而边地之苦亦自见。——《诗法易简录》

塞下曲　　（唐）李　益

伏波惟愿裹尸还，定远何须生入关。<small>伏波，马援也；定远，班超也。</small>莫遣只轮归海窟，<small>《左传》："匹马只轮无反者。"</small>仍留一箭射天山。

度破讷沙　　（唐）李　益

眼见风来沙旋移，经年不省草生时。莫言塞北无春到，纵有春来何处知。

冬晚送友人使西蕃　　（唐）陈　羽

驿使向天西，巡羌复入氐。玉关晴有雪，沙碛雨无泥。落泪军中笛，惊眠塞上鸡。逢春乡思苦，万里草萋萋。

并州路　　（唐）李宣远

秋日并州路，黄榆<small>《史记·项羽本纪》："蒙恬开榆中池数千里。"注："蒙恬树榆于塞。"</small>落故关。孤城吹角罢，数骑射雕还。帐幕遥临水，牛羊自下山。征人正垂泪，烽火起云间。

（元）方回：八句俱整峭。——《瀛奎律髓汇评》

（清）纪昀：三、四写穷边日暮惨淡之气，如在目前。——同上

（清）王夫之：眉宇清安，有生人色。此种诗迫元和以降，始复有之。自大历之末，为十才子破裂已尽，相对皆如梦寐；秉烛夜阑，其功不小也。——《唐诗评选》

（清）黄叔灿：塞下悲凉，又当寥落，吹角声传，射雕人返，则又将暮矣。"帐幕"、"牛羊"，塞外景物，行人触目不堪，况复烽烟忽起，读之凄警异常。——《唐诗笺注》

罚赴边有怀，上韦令公二首　　（唐）薛 涛（女）

闻道边城苦，而今到始知。羞将门下曲，唱与陇头儿。《名媛诗归》云："（薛涛诗）如边城画角，别是一番哀怨。"

黜骁犹违命，烽烟直北愁。却教严遣妾，不敢向松州。韦令公指韦皋。皋于贞元元年为剑南西川节度使，镇蜀二十一年。薛涛及笄时，被召侍酒赋诗，遂入乐籍及罚赴松州。

南省转牒，欲具江国图，令尽通风俗故事
（唐）柳宗元

圣代提封尽海堧，《汉书》："提封万井。"李奇注："提，举也，举四封之内也。海堧者，海边也。"堧读平声"软"。狼荒犹得纪山川。华夷图上应初录，风土记中《晋书》："周处有《风土记》十卷。"殊未传。椎髻《汉书》："自滇以北，此皆椎髻。"注："发如椎之形也。"老人难借问，黄茆深峒敢留连。南宫南省也。有意求遗俗，试检周书王会篇。周武王时，远国归款，周史集其事为《王会篇》。

穷边词二首　　（唐）姚　合

将军作镇古汧读千,平声古邑名。州,水腻山春节气柔。清夜满城丝管散,行人不信是边头。

箭利弓调四镇兵,蕃人不敢近东行。沿边千里浑无事,惟见平安火入城。

（明）高棅:谢云:此诗颂边城贤守,有风人法度;与"云黄知塞近,草白见边秋"者异矣。——《唐诗品汇》

（明）周敬等:胡次焱云:满城弦管,山水光辉,有中州所无者;边城有此,德政可知。不颂其严明,不颂其仁恕,第举风俗气象言之,举影见表,举效见本,此格最高。——《唐诗选脉会通评林》

陇西行　　（唐）陈　陶

誓扫匈奴不顾身,五千貂锦丧胡尘。可怜无定河边骨,犹是春闺梦里人。

（明）王世贞:"可怜无定河边骨,犹是春闺梦里人",用意工妙至此,可谓绝唱矣。惜为前二句所累,筋骨毕露,令人厌憎。"葡萄美酒"一绝,便是无瑕之璧,盛唐地位不凡乃尔。——《艺苑卮言》

（清）贺裳:陈陶《陇西行》"五千貂锦丧胡尘",必为李陵事而作。汉武欲使匈奴兵毋得专向贰师,故令陵旁挠之。一念之动,杀五千人。陶讥此事,而但言闺情,唐诗所以深厚也。——《载酒园诗话》

（清）沈德潜:作苦诗无过于此者,然使王之涣、王昌龄为之,更有余蕴,此时代使然,作者亦不知其然而然也。——《唐诗别裁集》

边州客舍　　（唐）项　斯

开门不戒出,麦色遍前坡。自小诗名在,如今白发多。经年无越信,终日厌蕃歌。近寺居僧少,春来亦懒过。

（元）方回:无第六句却于边州不切。此篇诗先看题却,方看此句,只一句唤醒一篇精神也。——《瀛奎律髓汇评》

（清）纪昀:至第六句方点醒。究竟前四句太泛,不必曲为之词。——同上

（清）冯班:结好。——同上

（清）何焯:次联清婉。自小攻文,只赢得白发也。——同上

（清）纪昀:此首浅近。——同上

蛮　家　　（唐）马　戴

领得卖珠钱,还家铜柱边。看儿调小象,打鼓放新船。醉后眠神树,耕时语瘴烟。又逢衰蹇 读剪,上声。行动迟缓。老,相问莫知年。

塞上曲　　（唐）周　朴

一阵风夹一阵沙,有人行处没人家。黄河九曲冰先合,紫塞三春不见花。

（明）杨慎:绝句四句皆对,杜工部"两个黄鹂鸣翠柳"一首是也,然不相

连属，即是律中四句也。唐绝万首，惟韦苏州"踏阁攀林恨不同"及刘长卿"寂寂孤莺啼杏园"二首绝妙，盖字句虽对，而意则一贯也。其余如……周朴《边塞曲》"一阵风来一阵沙"，亦其次也。——《升庵诗话》

(明)周敬等：(周朴)词章散佚，恨不多见；然其气节凛烈，见乎词辄自雄浑，如《塞上曲》固有唐之铿铿者。——《唐诗选脉会通评林》

(清)叶矫然：(周朴)好苦吟，仿佛贾瘦，诗亦清峭自好，有"古陵寒雨绝，高鸟夕阳明"、"风暖鸟声碎，日高花影重"，及"黄河九曲冰先合，紫塞三春不见花"之句，欧阳公尝称之。——《龙性堂诗话续编》

边行书事　　(唐)李昌符

朔野烟尘起，天军又举戈。阴风向晚急，杀气入秋多。树尽禽栖草，冰坚路在河。汾阳无继者，羌虏肯先和？

交河塞下曲　　(唐)胡　曾

交河冰薄日迟迟，汉将思家感别离。塞北草生苏武泣，陇西云起李陵悲。晓侵雉堞乌先觉，春入关山雁独知。何处疲兵心最苦，夕阳楼上笛声时。

塞　上　　(唐)戴司颜

空碛昼苍茫，沙腥古战场。逢春多霰雪，生计在牛羊。冷角吹乡泪，干榆落梦床。从来山水客，谁谓到渔阳。

游 边 （唐）僧栖蟾

边云回顾浓，饥马嗅枯丛。万里八九月，一身西北风。偷营天正黑，战地雪多红。昨夜东归梦，桃花暖色中。

（清）黄生：前六句形容边境之状，阴惨极矣。结处换一新鲜妍媚之景，殊出意外。盖前路句句狠作，不如此转笔作一开合，局法便不松动；又要知写梦中景色之佳，所以反击目前景色之惨，局法虽松，关目实紧。——《唐诗摘钞》

登单于台 （五代）张 蠙

边兵春尽回，独上单于台。白日地中出，黄河天外来。沙翻痕似浪，风急响疑雷。欲向阴关度，阴关晓不开。

边 上 （五代）张 泌

戍楼吹角起征鸿，猎猎寒旌背晚风。千里暮烟愁不尽，一川秋草恨无穷。山河惨澹关城闭，人物萧条市井空。只此旅魂招未得，更堪回首夕阳中。

塞下三首(录一首)　　(五代)沈 彬

　　塞叶悲声秋欲霜,寒山数点下牛羊。映霞旅雁随疏雨,向碛行人带夕阳。边骑不来沙路失,国恩深后海城荒。胡儿向化新成长,犹自千回问汉王。

　　(明)钟惺:晚唐七言律诗奇澹有妙于此者,而此以调高气平居其胜,故诸妙者皆安而逊之。——《唐诗归》

　　(清)屈复:塞上诗多慷慨悲壮,此作气味和平,别开生面,令读者想见太平景象也。——《唐诗成法》

　　(清)沈德潜:塞下诗防其粗豪,此首最见品格。○下半说武备废驰,胡人窥伺,而措语婉曲,于唐末得之,尤为曾见。——《唐诗别裁集》

塞 上　　(北宋)王 操

　　无定河边路,风高雪洒春。沙平宽似海,雕远立如人。绝域居中土,多年息虏尘。边城吹暮角,久客自悲辛。

　　(元)方回:亦方可与晚唐诸人争先。——《瀛奎律髓汇评》

　　(清)纪昀:晚唐中之矫矫者。——同上

　　(清)冯舒:颔联唐句。——同上

　　(清)冯班:似唐人。——同上

　　(清)纪昀:第四句故为奇语,警绝。五句言中土为"绝域"倒其文耳。——同上

　　(清)许印芳:五句究竟不稳,倒装句之难在此。——同上

游边上 　　(北宋)王 操

　　佩剑游边地,胡风卷败莎。雕饥窥坏冢,马渴嗅冰河。塞阔人烟绝,春深霰雪多。蕃戎如画看,散骑立高坡。

(元)方回:三、四绝佳,尾句真如画也。——《瀛奎律髓汇评》
(清)冯班:好。——同上
(清)纪昀:三、四亦武功小样范,结自有致。——同上

塞 上 　　(北宋)柳 开

　　鸣骹读敲,平声。响箭也。直上一千尺,天静无风声更干。碧眼胡儿三百骑,尽提金勒向云看。

塞上赠王太尉 　　(北宋)僧惠崇

　　飞将是骠姚,行营已近辽。河冰坚度马,塞雪密藏雕。败虏残旗在,全军列帐遥。传呼更号令,今夜取天骄。

(清)冯班:"九僧"定胜"四灵"。○第四好。——《瀛奎律髓汇评》
(清)纪昀:俊爽称题。——同上

塞上赠王太尉　　(北宋)僧宇昭

嫖姚立大勋,万里绝妖氛。马放降来地,雕闲战后云。月侵孤垒没,烧彻远芜分。不惯为边客,宵笳懒欲闻。

(元)方回:欧阳公诗话称此诗三、四,而未见其集。司马温公乃得之以传世。——《瀛奎律髓汇评》

(清)冯舒:三、四真唐人句,"九僧"之高如此。——同上

(清)冯班:次联名句也。——同上

(清)查慎行:三、四出句胜。——同上

(清)纪昀:末句未妥。——同上

渔家傲·边愁　　(北宋)范仲淹

塞下秋来风景异,衡阳雁去无留意。四面边声连角起,千嶂里,长烟落日孤城闭。　　浊酒一杯家万里,燕然未勒归无计。羌管悠悠霜满地,人不寐,将军白发征夫泪。

(宋)李颀:范希文《渔家傲》边愁云(略),词旨苍凉,多道边镇之苦。欧阳永叔每呼为穷塞主,诗非穷不工,乃于词亦云。——《古今词话》

(明)卓人月:诗以穷工,惟词亦然,"玉阶献寿"之语,不及穷塞主多矣。——《古今词统》

(明)沈际飞:希文道德未易窥,事业不可笔记。"燕然夫勒"句,悲愤郁勃,穷塞主安得有之。——《草堂诗余正集》

(清)沈谦:小令中调有排荡之势者,吴彦高之"南朝千古伤心事",范希文之"塞下秋来风景异",是也。……于此足悟偷声变律之妙。——《填词杂

说》

(清)贺裳:庐陵讥范希文《渔家傲》为穷塞主词,自矜"战胜归来飞捷奏,倾贺酒,玉阶遥献南山寿",为真元帅之事。按宋以小词为乐府,被之管弦,往往传于宫掖。范词如"长烟落日孤城闭"、"羌管悠悠霜满地"、"将军白发征夫泪",令"绿树碧帘相掩映,无人知道外边寒"者听之,知边庭之苦如是,庶有所警触。此深得采薇出车,杨柳雨雪之意。若欧词止于谀耳,何所感矣。——《皱水轩词筌》

(清)先著、程洪:一幅绝塞图,已包括于"长烟落日"十字中。唐人塞下诗最工、最多,不意词中复有此奇境。——《词洁》

(清)黄苏:《东轩笔录》云:"范希文守边日,作《渔家傲》数阕,皆以《塞下秋来》为首句,颇述边镇之苦。永叔尝呼穷塞主之词。及王尚书素守平凉,永叔亦作渔家词送之。其断章曰:'战胜归飞捷奏。倾贺酒,玉阶遥献南山寿。'且谓曰:'此真元帅事也。'沈际飞曰,希文道德未易窥,事业不可笔记。'燕然未勒'句悲愤郁勃,穷塞主安得有之。"按:文正当西夏坐大,因自请出镇以制之。所谓"军中有一范,西贼闻之惊破胆也",至今读之,犹凛凛有生气。——《蓼园词选》

过 塞 　　(北宋)欧阳修

身驱汉马踏胡霜,每叹劳生只自伤。气候愈寒人愈北,不如征雁解随阳。

春 阴 　　(南宋)朱弁

关河迢递绕黄沙,惨惨阴风塞柳斜。花带露寒无戏蝶,草连云暗有藏鸦。诗写莫写愁如海,酒薄难将梦到家。绕域东风竟何事,只应催我鬓边花。作者因使金被拘留达一五年。此诗作于被拘塞北期间。

过长城　　(元)柳　贯

　　道德藩墉亿万年，长城漫与朔云连。秦人骨肉皆为土，汉地封疆已罢边。饮马窟深泉动脉，牧羝沙暖草生烟。神京远在玄冥北，九域开荒际幅员。

菩萨蛮　　(清)纳兰性德

　　黄云紫塞三千里，女墙西畔啼鸟起。落日万山寒，萧萧猎马还。　　笳声听不得，入夜空城黑。秋梦不到家，残灯落碎花。

一络索·长城　　(清)纳兰性德

　　野火拂云微绿，西风夜哭。苍茫雁翅列秋空，忆写向、屏山曲。　　山海几经翻覆，女墙斜矗。看来费尽祖龙心，毕竟为、谁家筑？

戏为塞外绝句　　(清)林则徐

　　天山万笏耸琼瑶，导我西行伴寂寥。我与山灵相对笑，满头晴雪共难消？

登万里长城　　(清)康有为

　　汉时关塞重卢龙,立马长城第一峰。日暮长河盘大漠,天晴外部数疆封。清时堡堠传烽静,出塞山川作势雄。百万控弦嗟往事,一鞭冷月踏居庸。